CARAMBAIA

ilimitada

Upamanyu Chatterjee

Inglês, August

Uma história indiana

Tradução
JOSÉ GERALDO COUTO

Posfácio
AKHIL SHARMA

Aos meus pais

1

Através do para-brisa eles contemplavam a estrada larga e silenciosa, tão bem iluminada e tão morta. Nova Delhi, uma da madrugada, um cão vadio atravessou a via, farejando alguma presa. “Então, quando vamos nos encontrar de novo?”, perguntou Dhrubo pela oitava vez em uma hora. Não que a despedida fosse angustiante demais e ele tivesse dificuldade em sair do carro, mas era a maconha que causava uma letargia intensa.

“Ahn...”, disse Agastya, e fez uma pausa, pelo mesmo motivo. Dhrubo levou aos lábios o 43º cigarro do dia e demorou o que pareceu uma eternidade para encontrar a caixa de fósforos. Suas débeis tentativas de acender o fósforo foram se tornando frenéticas até obter sucesso. Ao observá-lo, Agastya ria em silêncio.

Dhrubo soltou a fumaça com força para fora da janela e disse: “Tenho a sensação, August, de que você vai se foder *hazaar*[1] em Madna”. Agastya acabara de entrar no Serviço Administrativo Indiano e passaria por um ano de treinamento em administração distrital numa pequena cidade chamada Madna.

“Que mistura incrível, esse inglês que a gente fala. Se foder *hazaar*. Urdu e inglês americano.” Agastya riu: “Se foder mil vezes, se foder de verdade. Tenho certeza de que não existe outro lugar onde as línguas se misturam *e* são faladas com tanta naturalidade”. Os sons pastosos da fadiga confortável causada pela droga. “‘Você, pelo jeito, está fodido *hazaar*, caro

1 “Mil”, mas geralmente usado no sentido de “muito”, “uma porção”, “um monte”. [NOTA DO AUTOR]

Marmaduke.' 'Sim, Dorothea, estou mesmo me sentindo *hazaar* fodido.' Está vendo só? Não funciona. E nossos sotaques são indianos, mas preferimos August a Agastya. Quando digo 'nossos sotaques' excluo o seu, claro, que é único por causa da mestiçagem doida. Você até fala 'Tenham um lindo dia' para aquelas mulheres fogosas ao telefone quando passa por elas com sua pastinha, e quando concorda com seu horrendo chefe, o que acontece o tempo todo, você diz 'tá, firmeza' e 'ahn-hã'."

"Pare de falar merda", disse Dhrubo, acrescentando em bengali: "Até parece que feriram sua língua materna", e começou a rir, numa explosão de hilaridade. Era uma velha piada dos tempos de colegial em Darjeeling, quando invejavam alguns dos rapazes anglo-indianos que falavam e se comportavam de modo diferente, e que se saíam perigosamente mal nas provas e pareciam não se importar, afinal eram eles que estavam sempre com as garotas tibetanas e se gabavam de saber tudo a respeito de sexo. Numa tarde de início de verão, no campinho de futebol entre os morros, com um céu imaculado e o branco e marrom feito bolo do monte Kanchenjunga, Agastya e Prashant tinham assistido (Agastya não gostava de futebol e Prashant não gostava de jogos) ao habitual exibicionismo dos futebolistas. No ar, gritos dos anglos (que se intensificavam sempre que algum grupo feminino tibetano passava pelo campo), ecoando como uma lembrança distante: "Passa a bola, caras!", "Pra cá, caras!", "Por que você não chuta, seu pé é feito de bosta, caras?" (Agastya nunca ouvira um anglo dizer "cara", no singular). Ele e Prashant encaravam com um pouco de cinismo aqueles que gritavam mais e cujo rosto se contorcia de secreto pânico nos raros momentos em que a bola de fato chegava até eles. Foi então que umas garotas tibetanas vieram com uma porra de um violão. "As tibs e os anglos sempre têm um violão", dissera Prashant. O jogo de futebol havia terminado. Risos, frases anasaladas. "Olha a cor das coxas das tibs e dos anglos", Prashant dissera, "não é como a nossa". Agastya tinha então desabafado sua inveja: quem dera ser anglo-indiano, quem dera seu nome fosse Keith ou Alan, quem dera falar inglês com a pronúncia deles. Daquele dia em diante seus amigos passaram a dar novos nomes para ele, que se tornou o "último inglês" da escola. Chamavam-no dizendo simplesmente “ei, Inglês” (seus amigos queriam dizer “ei, Anglo”, mas não ousavam), e às vezes até “olá, Língua Materna” – escolhas ilógicas e arbitrárias, mas irresistíveis, como a maioria dos nomes escolhidos por contemporâneos. Como a maioria dos apelidos, desbotaram com a passagem do tempo e as mudanças de lugar, todos menos August, mas ainda conservavam a faculdade de saltar de novo das profundezas em ocasiões inesperadas, trazendo junto um ou dois nacos de seu passado.

Um caminhão passou por eles, estilhaçando a escuridão. “Lá em Madna algumas pessoas vão perguntar o que você está fazendo no Serviço Administrativo. Porque você não se encaixa no papel. Parece mais um ator de filme pornô, magro e pervertido, do tipo que veste sutiã. E um burocrata deve ser cordial, sempre de barba bem-feita, de óculos e, se for um brâmane tâmil, inclinado a citar de bate-pronto as regras. Você vai estar fodido *hazaar*, é o que eu acho.”

“Eu bem que preferiria atuar num filme pornô a ser um burocrata. Mas a gente tem que sobreviver, suponho.”

“Vamos fumar o último, tá?”, disse Dhrubo, apanhando no assento do carro o saquinho de polietileno. “Em Yale, ser um ph.D. não era piada. Significava alguma coisa. Os estudantes pensavam muito antes de se matricular. Mas aqui em Delhi, em toda a Índia”, Dhrubo jogou um resto de fumo pela janela, “a educação consiste em passar o tempo, é um acúmulo sem sentido de títulos, BA, MA e por fim M. Phil.[2], enquanto o sujeito se junta aos milhões que tentam a sorte nos concursos públicos. Todos os anos tanta gente parece achar tão interessante o serviço público”, e fez uma pausa para coçar o cotovelo. “Eu me pergunto para onde tantas pessoas pensam que sua instrução vai levá-las.”

“Mesmo assim você voltou de Yale”, disse Agastya, bocejando.

“Mas a minha não é a típica história indiana, que termina com o indiano morando em algum lugar do Primeiro Mundo,

2 BA: Bachelor of Arts; MA: Master of Arts; M. Phil.: Master of Philosophy. Correspondem, *grosso modo*, aos graus de bacharelado, mestrado e doutorado nas universidades brasileiras. [NOTA DO TRADUTOR]

confortavelmente ou não. Ou talvez voltando para entrar no Serviço Administrativo Indiano, se tiver sorte."

"Mas você está errado quanto à instrução. A maioria deve ser como eu, sem aptidão especial para nada. Não se pergunta como lidar com isso, nem chega a pensar de verdade. O negócio é tentar a sorte com qualquer coisa que aparecer, porque alguma coisa acaba rolando. Não existem oportunidades ilimitadas no mundo."

Fumaram. Dhrubo se inclinou para a frente para espanar restos de fumo da camisa. "Madna foi o lugar mais quente da Índia no ano passado, não foi? Vai ser um outro mundo, completamente diferente. Deve ser bem instrutivo." Dhrubo passou o baseado para Agastya. "Este fumo é excelente. Como é que você vai fazer pra conseguir sexo e maconha em Madna?"

2

Pelo trem mais rápido, Madna ficava a dezoito horas de Delhi, mas claro que o trem mais rápido se arrastava rangendo pelo caminho. Quando o trem com destino a Madna deu a partida em Nova Delhi, Agastya acenou um adeus a seu tio e em seguida se trancou no banheiro para fumar mais um pouco de maconha. Em seu compartimento ia também outro viajante para Madna, um engenheiro de alguma usina termoelétrica. Iniciou-se uma conversa aleatória, e logo Agastya foi solicitado a se definir.

"Agastya? Que espécie de nome é Agastya?", perguntou o engenheiro, em tom quase de irritação. Era um homem grande e desagradável, proprietário de um baú que não se encaixava no bagageiro sob o beliche, mas no qual ele não permitia que ninguém pusesse os pés.

"É um santo da floresta no *Ramayana*, muito ascético. Ele dá a Ram um arco e flecha. Está no *Mahabharata* também. Atravessa os montes Víndias e os impede de crescer."

O engenheiro fez cara de insatisfeito, quase de desconfiado, como se Agastya tivesse acabado de lhe vender um afrodisíaco. Interrompeu Agastya de novo, quase na mesma hora, esganiçando sua surpresa. "Desculpe, mas IAS[3]? Você é do IAS? Não parece funcionário do IAS." Examinou-o com desconfiança. "Você nem sequer parece bengali", disse, pronunciando "bangaali".

3 Indian Administrative Service (Serviço Administrativo Indiano), um dos três braços dos serviços públicos da Índia, junto com o Serviço de Polícia Indiano e o Serviço Florestal Indiano. [N. T.]

Agastya era só metade bengali. Sua mãe era uma católica de Goa. Mal se lembrava dela, que tinha morrido de meningite quando ele não tinha nem 3 anos. Ele era magro e atlético e usava barba. Não tinha nenhum interesse que o cativasse, e até chegar a Madna sua ambição era muito pequena.

Do lado de fora, o campo indiano passava depressa. Centenas de quilômetros de uma paisagem familiar e no entanto desconhecida, vista incontáveis vezes pelas janelas dos trens, mas nunca vivenciada: até então sua vida tinha sido profundamente urbana. Estações miseráveis de cidadezinhas onde o trem não parava, cidades que pareciam simpáticas pela janela de um trem, olhos pacientes e nada curiosos e bicicletas castigadas pelas intempéries e paradas num cruzamento, crianças e búfalos enlameados num charco. Para ele, aqueles lugares tinham sido, quando muito, nomes impressos nos jornais, onde ocorriam inundações e guerras de castas, onde famílias *harijan*[4] inteiras eram chacinadas, aonde um ou outro primeiro-ministro chegava de helicóptero logo após alguma calamidade, ou pouco antes das eleições. Agora ele contemplava aquele mundo remoto e se sentia um pouco inseguro, passaria meses num ponto qualquer daquele interior.

O trem estava quatro horas atrasado, e já havia escurecido quando chegaram a Madna. Uma pequena estação iluminada com lâmpadas fluorescentes, cães vadios, alguns carregadores, um homem vendendo torradas e chá, uma família de mendigos junto às torneiras, discutindo numa língua estranha. Um homem moreno e suarento o abordou e murmurou alguma coisa. Ele sorriu e disse em híndi: "Fale em híndi, por favor. Vou levar algum tempo para aprender a língua".

O homem sorriu, constrangido, e perguntou num híndi com bastante sotaque: "É o sr. Sen, do IAS?". Em Madna, IAS estava destinado a ficar sempre grudado ao seu nome; tornou-se quase seu sobrenome.

No jipe ele se deu conta de como estava abafado. "Onde vou me alojar?", perguntou.

4 Nome dado por Mahatma Gandhi aos intocáveis e que significa "filho de Deus". [N. A.]

"Na Casa de Pouso do governo, senhor", disse do banco de trás o homem moreno. Era um *naib tehsildar*[5], segundo tinha dito. Seja lá o que for isso, pensara Agastya. "Acomodação para funcionários do governo é um problema em Madna, senhor", disse o homem. Ao longo de um ano Agastya mudaria várias vezes de um quarto numa Casa de Pouso (era chamado de suíte, por algum motivo, e pronunciava-se *suút*) para outro quarto em alguma outra Casa de Pouso – como uma espécie de sem-teto em abrigos temporários.

Flashes de Madna *en route*: cigarros e *paan*[6] de *dhabas*[7], barracas de comidas duvidosas, tanto uns como outras iluminados por lâmpadas de querosene, na via gado e riquixás estrepitosos e o som caudaloso de caminhões chapinhando no esgoto que transbordava de um bueiro; parecia estar vivendo a vida de outra pessoa.

Seu aprendizado começou logo na primeira noite. O quarto na Casa de Pouso era grande, e mobiliado não como quarto, mas como toda uma casa. Tinha uma cama, uma penteadeira, uma mesa de refeição com quatro cadeiras, um sofá, duas poltronas, uma escrivaninha e uma cadeira, duas mesinhas e uma linda estante de livros. O quarto parecia o depósito de um comerciante de móveis roubados. "Para que toda essa mobília? Não preciso disso tudo."

"Senhor?" Junto com o *naib tehsildar* estava um homem taciturno de barba grisalha rente, o zelador-cozinheiro da Casa de Pouso. Falava híndi com grande relutância. Havia crianças na porta, de tamanhos variados; todas pareciam respirar pela boca.

"O que um sofá está fazendo aqui?"

"É para visitas, senhor."

"Não, leve-o embora. Tem coisas demais aqui, não preciso de tudo isso. Pode retirar algumas?"

"Retirar algumas?"

5 Funcionário subalterno do Departamento da Receita no distrito, subordinado ao *tehsildar*, ou seja, o funcionário da Receita encarregado de uma unidade administrativa de um distrito. [N. A.]

6 Folha de bétel recheada com uma variedade de nozes, frutas secas etc. [N. A.]

7 Lanchonete de beira de estrada. [N. A.]

Acabaram tirando, com a fisionomia e os antebraços tensos de constrangimento. Chamaram outros para ajudar. Arrastaram a cama para baixo do ventilador. Agastya suava, orientava-os em híndi e era picado por mosquitos. "Não tem um inseticida que a gente possa usar?"

Vasant, o zelador-cozinheiro, encarou-o com olhar homicida por cima do encosto do sofá.

"Sim, mosquitos horríveis aqui", disse sorrindo o *naib tehsildar*. Borrifaram Flit no quarto.

Vasant trouxe o jantar quase em seguida, numa bandeja. O *naib tehsildar* ficou parado junto à porta, sempre deixando à mostra alguma coisa de si para Agastya, um ombro, um sapato, uma perna, e cada parte do seu corpo parecia dizer: Olhe, eu espero que você continue a se sentir desconfortável e deslocado. O jantar era inacreditável, o *dal*[8] tinha gosto de xampu morno endurecido. Com o cheiro penetrante do Flit nas narinas, ele se alarmou com a ideia dos meses a fio em que cada refeição teria aquele gosto. "É sempre assim que você cozinha?", comunicou enfim a pergunta a Vasant por intermédio do *naib tehsildar*. Vasant respondeu que sim. Então o *naib tehsildar* disse que o coletor[9] lhe havia dito para instruir o cozinheiro a ferver a água de beber de Agastya, uma vez que grassavam em Madna uma icterícia endêmica e uma epidemia de cólera, e que ele já havia feito isso, então agora dá licença de eu me retirar, senhor?

Dez horas. Agastya estava na varanda do lado de fora do quarto. Em torno da lâmpada fluorescente revoluteava uma centena de insetos dos mais diversos. A todo momento o baque de lagartixas imprudentes caindo no chão. Seu quarto era um dos dois existentes numa espécie de chalé. O outro estava silencioso, trancado. Outros chalés semelhantes e, a uns 200 metros de distância, o grande Alojamento Temporário. Algumas luzes no complexo, dois jipes perto do Alojamento Temporário. Estava

8 Prato de lentilhas. [N. A.]

9 Na Índia, o cargo de coletor não se restringe à arrecadação de impostos, como no Ocidente, mas designa o chefe da administração de um distrito ou subdivisão territorial. É uma espécie de governador de uma cidade e seu entorno. [N. T.]

a 1.400 quilômetros de Delhi e a mais de mil de Calcutá, as duas grandes cidades de seu passado.

Antes de ir para a cama ele acendeu uma vareta de incenso contra mosquitos embaixo da mesa e espalhou por todo o corpo um creme repelente. Dormiu sob um tule, mas os mosquitos o pegaram mesmo assim. Ele emergiu agitado do sono três vezes naquela noite, apenas para ouvir o zumbido dos mosquitos no clarão da varanda.

Em sua primeira manhã em Madna, acordou se sentindo péssimo ("me sentindo fodido", escreveu mais tarde a Neera em Calcutá, "como o Adão caído"). Teve dificuldade até para abrir os olhos, e percebeu então que os mosquitos tinham atingido também suas pálpebras. Belo começo de dia, disse consigo mesmo contemplando o teto de madeira, quando sua primeira emoção da manhã foi a náusea. Encarou o espelho. Dois calombos vermelhos e inchados na bochecha direita, acima da barba, um sob a orelha esquerda. Os mosquitos de Calcutá pareciam mais civilizados, nunca picavam o rosto. Um a zero para este lugar, pensou, a elefantíase não era incurável?

Saiu para pedir um pouco de chá a Vasant. Para além da varanda, o esplendor da manhã clareava os outros edifícios. O sol parecia torrar sua cabeça e seu pescoço. Oito e quinze da manhã e dava quase para sentir o calor abrasante castigando sua pele.

E no entanto era fim do verão. No ano anterior Madna tinha vencido a parada, por assim dizer, como o lugar mais quente da Índia. Existiam alguns rivais tradicionais no Decão indiano, mas a cada ano os moradores de Madna tinham quase sempre a certeza de que sua cidade e distrito seria mais quente que eles. Por recato (e, a bem da verdade, para evitar a insolação), os moradores cobriam a cabeça e as orelhas com uma toalha ou um guardanapo amarrado sob o queixo e só tiravam depois que o sol se punha. Mais tarde ele amarrou um pano na cabeça também, deleitando-se consigo mesmo, e até se deixando fotografar com aquele capuz. E mais tarde ainda refletiria que aqueles que viam o verão indiano como uma ameaça e qualificavam o sol de colérico, impiedoso e enervante, entre outras coisas, estavam meramente reduzindo o sol a um mesquinho gigante antropomórfico. Claro que o calor enfraquecia de fato as pernas e desidratava a cabeça, mas o sol, como tantas outras coisas em Madna, era instrutivo. Ensinou-lhe os aforismos do bom senso: não lute contra os processos da natureza, ele parecia dizer; aqui, fique sob um teto sempre que puder, se possível torne-se um ser noturno. Não vale a pena sair para o mundo ao ar livre, e qualquer beleza lá fora só é visível no escuro, ou à meia-luz do amanhecer.

Se Madna fosse Delhi, e o clima menos tórrido, e se Agastya tivesse acordado mais cedo, teria saído para sua corrida. Tinha sido um respeitável corredor de longa distância nos tempos de faculdade. Correr parecia limpar sua mente e fazer com que o dia começasse bem. Mas voltou para o quarto e ficou se perguntando se devia ou não fumar um baseado. Afinal, o jipe não viria buscá-lo antes das onze horas. Enquanto refletia enrolou um e fumou, por via das dúvidas. Então pôs a fita do *Shyama*, de Tagore, para tocar no gravador e deitou para contemplar o quarto.

Precisava se organizar, desfazer direito as malas e pensar um pouco, talvez fumar menos, porque havia algo de perigoso em fumar sozinho num lugar desconhecido. Pelo menos o quarto era grande, gostava disso.

Bem no alto da parede à sua frente, em meio às lagartixas, estava pendurado o que ele mais tarde chamaria de o costumeiro quadro improvável de uma Casa de Pouso: um poente, um espelho de água – portanto dois poentes –, um bote, um barqueiro com um chapéu cônico japonês e, à margem, duas árvores que mais pareciam cogumelos gigantes. À medida que ficava chapado e ia relaxando, aumentava, de um modo objetivo, seu espanto com a ausência de imaginação da pintura. Tentou visualizar o pintor e não conseguiu. Pensou: Será que o pintor estava escovando os dentes, ou se dobrando para a frente na tentativa de enfiar o próprio pau na boca, ou sei lá o quê, quando pintou essa coisa? Não havia um único pensamento por trás de pincelada alguma. Irritado, se levantou da cama, trepou numa cadeira e tirou o quadro da parede.

Na parte de trás do quadro, por baixo das teias de aranha e da poeira de anos, ele leu, numa tinta que tinha ficado marrom: "Doado ao Alojamento Temporário de Madna, minha não desejada segunda casa, por mim, R. Tamse, engenheiro-adjunto,

Divisão de Obras Públicas, 4 de julho de 1962". Abaixo vinha um poema espantoso, também em tinta marrom.

Longe de minha esposa e da antiga existência,
Tantos dias nesta temporária residência,
Longe de Goa, meu amado lar,
A trabalho tenho de perambular.

Agora o quadro ganhava um aspecto diferente, e um pouco menos ridículo; ali estava a Goa de uma imaginação desconsolada, talvez não habituada à criatividade, mas impelida a ela pelo isolamento. De repente Agastya julgava enxergar melhor aquele Tamse. Seria um homem baixo, gorducho, mas nem um pouco preocupado com seu peso, e por isso levemente satisfeito consigo mesmo, e não totalmente à vontade na companhia de gente como Agastya. Num quarto e num lugar como aquele, certamente sem pendor para a maconha, nem para a masturbação inventiva, nem para a busca por sexo, o que será que ele fazia? Talvez muitos o tivessem convencido de que pintava e escrevia bem; seu pai quem sabe havia dito, na linguagem dos pais orgulhosos: "Você deve sempre contar com essas coisas como uma segunda corda em seu arco". Tamse se sentira solitário, mas não se rendera, criara em seu abandono uma imagem da terra natal. Talvez aquelas árvores-cogumelos e poentes fossem uma vista da sua janela, talvez em Goa os barqueiros de fato usassem chapéus cônicos japoneses.

Virou e revirou o quadro muitas vezes, relacionando as pinceladas com o poema escrito atrás. Gostava de "de minha esposa e da antiga existência"; pelo menos Tamse admitia sentir falta da mulher, outros teriam vergonha disso. Era sentimental também, caso contrário não teria doado o quadro. Apesar da nulidade de talento, ainda assim era uma tentativa de compartilhar um estado de espírito e uma experiência. Sorriu para as paredes azuis e pensou: bem que elas podiam me inspirar também.

Uma rápida e tímida batida na porta, como o roçar de algum roedor. Um homenzinho negro vestido com o *khadi*[10] branco

10 Traje de tecido caseiro. [N. A.]

de serviçal. Era Digambar, o serviçal designado para acompanhar Agastya em sua estada. "Olhe", disse Agastya, "limpe este quadro e o recoloque na parede".

Às onze, ainda chapado, foi à Coletoria para encontrar R. N. Srivastav, do IAS, coletor e magistrado distrital de Madna, seu mentor e chefe durante os meses de treinamento.

3

A administração distrital na Índia é em grande parte uma criação britânica, como as ferrovias e a língua inglesa, uma herança complexa e desajeitada do domínio colonial. Mas a indianização (de um método de administração, ou de uma língua) é intrínseca à história da Índia. Antes de 1947 o coletor-geral era quase inacessível ao povo; agora ele mantém casa aberta, primordialmente porque desempenha uma tarefa diferente e mais difícil. Ele é humano e falível como antes, a diferença é que agora outros podem lhe dizer isso, embora ele ainda exiba as insígnias (agora indianizadas) de importância – a luz laranja piscando sobre a capota do carro, os convites para a primeira fila no recital de cítara, que não começa antes de ele chegar, e ao qual ele não chega antes de se certificar por telefone que todos os outros convidados já estão lá. Em Madna, como em toda a Índia, a importância de alguém como autoridade pública podia ser medida pelo tempo que se podia atrasar um concerto (para o qual esse alguém foi convidado). Os organizadores não se incomodavam com essa atitude das autoridades convidadas. Talvez até esperassem isso delas, o que era lamentável, ou talvez estivessem se dobrando a elas, o que de alguma forma era ainda pior.

A administração é um assunto complicado, e um jovem funcionário que careça de iniciativa não pode ser instruído de verdade em suas artimanhas. É muito pouco o que se pode aprender observando outra pessoa; Agastya não aprendia nada. Por um período muito breve ele se preocupou com sua ignorância, depois decidiu só se preocupar devidamente quando outros a descobrissem.

A Coletoria de Madna era um edifício entre muitos outros num terreno vasto (que não poderia ser chamado de complexo, pois não dispunha de muros nem de portão de entrada) perto da estação ferroviária. Ele não notara nada disso na escuridão da noite anterior. Em meio a transeuntes e gado, o jipe avançava lentamente por uma rua de cascalho. Ele viu bandeiras tremularem contra o céu azul e quente. A bandeira nacional, ele supunha, estaria desfraldada na Coletoria. "O que são esses outros prédios?"

"Aquele é o gabinete do superintendente de polícia, senhor", disse o *naib tehsildar* no banco traseiro, "e ali adiante ficam as Linhas de Polícia". Seja isso o que for, pensou Agastya. "Aquele é o Tribunal Distrital de Sessões e aquele prédio grande atrás dele é o Conselho Distrital..."

"Você quer dizer aquele onde tem também a bandeira nacional?"

"Sim, senhor. E ao lado e atrás estão os gabinetes do oficial subdivisional, do *tehsildar* etc." Enquanto o *naib tehsildar* indicava os lugares, o motorista quase atropelou uma criança que defecava à beira da rua, e rosnou para ela no idioma nativo.

À esquerda deles havia uma espécie de lagoa, com uma água esverdeada espessa e cabeças de búfalos satisfeitos. Um grande número de pessoas, sentadas, acocoradas, fumando, perambulando, contemplando tudo o que se movia ou outras pessoas. A maioria vestia *dhoti*[11] branco, *kurta*[12] e quepe Gandhi (ou seria quepe Nehru?, perguntou-se Agastya. Não, era quepe Gandhi e paletó Nehru. Ou paletó Gandhi e quepe Nehru? E colete Patel? E *lungi*[13] Mountbatten e xale Rajaji e *dhoti* Tagore?), alguns tinham toalhas sobre a cabeça. O jipe avançava por entre eles com seu escapamento ruidoso, buzinando de modo petulante. As pessoas sentadas no meio da rua se levantavam e saíam da frente no último momento, a contragosto, algumas fazendo

11 Roupa tradicional masculina de peça única de algodão, que cobre desde a cintura até o tornozelo. [N. A.]

12 Vestimenta tradicional indiana para a parte superior do corpo, uma espécie de camisa comprida e solta. [N. A.]

13 Vestimenta tradicional indiana de peça única, enrolada na cintura. [N. A.]

cara feia. Para elas a rua era a única faixa de terreno que as chuvas de Madna não convertiam imediatamente em lama; por isso era lugar de reunião.

"Eles cobrem a cabeça por causa do calor, né?"

"Sim, senhor."

Parecia-lhe sensato preocupar-se não com a aparência, mas antes de tudo com a saúde. Agastya experimentou pôr o lenço sobre a cabeça, mas era pequeno demais. O *naib tehsildar* riu baixinho, solidário. "Muito pequeno, senhor. Há guardanapos facilmente encontráveis no mercado, senhor. Se quiser, lhe consigo um."

"Sim, agradeço se puder fazer isso. Quanto vai custar?"

"Não se preocupe com o preço, senhor."

"Que bobagem", disse Agastya, estendendo-lhe uma nota de 20 rupias.

O *naib tehsildar* ergueu as mãos para rechaçar o horror. "Não, senhor, não se incomode, quase não precisa." Agastya se distraiu momentaneamente com o "quase não precisa". O que o homem queria dizer? Estendeu a mão e, ignorando as risadinhas e grunhidos do *naib tehsildar*, enfiou a nota no bolso da sua camisa, entre o estojo de óculos, papéis e canetas.

Em todos os meses que passou ali, nunca se acostumou às multidões do lado de fora das repartições públicas.

"*Toda* essa gente tem o que fazer aqui?"

"Sim, senhor", disse o *naib tehsildar*, com uma ponta de surpresa, talvez pela estupidez da pergunta. Todos pareciam muito pacientes, como se esperassem para entrar no comício político de algum demagogo pavoroso, Nehru talvez, ou um de seus descendentes. Eles também lhe pareciam chapados. Seus olhos estavam enevoados, provavelmente por causa da espera, e seguiam sem curiosidade cada movimento ao redor.

Bem perto da Coletoria ele viu cânabis crescendo como mato. Aquilo era ótimo e, de alguma maneira, simbólico, pensou sorrindo. Precisaria voltar ali sozinho uma noite.

A Coletoria era um edifício térreo de pedra. Seus corredores tinham bancos e mais gente. O *naib tehsildar* o conduziu a um salão enorme cheio de escrivaninhas, quase todas desocupadas, e em seguida entraram em outra sala. Um homem gordo com cara de poucos amigos disse: "Pois não?". O *naib tehsildar* murmurou alguma coisa e o homem com cara de poucos amigos tornou-se imediatamente servil. "Bom dia, senhor. O *saab*[14] coletor ainda não chegou, senhor. Eu sou Chidambaram, assistente do coletor. Queira por obséquio me acompanhar à sala do RDC[15], senhor."

Saíram por outra porta e adentraram um corredor central, também apinhado de gente, bancos e refrigeradores de água. Outra porta, sob um letreiro que dizia "C. K. Joshi, RDC". Havia três homens na sala; Chidambaram murmurou alguma coisa. Todos se levantaram e o cumprimentaram com um aperto de mão; os dois mais jovens o chamaram de senhor. Todos se apresentaram, Agastya não reteve um único nome e não se importou com isso. Louvada seja a maconha, pensou.

Conversa formal agradável, alguém trouxe chá doce, que os outros beberam nos pires. Depois de algumas conjecturas a esmo, ele concluiu que o homem à sua direita era Ahmed. Joshi era, ou devia ser, o velho jovial atrás da escrivaninha. À direita dele estava o que soou como Agarwal. Ahmed se revelou imediatamente detestável, com olhos inexpressivos e um sorriso falso. Nunca ouvia o que os outros estavam falando, mas sempre baixava os olhos para seus grossos antebraços e os flexionava. Tanto Ahmed como Agarwal eram "coletores-adjuntos (nomeados por concurso), senhor". Seja lá o que isso significa, pensou Agastya, mas balançou a cabeça com o que julgou ser o espanto apropriado.

Acabou descobrindo, mas por acidente, por assim dizer, o que era um coletor-adjunto (nomeado por concurso), e onde se situava na hierarquia um *naib tehsildar*. Ele próprio não fazia esforço algum para conhecer seu novo mundo; à medida que se desdobrava à sua frente, esse mundo lhe parecia cada vez menos interessante; e, com o passar do tempo, constatar até onde poderia se estender sua ignorância tornou-se um desafio obscuro e perverso.

14 Literalmente "senhor", também tem conotações do tempo do Raj britânico. [N. A.]

15 "Resident deputy collector", ou vice-coletor residente. [N. T.]

Sentado ali com os três homens, foi assaltado de novo por uma sensação de irrealidade. Não pareço um burocrata, o que estou fazendo aqui? Eu devia ser fotógrafo, ou diretor de comerciais, alguma coisa assim, rasa e urbana.

"Qual a sua idade, senhor?"

"Vinte e oito." Agastya tinha 24, mas estava com vontade de mentir. Também não gostava da cara deles.

"É casado, senhor?" De novo aquela demanda por uma definição de si mesmo. Ahmed se inclinava para a frente a cada pergunta, o pescoço tenso e a cabeça em posição de cortesia.

"Sou." Por um segundo se perguntou se deveria acrescentar "duas vezes".

"E a sua... senhora, senhor?" A voz de Agarwal ficou baixinha na palavra "senhora"; em todos aqueles meses as referências a esposas seriam sempre em tom sussurrado, quase envergonhado. Agastya nunca soube por quê, talvez porque ter uma esposa significava que a pessoa trepava, o que era uma coisa suja.

"Está na Inglaterra. Ela é inglesa, aliás, mas foi pra lá para uma cirurgia. Ela tem câncer de mama." Sentiu um impulso quase incontrolável de estender os dedos para mostrar o tamanho do tumor e o tamanho do seio, mas decidiu guardar isso para depois. Mais tarde durante o treinamento ele disse ao inspetor distrital de registros de terras que sua esposa era uma norueguesa muçulmana.

Seguiu nessa toada, sem se preocupar com detalhes. Seus pais estavam na Antártida, eram membros da primeira expedição indiana. Sim, até sua mãe, que era ph.D. em oceanografia pela Sorbonne. Depois de um tempo as perguntas pessoais pararam. Mais tarde ele se sentiu culpado, mas só por um período muito breve.

Chidambaram enfiou a cara pela fresta da porta e disse que o coletor havia chegado. Joshi acompanhou Agastya. Srivastav era baixo e gordo, e estava gritando com alguém à sua frente quando eles entraram. Indicou-lhes que se sentassem e continuou a gritar. Se alguém consegue destratar desse jeito um subordinado falando tudo certinho é porque é mesmo fluente na língua, pensou Agastya. Do outro lado da escrivaninha havia em pé um trêmulo peticionário negro, derramando lágrimas como se tivesse acabado de ser espancado. O outro velho tratado aos gritos vinha a ser o chefe distrital do abastecimento. Mais tarde Agastya concluiria que pareciam iguais, aqueles ocupantes da Coletoria, envelhecidos, todos com um rosto flácido que não tinha visto muito a luz do sol. Todos vestiam camisa de cores pálidas e calça folgada. Os bolsos de suas camisas estavam sempre desmesuradamente abarrotados de canetas e estojos de óculos. A maioria tinha cheiro bom, de algum perfume bem indiano, ou óleo capilar aromatizado, ou *paan*. Eram capazes de aguentar, feito plácidos búfalos, qualquer coisa que um superior despejasse aos berros para cima deles. O rosto do chefe distrital do abastecimento brilhava suavemente sob a saraivada do coletor.

Pasmaceira preguiçosa, lembrou-se de súbito Agastya, onde tinha ouvido aquilo? De repente estava de volta à aula de inglês na faculdade, três anos antes, com *Absalom and Achitophel*[16] aberto à sua frente, ele chapado e contemplando os movimentos da nova professora. O nervosismo a tornava agressiva. Narasimhan, ao lado dele, também chapado, tinha feito alguma pergunta estúpida. "Sua pergunta não faz o menor sentido", dissera ela, arqueando as costas para trás. Os bobos alegres de sempre tinham dado risadinhas. Narasimhan rabiscara laboriosamente um longo bilhete em seu Dryden e o passara para mim. "August, fala pra ela: Sim, minha putinha amada, quando minhas mãos estiverem agarrando sua bunda lisa, minha boca passando de um peito a outro, vou te fazer vibrar de tesão entre o teu Absalão e Aquitofel." Sua risada despertara até o pessoal do fundão. Acabou expulso da sala de aula. O chefe do abastecimento enxugou a testa com um lenço multicolorido. Sim, pasmaceira preguiçosa, isso mesmo. O fato de poder relacionar a frase de um poeta inglês do século XVII àquilo que tinha à sua frente, um suarento chefe do abastecimento no gabinete de um coletor em Madna, obrigou-o a sorrir.

O coletor fez uma pausa para respirar, depois disse: "Olá, você vai se acostumar com isso. O trabalho de administrador não é brincadeira", e voltou à ocupação de arrancar a dentadas a cabeça

16 Poema satírico de John Dryden (1631-1700) tido como grande clássico da literatura inglesa. [N. T.]

suarenta do chefe do abastecimento. A descompostura parou depois de um tempo e o chefe do abastecimento saiu da sala. Na porta usou de novo seu lenço multicolorido. O homem que choramingava também saiu, depois de muitos *namastês* e duas mesuras desajeitadas, com a testa tocando a mesa do coletor.

Srivastav sorriu para Agastya. Suas costeletas eram triângulos retângulos cuja hipotenusa seria a sombra das maçãs de seu rosto. "E então, Agastya? Agastya: que espécie de nome é esse, *bhai*[17]?"

Quando estava no colo da sua mãe, seu ignaro, pensou Agastya, ela não fazia sua mente mergulhar no sono com os versos de algum venerável épico hindu? "Agastya" é o termo sânscrito, teve vontade de dizer, para designar alguém que caga só um cocô a cada manhã. Mas o coletor na verdade não queria resposta nenhuma. Conversava em *staccato*, enquanto manuseava apressadamente as pastas sobre sua mesa. "Tinha alguém esperando você ontem na estação?"

"Sim, senhor."

"Que tal o seu quarto na Casa de Pouso?"

"Cheio de mosquitos, senhor."

O coletor jogava no chão todas as pastas terminadas. Dependendo do peso, elas aterrissavam com um baque surdo ou com estalidos agudos. Desse modo ele desbastava as montanhas de cima da mesa, e as pastas jaziam como cadáveres num campo de batalha, talvez lhe dando a ilusão de vitória.

"Ah, os mosquitos, sim, dá para ver no seu rosto." Um rápido olhar de soslaio para ele. "Vou lhe contar, Madna deve ser um dos lugares mais insalubres da Índia. Calor, umidade, doenças, tudo de ruim. Você está fervendo sua água? Mandei o *naib tehsildar* lhe dizer."

"Obrigado por isso, senhor. Mas não sei ao certo se o cozinheiro da Casa de Pouso entendeu ontem o que significa *ferver*."

"Você vai encarar mesmo o problema da língua em Madna. Eles não conseguem sequer falar híndi direito." Tocou a campainha. "Traga chá para nós." De repente se recostou na cadeira e fechou a cara. "Veja, no norte da Índia, em Bengala e em outros

17 "Irmão", sem denotar necessariamente uma relação de parentesco. [N. A.]

lugares, todo mundo entende híndi." Agastya estava um tanto desconcertado pelas caras feias que o coletor fazia. Mais tarde percebeu que aquela era sua cara oficial; em casa sua fisionomia às vezes também era carrancuda, mas só quando estava trabalhando, ou quando sua esposa ou seus filhos comportavam-se como seus subordinados. "E agora tudo o que chega do governo estadual vem na língua regional. Acham que isso aumenta a eficiência administrativa." Enxugou o rosto e os antebraços com uma toalhinha de mão. "Besteira desses sujeitos." Fez cara feia para Joshi. "Joshi *saab*, arranje algum tipo de tutor de idioma para o sr. Sen. E depois seria bom você assinar um jornal em vernáculo, isso também vai ajudar, mas não o *Dainik*, que só publica besteira." Joshi tomava notas, caneta sempre a postos para registrar qualquer coisa que o coletor pudesse desembuchar. O bloco de anotações de Joshi parecia irritar Srivastav; obrigava-o a emitir frases dignas de nota. Tocou a sineta. "Chidambaram, traga o *District Gazetteer* para o sr. Sen."

"Senhor, posso dar uma olhada no mapa?"

"Sim, por favor, enquanto eu termino mais um pouco deste trabalho."

Agastya saiu de sua cadeira e foi até o enorme mapa distrital pendurado na parede atrás de Srivastav. Nos primeiros minutos nada fazia sentido. Localizou enfim a cidade de Madna. Deus do céu, o distrito era enorme. Os trechos mais ao sul pareciam densamente arborizados, seria uma boa região a ser visitada. A voz de Srivastav penetrava nele de modo intermitente. "Quero suspender o chefe do abastecimento, um patife. Aquele comerciante corrupto de cimento na *taluka*[18] Pinchri andou entregando uma areia maldita no lugar do cimento, e esse chefe do abastecimento não corta suas asas porque está levando sua parte também..." Agastya contemplou o improvável: que logo, em alguns meses, ele próprio estaria vociferando coisas sem nexo e agindo do mesmo jeito. Chidambaram tocou seu cotovelo com um enorme livro preto. Voltou então à sua cadeira tendo em mãos o *Madna District Gazeteer*, o guia geográfico do distrito.

"Não o leia agora, leve com você. É uma leitura maravilhosa."

18 Unidade administrativa de um distrito. [N. A.]

Agastya abriu o volume. "É antigo, senhor. Não é atualizado desde 1935."

Srivastav fechou a cara. "Quem é que tem tempo? Ou você trabalha ou escreve um relato. Esses sujeitos nunca trabalharam." Ergueu sua xícara. "Logo você vai ver como as pessoas tomam chá aqui. Sempre no pires, veja."

Ficaram observando um Joshi sorridente despejar seu chá no pires. "É mais gostoso assim", disse Joshi.

Srivastav, ao que parecia, tinha muito a dizer a seu protegido; só não sabia por onde começar, e saltava de um assunto a outro. "Você tem uma cópia do seu programa de treinamento. Nos dois meses finais você será chefe do Desenvolvimento Distrital[19] e antes disso estará alocado em vários gabinetes distritais. As primeiras três semanas são na Coletoria. E nesta primeira semana você vai se sentar aqui ao meu lado para tentar captar como é o trabalho de um coletor. Afinal, em poucos meses você vai ser coletor-assistente, fazendo numa subdivisão o que eu faço no âmbito distrital."

"Sim, senhor."

"Haverá uma reunião da Integração no Salão Gandhi às 12h15. Vamos para lá."

"Integração como em Integração Nacional?"

"Isso, mas aqui tem outro nome, claro." Srivastav tocou a campainha e disse alguma coisa ao contínuo. Joshi saiu. "Olhe só quanta gente vem falar com o coletor todos os dias, assim como vão falar com você mais tarde, quando for BDO", disse Srivastav olhando de cara amarrada para Agastya e em seguida para os aldeões que o contínuo acabara de fazer entrar na sala.

Eles desdobraram e estenderam respeitosamente a Srivastav uma folha de papel. As dobras escurecidas do papel pareciam atestar sua viagem tortuosa, passando das mãos de um funcionário a outro, sem que nenhum deles resolvesse o problema.

19 No original, Block Development Officer. Na Índia, *development block* é uma área rural designada para planejamento e desenvolvimento. A área em questão é administrada por um Block Development Officer, que ao longo do livro várias vezes é referido pela sigla BDO (que pode designar também o departamento dirigido por ele). [N. T.]

Seguiu-se uma conversação, Srivastav desfazendo a cara feia à medida que compreendia melhor, e as vozes dos aldeões ganhando confiança pouco a pouco. Então, enquanto Srivastav rabiscava alguma coisa, os aldeões ficaram esperando, pacientes e passivos, com as mãos fortes curvadas em posição de súplica. Tinham trazido para a sala um cheiro de suor e terra, mas não eram (pensou Agastya fora de propósito, com um meio-sorriso inexpressivo) nem remotamente sexy, apenas tristes, e em seguida ele se sentiu vagamente culpado. Dois deles o examinavam de vez em quando; ele não se encaixava bem na Coletoria.

Os visitantes vieram ao longo de todo o dia. Com o tempo Agastya conseguiu classificá-los. Na verdade, era só isso que podia fazer, pois as conversas estavam fora do seu alcance. Os requerentes sempre ficavam de pé. Srivastav indicava-lhes que se sentassem quando achava que iam demorar; quando se sentavam, era na beirada da cadeira. A variedade das queixas, pelo pouco que Agastya conseguia captar por instinto, pelos gestos e por uma ou outra frase reveladora em híndi ou em inglês, era atordoante, e a área de ação se estendia por um distrito de 17 mil quilômetros quadrados (isso o primeiro parágrafo do *Gazeteer* havia informado). Alguém invadira as terras de um requerente, o qual não recebera nenhuma ajuda do *tehsildar*. O *patil*[20] de polícia de uma aldeia fora conivente com um assassinato e toda a hierarquia policial parecia estar lhe dando cobertura. Operários diaristas na construção de uma estrada se queixavam de que o empreiteiro não os pagava regularmente. Em algum lugar um *naib tehsildar* estava, ao que tudo indicava, molestando uma esposa tribal. O comerciante de alguma aldeia sempre adulterava seu querosene. De início Agastya ficou impressionado pela solidez e autoconfiança das reações de Srivastav; ele parecia saber exatamente o que fazer em cada caso. Depois de alguns visitantes, mudou de opinião e refletiu, contemplando maravilhado aquelas costeletas, que Srivastav *tinha* que ter autoconfiança porque vinha lidando com aqueles problemas por muitos anos.

Os requerentes explicavam em parte as multidões do lado de fora da Coletoria. Mas havia outras pessoas também, funcio-

20 Funcionário subalterno da aldeia. [N. A.]

nários subalternos de vários outros departamentos, que eram chamados ou vinham prestar contas, e eles não se sentavam até serem convidados a fazê-lo. E havia os mexeriqueiros do distrito, que eram os que gostavam de ficar mais tempo, mas que Srivastav não podia dispensar porque conheciam o coração de Madna, e havia também os puxa-sacos dos políticos. Bajuladores ao extremo, comportavam-se como caricaturas. Outros traziam convites, ficariam honrados se o Coletor e a sra. Coletora (e mais tarde naquele ano alguns incluíam Agastya, "Sen *saab*, IAS", acrescentado a caneta) agraciassem com sua presença o Dia dos Esportes de sua escola ou a cerimônia para celebrar o octogésimo aniversário de algum combatente pela liberdade do distrito, que tivera talvez a esmagadora felicidade de ter sido encarcerado uma vez com Gandhi.

Apenas uns poucos visitantes entravam de repente antes que o nome os precedesse, escrito em tiras de papel – o deputado de Madna no Parlamento e duas pessoas de olhos injetados, membros da Assembleia Legislativa. Agastya se deleitava com sua longa categorização especulativa, e colocava no topo os poucos e seletos diante dos quais Srivastav puxava sua cadeira para a frente e aos quais oferecia chá – houve apenas dois naquele dia, o deputado e o diretor-administrativo das fábricas de papel de algum lugar do distrito.

Na parede atrás dele havia um grande painel de teca com o nome dos magistrados distritais de Madna desde 1902. Os coletores anteriores tinham sido britânicos, um certo Avery ficara por seis anos, entre 1917 e 1923. Sentiu fome e, para espantá-la, pensou nos horrores que Vasant lhe serviria de almoço.

Às 12h45 o coletor disse ao contínuo: "Vou receber os outros quando voltar. Avise o motorista". Do lado de fora, no corredor, os contínuos, os requerentes, os puxa-sacos de políticos e os puxa-sacos dos puxa-sacos se endireitaram e passaram a gritar seu blá-blá-blá confuso quando avistaram Srivastav. Pareciam solenes e culpados, como se tivessem planejado esfolar o coletor, pensou Agastya.

O calor era terrível. O carro começou a escavar lentamente um sulco em meio à massa que apinhava a estrada. "Este carro tem uma sirene de emergência, além da luz giratória. Eu sempre quis usar as duas juntas só para chegar ao meu gabinete." Passaram pelo matagal de cânabis e pela lagoa. Crianças pulavam de um búfalo a outro. "Quando chove o gado se aloja nos corredores da Coletoria. A mesma coisa costumava acontecer em Azamganj, de onde eu venho. Antes eu achava que só em Azamganj havia uma Coletoria com vacas e cachorros sem dono nos corredores, agora acho que é uma coisa comum." Um homem enfiou a cabeça pela janela da frente para encará-los com um olhar sem expressão. O motorista rosnou para ele. "Você vem de uma metrópole. No começo este lugar vai parecer muito diferente. Depois você se acostuma." Alguém deu um tapa na traseira do carro, por afeto ou por tédio. Srivastav observava Agastya transpirar. "Se você acha que está calor é porque nunca esteve aqui em maio. Os antigos moradores costumam dizer que em certas tardes de maio até os passarinhos caem mortos do céu."

O carro acelerou imprudentemente ao deixar a área dos gabinetes. "E essa reunião da Integração?"

"Ah, aconteceu um grande tumulto aqui faz alguns meses, entre hindus e muçulmanos. Surpreendeu todo mundo, porque Madna nunca foi suscetível a conflitos grupais. O último coletor, Antony, foi transferido, acho, por causa dos tumultos. Disseram que ele meteu os pés pelas mãos aqui, mas o mais provável é que os políticos que estavam mesmo por trás dos tumultos simplesmente quisessem um bode expiatório. Esses políticos canalhas, você vai saber como eles são quando for BDO. Por isso formamos um Comitê da Integração que se reúne uma vez por mês. Os *goondas*[21] hindus e muçulmanos se reúnem, comem e gastam tempo. Coma o mínimo possível, a comida é um veneno."

As cortinas marrons do carro não conseguiam deixar a cidade do lado de fora. Ruas estreitas e barracos de dois andares, pessoas e animais imunes ao calor. Talvez percebendo o estado de espírito de Agastya, Srivastav disse: "A população da cidade é só de 2 *lakhs*[22]. Às vezes penso que o desenvolvimento de Madna deve ser uma história tipicamente indiana. No passado ela era só mais um distrito, com florestas exuberantes,

21 Malandro, delinquente. [N. A.]
22 Um *lakh* é equivalente a 100 mil. [N. A.]

com tradições tribais que a faziam orgulhosa, o que é um jeito de tentar fazer as pessoas esquecerem seu atraso econômico. Aí descobriram aqui carvão, mica, calcário, um dos cinturões industriais mais ricos do país, agora petróleo também. Em pouco tempo as fábricas cercaram esta cidade, e todos os dias são erguidas novas fábricas". O carro rugiu sua fúria contra um ciclista que atravessou sua frente e se aventurou por uma viela lateral que parecia ter a largura de uma escrivaninha. "O desenvolvimento é uma coisa traiçoeira. Deve ter algo muito errado com o desenvolvimento, se ele cria lugares como Madna. Mas o problema são as prioridades, como vamos gastar nosso dinheiro, se vai ser em carvão e petróleo, no planejamento urbano, nas florestas. E tem a pressão do tempo, o tempo nunca é suficiente. Mas você vai ver outra faceta do desenvolvimento quando for BDO, a corrida insana para cumprir metas." Srivastav continuou falando, de olhos semicerrados, sem nunca olhar para Agastya, como se estivesse falando para um gravador.

Essa transmissão de conhecimento era surpreendente, ainda mais assim no primeiro encontro; mas o padrão se repetiu com frequência, com Srivastav e com o superintendente de polícia. Ao compartilhar o banco traseiro de um carro com um novato na administração, as autoridades mais antigas sempre teorizavam, tentavam explicar, impressionar, instruir, justificar.

O carro era obstruído o tempo todo por bicicletas e riquixás, que pareciam se comportar como batedores que tinham decidido de repente se divertir um pouco com a limusine. Ele via pedacinhos de outras vidas: mãos cheias de veias em guidões de bicicleta, e atrás um homem esvaziando um balde numa vala, as panturrilhas retesadas de um puxador de riquixás, camisetas molhadas de suor em torno de uma barraca de sucos de frutas. Porém nos meses seguintes ele viu muito pouco da Madna real, da vida de seus comerciantes de madeira e produtos da floresta, dos mineiros de carvão, dos operários das fábricas de papel, dos gerentes de lojas, dos proprietários de cinemas e restaurantes. A vida que ele via e vivia no distrito era a vida oficial, comum a todos os distritos, mortalmente aborrecida. Esse mundo incluía coletores, autoridades do Desenvolvimento Distrital, superintendentes de polícia e suas legiões de subordinados, vários detentores de um pequeno poder, emburrados ou resignados quando estavam longe da sua terra, comprando mobília barata e matando tempo até serem transferidos para um lugar mais adequado.

O Salão Gandhi ficava ao lado da delegacia de polícia da cidade, um edifício de três andares. Por um momento ele pensou que o prédio tinha sido bombardeado, como naquelas matérias de TV sobre Beirute, com janelas espatifadas, paredes carcomidas, um certo ar de espanto por não terem desmoronado ainda. Uma bandeira vermelha sobre a porta e, do lado de fora, a estátua de um homem baixo, gordo e de óculos com uma vara saindo da bunda. Ele perguntou, espantado: "Isso é uma estátua do Gandhi?".

Srivastav deu uma risadinha aguda. "Sim. Que tal?"

"Uau. O que é aquela vara, senhor?"

Srivastav riu mais ainda. "É para sustentar a estátua. Ela caiu algumas semanas depois de instalada. Madna lhe reserva muitas outras surpresas, Sen." Então os *goondas* apareceram em cima deles.

Uma multidão cercou Srivastav efusivamente. Um alvoroço de *khadis*[23] brancos e dentes vermelhos, o perfume de óleo capilar distraindo o nariz do cheiro de urina, alguns olhos negros observando Agastya com estranheza: ele não se encaixava. Srivastav o apresentou a alguém, ninguém ouviu nada senão "IAS", então todos passaram a adulá-lo também.

Escadas largas, paredes com manchas marrons de *paan* espirrado, parecendo a cena de uma matança desvairada (e ele se lembrou abruptamente da escola, quando a vida era mais simples, de Prashant apontando para a bosta de vaca numa estrada de montanha: "Inglês, aposto que você não é capaz de lamber aquilo, aposto!". "Ah, eu lambo numa boa, se você me der alguma coisa por isso, por exemplo dinheiro todo mês pelo resto da minha vida"), o aperto das pessoas e uma língua estranha. No segundo andar um enorme salão e outra bandeira, e embaixo dela um policial gordo e satisfeito. Se usasse óculos, pensou Agastya, ele ia parecer aquela caricatura lá fora, do Mahatma em pedra.

23 Traje de tecido caseiro. [N. A.]

"Sen, este é o sr. Kumar, o superintendente de polícia de Madna."

Todos entraram, com Kumar fazendo a Agastya perguntas cuja resposta não podia ouvir. Papel de parede colorido, colchões no chão com lençóis brancos e almofadas, os ventiladores de algum modo intensificando a umidade. Quando Kumar se sentou, seus joelhos estalaram de modo estridente. Um assecla do tipo valentão se juntou a eles e perguntou em híndi: "Você também é IAS?".

"Sou, vim para um treinamento em administração distrital."

Mais perguntas. Suas mentiras eram coibidas pela presença de Kumar, mas ele deixou escapar que havia escalado o Everest no verão anterior. O assecla se retirou para preparar as refeições. Kumar se refestelou em sua almofada e, dando palmadas na parte externa da coxa, disse: "Ahn, Agastya, um nome muito bengali, *yaar*[24]".

"Sim, senhor."

"Os bengalis escolhem esses nomes diferentes. Por quê, *yaar*?"

Agastya sorriu. "O coletor estava dizendo que esses encontros acontecem todos os meses. Mas o que acontece aqui?"

Kumar franziu o cenho e olhou em volta, para ver o que todos estavam fazendo e quantos estavam olhando para ele. Havia um bando enorme em torno do coletor. "Na superfície, nada; apenas comemos alguma bobagem juntos e depois passamos uma semana com dor de barriga. Mas os encontros são úteis em vários sentidos. Neles descobrimos o que está acontecendo de fato no distrito – os rumores, as coisas que nossa polícia e nossos funcionários da Receita não nos contam porque eles mesmos podem estar envolvidos." Sua voz se tornou ditatorial. "Uma administração efetiva significa encontrar de verdade as pessoas, e mostrar a elas que o coletor e o superintendente de polícia de um distrito não são arrogantes e insensíveis, mas gostam de estar com eles. Esta é a Índia, *bhai*, um país independente, e não o reino de um rajá. Somos servidores do povo." Um assecla ofereceu a Kumar um *paan* que ele enfiou inteiro na boca. "Ahn, você parece do tipo inglês..."

24 Amigo. [N. A.]

"Do tipo inglês?"

"Qualquer indiano que fale inglês com mais fluência que qualquer língua local pode ser chamado de tipo inglês, não acha?"

"Sim, senhor."

"Bom, inglês, quer ver filmes ingleses em vídeo?"

"Sim, senhor."

"Venha então quando quiser. Tenho filmes novos, *Passagem para a Índia*, *Amadeus*, *A joia da coroa*, uma porção de outros, venha ver." Kumar acenou para alguém do outro lado do salão que o saudou com um salamaleque jovial. "Mas me diga uma coisa, por que todos esses filmes ingleses sobre a Índia têm estupros? Homens negros violando mulheres brancas. Sathe, você conheceu Sathe, o piadista de Madna? Ele diz que ser violada por um negro é a fantasia das mulheres brancas." Nesse exato momento o homem que fizera um salamaleque para Kumar se aproximou e os dois passaram a fuxicar. Um assecla político veio fazer companhia a Agastya.

"Para que vocês costumam usar este salão?"

O assecla pareceu perplexo diante da pergunta. "Oh... tudo." Encolheu os ombros. "Campanhas de vasectomia e salpingectomia do Planejamento Familiar, campeonatos escolares de tênis de mesa, torneios de bridge, encontros do Clube da Juventude, festas... qualquer coisa." Tudo ao mesmo tempo, espero, pensou Agastya.

"Quem construiu aquela estátua de Gandhi ali fora?"

"Um engenheiro-executivo chamado Tamse. Ele esteve aqui algum tempo atrás, foi alocado em Madna duas ou três vezes." O rosto do assecla se contraiu com uma lembrança desagradável. "Ele é animado demais e desprovido de talento. Também pinta, aliás muito mal também. Eu estava aqui quando instalaram a estátua. Todo mundo ficou furioso, mas era tarde demais."

Um moleque entregou um prato a Agastya. Nele havia *laddus*[25], *samosa*[26] e *chutney* verde. Ele quase ouvia o *chutney* dizer: Ei, meu nome é cólera, e o seu?

25 Doce indiano em forma esférica, feito principalmente de farinha, gordura e açúcar. [N. T.]

26 Lanche frito tradicional indiano, geralmente recheado com batatas. [N. A.]

"Não, para mim, não."
O moleque disse: "Hein?".

Agastya virou-se para o assecla a seu lado. "Não posso comer nada. Minha mãe morreu hoje." O homem ficou desconcertado de novo. "Quer dizer, é aniversário da morte da minha mãe, então eu faço jejum." Por um momento pensou em acrescentar: "Em penitência, porque fui eu que a matei".

Com o rosto contraído de novo, o assecla disse devagar, mas dessa vez com perplexidade: "Mas está bem gostoso, prove um pouquinho".

"Ok", concordou Agastya, e começou a comer depressa. Estava sentindo muita fome, e chegou a dar cabo de um segundo prato, imaginando o tempo todo a imundície embaixo das unhas do moleque.

A conversa prosseguiu. Agastya providenciava para que a perplexidade do homem nunca desaparecesse. Tanto o coletor como o superintendente de polícia estavam discutindo assuntos sérios. Assim como havia acontecido naquela manhã na sala de Joshi, ele se sentia acossado pela sensação de estar vivendo a vida de outra pessoa. Consultou seu relógio. Uma e quarenta e cinco. Em sua antiga vida ele estaria com seu tio em casa, discutindo bobagens enquanto faziam um *brunch*. Lembrou-se do dr. Upadhyay, o chefe de seu departamento, e de suas palavras no último encontro que tiveram. O dr. Upadhyay era um homenzinho insatisfeito. "Estou contente por você, Agastya, que está saindo para um contexto que faz mais sentido. Este lugar", e abarcava com um gesto os livros à sua volta, as aulas sobre sua mesa, "é como uma paródia, uma farsa completa, estão tentando construir outra Cambridge aqui. Na minha antiga universidade eu costumava ensinar *Macbeth* em híndi para as aulas do mestrado de inglês. O inglês na Índia é burlesco. Mas agora você vai sair daqui para uma situação de certa forma mais real. Na minha época eu quis prestar concurso para o serviço público também, e devia ter prestado. Agora passo meu tempo escrevendo ensaios para publicações desconhecidas sobre L. H. Myers e Wyndham Lewis, e lecionando Conrad para um bando de imbecis".

Estar à deriva — essa seria uma de suas inquietações caóticas naquele ano incerto; outra seria debater-se com uma sensação de desperdício. Outras ruminações na balbúrdia de sua mente: autocomiseração num clima inóspito, a incerteza de suas reações a Madna, seu emprego e sua inabilidade em se relacionar com ele – e outras abstrações também: seu nicho no mundo, seu futuro, a natureza esquiva e zombeteira da felicidade, a possibilidade de alcançá-la.

No caminho de volta, Srivastav perguntou: "Então, o que achou do nosso superintendente de polícia?". Agastya deu um sorriso sem graça. "Você deve fazer uma visita formal a ele esta semana no gabinete, e também ao juiz distrital e ao chefe do Desenvolvimento Distrital. Mais ninguém. Normalmente esse encontro de hoje dura mais tempo, alguns idiotas fazem discursos, mas tenho um montão de trabalho no escritório, então cortei logo. Quantas refeições você faz por dia?" Srivastav estava de novo brincando de saltar de um assunto a outro.

Agastya ficou meditando na pergunta. "Três", disse, ainda pensando. Talvez Srivastav conhecesse gente que fazia quinze.

"Quando começar o trabalho você vai precisar reduzir as refeições a duas, antes e depois do expediente, esse é o meu conselho. Veja o meu caso. O expediente começa às dez e meia, eu chego às onze em ponto." Falava como se fosse uma virtude. "Mas nada de ir para casa almoçar. O nosso superintendente de polícia antes seguia um padrão bem diferente, mas dei um jeito nisso. Ele chegava ao gabinete às dez e meia, mas saía para o almoço à uma e dormia até as quatro! E então voltava às cinco. Eu dei um jeito nisso." Srivastav sorriu ao se lembrar do triunfo. "Ao longo de uma semana telefonei para ele todos os dias por volta das três para falar de um serviço ou outro. No gabinete diziam que ele estava em casa. Não podiam mentir dizendo que tinha dado uma saída, porque era o coletor que estava perguntando. Então eu ligava para a casa dele. Seu empregado não podia dizer que ele estava dormindo, não para o coletor, então ele era acordado. E ao falar ao telefone ele não podia dizer que estivera dormindo. Bastou uma semana assim. É preciso endireitar essa gente que pensa que está sendo paga para dormir à tarde. Kumar é um sujeito interessante. É um policial que fala com grandiloquência sobre servir ao povo, isso você logo vai ver, mas é um caso perdido. Você quer voltar à Casa de Pouso para almoçar?"

"Ahn... quero, acho que quero, sim." Uma decisão insensata, porque o quarto na Casa de Pouso era muito mais quente que a sala do coletor, mas ele queria escapar daquele coletor e do trabalho, escapar para sua outra vida. Sua vida secreta naquele ano foi vivida em seu quarto escuro e quente na Casa de Pouso, ou em outros quartos escuros e quentes em outras Casas de Pouso. Sua vida secreta acabou ficando muito mais excitante e verdadeira que o mundo exterior. Durante as tardes os quartos ficavam escuros porque as janelas tinham que ser fechadas contra um mundo incandescente, e os vidros das janelas eram pintados de um cor-de-rosa opaco ("Contra a luz excessiva", explicou um engenheiro subalterno. "Para ter privacidade", disse outro). Havia maconha e nudez, e música suave, incorrigivelmente destoante (Tagore ou Chopin), e os pensamentos que fermentavam no isolamento. Havia naquele calor até mesmo algo vagamente erótico em observar seu próprio suor sobre a pele nua.

"Ok, relaxe depois do almoço, não há necessidade de apressar as coisas. Tire alguns dias para se acostumar com o calor. Mas amanhã você vai para casa comigo ao anoitecer."

Na Coletoria, Agastya trocou o Ambassador branco pelo jipe. O *naib tehsildar* suava e sorria radiante para ele. Na Casa de Pouso ele disse: "Peço licença para me despedir, senhor".

Agastya disse: "Ok, obrigado, te espero amanhã".

O *naib tehsildar* estendeu-lhe um enorme guardanapo branco com bordas azuis. "Esta manhã, senhor."

"Ah, claro." Tentou prendê-lo sobre a cabeça. O motorista e o *naib tehsildar* riram baixinho, complacentes. Ele pediu ao motorista que chamasse Vasant. Seu quarto parecia bastante acolhedor, com aquele pé-direito alto e o quadro de Tamse. Não estava com fome, mas queria leite para se iludir pensando que cuidava da própria saúde. "Vasant, teria um pouco de leite?"

"Leite?", perguntou Vasant, como se Agastya tivesse acabado de pedir a boceta de sua esposa. Vasant tinha uma aparência ainda mais maluca, com uma toalha verde enrolada na cabeça, mas parecia estar em conformidade com Madna. Agastya pediu que trouxesse chá às cinco e meia e o dispensou. Tinha três horas só para si, e estava ansioso para desfrutá-las. Fechou a porta e preparou um baseado, pensando na música que escolheria para ouvir enquanto trocava de roupa. Fumou bem devagar, até que o tempo, e a maioria das outras coisas, deixassem de importar. Em Madna aconteciam coisas curiosas no que se refere ao tempo. Fora do quarto a passagem do tempo era enfadonha, mas em sua vida secreta Agastya saboreava cada segundo. Nenhuma ação era automática: trocar de roupa, até mesmo escovar os dentes, todas as coisas se convertiam em atos sensuais. Decidiu-se por Keith Jarrett, um presente de despedida de Dhrubo.

Foi até a penteadeira, curvou-se para a frente até o nariz tocar o vidro do espelho e perguntou a si mesmo em silêncio o que estava acontecendo consigo. Não haviam transcorrido nem 24 horas e ele se sentia fora do eixo, sem a compensação da ilustração ou do conhecimento. Deitou-se e ficou contemplando o teto de madeira. Poderia se masturbar, mas sem prazer. O que é que está acontecendo?, perguntou-se de novo. É por ser um lugar novo? Sim. Então eu sinto falta da vida urbana? Sim. É por ser um trabalho novo? Sim. O trabalho é ao mesmo tempo desconcertante e enfadonho. Dá um tempo, não se passaram nem 24 horas. Ficou à espera dos mosquitos. A entrada de ventilação estava aberta, o quarto se enchia do fedor de excrementos alheios quando o vento vinha em sua direção. Minha própria merda não tem esse cheiro, pensou ao acaso. Acariciou distraidamente a genitália e em seguida afastou bruscamente a mão. Nada de masturbação, decidiu de repente. Tentou pensar nisso, mas manter o pensamento lógico num tema era difícil e desnecessário. Não, não vou desperdiçar meu sêmen em Madna. Foi um impulso, mas sentiu que devia registrá-lo. No diário, sob a data, escreveu: "A partir de hoje nada de masturbação. Teste sua força de vontade, filho da mãe". Então ficou pensando em sua bravata. Nadinha de masturbação? Isso era impossível. Mas então a maconha bateu de verdade e até isso deixou de importar. Deitou-se de novo.

Podia dormir, talvez, mas acordaria embotado, com a boca pastosa, e de certo modo seria um desperdício de tempo.

Continuava tocando Jarrett, sons de piano suaves e estranhos. A música, ele se deu conta, seria importante em Madna. Ao fazer as malas, tinha pensado que 44 fitas cassete seriam um tremendo exagero. De repente uma batida forte na porta o sobressaltou. O quarto lhe pareceu de súbito um lugar de refúgio, precioso e secreto, ameaçado por aquele mundo incandescente.

Um homem gordo, de barba por fazer, com olhos vermelhos de bêbado, sorrindo. "Eu Shankar", engrolou em híndi. "Eu fico..." Ergueu uma mão lânguida em direção à parede que exibia o quadro de Tamse. Queria indicar o quarto ao lado, com o qual o de Agastya compartilhava a varanda. Agastya consultou seu relógio. Bêbado às três da tarde: gostou de Shankar na hora.

"Olá. Sou Agastya Sen."

"Agastya, bom nome. Meio raro, significa nascido de um jarro. O jarro é o ventre, e portanto a deusa-mãe, mas o jarro também poderia muito bem conter uísque védico. Tipo soma[27], um scotch de boa qualidade, envelhecido doze anos." Shankar se apoiou na porta e bocejou, exalando os eflúvios de uísque e rapé. "Você estava ouvindo Tagore hoje de manhã. Eu gosto. Então vim fazer amizade."

"Está muito quente, podemos ir bater papo no seu quarto?" Gostava da ideia de uísque com um estranho num lugar estranho às três da tarde.

O quarto de Shankar, embora idêntico ao seu, tinha um cheiro horrível: calor, bebida alcoólica e janelas fechadas. Ele mantivera toda a mobília. Um homem mirrado, refestelado no sofá, acenou para Agastya. "Meu irmão mais novo", disse Shankar, "não se preocupe. Ele é demente, mas muito amável".

Agastya pensou em pegar um pouco de maconha para inflamar o uísque, por assim dizer, mas desistiu. Não se sentia capaz do esforço, para começar. Além disso, não sabia ao certo como Shankar e o irmão iam encarar aquilo. Lembrou-se com um sorriso das últimas palavras do tio na estação ferroviária de Delhi. "Se for fumar essa erva, fume em segredo. Não é um vício que se exibe por aí." Tinha desviado o olhar. "Escreva logo que estiver instalado." Seu tio fora sarcasticamente cínico quando descobriu Madan e Agastya queimando fumo no primeiro ano da faculdade. Era um domingo de verão, eles estavam no

27 Mistura com efeitos estimulantes derramada no fogo sacrifical, consumida pelos hindus védicos. [N. T.]

telhado, Madan enrolando um baseado. "Vocês são uma geração de macacos." Seu desprezo não era por moralismo ultrajado nem por preocupação com a circulação sanguínea deles. Mas Madan reagira e a discussão resvalou para o absurdo. "Mas todo mundo na Índia fuma, até nas aldeias, ao pôr do sol, e tudo o mais." E ao ver Madan defendê-los, de cara feia acima da mão que segurava em concha maconha e poeira, Agastya sentiu seu estômago se contrair numa risada silenciosa. "Meu empregado traz um montão da aldeia dele todos os anos. E August fuma desde o colégio, pelo que me contou."

Diante disso o cinismo do tio, como de hábito, se convertera em fúria. "O grande louvor que vocês, imitadores, almejam é ser chamados de *junkies* europeus. E quem é August? Na minha presença, chame-o de Ogu."

"Servido?", perguntou Shankar, oferecendo-lhe uma boa dose de uísque puro, e deu uma risadinha aguda. Agastya logo percebeu que ele ria muito. "O que veio fazer em Madna, Sen *saab*?"

"Estou no Departamento da Receita. Em treinamento."

"Ah, você é IAS. Espero que não esteja almejando o BDO." Shankar riu tanto que derramou uma boa dose de uísque nas calças.

"Não, não estou", disse Agastya.

"O sr. Sen não acompanhou seus comentários idiotas e confusos", disse o homem no sofá, acrescentando: "Quando chegou aqui?".

"Na noite passada."

"Uma BDO em Nurana cometeu suicídio alguns dias atrás. Ontem, um jornal local, o *Dainik*, disse que ela vinha tendo um caso com o *saab* coletor e que se suicidou porque ele não queria se divorciar da esposa para se casar com ela."

"Quer dizer, o sr. Srivastav?"

"Isso." O homem no sofá bocejou ruidosamente.

"Vou pedir água gelada", disse Shankar, que parecia ter se zangado com o último comentário do irmão, e gingou tropegamente em direção à porta. Apertou a campainha, que não funcionou. Espancou o interfone, que se soltou no ato e ficou pendurado num prego. Escombros no chão e poeira no ar, e uma enorme aranha enraivecida correndo em direção ao teto. Shankar saiu do quarto.

"O *Dainik* diz que o sr. Srivastav tinha um caso com uma BDO?"
"Eu nunca minto."

Hummm, *Peyton Place*[28], pensou Agastya, e voltou a sorrir, pois lembrou de novo que seu tio, em torno de um único tema, expressava-se com graus de desprezo, angulações de rosto e tons de voz variados, em mil situações diferentes. Eles tinham assistido a uma série de TV profunda, na qual um convidado ansiosamente aguardado não aparecia antes dos últimos comerciais. "Godot", dissera Agastya, mas Pultukaku não tinha achado graça.

"Por que" – tinham feito uma caminhada para ver o novo estádio para os Jogos Asiáticos, e enquanto Pultukaku falava ele tinha pisado num pedaço de merda e ficado muito furioso – "quando acontece algo à sua volta a *primeira* coisa que te ocorre é uma referência duvidosa e estrangeira, totalmente distante da vida e das linguagens ao seu redor?"

"Meu irmão mais novo é gente boa, mas um pouco burro", disse o homem no sofá, cujo nome era Shiv.

"Mas ele disse que você era o mais novo."

"Bom, ele *é* burro." Shiv saiu do sofá e se serviu de bebida. Era pequeno e muito gasto, enrugado, com os olhos cinzentos de um velho. "Shankar é um engenheiro-adjunto na Irrigação Secundária. Então ele ganha umas 30 mil rupias extras por ano, porque é só um corrupto mediano. Tenho um acordo com ele, que me dá um terço do seu dinheiro ilegal anual, e em troca eu faço de conta que sou seu empregado pessoal sempre que necessário, quando ele está longe de casa ou coisa parecida, para que ele possa se pavonear e ser um servidor público ainda melhor. Então eu cozinho para ele se necessário, lavo suas roupas, saio para comprar seu uísque e seu *paan*. Quando ele está fora de casa, eu durmo com sua esposa."

Está mentindo, claro, pensou Agastya, ou talvez seja mesmo demente. Talvez fosse a forma de demência prenunciada pelo tédio extremo. Ou talvez Shiv simplesmente gostasse de fantasiar

28 Melodrama cinematográfico norte-americano, dirigido em 1957 por Mark Robson e lançado no Brasil com o título *A caldeira do diabo*. Gerou uma série televisiva homônima, exibida entre 1964 e 1969 e reprisada inúmeras vezes. [N. T.]

por achar ao mesmo tempo impossível e desnecessário expressar acuradamente o leve horror da monotonia da sua vida. Agastya sentiu um pouco disso, ele próprio, quando, em sua visita seguinte a Delhi, tentou responder a perguntas de Dhrubo e Madan sobre Madna.

"Chegamos faz uma semana, mais ou menos. Vamos levar meses para conseguir um apartamento. Shankar foi transferido de Koltanga. A família está lá." Koltanga, pelo que Agastya se lembrava do mapa, era um distrito vizinho.

Shankar voltou com um suco. "Ufa, este calor." Tagarelou e perambulou por um tempo. Depois, confortavelmente sentado, sorriu com beatitude em direção ao sofá. "E então, Shiv, está contente?"

"Nunca estou descontente."

"Ele é meio demente", explicou Shankar a Agastya, com um gesto do indicador ao lado de sua têmpora, "mas feliz. Você conheceu Sathe? O piadista de Madna. Ele me disse que viu um filme japonês no qual os jovens de uma família levam os velhos para uma montanha e deixam lá para morrer. Fiquei chocado, tenho que dizer", e fez uma pausa abrupta, com a concentração estreitando seus olhos até a erupção de um arroto explosivo, e em seguida o sorriso de beatitude. "Na Índia tratamos nossos pais e outros velhos tão bem que eles sempre ficam com a gente, e ajudam na casa e tudo, como meu irmão mais novo aqui, e nós não mandamos eles para as montanhas."

"Mas li num artigo em algum lugar que alguns dos internos do Asilo Ranchi são perfeitamente sãos, simplesmente são indesejados em casa e é mais barato mantê-los no asilo. E as viúvas em Varanasi..."

"Asilo Ranchi?", perguntou Shankar, com o rosto exibindo a irritação que nasce do espanto.

"Você sabe, Ranchi, em Bihar."

"Ahhh... Bihar", disse Shiv, como se isso explicasse tudo, e virou-se para o irmão dizendo: "Bihar". Estendeu seu copo para que fosse reabastecido. "Também li esse artigo. Dizia que um sujeito no asilo ficou louco de ciúme porque o irmão costumava dormir com a irmã deles e ele próprio não podia dormir com os dois."

Não parecia um comentário ao qual alguém pudesse acrescentar alguma coisa. Shankar encheu de novo os copos. "*Saab* Shankar", disse Agastya, "você conhece o sr. Tamse?"

"Ohhh! Tamse!", bradou, num misto de triunfo e raiva, e ergueu a mão no primeiro movimento de um gesto de desprezo, mas ela bateu no pé da cama e o mosquiteiro desmoronou com um leve farfalhar. "Como artista, está mais para piadista. É um bufão. Arruinou muitos quartos com suas pinturas, posso te dizer. Tinha uma neste quarto", e apontou para uma parede, "mas eu disse: neste quarto ou fico eu ou fica o quadro, e Vasant levou para algum lugar, uma pintura horrível com pores do sol e barqueiros. Ele escreve mensagens idiotas atrás de cada quadro. Tamse é um artista do governo. Conhece essa expressão, artista do governo? Alguém que trabalha alegremente numa escrivaninha durante a semana e pinta porcaria nos feriados e fins de semana, e que é apreciado apenas por gente que pendura quadros como o de Tamse em Casas de Pouso, e que tem um critério de grande arte que pode ser encontrado em nossos bueiros. A maioria das pessoas acha que a arte é uma espécie de piada, sabe, que alguém pode escrever um grande poema enquanto está tomando café ou peidando, assim, espontaneamente. Tamse é um lixo". Shankar parou com virulência, olhando ao redor do quarto com olhos furiosos. "Eu não pareço um artista pra você?"

"Não." Parecia um cambista de ingressos de cinema.

"Mas estive muitas vezes no Programa Nacional. Se tivesse mais força de vontade poderia ter me tornado legendário." Seu rosto assumiu a expressão solene de alguém que está prestes a se apresentar em público. Então ele cantou excepcionalmente bem os primeiros versos de um *thumri*[29] pouco conhecido.

"Ele canta muito bem", disse Shiv, do sofá.

"Sabe por que eu bebo? Porque se espera que todo cantor na Índia beba, faz parte da imagem, e porque beber me dá uma desculpa por minha falta de força de vontade. É muito mais fácil ficar bêbado do que disciplinar a própria vontade."

Mais um drinque e Shankar perguntou: "Você acredita em Jagadamba?".

29 Uma canção, parte do repertório da música clássica hindustâni. [N. A.]

"Ahn..."

"Pois devia, porque foi ela que nos reuniu aqui. Não foi o acaso ou o Destino, foi a deusa que providenciou para que tivéssemos quartos vizinhos, para que nos encontrássemos. Caso contrário, como a gente teria se conhecido? A única coisa em comum é que somos ambos governados por Saturno. Temos origens diferentes, fomos criados de modos diferentes, em diferentes lugares. Ora, a diferença de idade deve ser de uns vinte anos. Às vezes eu entendo dessas coisas mais profundas. Música e astrologia estão nas minhas veias." Ergueu o antebraço gordo e peludo e relinchou de alegria. "Dizem", e puxou sua cadeira para a frente, envolvendo Agastya numa atmosfera de rapé, suor e uísque, "que todos os engenheiros são corruptos. Eles fazem dinheiro, mas eu não. Eu tenho minha música e minha astrologia. Em que dia você nasceu?".

"Quatro de agosto de 1958."

"E o dia da semana?"

"Sexta-feira."

"Lembra da hora?"

"Oito e quinze da manhã. Minha mãe me contou que eu causei um bocado de dor."

Shankar pousou as mãos nos joelhos, avaliou o esforço de se levantar, suspirou e por fim cambaleou até uma mesa lateral para pegar papel e lápis. "Te vi esta tarde e gostei de você porque você precisa da ajuda de Jagadamba. Precisa de muita ajuda." Sim, com certeza eu preciso, pensou Agastya, mas seria esse sujeito uma bicha?

"No momento o que é que você mais deseja?", perguntou Shankar, voltando trôpego para sua cadeira.

O que eu desejo, decidiu Agastya com um silencioso sorriso sem-vergonha, é trepar com a mãe de Dhrubo (uma fantasia adolescente de quase todos os colegas de escola de Dhrubo, e do próprio Dhrubo, insistiam eles, só que ele não podia admitir isso; ela era esbelta, afetuosa e inacessível). "Bom, isso muda a cada momento."

Shankar ficou muito insatisfeito com essa resposta e balançou a cabeça todo embriagado. "Precisa ser sincero", disse Shiv de repente.

Oh, bem, não importa mesmo, pensou Agastya, e disse: "No momento eu gostaria de saber como vai ser o meu futuro... não num sentido vago qualquer... mas o que vou *fazer* em Madna, se vou gostar desse tipo de vida... Sinto falta da minha vida anterior, acho, principalmente porque estava sintonizado com ela, e ela era... ahn, compreensível... Claro que só se passou um dia, mas parece muito mais tempo, e eu me sinto estranho...". Sorriu, sentindo vergonha de si mesmo.

"Oh, Madna", gorgolejou Shiv inesperadamente, "todo mundo se sente desgraçado em Madna", enquanto Shankar rabiscava e fazia cálculos sobre a mesa. "Você devia ir a Koltanga, um lugar adorável." Outro buraco nos confins do interior, pensou Agastya.

"Você vai deixar este lugar depois de agosto por outro para onde deseja ir", lançou Shankar por cima do ombro.

"Está querendo dizer que vou a Delhi ou Calcutá para os feriados da Puja[30]."

"Seja o que for, você ficará feliz depois de agosto." Shankar ergueu os olhos e não gostou da expressão jocosa de descrença no rosto de Agastya. "Não está acreditando? Mas precisa acreditar em Jagadamba."

"Como assim, feliz?" Meu Deus, pensou Agastya, será que essa baboseira é um oráculo? Sentindo de novo vergonha de si mesmo, perguntou: "Jagadamba diz isso?". De repente desejou desesperadamente acreditar.

"Sim, sim, Jagadamba me disse isso."

"No ateísmo, ou num futuro melhor, ou no dinheiro, ou no absurdo, todos acreditamos numa coisa ou em outra."

Seu pai havia dito isso, de modo bem inesperado, em seu último encontro, antes da partida para Madna. "A maioria de nós, Ogu, vive com uma vaga insatisfação, isso quando temos sorte. Vivendo como vivemos, sobre nós é imposto um ritmo particular – nascimento, educação, um emprego, casamento, depois nascimento de novo, mas todos nós temos uma mente, não temos?" Seu pai, como de costume, falara com a cautela de um homem taciturno e desprovido de humor. "Para a maioria

30 Ritual religioso de adoração e oração a uma ou mais divindades. [N. T.]

dos indianos como você, arranjar um emprego já é o suficiente. Você teve mais sorte, pois teve opções à sua frente." Tinham caminhado juntos pelos gramados ao entardecer em Calcutá, com o rugido do tráfego na Dalhousie Square (hoje Bengalifield, Binoy Badal Dinesh Bag) do outro lado dos muros. "Essas palavras soam como sermão paterno, não é mesmo?, mas você sempre teve pais e mães postiços, suas tias, e em Delhi seu Pultukaku, e nós não passamos muito tempo juntos."

Terminaram de esvaziar a garrafa. Shankar arrotou e disse: "Sen *saab*, pode me emprestar algum dinheiro?".

"Quanto?"

"Umas 100 rupias", disse Shiv, do sofá.

Agastya e Shankar saíram. Passava das cinco, a varanda ainda estava muito quente, mas bem mais fresca que o quarto. O vento morno o surpreendeu, fazendo cócegas em sua pele. Shankar saiu com o dinheiro, murmurando: "Acho que agora devemos todos dormir". Agastya puxou uma cadeira para a varanda e se sentou ali, no calor, ainda entorpecido pelo quarto abafado de Shankar, e ficou se perguntando se eles pagariam o empréstimo, se o dinheiro era um pagamento indireto pela bebida, se a tarde toda tinha sido um longo embuste para arrancar seu dinheiro.

Tinha vontade de dormir, mas estava inerte demais para sair da cadeira. Do outro lado do terreno de cascalho ele via o prédio principal do Alojamento Temporário Circuit House, rosado e sem vida. Sob a figueira-de-bengala no estacionamento um cão tentava morder o próprio rabo. Lembrou-se de quando, em seu último ano na escola, tiveram que escrever uma dissertação "sincera" sobre "Minha ambição", texto pedido pelo novo professor de inglês, que era ele próprio uma novidade, porque dizia ter pós-graduação em Educação em algum lugar da Europa. Era seu primeiro dia, e ele irritara todo mundo ao tentar ser diferente, juvenil e amistoso. Primeiro tinha falado sobre si mesmo. Todo mundo tinha ouvido com o silêncio dos totalmente desinteressados.

O silêncio fora rompido apenas quando Dhrubo começou com "O que eu quero saber...". Então todos o esmagaram com "Ninguém quer saber", "Babaca metido a intelectual" e "Pega sua mãe primeiro". Mas, apesar do vozerio, Dhrubo tinha persistido: "... é o que o senhor pretende provar com sua pós-graduação na Europa". Então Dhrubo foi parar na diretoria, mas todo mundo ficou com mais bronca ainda por ele ter escapado da dissertação. Em seu texto Agastya dissera que sua verdadeira ambição era ser um cachorro vira-lata domesticado, porque não existia melhor vida no mundo. Tinham comida garantida e, por serem vira-latas, não tinham de vigiar uma casa nem implorar ou agitar patinhas ou ir buscar coisas ou estar limpinhos ou qualquer outra bobagem para conseguir comida. Eram servis e bajuladores quando estavam com fome; uma vez alimentados e, antes de dormir, abanavam o rabo com displicência quando seus hospedeiros passavam por perto, como um investimento para futuras refeições. Um vira-lata era livre; dormia um bocado, latia inesperadamente só quando tinha vontade e desfrutava de muito sexo. Mas, para sua indignação, o estúpido professor o fizera ler sua dissertação em voz alta para a classe. A classe nem chegara a ouvi-lo, e em vez disso gritara: "Ele está mentindo, sua única ambição é ser anglo-indiano". O professor fizera Prashant ler sua dissertação também, o que deixou todo mundo desconcertado, porque, por razões nunca explicadas, ele dissera no texto que queria ser um tibetano.

Uma figura apareceu no canto da varanda — Vasant com sua toalha verde. O chá de Agastya. Recusá-lo significaria conversa. Vasant deixou o chá no chão ao lado da cadeira e por um momento Agastya ficou observando a película se formar na superfície. Tentou visualizar o conteúdo de seu estômago. Doze xícaras de diferentes tipos de chá, o crepe-omelete da manhã, invencível apesar de seus dentes e sua saliva, os *laddus*, *samosas* e *chutney* verde da reunião da Integração, o uísque da tarde, tudo isso fermentando e borbulhando numa massa em constante agitação. Todos os dias todos os estômagos eram atacados de modo semelhante, exceto aqueles que não tinham o bastante para comer, e nestes o ácido corroía o morno e vermelho forro interno do estômago. Ele se maravilhava com o corpo humano. Quando Vasant voltou para buscar a xícara, ele recusou o jantar e dormiu desconfortavelmente até as duas da madrugada, quando os mosquitos o despertaram.

Pela abertura de ventilação a luz da varanda derramava uma romântica claridade azul. Ele estava ensopado de suor. O quarto parecia meio embriagado, como se tivesse sido preparado para a paixão. Ele se levantou, arrancou o mosquiteiro, jogou-o num canto e voltou a se deitar. Agora o ventilador podia secá-lo. Não conseguia dormir porque sua mente estava ativa demais, num alvoroço de imagens. Levantou-se de novo, lavou o rosto, saiu para a varanda e apagou a luz. Duas da madrugada e Madna finalmente tinha refrescado. A lua estava resplandecente, inflada. Os prédios pareciam moles e irreais, enormes criações em papelão. Andou de um lado para outro na varanda, mas sem se aproximar da porta de Shankar. Só a lembrança do ar abafado do quarto de Shankar já parecia sufocá-lo. Teve vontade de derrubar as portas e janelas daquele quarto para deixar entrar um pouco de ar fresco. Impulsivamente vestiu shorts e tênis e passou a fazer flexões na varanda. Então, antes que a razão o dissuadisse, saiu para dar uma corrida.

Depois do Alojamento Temporário estendia-se um campo enorme, de propósito não explicado. Barracas de desabrigados numa margem, frutos de tímidas invasões, e do outro lado alguns edifícios decrépitos.

Sentiu-se esplêndido na corrida, movimento automático, sincronizado, alternância de braços e pernas, ritmo e equilíbrio, o arfar constante e saudável, a ilusão de que o corpo estava sendo bem usado. A mente divagava com prazer, ainda que não de modo caótico, porque o esforço físico proporcionava um roteiro. Se alguém o visse, se ele acordasse como uma daquelas pessoas que dormiam fora das barracas, seria impossível explicar aquela sua corrida às 2h30 da madrugada; grunhiu uma risada ao pensar nisso. Em um dos edifícios, à luz da lua, ele leu "Madna Club. Fundado em 1903". Sentiu-se feliz ao retornar.

Enxugando o suor na varanda, disse a si mesmo: "Se não se exercitar todo dia, você vai..." – e fez uma pausa para pensar em alguma coisa bem medonha – "você vai ter elefantíase"; mas isso soava remoto demais. "Se não se exercitar todo dia, a menos que esteja doente, você nunca vai sair de Madna." Isso sim soava melhor, e ele registrou em seu diário, sob a anotação de algumas horas antes.

4

Às onze horas a Coletoria parecia ainda mais apinhada do que normalmente. Havia muito mais jipes. "Reunião de Funcionários da Receita, senhor. Todos os quatro chefes de subdivisão e dez *tehsildars* vieram", disse Chidambaram. "O *saab* coletor disse que o senhor deve comparecer", e lhe entregou uma folha de papel.

"Não consigo ler isto. Você não tem uma versão em inglês?" Chidambaram lhe estendeu outra folha de papel.

No alto da folha de estêncil estava escrito: "Agenda para o Encontro Mensal de Inspeção dos Funcionários da Receita, Madna". Embaixo disso ele leu alguns dos tópicos: Empenho da Receita, Restabelecimento dos Deveres do Governo, Apropriação Indevida do Dinheiro do Governo por Patwaris[31], Casos de Pendência com a Receita, Censo Agrícola, Casos Pendentes de Pensão... "Humm, belos tópicos", ele disse a Chidambaram.

"Senhor, *saab* Menon quer conhecê-lo. Está esperando na sala do coletor."

"Quem é ele?", perguntou Agastya em tom de conspiração.

"Senhor, ele é IAS, senhor", Chidambaram parecia injuriado com sua ignorância, "com dois anos de serviço a mais que o senhor. Magistrado subdivisional de Rameri".

Menon era grande e de pele clara, com uma voz alta e aguda. Mais tarde naquele ano Agastya concluiria que a afetação de

31 Na Índia, trata-se de um contador de aldeia que participa da administração governamental em áreas rurais, fazendo basicamente a contabilidade da produção agrícola. [N. T.]

Menon era um traço endêmico nas autoridades IAS no distrito. Em sua melhor forma, ela se apresentava em Srivastav como uma confiança e um prazer não ostensivo no trabalho (atitude vagamente irritante). Rajan, que Agastya conheceu com sua pompa clamorosa numa noite de novembro na sala do coletor, era o pior exemplo. Agastya se sentia impelido a concluir que a culpa era do emprego. Kumar corroborou suas impressões durante o fim de semana que passaram em Mariagarh. "Não sei como é em outros países", disse Kumar, "mas na Índia, desde limpar a bunda até morrer, um cidadão comum se depara com o governo. E os filhos da mãe dos seus superiores IAS estufam o peito por causa do poder que ostentam pra lá e pra cá, especialmente num distrito. Ter condições de brincar de deus em, digamos, 17 mil quilômetros quadrados não é – qual é a palavra? – propício à humildade. Veja, Sen, a Índia sempre teve uma *tradição* de burocracia".

"Ah, Sen", disse Menon, "prazer em conhecê-lo. Quando chegou?" Sentaram-se. Mais uma vez Agastya foi solicitado a se classificar, e mais uma vez mentiu, ainda que com cautela.

"Entendo", disse Menon, "então você é de Calcutá. Ótimo. Educação?"

"Sim, sou educado."

"Não, não, quero dizer, claro que você é. Mas onde você estudou?"

"Ahn... Cambridge."

"Não diga! Eu também estudei lá, no Trinity College. Fiz meu bacharelado lá."

Ops, pensou Agastya. "Ahn... Cambridge, Massachusetts."

"Ah, sim, claro, eles têm uma Cambridge lá também."

Um contínuo entrou apressado: "O carro do *saab* coletor foi avistado, senhor, perto da lagoa", e começou a erigir seus arranha-céus de pastas.

Menon apanhou seus papéis na mesa. "Você leu isto?" Estendeu a Agastya um grande livro verde, *Heat and Dust*[32], de Ruth Prawer Jhabvala. "Peguei emprestado na Biblioteca da Coletoria porque me disseram que contava a vida de um coletor-assistente

32 "Calor e poeira", em inglês. [N. T.]

no tempo dos britânicos. Mas não é bem isso." Agastya folheou as páginas. Muitas passagens estavam sublinhadas; todas pareciam ser sobre um coletor-assistente excursionando de manhã bem cedo para evitar o título do livro. Comentários em esferográfica vermelha na margem: "Não necessariamente usar *sola topi*[33] hoje em dia. Relíquia do domínio britânico. Indianizar a burocracia" e "Questão difícil. A esposa de um servidor *deve* se misturar com outras pessoas, mas sem pôr em risco a dignidade do cargo".

"Alguém andou rabiscando o livro", disse Agastya.

"Sim, achei que devia expor o que eu sinto para que outros leitores tenham pelo menos uma chance de opinar. Caso contrário eles poderiam pensar que mesmo hoje é isso o que acontece num distrito indiano."

O salão da Coletoria era amplo e deteriorado, com pombas nas entradas de ar e retratos nas paredes. Gandhi, Nehru, Tagore, Tilak e uma mutilação "tamseviana" do que poderia ser Sarojini Naidu ou um C. V. Raman sem turbante. Todos os assentos bem embaixo dos ventiladores tinham sido ocupados por homens afáveis de meia-idade. Um ventilador de coluna cor de laranja, novinho em folha, tinha sido colocado atrás da cadeira do coletor. Seriam pelo menos seis horas, pensou Agastya, remexendo a bunda no assento de madeira e lançando clandestinamente gotas de suor sobre outras pessoas pelo mais puro tédio e incompreensão.

O coletor entrou de cara amarrada. Costumava assumir sua cara oficial no carro. Todos se levantaram. Ele se sentou e começou a grunhir. Agastya abriu sua pasta, rearranjou os papéis de uma maneira adequadamente oficial e escreveu cartas por mais ou menos uma hora. Primeiro para o pai, uma carta longa e descritiva, cautelosamente engraçada, escondendo o fato de se sentir deslocado. Talvez seu pai entendesse, mas também se entristeceria. A vida para ele era um assunto sério, até mesmo nobre, uma mistura de Marco Aurélio e *Reader's Digest*, e em alguns momentos Agastya se sentia totalmente apartado dele.

33 Chapéu associado ao Raj britânico, uma vez que era usado com mais frequência pelos britânicos na Índia. [N. A.]

Às vezes se perguntava como seria sua mãe, mas mais por curiosidade do que por carência. As tias de Calcutá a haviam substituído bastante bem. Nas fotos sua mãe parecia uma mulher simples e comum, mas feliz e de algum modo irresponsável, pronta para esquisitices, para se casar com um hindu bengali, para morrer de meningite.

Uma carta para Dhrubo, com anedotas divertidas e maliciosas sobre Madna, em sua maioria inventadas, algumas só exageradas. Até mesmo com Dhrubo ele não se sentia à vontade para revelar seus sentimentos verdadeiros. Talvez estivesse envergonhado demais, ou seus sentimentos fossem demasiado confusos, ou demasiado secretos. Mas um pouco do seu eu se infiltrava nas palavras que usava, como uma mancha. Uma terceira carta para Neera, em Calcutá, e uma quarta para seu tio Pultukaku em Delhi, muito parecida com a carta a seu pai.

A reunião prosseguia. O coletor prosseguia também, exortando seus subordinados no Departamento da Receita a ter mais eficiência e competência. Todos concordavam com a cabeça, davam a impressão de fazer anotações e enxugavam o suor. Uma estratégia admirável para reuniões, a deles. Ao fingir tomar notas eles podiam fazer o tempo passar, mantendo as cabeças baixas e se esquivando assim, por breves intervalos, da atenção do coletor, que significava fúria, ao mesmo tempo que cobriam o vazio de suas mentes – e alguns podiam até escrever cartas.

Meio-dia e quinze, e o coletor ainda não tinha chegado nem ao segundo tópico. Agastya admirou de novo a fluência de Srivastav na língua e ficou observando seu cenho franzido e suas costeletas. Não posso desperdiçar meu dia assim, pensou de repente, ouvindo assuntos alienígenas numa língua alienígena, e em seguida sorriu. Claro que "desperdiçar" era uma palavra equivocada, já que fazia o que estava sendo pago para fazer. Atrás dele Ahmed, o coletor-adjunto (cargo de confiança), disse: "Senhor, o *saab* coletor está olhando para o senhor". Agastya parou de sorrir.

Saiu pouco depois, com ar muito resoluto, como se tivesse bastante coisa para fazer em outro lugar. Do cubículo de Chidambaram ele telefonou para o superintendente de polícia. "Senhor, eu gostaria de visitá-lo formalmente em seu gabinete."

"*Arrey*[34], vou me sentir honrado, *bhai*, honrado."

"Quando, senhor? Posso ir agora?"

"*Arrey*, a qualquer momento, sim, claro, pode vir agora."

Numa folha de papel escreveu: "Senhor, eu queria me avistar com o SP e ele me pediu para ir a seu gabinete às 12h30 em ponto. Voltarei à reunião assim que terminar lá". Entregou o bilhete a Chidambaram. "Leve isto ao coletor um pouco mais tarde."

A estrada até a Superintendência de Polícia passava pelo matagal de cânabis. Como quem não quer nada, embolsou algumas folhas. No caminho, examinava o chão para evitar os buracos e os vários tipos de excremento. Atou nas orelhas seu novo guardanapo de cobrir a cabeça. Passou um búfalo que, com um movimento negligente do rabo, depositou um pouco de bosta no antebraço de Agastya. Ah, seu escroto, disse ele. Limpou a bosta no tronco de uma árvore e cheirou o braço. O fedor persistia. Começou a rir, oh como era louca sua existência, que incluía até merda nos braços.

Na porta havia um guarda velho e mal-encarado, desconfiado. "O superintendente me pediu que viesse me encontrar com ele às 12h30." Até para Agastya aquilo soava improvável. Talvez eu deva fazer a barba, pensou, e raspar a cabeça, cultivar uma pança e usar uma peruca de cabelo liso engordurado.

"Ahn, Sen, entre." O antebraço gordo de Kumar indicou-lhe uma cadeira. Havia outro homem na sala. Era grande e balofo, como se no passado tivesse erguido pesos com vigor e prazer, e um dia, abruptamente, tivesse percebido a tolice de todo esforço. Um rosto vermelho de sangue, birita e alegria. Em seu colo, um exemplar do livro *Yes, Minister*, a série de TV da BBC. "Sen, apresento-lhe o sr. Govind Sathe." Agastya trocou com ele um aperto de mãos.

"O senhor é o trainee do IAS."

"O senhor é o piadista de Madna?" Todos riram.

"Onde ouviu isso?"

A sala era toda forrada de madeira. Uma parede inteira tinha coisas escritas. Listas de superintendentes de polícia de Madna, o número de assaltos, assassinatos e furtos no último

34 Uma exclamação, como "ei!", "ora!". [N. A.]

ano, o nome das delegacias policiais. "Sathe é um jornalista da imprensa sensacionalista. Veja, não está na cara?" Sathe riu. Ria plenamente, com todo o corpo. Disse: "O sr. Sen provavelmente ainda não viu um jornal de província. Alguns têm só uma folha, um pouco maior que a palma da minha mão. Os diários saem nos dias em que podem inventar algum escândalo ou história escabrosa, os semanários saem aos domingos, quando existe alguma fofoca para relatar".

Kumar mandou trazerem café. "Esses jornalistas vivem de chantagem. Veja, cada um dos funcionários subalternos da gente tem – como se diz mesmo? – esqueletos no armário. Os marginais aqui, quando não estão fazendo desordem, vão aos jornais maiores e dizem: 'Quero ser seu repórter, vou ficar em Madna'. Nada de salário, apenas – como chama mesmo? – credenciamento. O sujeito ganha o suficiente por meio de chantagem."

"Claro que alguns são ousados o bastante para atacar o funcionário mais graduado. Nosso coletor...", disse Sathe, e começou a rir escandalosamente.

"Sen, você viu isso?", perguntou Kumar, com o torso sacudindo de rir, "o que o *Dainik* disse sobre a BDO?... Você precisa tentar acompanhar o *Dainik*, é a melhor maneira de se familiarizar com a língua". Voltou-se para Sathe. "Mas o coletor escreveu ao governo pedindo permissão para processar. Um bom lance. A causa será difamação contra o cargo de coletor, então o governo vai arcar com as despesas do processo – isto é, se alguém chegar a responder a carta dele. Se ele processar pessoalmente vai ficar caro."

"E ele pode muito bem perder." Mais risadas.

"Hoje o *Dainik* tem algumas matérias contra o ministro."

"É, eu vi. Nada de novo. Mas é um jornal asqueroso." Kumar se tornou subitamente virulento: "Diz que os assaltos por bandos nas rodovias cresceram porque a polícia não patrulha as estradas. O que querem dizer com isso? O que é que eles *sabem* do que estão escrevendo, sentados numa salinha fedida chantageando as pessoas? Que polícia pode patrulhar *rodovias*? Escrotos, vivem falando da nossa responsabilidade, e quanto à deles?"

"Mas esses assaltos e homicídios têm crescido mesmo. Você viu o que aconteceu faz uma semana na avenida do hotel." Sathe se virou para Agastya. “Quatro bandidos mataram três pessoas, pais e filho. Esmagaram a cabeça da criança com um dos relógios da casa. Por volta do meio-dia, sim senhor. O tipo da notícia que a gente só lê nos jornais, que acontece sempre com os outros, em alguma outra colônia em alguma outra parte da cidade.”

Agastya sentiu um pouco de náusea, como se alguém tivesse batido de leve em seus testículos. Podiam visitá-lo também, com um chute no saco, podiam esmagar sua cabeça com seu gravador antes de levá-lo embora. Pensou no seu quarto sem música.

Uma batida na porta. Outro guarda, cujas botas ressoaram no chão quando ele bateu continência. Entregou uma pasta a Kumar. Kumar a leu por um ou dois minutos e então, com o cotovelo na mesa, girou a mão e o antebraço em sinal de profunda incompreensão. O guarda murmurou alguma coisa. Kumar se levantou e disse: “Com licença, ahn, só um minuto”, ajeitou a camisa na barriga e saiu.

“Foi tratar de algum negócio suspeito”, disse Sathe, “ou um suborno”.

“Para qual jornal você trabalha?”

Sathe riu. “Não sou jornalista sensacionalista coisa nenhuma. Você provavelmente nunca conheceu alguém da minha laia antes, formamos uma raça pequena e nada respeitável. Sou cartunista.” Sathe tinha olhos grandes e bastante tristes. “Cometo piadas grosseiras todas as manhãs em quatro diários em idioma marata, todos editados em Bombaim e Pune, também chamada de Poona.”

“Então o que está fazendo em Madna?”

“Ora, eu *gosto* deste lugar.” Sathe riu e teve que pousar a xícara que segurava, pois não conseguia parar de se sacudir. “Com uma pergunta como essa o senhor realmente se revela, sr. Sen: seu passado, seu espanto e seu tédio. Está espantado por me ver em Madna, pois eu visto calça Levi’s e leio *Yes, Minister*?” Tocou o livro com os dedos. “Eu folheio esse livro para ver se posso roubar algumas piadas, mas os burocratas e políticos deles são tão civilizados e chatos.”

“Não... ahn... é que eu sou novo neste lugar, só isso.”

“Novo em todo um mundo. Está muito ocupado? Se não estiver, por que não vem almoçar comigo?”

Pensou na Reunião da Receita. "Claro, obrigado pelo convite."

Sathe terminou seu café. "Tem um funcionário do Serviço Florestal que conhece o senhor. Diz que vocês ficavam no mesmo andar no alojamento em seus tempos de faculdade. Mahendra Bhatia."

"Ah, sim, claro." Bhatia era só um conhecido, a quem Agastya cumprimentava com a cabeça nas escadas ou no refeitório da faculdade. Mas sabia que em Madna eles se saudariam efusivamente, alegando uma amizade do passado que nunca existira. Num lugar estranho encontrar um conhecido era pior, de certa forma, do que encontrar um desconhecido. Um conhecido não era nem estranho nem amigo, com ele era preciso fazer ajustes. Era desconhecido, no entanto familiar, como o interior do país; trazia de volta a antiga vida e suas lembranças, mas nenhum dos consolos da rememoração.

"Ele me falou a seu respeito. O senhor deve tomar cuidado com o diz que diz de uma cidadezinha, por falar nisso. Não faça nada aqui que não faria na frente da sua mãe."

O superintendente de polícia voltou, com desculpas incoerentes. "Tenho que ir, *yaar*. Apareceu uma coisa importante. Por que vocês dois não jantam comigo amanhã, lá pelas oito?"

Ótimo, pensou Agastya, mais uma refeição em que eu escapo do Vasant. Sathe disse: "Uma coisa mais suspeita que importante, Kumar *saab*".

"Não na frente de inocentes, Piadista", disse Kumar, dando tapinhas paternais no ombro de Agastya. "Um dia, Sathe, alguns policiais talvez façam uma visita a você, tarde da noite." Relinchou uma risada e saiu.

O carro de Sathe era um Maruti vermelho. "Cartunistas ganham muito dinheiro?", perguntou Agastya.

Sathe riu: "Não, não é meu carro, na verdade. É um dos carros da família", e voltou a rir.

O carro se afastou sorrateiramente da delegacia, em marcha lenta. "Neste século ou no próximo vão melhorar esta estrada. Tantos gabinetes e repartições aqui, e só duas vias de acesso. Agora estão erguendo aquela transmissora de TV aqui... Sim, senhor, a televisão está chegando a Madna... ah, dizem que é coisa de três meses. Isso pode significar qualquer coisa entre amanhã e o dia em que Darth Vader se encontrar com Jesus... Televisão é um bom lance eleitoral, *hayn*[35]... agrada o oh-coitadinho do populacho rural e coloca tua cara na frente da cara deles quatro horas por dia... Eleições também, mas vai ter uma eleição suplementar aqui em Madna antes disso... como parte do treinamento você vai ver um bocado disso, não vai? Você devia estudar sua própria turma da Receita durante a época eleitoral, o modo como eles se promovem." Impossível, pensou Agastya, que Sathe falasse sobre todas as coisas tão abertamente, e com tanta naturalidade. Soava como se ele se sentisse obrigado a ser anticonvencional.

O carro seguia ao lado dos trilhos da ferrovia, se enredando com lentidão na teia de pedestres e riquixás. Um caminhão monstruosamente sobrecarregado estrebuchava de tanto esforço, sua vagareza desmentindo seu estrondo. Sathe parou no alto da ponte. Um mendigo estava recostado no parapeito, examinando um dedo do pé. Tinha o penteado de algum astro ocidental de rock. "Eu gosto da vista daqui", disse Sathe, enquanto Agastya se perguntava por que eles tinham parado.

Os trilhos da ferrovia apontavam para a névoa de mormaço no horizonte, uma passagem sedutora para outro mundo. A uns 500 metros de distância, a triste estação de trens e seu pátio com montes de carvão. À esquerda, os edifícios oficiais velhos e deteriorados que tinham ignorado todas as décadas de história desprovida de drama. As bandeiras, resignadas ao calor. A lagoa, os búfalos com crianças cavalgando às suas costas. As pessoas que esperavam que o governo fosse gentil com elas, vestidas de *dhoti*, *kurta* e guardanapo. À direita, depois do pátio da estação, a cidade formigando sobre as ruínas do forte setecentista do obscuro rei tribal que dera seu nome a Madna. O conjunto parecia ter sido deixado de lado por toda a história e as notícias; permanecera impermeável aos mogóis, a 1857, a *Vande Mataram*[36] e aos trabalhos pesados de meados do século da Índia megalopolitana.

35 Exclamação, em geral em tom de interrogação. [N. A.]

36 Poema escrito em bengali, com algumas palavras em sânscrito, por Bankim Chandra Chatterjee nos anos 1870, e transformado em canção nacional indiana em 1937. [N. T.]

À distância, rasgando a linha de floresta no horizonte, a estrutura futurística da nova usina termoelétrica, o aço desafiando os céus, ao lado do rio encolhido, à espera de chuva para inundar o distrito e lembrar a seus moradores os horrores que habitualmente espreitam a órbita de suas vidas. "A todos aqueles que alguma vez quiseram ver o interior do país, e refestelados em hotéis de Bombaim se queixaram de estar desperdiçando as férias, e a todos aqueles cuja visão até agora se circunscreveu à fumaça e à neblina de Calcutá", disse Sathe alegremente, e deu a partida.

Sathe morava na parte mais nova da cidade. As ruas continuavam horríveis, mas havia menos aglomeração. Casas novas, de certo modo incongruentes em Madna, imitações tristes das grandes cidades. "Estão tentando fazer de Madna uma metrópole. Idiotas, como se metrópoles fossem coisas boas." Havia hortas planejadas ao redor de algumas casas, mas o gado onipresente dera cabo dos brotos. Sathe reduziu a marcha ao passar por uma casa térrea cor-de-rosa. "Foi nessa que mataram a criança." Parou por fim diante de uma casa ao lado de um hotel chamado Madna International. "Nome absurdo, né? Somos donos dessa desgraça.

"Meu pai era um empreendedor florestal aqui em Madna. Você não sabe o que isso significa, né? Ele intermediava a venda de madeira e de produtos da floresta. Uma ocupação excruciante, mas ele ganhou uma boa grana. Por isso fui educado em Bombaim e meu irmão mais velho chegou a fazer um curso de hotelaria em Genebra, era dinheiro nesse nível. É ele que dirige o hotel. Foi construído com o dinheiro que meu pai nos deixou, e também gera uma boa grana... Venha, vamos entrar, a sala de visitas é feia demais para ser mostrada a alguém que, tenho certeza, deve ter um gosto refinado... Sim, moro neste pedacinho da casa... Não sou casado... velho demais para sexo normal, hahaha... Meu irmão tem o tino comercial do meu pai. Ele previu o desenvolvimento de Madna anos atrás e disse que um hotel aqui seria uma boa ideia, atraindo o tipo de executivo que precisa ir a todas aquelas fábricas e usinas... Eu não preciso de dinheiro. Agora entende por que sou cartunista?"

O quarto era amplo e bastante desleixado. Livros e pastas até no chão, um cavalete diante da janela, lápis e pincéis sobre a cama. "Sente-se em algum lugar... Por que não se serve de um uísque..." Sathe ligou o ar-condicionado.

"Você de fato lê um bocado ou é só porque é bacana trabalhar rodeado de livros?", perguntou Agastya. Sathe parou por um momento na porta, riu e desapareceu.

No cavalete havia um esboço inacabado. Sathe desenhava bem. O desenho mostrava um homem diante de uma máquina de escrever ao lado de uma janela. Através da janela via-se a Estátua da Liberdade. Agastya tentou adivinhar qual seria a piada.

Sathe voltou com um garçom uniformizado. "Isto vai ser em grande estilo. O hotel diz que o prato do dia, peixe assado em forno de barro e *shashlik* de frango, seja lá o que isso for, é muito bom. Eu disse que qualquer coisa serve, desde que não nos cause intoxicação alimentar."

O garçom serviu os drinques. "Tenho bebido um bocado aqui", disse Agastya. "Ontem foi meu primeiro dia. Bebi com um engenheiro-adjunto que parece conhecer você, seu nome é Shankar."

"Laxman Shankar." Sathe jogou algumas coisas para fora da cama e se sentou sobre muitos travesseiros com um suspiro. "Tremendamente divertido para estar junto por uma hora, mais ou menos. Ele canta muito bem, aliás."

"Ele nos cantou um *thumri*, excelente, eu achei."

"Você se interessa por música, além do barulho do rock ocidental? Estou surpreso, pensei que fizesse parte da nossa geração Coca-Cola."

"Meu pai chama de geração dos sem óleo no cabelo."

"Ótima expressão." Sathe fez um esforço para ficar ereto e procurar papel e lápis ao redor. "Vou roubar. Já usei geração Coca-Cola pelo menos dez vezes." Encarou Agastya com olhos tristes. "Faço isso o tempo todo, me aproprio do cérebro dos outros."

"E qual vai ser a piada desse cartum?" Agastya apontou o cavalete.

"Não, esse não vai funcionar. É ambicioso demais. O melhor cartum é o que apenas sugere alguma trivialidade ou absurdo, muito raramente funciona algo mais complexo." Sathe desceu da cama e foi se postar diante do cavalete. Agastya não queria sair de sua cadeira, mas se sentiu obrigado a juntar-se a ele. "Este aqui é muito ambicioso. Eu queria sugerir um escritor indiano escrevendo sobre a Índia, depois de ter passado muitos anos no exterior ou de estar morando fora. Há centenas deles – bom, se não centenas, pelo menos 25. Acho essas pessoas absurdas, mergulhadas em uma cultura confusa e escrevendo sobre outra, que tipo de público pretendem atingir? É por isso que a Índia simplesmente não é real, é um local de fantasia, ou de metafísica confusa, um subcontinente de brutos. Todos os indianos acabam se tornando caricaturas. Por que isso? Porque não existem de verdade histórias universais, porque cada língua é uma cultura inteira." Sathe foi até a mesa para enfiar um *kabab* na boca.

"Puxa, isso *é* mesmo ambicioso para um cartum."

Sathe riu, espirrando *kabab* mastigado no vidro da janela. Isso o fez rir mais ainda. Ainda gorgolejando, foi até o banheiro em busca de uma toalha e uma caneca de água. "Vivo na anarquia. Se eu tivesse cuspido *kababs*[37] assim na sua ausência, não teria me dado ao trabalho de limpar. Teria observado as manchas mudarem de cor e textura ao longo dos dias, fascinado com a mutabilidade." Enquanto jogava água meio ao acaso no vidro da janela, continuou falando: "E este lugar é um continente, é heterogêneo ao extremo. Uma grande literatura precisa ter seu aroma regional – uma grande história tâmil, por exemplo, cuja real grandeza seria *em última instância* obscura para qualquer não tâmil. Você não sentiu essa heterogeneidade em Madna? Presumo que você conheça ao menos três línguas indianas, inglês, híndi e bengali, e no entanto ache difícil se comunicar aqui. E com três línguas poderia dominar a Europa".

Estavam bastante bêbados na hora do almoço, que foi abundante e lento; e a conversa, erradia. Enquanto comia, Agastya fazia planos para comer mais vezes na casa de Sathe. "Pareço muito bêbado?"

"Parece sim, muito. Por quê?"

"Tenho que voltar para assistir ao resto da Reunião da Receita com o coletor."

Começaram a rir desenfreadamente. O garfo de Agastya caiu no chão. Deu-se conta de que levaria pelo menos três vidas em

37 Prato tradicional de carne grelhada. [N. A.]

Madna: a oficial, com sua concomitância social, a extraoficial, que incluía embebedar-se com Shankar e Sathe e depois com Bhatia, e a secreta, no universo de seu quarto, que incluía fazer jogging à luz da lua. Cada um desses mundos iria se mostrar instrutivo, e o mundo para além de Madna o interromperia e perturbaria o tempo todo, por meio de cartas e do rádio, bem como de lembranças incontroláveis. Quando estava levando uma das vidas de Madna, as outras duas pareciam completamente irreais. Não podia acreditar, por exemplo, que a poucos minutos de carro da casa de Sathe, a Reunião da Receita, da qual ele se ausentara por quatro horas, ainda estava acontecendo. A transição de uma vida para as outras duas não era difícil, mas é que ele decidira que seria assim. No entanto, essa decisão declinaria rapidamente nos meses e encontros seguintes, e ele começaria a fantasiar com a possibilidade de permitir que suas vidas se fundissem; contemplando a cara amarrada de Srivastav, ele teria vontade de interromper uma Reunião da Receita dizendo: "Se o senhor me permitir falar sobre uma questão pessoal premente, sinto que cada um dos presentes aqui deveria me convidar para jantar em casa, porque na Casa de Pouso eu tenho a impressão de estar comendo os cagalhões do Vasant"; ouvindo Kumar discorrer sobre as dificuldades de ser um bom policial, ele teria vontade de perguntar se seu sêmen também gotejava como se saísse de uma torneira frouxa. Então suas fantasias o fariam rir em silêncio.

"Acho uma péssima ideia", disse Sathe, "sair neste calor para comparecer a uma Reunião da Receita". Caíram de novo na gargalhada. Agastya lavou o rosto e tentou parecer sóbrio.

Sathe deixou-o na Coletoria. "Obrigado, foi uma bela tarde."

"Você ainda está com cara de bêbado."

O coletor ainda estava grunhindo, desidratando a garganta e bebendo galões de água. A maioria das cabeças continuava virada para baixo, e algumas pareciam oscilar de sono. Todos davam a impressão de estar com mais calor e cansaço. Em cinco minutos Agastya já não podia acreditar naquela tarde – Sathe, o esboço ambicioso no cavalete, o *shashlik* de frango. A reunião continuou a passar à deriva por seus ouvidos. Ela devia tê-lo convencido de que precisava aplicar-se no aprendizado da língua se era para assumir de fato o emprego, mas ao longo daqueles meses teve a sensação de que sua situação era de algum modo temporária, de que precisava só ir vivendo durante aqueles poucos meses e nada mais. Mas a perspectiva de que em menos de um ano ele seria alocado para algum lugar como coletor-assistente, para comportar-se como Menon ou Srivastav, parecia simplesmente remota demais.

Ele às vezes se espantava com a pouca atenção que prestava à reunião. Para esconder os olhos vermelhos, abriu sua pasta e tentou adotar um aspecto oficial. Inúmeras reuniões como aquela viriam a acontecer, pensou; em vista disso, numa folha em branco de papel oficial (grosso e amarelo, com uma linha azul descentralizada), fez uma lista bem precisa de possíveis desculpas para o futuro. Ficou insatisfeito com todas, exceto doença, e desejou guardá-la para escapadas mais sérias. Além disso, pensou, doença vai funcionar só uma vez, a menos que conseguisse convencer Srivastav de que seu metabolismo também seguia um ciclo lunar e de que sua tensão menstrual causadora de dores nos ossos coincidia com as Reuniões da Receita. Então Srivastav o flagrou rindo sozinho de novo.

De repente, uma inquietação no ar, como numa classe de colégio minutos antes de tocar o sinal. O coletor emitia seus grunhidos finais. Depois de deixar o salão, todos se esticavam e espreguiçavam, formavam grupinhos e batiam papo enquanto se dirigiam a seus jipes. Menon e Agastya seguiram o coletor até sua sala. Srivastav desabafou diante do 15º chá do dia. "Ufa, esses camaradas. Se você grita com eles o dia todo, não fazem praticamente nada do serviço que têm a fazer. Se você não grita fazem menos ainda." Parecia muito cansado. "Menon, traga Sen para jantar esta noite."

Rameri ficava a sete horas de distância, de modo que Menon ficaria em Madna para passar a noite ("parada de uma noite", em linguagem oficial) no Alojamento Temporário. Deixou Agastya em seu quarto e disse: "Por que você não descansa e depois vai ao meu quarto daqui a mais ou menos uma hora?". Apontou para o Alojamento Temporário.

Agastya estava surpreso com sua vida social febril em Madna, voejando de Sathe para Srivastav, e não era de todo aborrecida. Se bem que a combinação de Srivastav com Menon prometia ser letal. Mais tarde, ao refletir sobre seus meses em Madna, a maioria de seus encontros com tantas pessoas novas se misturava indistintamente, fundindo-se num único encontro massivo – uma miscelânea de vozes e opiniões, ângulos de rostos, esgares de bocas, sotaques excêntricos de um monstro único com uma miríade de línguas.

Lavou o rosto. A água fria deixou seus olhos ainda mais vermelhos. Enquanto os contemplava e se perguntava se as pequenas veias iam explodir e emitir lágrimas de sangue como em alguma antiga profecia ou mito (nesse caso, decidiu, iria até seu pai e diria com calma: Veja o que está fazendo comigo o emprego que você disse ser tão compensador), ouviu a música que vinha do quarto de Shankar, e por um momento uma outra vida acenou para ele.

Menon tinha de fato se refrescado. Agastya suspeitou que tivesse até feito a barba de novo. Diante daquela aparência rósea, se sentiu secretamente sujo, como se não tivesse trocado a cueca em que havia ejaculado. "Ah, Sen, fique à vontade, sente-se. Acabei de pedir um chá." Se submetesse todos os dias seu estômago ao chá depois do uísque, pensou Agastya de modo desconexo, quem sabe com o tempo começasse a gostar da combinação.

O quarto de Menon também era mobiliado como uma casa. "Quem escolhe a mobília para os alojamentos e casas de pouso? Engenheiros?"

"Ou as esposas deles. Como em todo o resto, eles ganham um bocado de dinheiro com móveis também."

"Mas o gosto deles...", lamentou Agastya. As cortinas do quarto de Menon tinham aviõezinhos vermelhos sobre um fundo verde.

"Ah, acho que você não deveria ser tão crítico", disse Menon de um jeito solene. Agastya ficou se perguntando se podia esbofeteá-lo muitas vezes, agarrar seus cabelos e sacudir sua cabeça como se fosse arrancá-la do pescoço, dizendo: "Não adote um critério estético diferente só porque isto aqui é Madna e você frequentou a maldita Cambridge".

Vasant entrou com o chá. "Então quer dizer que você estudou em Cambridge, Massachusetts, como dizem. Que tal?"

"Bacana", disse Agastya com cautela.

"É muito bom entrar para o Serviço Administrativo Indiano depois de um período no exterior", disse Menon, despejando três colheres de açúcar em sua xícara. "É o melhor emprego possível, no contexto indiano, você vai perceber isso bem depressa, e ter estado no estrangeiro te dá uma perspectiva melhor."

"Ah, sim, até mesmo quanto à mobília."

Menon o encarou com intensidade, mas deixou passar o comentário, porque não fazia sentido, portanto talvez não tivesse ouvido direito.

Agastya riu por dentro ao refletir que, se tivesse ouvido outra pessoa falar de Menon, teria ficado curioso para conhecê-lo.

5

A residência oficial do coletor e magistrado distrital de Madna tinha sido construída em 1882, num complexo de 20 acres. Depois de 1947, coletores magnânimos ocasionais tinham doado alguns acres aqui e ali – para os escritórios do Departamento de Reabilitação, para uma colônia habitacional de servidores públicos, para um banco cooperativo. A casa tinha 22 cômodos; a maioria dos coletores usava uns sete. O resto permanecia em silêncio e amontoava a mobília oficial descartada por sucessivas famílias. O menor dos cômodos (o escritório, chamado por alguma razão de escritório de campo) era do tamanho do apartamento governamental em Delhi que Srivastav obteria se fosse nomeado para lá.

A vegetação vicejara ao longo de um século no terreno do complexo, mesmo nas paredes de pedra da casa; acres de velhas figueiras-de-bengala, brotando de forma implacável, vorazes por mais espaço; pomares de goiaba e de manga, e até tesouros nacionais na forma de duas árvores de sândalo (fato que o coletor não informara ao governo). Algumas das famílias haviam tentado a agricultura também, mas, evidentemente, nem uma gota de seu suor caíra no solo. Os jardineiros pagos pela municipalidade eram convocados e instruídos a plantar arroz, batata e repolho. Alguns coletores que não levavam a extremos pomposos a crença na dignidade do cargo chegaram a ganhar um bom dinheiro com a venda de arroz ("Num país em desenvolvimento não devemos jamais desperdiçar comida", explicavam).

Os primeiros 50 metros em torno da casa foram demarcados para ser um gramado, iniciativa de um coletor ambicioso que não fazia ideia das dificuldades de cuidar de um jardim num forno vasto como aquele. Geralmente os primeiros 10 metros pareciam verdes o suficiente, mesmo em maio. Mas os 40 metros seguintes eram terra de ninguém, algo entre a relva e o mato. Parecia mesmo uma terra de ninguém, um lembrete incômodo do que Madna realmente era apesar dos esforços de seus moradores e do seu governo.

Ao entardecer, Madame Coletora gostava de passear pelo gramado com os filhos. O tempo era quase agradável depois do pôr do sol; além disso ela tinha um pouco de medo da casa depois que escurecia. Havia duas raposas no complexo (ela jurava), mas preferia a possível companhia delas à do desconhecido. Pois jurava também que havia um fantasma na casa, escutara ruídos misteriosos. Ninguém jamais discordava dela, em parte porque a casa era ampla o bastante para conter os seres de carne e osso e os espectrais; e em parte porque, numa vida indescritivelmente monótona, um fantasma significava um pouco de romance.

Os filhos de Srivastav gostavam bastante da casa, e sentiam uma curiosidade intermitente pelos outros cômodos. A sra. Srivastav gostava da casa durante o dia porque era fresca. O próprio Srivastav era completamente insensível à beleza da construção, mas gostava de seu sistema de abastecimento de água; era um homem prático. Kumar, o superintendente de polícia, adorava a casa porque, por trás de toda aquela sua gordura, havia um romântico espremido, mas ele nunca manifestava demais sua admiração, pois temia que suas palavras fossem tomadas erroneamente como inveja de um policial em relação aos magistrados. Agastya gostava da casa porque parecia majestosa. Menon a admirava porque ela representava com precisão a estima a adotar diante de um coletor. Quando chegaram em casa naquele entardecer, enormes morcegos traçavam desenhos geométricos no céu do crepúsculo.

A sra. Srivastav era gorda, afável e surpreendentemente sexy. Durante toda a noite Agastya ficou olhando para suas coxas. Achava que podia visualizar à perfeição o casamento dela. Teria acontecido sete anos antes. Em Azamganj, um IAS de alto escalão devia ser praticamente tão reverenciado quanto Krishna, de modo que Srivastav deve ter levado uns 5 *lakhs* no acordo nupcial. Mas ela o chamava de Ravi, e em duas das fotos na sala de visitas ele estava com o braço em torno dela, portanto o casamento tinha um verniz de modernidade, em que a esposa podia chamar o marido pelo nome, embora ela provavelmente não o fizesse nos feriados na terra natal. Em conversas casuais ao longo dos meses, mostrou-se correta a maioria das conjecturas que Agastya fizera naquela primeira noite sobre o casamento dos Srivastav, exceto que o dote dela não tinha sido de 5 *lakhs*, mas de 7.

Srivastav acabou se revelando a mais horrível de todas as coisas: um abstêmio. Estava no divã, de *kurta* e calça folgada de ficar em casa, fazendo cócegas em seus dois filhos. As crianças soltavam gritinhos estridentes. Pareciam enlouquecidas de êxtase – e sem êxtase também, já que seguiram soltando gritinhos (um traço hereditário, era óbvio, pensou Agastya), brincando, brigando e berrando sem motivo mês após mês. Agastya viu a calcinha da filhinha de 6 anos (bem bonitinha) e desviou acanhadamente o olhar para as coxas da mãe.

"Sentem-se, vocês dois. Malti, este é Sen, o novo IAS." E Srivastav voltou à ocupação de arrancar gritinhos dos filhos. Agastya tinha uma leve noção de que era uma tentativa de produzir certa impressão: Veja, durante o dia sou o coletor de Madna, mas à noite sou um homem de família. Menon, claro, era familiar à casa, mas se comportou a noite toda como se o fantasma o tivesse cutucado na bunda, estava todo agitado querendo agradar, mas sem saber como.

"Sim, ouvi falar do senhor. Mas não posso chamá-lo de Sen, isso é para o meu marido." Nessa hora ela deu um meio-sorriso para Srivastav. Agastya se lembrou da sala de Joshi no primeiro dia, e da voz de Ahmed baixando para um sussurro ao pronunciar a palavra "senhora", no sentido de esposa; para todos a admissão de condição conjugal parecia motivo de embaraço. "Qual é o seu nome completo?" A sra. Srivastav estava vestindo um sutiã preto por baixo de uma blusa amarela. Agastya deu um sorriso sarcástico para Menon (espantando-o um pouco), pensando que aquela seria uma maneira hilária de se vestir no Trinity College, mas era ok em Madna, não é mesmo?

"Agastya", disse, já meio pronto para responder à pergunta seguinte com: "Em sânscrito significa aquele que puxa a descarga logo antes de começar a mijar, e então tenta acabar de mijar antes que a água desapareça".

"É ainda pior que Sen. A maioria dos bengalis tem nomes tão difíceis." A sra. Srivastav tinha um belo sorriso. "Tenho certeza de que seus pais ou seus amigos não o chamam assim. Como eles o chamam?"

"Ogu e August." Pensou em mentir, mas no momento só conseguia pensar em obscenidades.

Ela riu. "August. É simpático."

"August?", perguntou Srivastav, abandonando os filhos, que rolaram para fora do divã e foram se espremer perto de Agastya. Será que você prefere outro mês?, perguntou Agastya em pensamento.

Um criado de olhos assustados entrou na sala carregando uma bandeja de Campa Cola e *nimboo pani*[38]. Agastya queria ambos, mas limitou-se ao segundo.

A filha golpeou o serviçal na barriga e gritou: "Quero *sherbet* de rosas[39]".

Srivastav também gritou: "Gelo, Gopu, gelo. Já falei mil vezes que, quando for servir bebidas, sirva com gelo. Tem gelo na casa?".

"Sim, senhor."

"Então por que não trouxe?"

"Sim, senhor." Gopu saiu para buscar o gelo, parecendo ainda mais assustado.

"E então você é de Calcutá?"

"Sim, senhora." O menino, que tinha 4 anos, de repente pareceu divertir-se com o rosto de Menon e começou a rir ruidosamente, batendo palmas e correndo pela sala. Srivastav tentou fazê-lo ficar quieto.

38 Suco de limão-cravo. [N. A.]

39 Espécie de bebida cremosa e doce feita de rosas. [N. T.]

"O que seu pai faz?" Ela está tentando ser amável para me deixar à vontade, pensou Agastya, então decidiu ser caridoso e não mentir. "Trabalha para o governo, senhora."

"Certo. Em que departamento?", perguntou Srivastav, tentando impedir o filho de tirar os próprios shorts.

"Ele estava no Serviço Civil Indiano, senhor. Agora é governador de Bengala."

"Madhusudan Sen?", soltou Menon com estridência. "Você é filho de Madhusudan Sen?" O fantasma tinha dado tapinhas amáveis em suas bolas. A surpresa e a reverência o impeliram para a beirada da cadeira e escancararam sua boca e seus olhos. "Ele tem um histórico fantástico, foi secretário do Interior e comissário-chefe eleitoral, e quando se tornou governador algumas pessoas objetaram, mas ele nunca foi tecnicamente um íntimo de Bengala, passou todos os seus anos na administração de Bombaim e na Índia Ocidental."

A quem ele estava dizendo aquilo?, perguntou-se Agastya. Mas a mera recitação do currículo de um burocrata de sucesso parecia proporcionar excitação suficiente a Menon. "Então sua mãe era goense. Ele se casou tarde, ela era filha de um subordinado dele, e houve um pouco de romance, não foi?" Agora ele vai me dizer (pensou Agastya) em que dias de fevereiro de 1953 meu pai deixou de escovar duas vezes os dentes.

Claro que não demorou para o funcionalismo de Madna ficar sabendo de seu pai (a frase "Sen *saab* é filho do governador de Bengala" correu de boca em boca), e a atitude geral resvalou quase inconscientemente para a bajulação. Agastya era um funcionário do IAS *e* filho de um governador; Madna parecia se considerar afortunada por tê-lo ali entre eles. Quando se encontraram de novo, até mesmo Sathe disse: "Você não me revelou sua linhagem da última vez", e riu.

Menon só foi interrompido pelos gritos estridentes do coletor para os criados: "Gopu! Ramsingh!". Agora Srivastav tinha, para usar o jargão oficial, revertido sua decisão, e tirava, ele mesmo, os shorts do filho. "Ele urinou nos shorts. Que vergonha, que vergonha, Shekhar, na sua idade."

Livre do estorvo dos shorts, o menino passou a correr pela sala, emitindo gritinhos agudos de alegria, e de repente parou na frente de Agastya, apontou para seu pênis e explicou: "O xixi vem daqui".

"Gopu! Ramsingh! Malditos empregados. Vou mandá-los de volta para o gabinete." Menon também se levantou, obrigado a passar das recordações da carreira de um ídolo para as preocupações imediatas de seu chefe imediato.

"Os serviçais sempre saem para fumar *bidis*[40] atrás da cozinha. E é uma casa tão grande que eles não ouvem quando os chamamos daqui", disse a sra. Srivastav. Em sua voz havia constrangimento pela fúria de Srivastav, orgulho pelo tamanho da casa e alívio pelo fato de os serviçais não fumarem *dentro* da cozinha.

O corredor ficava praticamente em frente a Agastya. Ele avistou os empregados antes que Srivastav pudesse vê-los. Entraram em seu campo de visão ao adentrar o corredor compartilhando um *bidi*, Ramsingh coçando suas (dele próprio) bolas, enquanto Srivastav e Menon continuavam chamando-os aos gritos. Gopu pisoteou a guimba e os dois passaram a correr, chegando empatados à sala, ofegando como maratonistas derrotados. Srivastav vociferou com eles em dialeto por alguns minutos. Menon se postou perto deles com ar ameaçador. A criança estridente e esperneante lhes foi entregue para ter as roupas trocadas. A irmã do menino acenou-lhe de sua cadeira, dizendo com seriedade: "Tchauzinho, mijão".

Perto da porta o menino mordeu o rosto de Ramsingh. "Esses serviçais são impossíveis", disse a sra. Srivastav.

Eles eram, na verdade, contínuos do gabinete. Muitos contínuos, oficialmente funcionários públicos, faziam o serviço doméstico do coletor da vez. Muitos cobiçavam o emprego, preferindo limpar a merda da prole de um coletor a mover pastas de um lado para outro numa repartição. Suas prioridades faziam sentido, pois no gabinete o coletor estava um milhão de degraus acima deles, mas em casa, enquanto lhe traziam seus sapatos ou levavam embora seus chinelos, estavam próximos o bastante para rastejar por seus desejos, por um pedacinho de terra, pela

40 Tabaco prensado e enrolado em folhas secas, e não em papel. É um cigarro artesanal muito comum na Índia. [N. A.]

emissão de um empréstimo do governo, pela nomeação de um de seus filhos para um cargo de contínuo em alguma repartição. Seus pais e avós haviam feito a mesma coisa, mas a pele daqueles coletores era rosada, e o acento do inglês, estrangeiro. Claro que eles gritavam em casa tanto quanto no escritório; quando alguma Madame Coletora era desmedidamente dura, eles trabalhavam ainda menos, esperando ser mandados de volta para o gabinete. No entanto eram poucos os mandados de volta, porque levavam consigo fofocas da vida pessoal do coletor: "O coletor *saab* cagou três vezes ontem, problema de estômago", "Madame Coletora às vezes veste (baixa para um sussurro) calcinha preta, sim senhor".

O contrato era implícito, mas claro. Os coletores e as esposas tinham uma crença veemente na indignidade do trabalho braçal (e a maior parte de Madna acreditava que a posição social de uma pessoa era inversamente proporcional ao trabalho que essa pessoa fazia para si mesma), e é mais fácil acreditar nessas coisas quando os trabalhadores domésticos da pessoa são pagos pelo governo. A outra parte do contrato, os contínuos, acreditava também na indignidade do trabalho braçal, e isso faz parte da história indiana. Mas sabiam também que a boa vontade e a ajuda dos superiores são mais importantes do que as crenças.

"Antony, meu predecessor, transferiu um contínuo para Rameri porque o sujeito tinha se recusado a trabalhar na casa dele. O homem me procurou alguns dias atrás, dizendo: '*Saab*, me leve de volta a Madna, eu trabalho onde o senhor quiser'. Veja só, agora ele está se sentindo estúpido porque todo mundo o chama de idiota por ter jogado fora a chance de trabalhar na casa."

"Não, Ravi, por favor não fale do seu trabalho", sorriu a sra. Srivastav. "Por que em vez disso você não pergunta a Sen, quer dizer, a August, como estava Kumar no dia de hoje?"

Agastya se perguntou como ela sabia, e disse apressadamente: "Oh, ele estava muito bem. Conversamos um bocado".

"Kumar é um espécime do Serviço de Polícia Indiano, todos eles têm ciúmes do IAS", disse Srivastav. "Você deve visitar também o juiz distrital Mishra e o chefe do Desenvolvimento Distrital, Bajaj. Bajaj é outro espécime, um maldito promovido." Um promovido era alguém que não tinha sido recrutado para o IAS mediante um concurso nacional dos Serviços Civis, como Srivastav, Menon e Agastya, e sim promovido dos quadros de um escalão inferior, do Serviço Civil regional ou dos engenheiros. No vocabulário de Srivastav, "promovido" era um xingamento vil, situava-se em algum lugar entre "patife" e "filho da puta". "Bajaj se comporta como um promovido, você vai ver. O Serviço Administrativo Indiano tem um trabalho ético, esses outros sujeitos não têm ética nenhuma." Nesse ponto Srivastav fechou a cara. "Se o país está avançando é só graças a nós." Ele queria dizer exatamente o que disse, e Agastya se sentiu constrangido.

"Mas nem todos entre nós são bons assim, senhor", disse Menon, radiante. "O sr. Antony, por exemplo..." Ahá, pensou Agastya, começou a sessão esculacho.

"Ah, Antony", Srivastav fez uma carranca e despenteou os cabelos da filha, que afastou a cabeça com um chiado de irritação. Srivastav se virou para Agastya. "Sabe, esse Antony se comportava como um promovido, até levou as cortinas desta casa quando foi embora. Eu quis fazer uma queixa, porque no mínimo um servidor IAS não deveria se comportar desse jeito, caso contrário qual a diferença em relação aos outros? Mas não reclamei porque é preciso ter solidariedade no departamento." Agastya ficou se perguntando por que Srivastav não mudava o formato das suas costeletas.

"Posso trazer meus livros para estudar aqui?", perguntou a filha com doçura, sentindo talvez que deveria receber mais atenção.

"Claro que não", vociferou Srivastav, "você ia bagunçar a sala e perturbar todo mundo. Fique sentada aí quietinha". A filha expeliu algumas lágrimas silenciosas; vendo que isso não funcionou, correu berrando para a mãe, que a mandou calar a boca, caso contrário seria mandada para junto do irmão.

Então Ramsingh entrou com um Shekhar vestido e radiante. "Ah, o mijão voltou", disse a irmãzinha com um sorriso. A sra. Srivastav levou os dois para jantar na cozinha, muito a contragosto de ambos.

"Qual foi o seu curso na faculdade, Sen?"

"Inglês, senhor", disse Agastya, lamentando não poder dizer algo mais respeitável, como física, economia, matemática ou direito, uma matéria que pelo menos *soasse* como algo que a pessoa tinha que estudar para passar nos exames. Durante aqueles meses, de uma miríade de formas, muitas vezes ele se sentiria constrangido quanto a seu passado, e desejaria ter sido outra coisa. Sentado na sala de visitas de Srivastav, ele se lembrou da objeção de Pultukaku à sua escolha de curso na faculdade, assim como antes, pelas mesmas razões, opusera-se a sua formação colegial: "Chaucer e Swift, o que é que você vai fazer com essas coisas irrelevantes? Seu pai não acha que sua educação deveria abordar a vida à sua volta?"

"Uma disciplina inútil", disse Srivastav, "a menos que ajude a pessoa a dominar a fundo a língua, o que na maior parte dos casos não acontece". Fez uma misteriosa cara feia para Menon. "O inglês que falamos não é o inglês que lemos nos livros ingleses, e de todo modo são duas coisas diferentes. Nosso inglês deveria ser meramente um veículo de comunicação, outros povos o julgam engraçado, mas o modo como falamos não deveria importar, desde que a gente consiga transmitir a ideia. Meu inglês é bem engraçado também, mas tive que aprender por conta própria." Agastya começou então a gostar de Srivastav; ele era honesto, inteligente e satisfeito com a vida que tinha; era raro. "Em Azamganj, o lugar de onde eu vim, estudei numa escola de língua híndi. Agora as pessoas que não têm nenhuma vivência dessas escolas dizem que é uma coisa boa, porque deveríamos jogar o inglês para fora da Índia. Bobagem, eu digo, há muitas outras coisas muito mais importantes. Eu *sei*, *bhai*. Não há sequer um professor bom nessas escolas dos lugares menores. E como poderia existir, se as condições de trabalho são tão ruins, se eles próprios são formados nesses mesmos colégios e faculdades? Quando fui para a faculdade em Lucknow eu me senti completamente estúpido. Então comecei a ler em inglês por conta própria. Fui obrigado a isso, porque o inglês era obrigatório no concurso para o serviço público. Então eu li Shakespeare e Wordsworth e gente desse tipo, muito difícil. É importante saber inglês, porque nos dá", cerrou o punho, "confiança".

Srivastav tinha o orgulho de alguém que se fez por si. Agastya raramente encontrara um deles. Em seu próprio mundo as pessoas tinham êxito graças às pessoas que conheciam. Podia visualizar Srivastav também, um obscuro e medíocre aluno de faculdade, suando de esforço para entender, mas abrindo caminho com determinação por *The Prelude*[41] porque queria seguir em frente. "... A gente é o que é, assim como o inglês aqui também é o que é, um resquício irremediável. Não podemos ter vergonha do nosso passado, não, porque isso seria ter vergonha do nosso presente. As pessoas amaldiçoam nossa história porque é muito mais fácil do que trabalhar." Um morcego entrou voando na sala. Srivastav fez cara feia para ele. O morcego saiu. "Que um jovem em Azamganj pudesse julgar essencial estudar algo tão desnecessário como *Hamlet* é absurdo, não?, mas também inevitável, e é igualmente inevitável que, se nos comportarmos bem, em três gerações isso desapareça."

Falaram de muitas coisas naquela noite; claro que a maioria dos tópicos foi o coletor que escolheu. Era um homem instruído, e nem em casa nem no gabinete ele poderia exibir seu domínio de assuntos que transcendiam o trabalho. Entrava em detalhes sobre a Constituição, a reorganização dos estados, as eleições, o combate às secas, a natureza da política na região, o sistema democrático. Quando a sra. Srivastav voltou (parecendo um pouco cansada, porque tinha posto as crianças para dormir), Srivastav estava lhes expondo suas opiniões sobre a importância e a inadequação da educação na Índia.

"Ah, sobre educação", sorriu a sra. Srivastav, "vocês deviam perguntar para mim". Ninguém perguntou, então ela explicou a Agastya: "Eu leciono no Janata College aqui. Fiz meu mestrado em educação aqui também".

A sra. Srivastav era a típica esposa de um coletor; os "estudos suplementares" delas dependiam do lugar onde eles eram alocados. Enquanto o marido trabalhava, a esposa acumulava títulos nas tristes faculdades das cidadezinhas. Não era fácil um diretor dessas faculdades recusar um grau ou um título à esposa de um coletor, ou de um chefe do Desenvolvimento Distrital, ou de um superintendente de polícia, mesmo que as formações anteriores fossem de lugares cuja existência era meio

41 *The Prelude, or Growth of a Poet's Mind; An Autobiographical Poem* é um poema autobiográfico do inglês William Wordsworth (1770-1850). [N. T.]

duvidosa. Na verdade, o diretor dificilmente se incomodava com esses assuntos menores, por ter ciência de que as faculdades que a Madame Coletora agraciara com sua presença não podiam ser piores do que a que estava sob sua direção. Assim, quando Srivastav servira como coletor-assistente em Lalchuck, a sra. Srivastav tinha feito mestrado na Faculdade Nacional de Lalchuck. E, quando o marido fora chefe do Desenvolvimento Distrital de Haveliganj, a esposa se bacharelara em educação na Faculdade de Graduação Haveliganj Gandhi. E agora um mestrado em educação no Janata College, em Madna.

Mas essas esposas usavam bem seus títulos universitários, pois, brandindo-os com orgulho (justificável, pois indicavam, se não seu nível de instrução, pelo menos a força da influência política dos maridos), voltavam às mesmas faculdades para ensinar as asneiras que tinham aprendido. Era ainda mais difícil impedi-las de lecionar, porque isso significaria privar a família do coletor de uma boa renda mensal. Pode-se dizer que esses brilhantes jovens funcionários faziam um bom investimento na educação das esposas. A faculdade chinfrim também saía ganhando, pois as pessoas comentavam: "É uma boa faculdade. Madame Coletora leciona lá". "Então sempre estive ocupada nos lugares em que Ravi esteve alocado", sorriu a sra. Srivastav. "Venham, vamos jantar." Quando estavam à mesa ela perguntou: "Como é a comida na Casa de Pouso?".

"Muito ruim."

"Venha comer conosco sempre que quiser. Sem formalidades. Veja todo este lugar como sua própria casa, ok?"

"Obrigado, senhora." Passou a comer com eles quase todos os dias. Atravessava o portão por volta das sete da noite, descia a longa alameda ameaçada pelas figueiras-de-bengala, apostava corrida com as crianças no gramado, assombrava-as com o conteúdo dos outros cômodos da casa e com os hábitos vampirescos dos morcegos ("Eles gostam especialmente de crianças que fazem xixi na calça. São atraídos pelo cheiro", e então Shipra, a filha, ria aos cacarejos a noite toda), ouvia Srivastav com toda a paciência e conversava futilidades com sua esposa. Eles lhe proporcionavam uma bem-vinda vida doméstica. Ouvia Srivastav arengar contra os métodos de seu antecessor

(“Aquele Antony oferecia chá a qualquer um que aparecesse no gabinete. Uma medida tola e populista, além de péssimo precedente. A despesa com chá disparou”), e exaltar as virtudes do trabalho deles. Sentia o prazer da sra. Srivastav em ser a primeira-dama do distrito. Acompanhava-os aos lugares, a uma noitada de *ghazals*[42] (claro que o show não começava antes que eles ocupassem os assentos na primeira fileira, e Srivastav dizia: “O que se há de fazer, Malti? É a *cultura* do lugar”).

Durante a sobremesa (um adorável *kheer*[43], que a sra. Srivastav não comia porque, dizia sorrindo, estava ficando muito gorda, o que era verdade), Srivastav disse naquela primeira noite: “No seu treinamento você vai passar de uma repartição a outra tentando aprender o que cada uma delas faz. A maioria dos funcionários não vai dizer nada, porque são desinteressados, preguiçosos, incompetentes, ou estão ocupados demais. Só mantenha os olhos e ouvidos bem abertos, é o único jeito de aprender”. Mais tarde: “Você joga badminton? Ajuda a manter a forma”. (Srivastav era quase tão gordo quanto Kumar.) “Jogamos todas as manhãs no clube a partir das seis e meia. Apareça se quiser.” E quando ele e Menon estavam saindo: “Amanhã vou fazer uma visita a seu quarto, ver o que eles lhe deram”.

E de fato foi, e fez cara feia durante toda a visita, era sua cara oficial; mas era um movimento astuto e prudente assegurar-se de que Agastya estava sendo bem tratado na Casa de Pouso. “E o resto da mobília? E o sofá?”

“Pedi que tirassem daqui, senhor. Eu não precisava daquilo tudo.”

“Mas como você vai receber visitas, *bhai*? Quando as pessoas vierem ao seu quarto, onde elas vão se sentar?” Srivastav andava com arrogância de um lado a outro do quarto, e Agastya se perguntou se ele estaria procurando maconha. “Você quer mudar para um apartamento?”

Agastya não tinha certeza. Ficaria distante do telefone e da geladeira da Casa de Pouso, teria que organizar a mobília e uma

42 Gênero de canção urdu. [N. A.]
43 Tipo de doce, geralmente feito de leite engrossado e adocicado. [N. A.]

cozinha, esforço demasiado por apenas alguns meses; mas num apartamento pelo menos escaparia da comida de Vasant.

Os filhos de Vasant estavam na porta. Tinham sido atraídos ao Ambassador branco com sua luz laranja, mas o motorista os impedira de trepar no capô. Eram muitos, e Agastya não tinha certeza de que todos fossem de fato filhos de Vasant, mas todos eram parecidos, pequenos, magros, escuros, com olhos grandes e ágeis e bocas bem abertas, a vivacidade suplantando a subnutrição. Agastya atraía imensamente a atenção deles; sempre que sua porta estava aberta eles espiavam dentro, davam risadinhas e fugiam correndo.

Srivastav os encarou com ferocidade, eles olharam uns para os outros e deram risadinhas. "Eu designei um contínuo do gabinete para cuidar de você. Ele vem todo dia?"

"Sim, senhor." Acrescentou em pensamento: E senta na varanda, peida, fuma *bidis* e fica inventando pedidos impossíveis para eu fazer ao senhor, tudo isso porque não consigo pensar em alguma tarefa para ele.

Vasant apareceu com chá. Srivastav ralhou com ele no vernáculo por um momento. "Só estava dizendo para ele alimentar bem você", explicou. "Procure o Conselho Rural Distrital para ter um tutor de idioma. Sem a língua local você não sobrevive. E é preciso insistir nessas coisas, porque o Conselho também, como o resto dessa gente, prefere morrer a fazer qualquer trabalho extra, já que morrer significa mais descanso."

6

Era inevitável que a rotina diária de Agastya acabasse num padrão, ainda que irregular; porque o mero fato de viver implica seu próprio ciclo – de ingestão e excreção, de sono e vigília. Acabou se acostumando, ou se resignando, ao padrão de seus dias, à insônia, à superação dela que o agraciava de modo intermitente, aos mosquitos que o arrancavam do sono. Exercitava-se na varanda no lusco-fusco do amanhecer; quando estava enrijecido pela falta de sono, no calor do seu quarto e antes do café da manhã, fazia flexões e pique no lugar enquanto Digambar esperava de cócoras do outro lado da porta fechada, indolentemente admirado da tolice de Agastya pelo esforço desnecessário. Mas ele se exercitava com regularidade; era um fragmento de sua antiga vida, e de algum modo parecia conferir ao dia um pouco de significado.

Vasant trazia o chá em algum momento entre seis e nove horas; a hora precisa em cada dia dependia de quando ele, Vasant, saía da cama para ir buscar o leite; levava-se a vida num rimo muito folgado em Madna. Agastya nunca se queixava, pois adivinhar quando Vasant traria seu chá tornou-se parte do jogo maior, o de identificar os movimentos do mundo exterior por meio dos sons. Ficava deitado na cama, contemplando o teto através do mosquiteiro, sentindo a brisa que vinha da janela ficar morna e dizendo a si mesmo: “Sim, esse falatório louco são os filhos de Vasant indo para a escola, e essa bicicleta é o camarada senil que vem limpar os banheiros, esse baque misterioso é provavelmente Shankar caindo da cama num estupor alcoólico, esse tilintar talvez seja Vasant chegando com o chá”.

Em algumas manhãs, se o calor ainda não tivesse começado, ele levava a cadeira para a varanda e, num estado entorpecido, ficava observando os trens rangerem rumo a Delhi. Notava as cores dos trens, laranja e creme, mostarda, amarelo e verde, e refletia que seria um belo trabalho decidir os esquemas de cores para trens. Maravilhava-se com a imensidão das ferrovias indianas, milhões de pessoas viajando milhares de quilômetros todos os dias. Por que faziam isso era algo que o desconcertava. Em manhãs menos calmas ele pensava sobre sua situação e seu emprego, sobre o porquê de não se assentar na vida, perguntava-se se sua sensação de deslocamento era apenas temporária ou um sinal de alerta. Mas não havia nada específico que ele quisesse fazer, nenhum outro emprego, e então, com um sorriso, ele retrucava: Sim, havia, desenhar esquemas de cores para os trens, ser um cachorro vira-lata domesticado ou mesmo, como Madan, ter um leve desejo de ser assassinado.

"Então acaba tudo", Madan argumentara com lógica cortante, "e sem que você precise fazer coisa alguma por isso. Maravilha".

Digambar, com a cabeça envolvida por uma toalha vermelha, chegava em algum momento entre as sete e as dez; Agastya também não via razão para fixar seu horário. Ele lavava as roupas de Agastya, arrumava a cama e o quarto em uns seis minutos e depois se entregava à sonolência do lado de fora. Às vezes Agastya também o invejava.

O café da manhã de Vasant era inevitável, então Agastya passou a fazer experiências com ele. Pão, ovo cozido mole, tomate em fatias, batata cozida em fatias, chá e sua lata de leite condensado que era guardada na geladeira da Casa de Pouso e em cujo buraco ele sugava no fim do café da manhã para se livrar do gosto de tudo que viera antes. Achava que estava sendo científico quanto à sua comida e escapando o máximo possível da culinária de Vasant – mas o resultado real era sentir-se esfomeado às onze da manhã.

A comida se tornou muito importante em Madna, e ele logo se veria levado a concentrar-se nas pontadas de seu estômago. Pois a fome era evidência de saúde do sujeito, e o próprio fato de pensar em comer lhe dava algo para fazer. Fazia-o calcular quais as casas em Madna que ele podia atacar de olho em almoços e jantares; e, no caso de precisar comer a gororoba de Vasant, especular qual seria o cardápio. Poucos dias após se instalar no distrito ele já estava enjoado e até assustado com os pensamentos abstratos – e o problema da comida lhe dava algo concreto para pensar. Deitado na cama, olhando à toa para o teto (sua posição mais característica ao longo de todos os meses), perguntava-se de onde viria sua próxima refeição, e ria sem parar da pergunta tão clichê. Antes de Madna, ele sempre considerara a comida uma coisa garantida, como o ar. Em seus tempos de faculdade, sempre que a refeição do alojamento era intragável (mas nunca tanto quanto as criações de Vasant), eles sempre saíam para algum *dhaba*. Agora ele esperava que houvesse em Madna lugares para comer gastando pouco, mas não tinha disposição para procurar por eles, e consequentemente pensava que talvez tivesse que levar em conta a heterogeneidade do gosto, e talvez na cidade toda ele só encontrasse aqueles *chapatis*[44] que pareciam chiclete.

A sra. Srivastav lhe forneceu o maior número de refeições daquele ano. À parte isso, enquanto perambulava pelas várias repartições públicas tentando aprender as complexidades da administração, ele surpreendia vários funcionários ao aceitar os convites protocolares para comer. Era um bom jogo, e ele o praticava com prazer – manter o que Menon chamara de "dignidade do cargo" e ao mesmo tempo cavar um convite para jantar, dando a impressão de aceitar com relutância, mas com cortesia, dizendo que ficaria honrado (e na verdade se sentindo triunfante), enquanto dava a entender que a honra seria do anfitrião. Quando a sra. Srivastav também lhe perguntou por que não se mudava para um apartamento e aprendia a cozinhar, teve que se segurar para não responder: "Porque filar a boia é mais desafiador e muito mais divertido".

E de um modo perverso a comida de Vasant era estimulante, cheia de acasos que concorriam para espantar o tédio. O mesmo valia para sua água ostensivamente fervida. "Espere a água começar a ferver, então deixe no fogo, fervendo, por uns dez minutos, e só então desligue o gás. Ferver por dez minutos

44 Pão achatado (semelhante ao "pão sírio") feito de trigo. [N. A.]

significa contar dez minutos depois que a água começa a ferver, não é deixar a água no fogo por dez minutos." Dizia palavras assim quase todos os dias a Vasant, devagar e com cuidado, como se falasse com uma criança teimosa *e* demente, mas em todos aqueles meses ele nunca teve certeza de beber de fato água fervida na Casa de Pouso. Sempre que Vasant lhe trazia o suco ele perguntava: "Foi fervido?" e Vasant assentia com a cabeça, às vezes enfiando o dedo e dizendo: "Está quente". Derrotado e divertido, Agastya resolvia sua dúvida bebendo água em todos os lugares aonde ia, e dava tapinhas de autocongratulação em seu estômago liso e rígido diante do espelho.

Uma vez, por puro tédio, ele quis ir até a cozinha para mostrar como se ferve água para beber; não conseguiu. Vasant a princípio não entendeu, depois fez de conta que não entendeu. Em seguida fez que sim vigorosamente com a cabeça, fechando os olhos a cada movimento afirmativo, e se afastou. Agastya foi atrás dele, mas Vasant o deteve com um braço estendido e uma mão espalmada como a do Buda. Agastya disse "Vá se foder" às suas costas. Vasant voltou com um fogareiro a querosene e o depositou no chão da varanda. Agastya disse "Sim, sim" e o dispensou, pensando: Talvez ele não queira que eu veja sua cozinha, o pântano de onde emergem minhas refeições.

E o almoço, que na prática era um segundo café da manhã, também tinha seus perigos contingentes, mas estes às vezes eram tão envolventes quanto um desafio de xadrez de um jornal de domingo. Uma vez, ao trazer a bandeja para o quarto, Vasant tropeçou e derramou leite sobre todo o restante da comida. Depositou a bandeja sobre a mesa. Agastya resgatou fatias de batata e tomate do meio do leite.

"Vou buscar outro copo de leite."

"Tome, leve a bandeja com você." Vasant a recolheu, era um prato de leite numa bandeja de leite. Voltou alguns minutos depois com um copo de leite quente com pontos pretos dentro. "O que é isso?"

"Folhas de chá", disse Vasant, e as recolheu com seu dedo indicador esquerdo. Podia ter sido a pimenta da batata. Agastya desconfiou que Vasant tinha simplesmente enchido outro copo com o leite derramado na bandeja e no prato. Ele próprio teria feito o mesmo. Então suas elucubrações começaram. Mas o leite estava quente. Bem, Vasant o esquentara de novo, só isso. Talvez eu devesse lhe perguntar. Mas, se o leite for de fato novo, só com algumas folhinhas de chá que estavam no fundo da leiteira, minha desconfiança vai ofendê-lo. E lhe dar ideias. Ele cozinha sua comida, pode fazer você comer *qualquer coisa*. E note que de todo modo Vasant parece louco, com sua barba grisalha rente e o inchaço acima da clavícula direita. Agastya deixou a bandeja para discutir o assunto com o espelho. Ora, você não deve gritar com Vasant porque numa dessas ele pode te alimentar com seus cagalhões. "Na verdade, qualquer pessoa que tenha um criado está completamente à sua mercê", dizia o tempo todo sua tia em Calcutá (que desaprovara profundamente o fato de o pai de Agastya se casar com uma goense). Talvez devesse espionar Vasant um dia, pé ante pé, com seus tênis de corrida. Mas se fosse flagrado seria difícil se explicar. Então voltou à bandeja e mergulhou seu dedo no leite também, para testá-lo.

Na maior parte dos dias, o jipe vinha buscá-lo entre onze horas e meio-dia. Antes disso havia tempo suficiente para fumar um pouco de maconha, muitas vezes contra a vontade. Em algumas manhãs ele não queria mesmo. Nessas ocasiões, ia até o espelho, examinava a barba com um ar distraído, virava de lado e tentava ver seu perfil com o canto do olho, um hábito antigo, e perguntava a seu reflexo por que deveria fumar, e por que fumar tanto. Porque não havia muito mais o que fazer, era a resposta, a menos que ele quisesse se masturbar. Às vezes fazia as duas coisas, rindo da anotação no primeiro dia de seu diário, e da lembrança de Madan e da crença de ambos de que foder outra pessoa era menos satisfatório e mais cansativo que foder a palma da própria mão.

Não havia muito mais o que fazer. Ler era impossível, com sua mente naquele estado de tumulto silencioso. E os títulos que ele trouxera de Calcutá e Delhi eram quase risíveis de tão remotos: dois romances bengalis, *Pather Panchali* e *Gora*, e nenhum deles conseguia prender sua atenção porque os problemas dos protagonistas eram quase inacessíveis, e ele sempre desejava alguma coisa mais próxima (Pultukaku também ralhara sobre isso, como seria de esperar, quando Agastya os leu pela primeira vez: "Dois romances seminais em sua língua e você não consegue sequer começar a apreciá-los"); uma curiosidade literária, que é a tradução em inglês do *Ramayana* por um norte-americano que, segundo sugeria a Introdução, dava a impressão de ter conversado frequentemente com Hanuman no Himalaia; e um exemplar de Marco Aurélio, presente do pai em seu último aniversário, com a inscrição em bengali na primeira página: "Para Ogu, nos seus 24 anos, com a esperança de que o torne mais sábio".

Algumas vezes, antes de o jipe chegar, ele conseguia se concentrar em algumas linhas, especialmente quando estava levemente chapado. As *Meditações* acabaram sendo (de modo muito incongruente, pensou) sua única leitura. As passagens eram no geral curtas, portanto ele não era solicitado a pensar por mais de umas poucas linhas de cada vez. Naqueles meses chegou a gostar imensamente daquele sábio e triste romano. Marco Aurélio o fazia sentir-se melhor de imediato, porque parecia ter mais problemas que qualquer outra pessoa – não os problemas acabrunhantes de ser pobre, mas os estimulantes problemas abstratos de alguém totalmente imerso em seu eu. Em outros tempos, Agastya talvez o tivesse vaiado: a vida era para ser desfrutada, e não suportada. Mas em Madna ele não podia ousar dizer algo tão fácil. Ainda assim, em algumas ocasiões chegava a dizer para a página: Curta o dia, rapaz, e sorria. Imagine chamar Marco Aurélio de rapaz. Mais uma vez o absurdo, nunca muito distante dele, tomava-o de assalto – talvez as meditações de Marco Aurélio não fossem de fato genuínas, ele podia muito bem ter rabiscado uma porção delas numa mesa de mármore ao lado de seu divã enquanto um lindo adolescente romano (exalando de trás da orelha e dos pulsos os perfumes dos portos do sul da Índia, que estariam a apenas algumas centenas de quilômetros do ponto onde, 1600 anos depois de Marco Aurélio, uma tribo fundaria um reino e o chamaria de Madna) o chupava, ou enquanto ele ejaculava no cálice de vinho de um convidado, murmurando *quo vadis* ao espírito de Calígula.

A exemplo de Marco Aurélio, manteve um diário inconstante naquele ano, pois, assim como Marco Aurélio, ele meditava – mas nas situações mais incongruentes, como ao fazer ginástica. Seus exercícios duravam uns quinze minutos, e ele gostava bastante de praticá-los, depois de ter se obrigado a começar. Não vejo sequer um servidor público que pareça estar em forma, não quero ficar como eles, dizia a si mesmo, enquanto fazia flexões. Mas era uma moda ocidental – não era uma moda ocidental tentar permanecer jovem? Ele parava, ofegante, corria para seu diário e anotava: "Tentar permanecer jovem é uma moda ocidental? Neera vive dizendo isso". Neera, sua amiga em Calcutá, de fato sempre dizia que o Ocidente venera a juventude; quando começam a parecer velhos, eles fazem cirurgias plásticas no rosto, mas na Índia somos igualmente estúpidos, venerando a velhice (a própria Neera era gorda e indolente). Ele voltava a suas flexões com a mente revirada no caos. Parava de novo na 17ª flexão e ficava observando as gotas de suor caindo no tapete. Era *errado* fazer exercício e tentar permanecer jovem e em forma? Uma formiga talvez atravessasse correndo os discos úmidos do suor caído no tapete. Ora, será que a formiga sentia a umidade sob os pés? Uma formiga tinha pés? Mas, se não tinha pés, o que havia na extremidade de suas patas? Só pontinhos? Continue com as flexões, rapaz, mas a essa altura a força já havia abandonado sua mente. Em seu diário ele anotaria: "NB Neera é uma marxista e fala muita merda", e embaixo: "Já pensou como seria constrangedor se alguém descobrisse que você mantém um *diário*?".

Mas nem todas as entradas no diário eram frívolas; claro que eram as anotações com intenções sérias que o deixavam mais constrangido. Marco Aurélio lhe ensinara indiretamente a magia da catarse, que escrever fomentava o pensamento e a clareza mental, que era bom para o raciocínio. As menores coisas se tornavam significativas. Que uma caneta pudesse se mover por uma página e que seu rastro, por assim dizer, pudesse fazer sentido – de repente isso parecia mágico. Um rabisco e uma curva, aquilo continha um significado. Escreveu: "Quais são seus problemas?" e riu, Deus do céu, são tantos, e todos tão vagos, mas a análise ajudava, ou parecia ajudar, e por isso era bom ser racional.

O motorista do jipe que vinha buscar Agastya pelas manhãs em geral era incapaz de diferenciar um órgão distrital do outro.

Assim, por quase uma hora em alguns dos (bons) dias, ele rodava com Agastya pela cidade, simplesmente tentando *localizar* um gabinete – do inspetor distrital dos Registros Territoriais, digamos, ou do chefe da Divisão Florestal. Nos dias bons era uma aventura estranha e estimulante enveredar pelas ruas estreitas de uma cidade desconhecida, freando perigosamente para pedir orientações a *paanwalas*[45] e sapateiros, procurando sem muita disposição algum gabinete. Muitos nem sequer tinham ouvido falar do lugar que eles procuravam, alguns os direcionavam para o lado errado, alguns eram enfáticos ao dizer que tal lugar não existia. Olhando para as pessoas a quem o motorista perguntava, Agastya se dava conta de como conhecia pouco a Madna real, de fora das repartições públicas.

E a viagem em si era calmante. Era soporífero ser transportado num veículo sem pensar, sucumbindo à maconha, ao calor, ao ritmo e ao rugido do jipe.

Algumas vezes, quando enfim chegavam ao departamento agendado para aquele dia, eles descobriam que o responsável pelo setor estava ausente, viajando ou de folga. Às vezes o sujeito estava, mas não tinha ideia do que devia fazer ou dizer a Agastya. Às vezes a falta de interesse de Agastya era amplamente suplantada pela do servidor em questão. Agastya sentava-se ao lado do servidor e olhava em volta, para as paredes deterioradas e o bebedouro com água vazando no canto, para o mapa desbotado na parede e o calendário do governo. O sujeito lhe fazia algumas perguntas, Agastya mentia sem pudor. Sentia-se então obrigado a fazer perguntas, por sua vez. Quando avaliava que já sabia o bastante sobre aquele departamento para mentir ao coletor naquela mesma noite sobre o que aprendera ao longo do dia, ele anunciava que precisava ir à Casa de Pouso para almoçar e acrescentava, com um sorriso, que estaria quente demais à tarde para voltar. O servidor comunicaria radiante sua completa concordância. Às vezes ele queria se queixar a Srivastav de que ninguém estava lhe ensinando coisa alguma, mas nunca fazia isso, porque sentia que a culpa podia ser sua, que seria repreendido por falta de interesse, uma acusação que ele não teria como negar.

45 Vendedor de *paan*, cigarros etc. [N. A.]

Ele de fato aprendeu um pouco em algumas repartições, não sobre os meandros da administração pública, mas, de modo geral, sobre o funcionamento do mundo mais amplo. O inspetor distrital de registros territoriais lhe contou, por exemplo, que cada palmo da Índia estava assinalado em um ou outro mapa.

"Cada palmo?" De algum modo ele se sentiu contente e orgulhoso.

"Claro, senhor. Grande parte do trabalho do governo depende de registros territoriais, de quem possui quais terras, de quando a terra foi transferida ou herdada, e assim por diante. Se o governo precisar adquirir terra para uma finalidade ou outra, para construir uma represa ou uma usina termoelétrica, precisamos dispor de registros territoriais adequados, para decidir a quem pagar indenização, não é mesmo? Afinal, a terra é o bem mais importante de todas as pessoas." O inspetor era um homem abatido e acanhado. Sentava-se numa salinha barulhenta, que ficava numa viela, em cima de uma loja que vendia canecas e baldes de plástico e ao lado de uma videolocadora. Locomovia-se numa bicicleta velha. "No departamento temos mapas de todo o distrito. Vou lhe mostrar alguns."

Os mapas vieram junto com o chá. O inspetor bebia no pires. Os mapas eram em pergaminho ou em papel vegetal e o inspetor desenrolava-os com reverência sobre os livros que estavam em sua mesa. (Os próprios livros fascinaram Agastya: *Manual de inspeção da cidade*, *Manual de regras e ordens vigentes relativas a estabelecimentos de registros de imóveis* – alguém em algum lugar escrevia mesmo aquelas coisas, e havia gente neste mundo que as consultava todos os dias.) Os mapas mais velhos eram em inglês, mas ainda assim completamente indecifráveis. Todos eles mostravam áreas divididas numa variedade de formas geométricas, cada uma delas com um número. Ora, pensou Agastya, crianças podiam brincar com aqueles mapas, tentando capturar aqueles quadrados e hexagramas o mais rápido possível e atribuindo valores diferentes a cada forma. "A terra é importante em todos os lugares, todos os tipos de terra", disse o inspetor, "mas você até hoje morou em cidades grandes. Nelas você não tem como perceber a importância da terra agrícola, que é a verdadeira riqueza. Cada um desses quadrados e hexagramas pode valer *lakhs*". O inspetor se sentava naquela mesma cadeira havia anos. Todo dia examinava mapas e seus respectivos livros de registro e documentos, bebia seu chá no pires sob o barulho dos carros, dos riquixás e das discussões do lado de fora. Quando queria urinar descia até algum buraco atrás da loja.

Em raras tardes Srivastav chamava Agastya à Coletoria para uma ou outra reunião; à parte isso, na maioria dos dias ele ficava em seu quarto. Passava às vezes uma parte da tarde com Shankar, bebendo, deitado, ouvindo-o falar sobre Madna, sobre arte, sobre Tamse. "Você nunca vai ao escritório, Shankar *saab*?"

"Olha quem fala, Sen *saab*", e relinchou de tanto rir. "Somos muito parecidos, ouça o que eu digo, governados por Shani e amados por Jagadamba. Temos hábitos semelhantes", ergueu o copo e gargalhou de novo, "nenhum dos dois vai ao trabalho depois do almoço, e temos ideias semelhantes também – odiamos gabinetes e preferimos a vida do lado de fora –, além de gostos musicais semelhantes e situações semelhantes: ambos fomos banidos para Madna".

Suas tardes se estendiam do almoço ao momento qualquer em que pedia que Vasant lhe levasse chá. Desse modo ele podia, num certo sentido, controlar a duração da tarde. Depois do chá tinha que pensar na noite, mas antes podia cochilar um pouco, observar o quadro de Tamse ou as lagartixas correndo pela parede para copular num canto, ouvir a música de Nazrul Islam ou Vivaldi, devanear, fantasiar, pensar no passado, reorganizá-lo, tentar impor-lhe um padrão, masturbar-se sem alegria, às vezes fumar um pouco de maconha, ler um pouco de Marco Aurélio ou simplesmente ficar deitado pensando no sol crestando o mundo lá fora. Gostava das tardes em seu quarto escurecido e surreal. Sentia-se a salvo enquanto lá fora, na cabeça dele, o mundo queimava. Quando abria a porta para Vasant, o sol já estava um pouco enfraquecido, e algumas horas a mais já tinham transcorrido em Madna.

Ia jantar muitas vezes na casa do coletor, mas em algumas noites sentia que estava chapado demais para ir, com os olhos muito vermelhos, solitário demais para ter uma conversa sensata com quem quer que fosse. Nessas ocasiões esperava o sol baixar e saía para caminhar. A cidade era bem suja e apinhada de gente, e havia sempre o risco do encontro com alguém do departamento e do tédio da consequente conversinha de amenidades, por isso ele geralmente saía caminhando para fora da cidade, ao longo dos trilhos da ferrovia.

Em algumas noites ele escutava no rádio o noticiário das nove horas. Antes costumava evitar jornais e o que eles chamavam de assuntos atuais. As notícias nunca lhe haviam interessado, a menos que fossem calamitosas, e neste caso chegariam a ele de todo modo. Mas em Madna começou a escutar rádio com frequência, às vezes só para ter outra voz no quarto. Tornou-se um vínculo importante com o mundo fora de Madna, na verdade o único que era objetivo. Pois o jornal de Bombaim e Calcutá chegava tarde, e inevitavelmente com notícias velhas. Em Madna ele também se deu conta do poder do rádio de disseminar informações falsas, pois milhões dependiam dele, na Índia rural e nas pequenas cidades, para entretenimento e informação, e mais da metade dessa população era analfabeta. O rádio dizia que 70% do país seria coberto pela televisão até o fim do ano. Em outros tempos ele nunca teria sequer *dado ouvidos* a uma observação como essa, mas agora ela era registrada, fazia sentido. A TV ia chegar a Madna também, dissera Sathe, e ele conseguia ter uma visão cabal desse impacto – era muito mais potente que o rádio, pois aprisionava o olhar. Sathe acrescentara cinicamente que a TV em Madna era uma arma eleitoral, e isso também fazia todo sentido.

Na maioria das noites em que ele não comia na casa do coletor o jantar saía cedo, por volta das oito, porque Vasant gostava de dormir cedo. Então, depois do jantar, até umas quatro da madrugada, vinha a insônia. Em Madna ele nunca podia considerar o sono como algo garantido. Repetia as atividades da tarde, pensando que por mais de vinte anos sempre tinha dormido bem, exceto por uma ou duas noites em que a excitação o mantivera acordado, como na véspera do piquenique da escola, quando tinha 7 anos e ficou perambulando pela casa a noite toda, extenuado, porque vestiria no piquenique sua calça jeans nova. Mas em Madna parece que ele havia afugentado o sono. Quando enfim adormecia, era por cansaço do próprio desespero.

Assim, no espaço de um dia, ele perfazia uma espécie de vida do solitário.

7

"Telefone para o senhor", disse-lhe um dos empregados do Alojamento Temporário, por volta das seis horas de um entardecer, quando ele estava sentado na varanda com seu Marco Aurélio.

Era Mahendra Bhatia, do Serviço Florestal. "Alô, Mandy, claro que me lembro de você... Sim, deve fazer uns três anos que não nos... Sim, Sathe também me falou de você... Eu estava planejando te ligar, mas sabe como é, lugar novo, emprego novo, tenho andado ocupado o dia todo... Claro, vamos nos encontrar... Hoje à noite...? Tá bom, hoje à noite, estou livre agora, hoje levantei cedo... Sim, melhor você vir, porque eu ainda não conheço bem esta cidade... É o quarto apartamento na Casa de Pouso, no complexo do Alojamento Temporário... Oh, eu cheguei há umas três semanas, acho... Sim, *é mesmo* muito diferente... (Sobre o que conversariam quando se encontrassem? Teriam que beber, caso contrário a noite seria intolerável)... Ouça, Mandy, por que não bebemos alguma coisa esta noite? Ou então... Ótimo, traga então essa garrafa... Ok, em meia hora... Até já."

Apesar da promessa de uísque, Agastya não estava muito empolgado com a vinda de Bhatia quando retornou à varanda. Bhatia tinha sido de uma turma completamente diferente nos tempos de faculdade; era aluno de física ou química, não lembrava direito, no jargão de Dhrubo era "só mais um indiano urbano enfeitiçado pelo marketing agressivo norte-americano no Terceiro Mundo". Bhatia gostava de camisetas e jeans Calvin Klein, de lanchonetes de fast-food de Delhi, de motocicletas indianas (porque não tinha dinheiro para uma importada), de namoradas com quem "podia ir para cama a qualquer hora, cara" (elas se mostravam bem mais esquivas), de maconha, até mesmo de um pouco de cocaína, dos cantores que ganhavam os prêmios Grammy (os quais a TV indiana, para seu êxtase, tinha começado finalmente a exibir), de chamar as rupias de *bucks* e de ser chamado de Mandy. Sua ambição era ir para o exterior ("para os *US of A*"), talvez para mostrar o quanto se encaixava no estilo de vida de lá (uma vez, quando estavam sentados no gramado diante da faculdade, chapados, e Bhatia passou por eles com alguns outros iguais a ele, de walkman e fones de ouvido, Dhrubo tinha comentado de modo demolidor: "Ele é o tipo de cara que adoraria pegar aids só porque está bombando na América"); em vez disso, Bhatia fora presenteado com Madna, e Agastya se deleitava com isso.

Agastya ficou ainda mais alegre ao constatar que os três anos, e provavelmente Madna também, tinham abrandado Bhatia. Suas roupas não tinham mudado, jeans Gloria Vanderbilt e uma camiseta que dizia "*I don't want no Star Wars*" (será que ele se encontra com o inspetor distrital de registros de imóveis vestido assim?, e Agastya riu em silêncio), mas estava mais magro, asseado e melancólico. Talvez o trabalho o obrigasse a fazer a barba todos os dias. Seu uísque, lamentavelmente, era só meia garrafa.

"Olá." Trocaram um aperto de mãos. Sentaram-se na varanda. Agastya não queria que se sentassem em seu quarto porque as visitas ali pareciam incongruentes; o quarto era destinado de fato para as meditações do solitário.

Bem, eles acabaram ficando um pouco bêbados, o suficiente para Bhatia resvalar para as reclamações. Esqueceu que ele e Agastya tinham sido meros conhecidos na faculdade; talvez se lembrasse e não se importasse, ou talvez para ele bastasse o fato de Agastya provir de sua antiga vida e portanto ser capaz de entender. Bhatia vociferou contra seu emprego, a cidadezinha, as pessoas, o tédio, a solidão, a falta de sexo. Esses brados de desespero, saídos de uma boca desarticulada, constrangiam Agastya profundamente; até então ele nunca admitiria que pudesse ter alguma coisa em comum com Bhatia, mas agora via que era palpável: a sensação de deslocamento.

"É doentio não ter com quem conversar, nenhum lugar para ir, nada para fazer, só voltar para o quarto depois do trabalho, encher a cara, sentir-se solitário e bater uma punheta."

Bhatia fazia a vida secreta de Agastya parecer tão ridícula que ele teve vontade de rir. Até então seu principal consolo era pensar que se tratava de uma experiência profunda, uma coisa rara; agora parecia tão comum quanto meia garrafa de uísque, algo que ele compartilhava com Bhatia. Agastya sentiu por ele uma leve antipatia por causa disso, por despedaçar uma de suas últimas ilusões consoladoras.

Mas não podia admitir a semelhança entre eles. Percebia vagamente que o sentimento de solidão era precioso demais para ser compartilhado e, em última instância, incomunicável, que os homens *eram mesmo*, no fim das contas, ilhas; cada um tinha seu universo, imenso apenas para si mesmo, muito além do alcance ou do interesse dos outros. Para estes a insignificância da provação não era registrável, merecia quando muito apenas uma centelha de empatia. Agastya não estava interessado de fato na vida de Bhatia; mais tarde, Dhrubo não estaria interessado na sua, e seu pai não seria capaz de entender.

Era prazeroso, porém, ouvir Bhatia, discordar levemente dele, inflamá-lo mais ainda; assim se passou o tempo. "Mas, Mandy, todos os empregos são tediosos, e a vida para todo mundo costuma ser infeliz mesmo. Não se pode culpar Madna. Talvez você devesse se casar. Assim resolveria dois problemas: o sexo e a solidão." Agastya logo começou a se deleitar com seus próprios argumentos fáceis e rasos (e rasos só porque eram batidos). "Acho que, sempre que alguém se muda para um lugar novo, no começo se sente um pouco esquisito."

Nesse momento Bhatia o interrompeu. "Como assim, no começo? Estou aqui faz mais de um ano."

"Mas o mundo não é um lugar maravilhoso cheio de oportunidades empolgantes. Em geral é enfadonho e fodido em toda parte. Você só precisa se assentar, a menos que queira cometer suicídio. Um monte de gente faz isso, você sabe." Agastya estava gostando de sua nova linha temática. "Existem muitos métodos nativos de suicídio. Você poderia mudar de sexo, matar seu marido se ele não morresse por conta própria, e em seguida imolar-se na pira funerária dele, mas acho que o *sati*[46] (*suttee* se preferir) está proibido – mataram uma grandiosa tradição indiana, mas tem uma nova em vigência: você poderia mudar de sexo, casar e conseguir que seu marido te incinerasse – o suprassumo da experiência fetichista."

Agastya terminou sua terceira dose e sentiu que o uísque descia, desviava para o lado e atacava seu fígado. Bhatia não tinha ouvido o que ele disse, fitava o fundo de seu copo. "Que foi, Mandy, está se sentindo um compositor de *ghazals* contemplando esse copo vazio?"

"Nada disso, é que tem uma coisa preta no fundo. Parece cocô de rato. Dá uma olhada."

"Verdade, parece cocô de rato." Agastya devolveu depressa o copo. "Vasant, aquele maluco que você viu, pegou os copos naquele armário do refeitório do Alojamento Temporário. Você viu aquele armário? Uma coisa enorme. Um tigre poderia se esconder ali dentro sem ninguém saber. Pensei que os copos estivessem limpos, não dá pra ver cocô de rato através desse vidro verde."

Bhatia ergueu o copo contra a luz da lâmpada fluorescente da varanda. Agastya se lembrou de um restaurante em Calcutá cujas pizzas Neera adorava, onde garrafas verdes eram usadas como luminárias. "O que eu posso pegar com excremento de rato dissolvido?", perguntou Bhatia.

"Peste?"

"Não fale besteira, está extinta."

"Extinta? É essa a palavra correta para doenças? Nada mais, acho. Era um cocô envelhecido de rato, não era?"

"Como vou saber?", perguntou Bhatia, irritado.

"Quem mais pode saber? Você bebeu a coisa." Diante disso Bhatia nada disse, mas ficou remoendo as catástrofes que estavam por vir.

Então caiu a luz. Escuridão completa, e gritos de alegria saídos dos aposentos dos empregados atrás do Alojamento Temporário. "Provavelmente são os filhos de Vasant, felizes

46 Costume hindu obsoleto segundo o qual a viúva se imolava na pira funerária do marido. [N. A.]

por não ter que fazer lição de casa. Agora podem até brincar de *ice-pice*[47]." Era agradável não ver nada, sentir a leve brisa e conversar no escuro sobre assuntos prosaicos.

"O fornecimento de energia é muito ruim aqui. Logo vão começar a cortá-la regularmente nos momentos mais quentes do dia. Você não tem alguma luz por aqui? Sobrou um resto de uísque na garrafa." Agastya apanhou uma vela e a depositou em cima do *Madna District Gazetteer*. Lançou um olhar afetuoso para a garrafa. "Este calhamaço é ótimo. Como peso de papel ou base para velas."

"Você devia abri-lo um dia. É bem interessante." Agastya ficou surpreso; nunca imaginaria que houvesse outras facetas em Bhatia. Este acendeu um cigarro na chama da vela e tocou no *Gazetteer*. "É do departamento? Todo mundo trata assim as coisas do governo. Às vezes coisas de valor real, mobília, construções antigas, velhos livros, tudo é tratado dessa maneira. Como base para velas também."

"Acho que vai ser peste. Suas axilas estão inchando?" A luz voltou, trazendo de novo os gritos de alegria das crianças. "Talvez estejam felizes com a volta da luz porque é uma chance de dar gritinhos estridentes."

"O que vamos fazer em termos de jantar? Sugiro que a gente saia, consiga outra meia garrafa e vá filar um jantar com Sathe."

Naquela noite Agastya viu um pouco de Madna bem de perto. Bhatia queria um riquixá. Agastya queria caminhar, então tomaram um riquixá numa parte do caminho. Sacolejavam no assento e observavam os músculos das panturrilhas do *rickshaw-wala*[48]. Ele cheirava a uma década de suor e subnutrição. Passaram por oficinas, barracas de caldo de cana, lojas. "Preste atenção na quantidade de farmácias em Madna", disse Bhatia com acidez. "Um sinal claro do quanto este lugar é insalubre."

"São oito horas, mas este lugar está muito mais animado que South Delhi às seis da tarde." Multidões na rua, o *rickshaw-wala* usando sua campainha e sua voz rouca para abrir caminho,

47 Corruptela de "I Spy" (Eu espio). [N. A.]

48 Um condutor de riquixá. [N. A.]

o cheiro de *dosas*[49] e peixe frito de um *dhaba*, fedor de urina e lama de uma delegacia de polícia, um rádio portátil de uma barraca de caldo de cana ensurdecendo os arredores com a música de discoteca de um filme cantada em híndi, a escuridão das ruelas transversais. "Até que não seria muito tedioso ficar chapado e andar por aqui assistindo a tudo isso."

"Impossível. Madna é pequena demais. Você está preso pela vida oficial. Algum bosta de algum departamento ia te ver e te abordar, e logo espalharia para o resto da cidade, ou pelo menos para os outros departamentos, que aquele sujeito jovem ocidentalizado de Delhi só fica perambulando à toa pelos mercados. Eles desaprovariam – pelo menos seu coletor desaprovaria."

Encontraram quase imediatamente Joshi, o RDC, quando estavam discutindo o preço da corrida com o *rickshaw-wala*. "Olá, Sen, digo senhor, o que está fazendo por aqui?" Estava com uma mulher que parecia ser sua esposa, mas não a apresentou. Seja benevolente, Agastya disse a si mesmo, talvez ela seja sua amante, talvez ele tenha um harém de mulheres tribais e dance nu com elas todas as noites antes do jantar.

"Olá, Joshi *saab*, este é meu amigo Mahendra. É conservador-assistente de florestas aqui. O sr. Joshi é da Coletoria, é RDC." E ainda não sei o que é isso, pensou consigo mesmo. Despediram-se depois de umas frases triviais.

Bhatia disse: "Agora espere só pra ver. Em alguns dias alguém sem nenhuma conexão com Joshi vai te dizer alguma coisa estúpida, do tipo: 'Quer dizer que você sai para caminhar pelos mercados de noite'. Espere só pra ver".

Três noites mais tarde a sra. Srivastav disse: "Ouvi dizer, August, que você se embriaga e perambula todos os dias pelo mercado com alguns amigos de fora".

A isso Srivastav fechou a cara e acrescentou: "Sen, você precisa tomar cuidado com suas companhias em Madna. Um lugar pequeno, as pessoas falam muito, não têm muito o que fazer além disso. Tome cuidado com gente como aquele Govind Sathe, um salafrário, um cartunista. Como funcionário do IAS você não pode se misturar com qualquer um. Não é só um

49 Prato tradicional do sul da Índia, feito com arroz frito e lentilhas. [N. A.]

emprego, *bhai*, no qual o que você faz depois do expediente é problema seu e de ninguém mais; aqui você também tem responsabilidades com o governo em seu tempo livre. E aquele Govind Sathe, um sujeito realmente irresponsável, acha que a vida é uma grande piada".

Bhatia e Agastya entraram num beco. À luz fluorescente da esquina Bhatia quase meteu o pé num enorme monte de bosta. "Cuidado!" Sob aquela iluminação a bosta parecia preta e verde, com pequenas bolhas, lembrando a Agastya o espinafre de Vasant. Provavelmente o gosto é melhor, pensou. As vacas cagavam normalmente assim, ou a água de Madna causava estrago nelas também? Ou talvez aquela vaca específica também tivesse comido na Casa de Pouso. Em ambos os lados casinhas feias, velhas e sem pintura – ali naquelas ruelas parecia não existir a menor aspiração à beleza. Janelas com grades, uma sala de paredes azuis, um garoto de camiseta numa cama, estudando sob um tubo de luz fluorescente. Madna também tinha sua vida.

"Mandy, aquilo ali são esculturas, não são?" Agastya apontou para uma casa. Nos corrimões da escada de entrada estavam sentadas duas cabras brancas, absolutamente imóveis.

"O cheiro não é de esculturas", disse Bhatia. Mas à meia-luz do beco bem podiam passar por estátuas de mármore branco. "Devem estar dormindo, ou então chapadas." As cabras brancas não eram bom augúrio em algum mito hindu qualquer? Agastya não era capaz do esforço de vasculhar a memória em busca da alusão, mas se sentia melhor só de olhar para elas, tão absurdas e atraentes, como se esperassem placidamente para dar as boas-vindas aos visitantes.

Um fulgor ao dobrar uma esquina, um luminoso com uma dançarina de Bharatanatyam grotescamente desproporcional anunciava: "Bem-vindos ao Dakshin Bar e Restaurante". Bhatia disse: "Peça uns *pakoras*[50] aqui, vamos precisar deles para acompanhar a bebida que vou comprar ali, logo adiante na rua. Assim a gente ganha tempo". Agastya entrou no restaurante, perguntando-se por que diabos Bhatia queria ganhar tempo.

50 Lanche frito tradicional indiano, feito de farinha de grão-de-bico. [N. A.]

O Dakshin era enorme, barulhento e com uma iluminação ofuscante. Sentou-se perto da porta, de frente para o pátio onde estavam estacionados riquixás e scooters. Não queria ser reconhecido, não queria que seu mundo fosse conectado à Coletoria. As caixas de som perto do teto vibravam com canções de discoteca em híndi. Ele se sentiu melhor ainda. Na mesa vizinha um homem com metade do rosto alterado por vitiligo devorava seu *idlis*[51] pescado num mar de *sambar*[52]. Agastya sorriu para ele, até meu rosto deveria ser como o seu, pensou, minha mãe tinha a pele clara e era cristã, em seguida ficou com vergonha de si mesmo. Entrou um sikh, gordo e vigoroso, de calça jeans bem justa e uma camiseta apertada em seu enorme tórax. Olhou em volta com expressão homicida nos olhos vermelhos e malévolos. Nariz pequeno e aquilino, lábios finos, barba rala. Adoraria conhecer esse cara, pensou Agastya, ele é um compêndio de vícios. O sikh coçou os testículos e partiu numa motocicleta barulhenta. Agastya pensou nas reações que provocaria se levasse o sikh para jantar na casa do coletor, rugindo com sua moto na entrada de carro e apresentando-o a Srivastav: Senhor, este é meu melhor amigo, quase minha alma gêmea. Bhatia chegou com uma expressão conspiratória, trazendo um embrulho.

No hotel de Sathe o *rickshaw-wala* disse: “Quatro rupias”.

Bhatia retrucou: “Besteira, duas e olhe lá”. Discutiram por um tempo sem entusiasmo, de modo quase protocolar. No meio da discussão Bhatia virou-se para Agastya: “Questão de princípio, cara. Por princípio a gente sempre discute com qualquer taxista, motoboy ou *rickshaw-wala*. Caso contrário a viagem não fica completa”.

De repente o *rickshaw-wala* encerrou a discussão dizendo: “Na próxima vez que seu pai peidar, enfia essas 2 rupias no rabo dele”, e foi embora. Bhatia pareceu ficar muito contrariado. “Nenhum condutor de qualquer transporte público na Índia jamais vai embora sem o dinheiro dele. Por que esse *rickshaw-wala* está querendo ser diferente? Filho da puta.”

51 Prato tradicional sul-indiano, feito com arroz cozido no vapor. [N. A.]
52 Prato tradicional sul-indiano de lentilha condimentada com curry. [N. A.]

"Espero que Sathe esteja em casa." Estava, e pareceu genuinamente contente ao vê-los. "Nós três estamos um pouco bêbados, acho", disse Agastya, "pensamos em ficar um pouco mais bêbados e filar um jantar na sua casa".

No corredor, atrás de Sathe, estava uma mulher de aspecto selvagem, com olhos grandes e saltados. "Minha cunhada, Geeti. *Bhabi*[53], estes aqui são dois jovens desajustados da Coletoria e do Serviço Florestal." Ela parecia gente boa. "Vamos sentar para comer. Mas talvez você queira sua janta um pouco mais tarde."

No alto da pilha de livros sobre a cama de Sathe havia uma tradução inglesa do *Bhagavad-gita*. O cavalete deixava ver um novo desenho inacabado, um Krishna facilmente reconhecível no campo de batalha em Kurukshetra, mas com um político gordo e careca no lugar de Arjuna, coçando a cabeça, o rosto enrugado de perplexidade. "Este é o primeiro de uma série", sorriu Sathe, tirando uns copos que estavam embaixo da cama, sabe-se lá por quê. "Uma série bem ambiciosa. Vamos precisar de mais soda. Só um segundo." E saiu.

Bhatia apanhou o livro como um iletrado, ou como um servidor público pragmático que desprezava qualquer palavra impressa que não favorecesse sua carreira de alguma forma; ou seja, só porque suas mãos estavam inquietas e o livro estava ali perto. Podia ser, em vez de um livro, uma bola de críquete ou um cubo mágico. Sathe também notou isso. "Não é para filisteus", disse da porta, com um garçom uniformizado atrás de si. Bhatia folheou as páginas como quem embaralha cartas e depositou o livro onde estava.

"Um tremendo manancial de piadas, esse livro", disse Sathe, liberando uma cadeira, "um verdadeiro banquete". Estava de novo blasfemo, como as pessoas esperavam que fosse. "Mas vejo que não acreditam em mim." Sentou-se. "Por acaso vocês já leram?"

"Claro que não", disse Agastya. A pergunta nem sequer se dirigia a Bhatia.

Sathe se levantou com solenidade, deu dois passos, ergueu o livro e o depositou no colo de Agastya. "Leia. Não vamos

53 Cunhada mais velha. [N. A.]

discutir o assunto enquanto você não ler este livro. Estou chocado, pode acreditar."

"Está muito bêbado também."

"Até entendo que Bhatia não tenha lido, porque é um punjabi, ou um americano nascido em Delhi – duvido que exista uma tradução desse livro em punjabi, e de todo modo ele não lê nada mesmo." Sathe se virou um pouco. "Dá pra ver pela cara dele que não lê coisa alguma. Mas você", e se levantou para assumir junto ao cavalete uma pose de quem se apoia na cornija da lareira, "você é bengali, filho de um governador e uma obscura cristã goense – sim, a notícia se espalhou por toda Madna – e, com certeza, como condiz à tua raça, teu pai fez a tua pobre mãe o que todos vocês fizeram a Assam[54], mas nós só começamos a choramingar quando os britânicos fizeram o mesmo conosco...". Sathe elevou a voz, fazendo uma imitação: "'Vocês estão nos tornando incapazes de valorizar a nós mesmos'... quero dizer, quem se importa?". Começou a rir com o corpo todo. "E assim, ignorando uma das suas metades, você cresceu sendo apenas bengali – *dhoti*, *roshogollas*[55] e Tagore." Riu de novo, quase derrubando o cavalete. "Talvez você não tenha lido o *Gita* porque os bengalis ainda não conseguiram provar que foi escrito por um deles."

"Para de falar merda e dá uns *kababs* para a gente", disse Bhatia.

Assim, por força do acaso, Agastya pôde colocar o *Bhagavad-gita* ao lado de Marco Aurélio na sua estante. Pultukaku, sem dúvida, ficaria aborrecido ("Você sabe, não foi escrito por Racine, que você precisa ler em inglês"). Agastya sempre associara livros como o *Gita* à idade avançada, quando a vida após a morte começa a parecer importante, e particularmente a um tio seu, ortodoxo, que lia velhas escrituras hindus todos os dias, ainda censurava o pai de Agastya por ter casado com uma cristã e por ter se tornado governador de Bengala, lamentado a decadência de Calcutá e o êxodo dos ingleses (Pultukaku não gostava dele: "aquele anglófilo senil e confuso. Calcutá era

54 Assam ou Assão: estado no norte da Índia que, antes da ocupação britânica, foi um reino poderoso, conhecido pelo chá e pela seda. [N. T.]

55 Um doce tradicional bengali. [N. A.]

mantida bonita porque as pessoas eram impedidas de se mover livremente. Até a Elliot Road parece limpa se você remove as pessoas dela. Uma cidade é destinada às pessoas ou a Hardinge e sua gangue?"), e sentia que o mundo ficaria em paz se todos se tornassem intelectuais hindus. A maioria das passagens era obscura, mas Agastya se surpreendeu com algumas:

> "A mente é inquieta, Krishna, impetuosa, obstinada, difícil de treinar: dominar a mente parece tão difícil quanto dominar os ventos poderosos."
>
> "A mente de fato é inquieta, Arjuna: é difícil mesmo treiná-la. Mas pela prática constante e livrando-se das paixões a mente pode realmente ser treinada."

8

"Por favor, posso falar com o sr. Bajaj, o chefe do Desenvolvimento Distrital?... Sim... Senhor, meu nome é Sen, sou funcionário do IAS, eu... Sim, senhor, cheguei (Minta, simplesmente, Agastya disse a si mesmo, arrisque) há mais ou menos uma semana, senhor... Estive doente, senhor, por isso não pude visitá-lo antes... Sim, senhor, ahn, um problema sério no estômago, senhor... Posso ir visitá-lo em algum momento, senhor?... Oh, agora?... Não, senhor, problema nenhum, para mim está ótimo, vou agora mesmo."

Os prédios do Conselho Distrital eram muito mais novos, maiores e mais feios que os da Coletoria, com uma multidão igualmente numerosa do lado de fora. Um grande jipe estacionado junto a uma entrada lateral chamou atenção de Agastya. Estava pintado como alguma bandeira europeia, em azul, amarelo e branco, e portava slogans em inglês e no vernáculo: "Use DIU", "Anticoncepcionais Nirodh são bons para você", "DIU de cobre garante uma família feliz", "Você já se esterilizou? Entre no Programa Nacional de Esterilização". Embaixo de tudo estava pintado em vermelho: "Veículo Oficial do Diretor Distrital de Saúde, Conselho Distrital, Madna". Talvez, pensou Agastya esperançoso, o diretor distrital de Saúde participasse regularmente do Rali Automobilístico do Himalaia para os Dementes. A porta da traseira do jipe estampava dois homens deformados enfrentando-se numa luta livre, ambos com o rosto rodeado por rabiscos em forma de gotas, cada uma do tamanho de uma bola de tênis. Com um sentimento de espanto, identificou aquilo como gotas de suor. Depois do exame ele concluiu que os lutadores, com cabeça em forma de bola de futebol americano e coxas mais grossas que o tronco, não pareciam deformados de propósito – eram simplesmente a obra de um artista abominável (Tamse!). Por meio dos lutadores o Departamento de Saúde parecia estar dizendo que a esterilização não causava impotência. Claro que no jipe eles não podiam pintar um sujeito trepando com alegria, então os lutadores eram a melhor ideia substituta. Veja, veja, mesmo depois que seu saco foi remexido você ainda pode ser durão (e não ligue se sua cabeça e suas coxas crescerem de modo alarmante), e pode até se engalfinhar com outro cara parecido com você, e vocês vão suar de um jeito meio esquisito, mas o suor sempre foi um sinal de virilidade, não?

Pessoas perambulando pelos corredores, descansando em bancos, olhos vidrados de tanto esperar, um contínuo malévolo e durão na porta, muito parecido com o guarda à entrada da sala do superintendente de polícia, igualmente desconfiado. "Sou um servidor IAS", disse Agastya. Funcionou.

A sala de Bajaj era mobiliada com bom gosto, em tons complementares de marrom. Dois homens estavam sentados ao lado dele; à sua frente, uma mulher, quase enlouquecida de nervosismo. "Ah, Sen, entre, entre." Bajaj era muito alto e de uma magreza alarmante, com grandes olhos acabrunhados e um queixo afundado, como se seus genitores tivessem sido uma spaniel e Dom Quixote. Agastya esperava encontrar um punjabi gordo e satisfeito. "Sente-se e aprecie a diversão. Estamos fazendo entrevistas para os cargos de professores nas escolas distritais." A infeliz que dava risadinhas à frente de Bajaj era uma candidata. "Vinte e três se inscreveram para os cargos, chamamos dezoito para a entrevista, apareceram seis. Todos os candidatos são tribais, os empregos são reservados para eles." Com o cotovelo sobre a mesa e um antebraço imóvel, Bajaj girou o pulso e indicou um dos homens a seu lado. "Este é nosso diretor de ensino." O outro homem parecia importante demais para ser apresentado.

A entrada de Agastya parecia ter interrompido o interrogatório. O diretor de ensino, solene e entusiástico, retomou as perguntas: "Quanto é 20% de oitenta?".

Ela deu uma risadinha, colocou a ponta do sári na boca e perguntou de volta: "Vinte e cinco?". Bajaj empurrou uma folha de papel em direção a Agastya e bateu a ponta da caneta em cima de um nome. A risonha, leu Agastya, passara no exame de conclusão do Ensino Médio e tinha até diploma em educação de alguma espelunca. Se conseguisse o emprego, ensinaria matemática, história, geografia, educação cívica e uma porção de outras coisas para vítimas de dez anos de idade.

O diretor de Ensino, com a paciência de alguém que acredita ser a paciência uma boa característica para exibir diante de um chefe, explicou a questão.

"Quinze?" Outra risadinha.

"Chegou bem perto", rosnou Bajaj, e pediu a ela que saísse.

"Último candidato, senhor", disse o diretor de Ensino, enquanto entrava na sala um adolescente de pele escura. Era bacharel em humanidades. Murmurou as respostas às perguntas preliminares. Então Bajaj perguntou: "Quem é chamado de Pai da Nação?".

"Nehru." Uma resposta decorada.

"Entendo, e o que é Gandhi então? Tio da Nação, talvez?" Depois Bajaj disse: "Selecione o terceiro, dispense os outros cinco". O diretor de Ensino anotou diligentemente a decisão e disse: "Mas esses seis cargos estão vagos há quatro anos, senhor. E tanto os políticos como as escolas vêm se queixando há muito tempo".

"Bom, então contrate todos", e Bajaj encolheu os ombros e sorriu para Agastya. Tinha a reputação de tomar decisões rápidas. "Você vai ver, Sen, quando for BDO, mais para o fim do ano, e estiver lidando diretamente com essas coisas, o que de fato significa planejamento. Está tudo bem com você agora?"

"Sim, senhor", disse Agastya, perguntando-se o que Bajaj queria dizer (talvez ele estivesse se referindo ao possível choque provocado por aquelas entrevistas), mas logo se lembrou: Ah, sim, seu problema de estômago.

"Então venha jantar conosco. Vou telefonar à minha esposa para avisar." Bajaj soava bastante amistoso. Mas Srivastav alertara Agastya: "Ele é uma cobra, um promovido, lembre-se disso, ética zero". Bajaj parecia ser pelo menos dez anos mais velho que Srivastav, mas estava abaixo dele na hierarquia do funcionalismo.

A porta se abriu para a entrada de um advogado sorridente. Exalava confiança e perdigotos de *paan*. "Aha, Bajaj *saab*." A filha dele não tinha sido admitida na Faculdade do Conselho Distrital, tinha ficado apenas 0,4 ponto abaixo da nota mínima de admissão, só quatro décimos de ponto, Bajaj *saab*. "*Chhee*[56]", disse Bajaj. Será que Bajaj *saab* não podia telefonar para o diretor? "Não", sorriu Bajaj, "deixe o diretor decidir. Ele tem o trabalho dele, eu tenho o meu". *Arrey*, mas que diretor não daria ouvidos a Bajaj *saab*? "Vocês, advogados, têm muito prazer em me sobrecarregar com mais trabalho do que a minha cota", sorriu Bajaj. O advogado riu com alegria inocente. Então é isso mesmo, Bajaj *saab*? "Isso o quê?", sorriu Bajaj. Mas, Bajaj *saab*, é só um telefonema, o futuro de uma garota está em jogo. Agastya ficou observando Bajaj recusar com seu sorriso fixo e o advogado sair sem sorriso, batendo a porta. Bajaj sorriu timidamente para Agastya. Com Srivastav, pensou Agastya, um advogado nunca poderia ter batido a porta. Para começar, não poderia sequer ter entrado com um pedido como aquele. Algumas noites depois Agastya descreveu o incidente para Srivastav, que sorriu em triunfo. "Promovidos! Esse é o problema com os promovidos. As pessoas não dão a eles o respeito que o cargo merece."

Mais tarde naquela semana Agastya visitou o juiz distrital também.

"Venha por volta das cinco", disse o juiz ao telefone, "não para jantar, mas para o chá".

Agastya disse: "Sim, senhor". Estava aprendendo a não se surpreender com Madna.

Em frente à casa do juiz havia uma garagem coberta de lona e lata. A sala da casa era estranha e de cor opaca. Fora estava claro e quente, mas o juiz mantinha acesa uma luz fluorescente. Pelos sons parecia que uma vítima estava tentando dissuadir um assassino no cômodo ao lado.

"Vi você do meu carro algumas semanas atrás", disse o juiz, "perto da Coletoria. Você estava esfregando o braço numa árvore,

56 Exclamação, uma espécie de versão mais forte do "tsc, tsc". [N. A.]

depois cheirando o braço e dando risada". Ninguém ligou o ventilador porque "Estou resfriado", disse o juiz. Agastya ficou suando, ali sentado. Conversaram trivialidades por uma hora, e ele mentiu loucamente. No canto perto da porta havia uma sapateira lotada, acima dela um espelho trincado e ao lado um frigobar barulhento. No outro canto, um balde de plástico vermelho. Ele construiu aquela garagem do lado de fora, Agastya disse a si mesmo, porque não podia entrar com o carro nesta sala. Alguém trouxe *halwa*[57] de Karachi. "Você quer água morna ou fria?" Não, eu fico com seu mijo. O juiz distrital era um pouco surdo. Agastya tinha que gritar suas mentiras. De repente se irritou. Se eu fosse dono do meu tempo, pensou, não teria que desperdiçá-lo aqui.

"Em poucos meses eu me aposento. Vou ficar feliz em sair de Madna. Sinto saudades da minha Belgaum", disse o juiz. Agastya de repente sentiu um pouco de afeição pelo velho surdo – tantas pessoas arrancadas de casas de onde nunca quiseram sair. "Aceita um pouco mais de *halwa*?", perguntou o juiz num tom ameaçador, como se dissesse: vou vazar a informação para o *Dainik* se você fizer isso.

"Sim, obrigado." O mero comentário do juiz sobre sua saudade de casa tinha bastado para dissipar a irritação. Antes disso o juiz lhe parecera um interno surdo e tedioso de um asilo de loucos (os sons do cômodo vizinho agora incluíam risadinhas ocasionais), mas agora ele se assemelhava a Shankar ou ao próprio Agastya, apenas mais uma pessoa em desacordo com o presente. Tudo se encaixava, ou assim parecia. O convite para o chá (e não para jantar) era de alguém que detestava receber visitas num lugar que não lhe agradava. A bagunça na sala de estar sugeria alguém que nunca convidava gente a sua casa e não se importava com o que pensassem dele. De alguma forma, o juiz na verdade estava de mau humor, e Agastya tinha vontade de rir.

Quando Agastya disse "Peço licença para me despedir" (havia aprendido o oficialês e até se afeiçoara a ele), o juiz distrital se levantou, murmurando "Sim, sim". Agastya teve vontade de dar-lhe uns tapinhas no ombro, dizendo "Não fique amuado,

57 Doce comum, geralmente feito de leite e farinha. [N. A.]

rapaz, sou eu que tenho que me zangar na minha idade"; então ele viu o rosto do juiz bem de perto e sentiu que a idade não tinha conexão alguma com a intensidade da sensação de estar no lugar errado.

"Você deve se sentir entediado no fim do dia, Sen. Pode me ligar sempre que quiser e conversar comigo por telefone, e tentarei dissipar seu tédio."

Duas noites depois Agastya sentiu uma febre chegando, mas o juiz distrital não era de modo algum responsável por ela. Por volta das três da madrugada, ele só tinha cochilado de modo intermitente – acordou de vez porque caiu a eletricidade. Sem o ventilador os mosquitos o devoravam alucinadamente. O quarto estava às escuras, sem luz alguma vindo da varanda. Não estava suando muito por causa da febre. Encolheu-se em posição fetal e lambeu os lábios secos. A lombar doía. Podia levantar para buscar um comprimido, mas não tinha a força de vontade necessária. Queria ficar ali encolhido e aceitar, até mesmo incentivar, a febre. A eletricidade voltou. A luz da varanda voltou a romantizar o quarto. Os mosquitos saciados foram embora. Mas o ventilador o fazia sentir frio. Escondeu-se sob o lençol. Não conseguia pensar em coisa alguma. A mente é inquieta, Krishna. Onde tinha lido aquilo? Não fazia muito tempo que tinha lido isso. Não conseguia lembrar.

Vasant trouxe o chá às seis. "Estou com febre", disse Agastya. Vasant olhou para ele com expressão de desagrado, como dizendo: Bom, não passe para mim. Digambar veio às sete. Agastya mandou-o à casa do RDC com um bilhete. O dr. NomeMurmurado veio por volta das oito.

O homem tinha uma postura maravilhosa à beira da cama. Agastya se sentia melhor só de olhar para ele. Era pequeno, atarracado e róseo. Que diabo você está fazendo em Madna?, Agastya lhe perguntou em silêncio. Poderia estar fazendo fortuna vendendo a bunda aos árabes em Bombaim.

O médico disse: "É só uma pequena febre viral, não precisa se preocupar. Vai ficar bom em dois ou três dias. Não fique pensando que não existe assistência médica adequada em Madna, estamos aqui para cuidar de você". Agastya ficou surpreso: será que sua solidão estava estampada na cara? Ou quem sabe o médico dizia isso para todo mundo, até mesmo para o coletor. Era o tipo de afirmação que irritava tremendamente Srivastav – Como você pode cuidar de mim se eu tenho que cuidar do distrito todo? – e Srivastav daria então sua risada aguda, expirando pelas narinas.

"Venho dar uma olhada de novo esta noite, ou amanhã de manhã. Ou então você pode ir até a clínica, se quiser." Indicou a receita. Seu nome, Agastya leu, era dr. Multani.

"Clínica? O senhor não é do Hospital Civil?"

"Ah, não, não, não", disse o médico, como se Agastya lhe tivesse perguntado se podiam cagar juntos. "Sou um médico particular." Multani deu um sorriso de satisfação: "Joshi *saab* parece não confiar nos médicos do governo. Eu trato da família dele há anos. Trato de todas as pessoas importantes de Madna, do coletor *saab*, do superintendente de polícia *saab*, de todas as pessoas importantes".

Mais tarde, ao visitar Agastya, Srivastav diria: "Se você não fosse um IAS, Multani nunca viria ao seu quarto".

Multani se recusou a aceitar qualquer pagamento. "Como poderia cobrar de meus bons amigos?"

Quando ele já estava na porta para sair, Agastya se lembrou: "Ah, doutor, esqueci de falar de outro sintoma, a insônia. Não tenho dormido mais do que quatro horas por dia em Madna, desde que cheguei. Será que tem alguma conexão?".

"Ora, ora, mas por que isso?" Voltou para a beira da cama. "O que é que está impedindo você de dormir?" Agastya se admirou da preocupação estampada no rosto dele. Aqueles árabes não sabem o que estão perdendo.

"O calor, acho." Como se antes eu estivesse sempre no topo do Kanchenjunga. Sentiu vontade de acrescentar: e a minha mente.

"É, este calor é péssimo. Mas espero que não esteja preocupado com alguma coisa, que não esteja com problemas ou algo assim. Veja, normalmente é a mente que causa dificuldade de dormir. Eu provavelmente não posso ajudar com seus problemas, se é que tem algum, mas você precisa dormir de forma adequada."

"Não, não, minha mente está ótima." Agastya desviou o olhar para o quadro de Tamse na parede. Que outra coisa poderia dizer a um estranho?

Multani acrescentou alguma coisa à receita. "Se você dormir bem, vai se recuperar ainda mais depressa." Levantou-se, baixo e rosado, mas tranquilizador. "Precisamos nos ver de novo, Sen *saab*, mas não profissionalmente. A maioria dos pacientes só se lembra de mim quando está doente. Quando você estiver ok, minha família e eu ficaremos felizes se for à nossa casa jantar conosco, sem formalidades, apenas uma refeição familiar." Sorriu. "Sempre quero dizer a quem vem de fora, especialmente aos acostumados a outro tipo de lugar, que Madna também é agradável, que você *pode* fazer bons amigos aqui."

Ao longo do dia alguns apareceram para se compadecer, talvez para checar se ele não estava fingindo. Joshi veio primeiro, com Lal, o diretor subdivisional de Madna, um homenzinho jovial; depois Shankar, cheirando a bebida às dez da manhã (devia ser resquício da noite anterior, concluiu Agastya, nem mesmo Shankar era capaz de beber às dez da manhã).

Srivastav passou por ali a caminho do gabinete, de cara amarrada, parecendo sem jeito, até mesmo culpado. "Você ainda não trouxe o sofá de volta ao seu quarto. Onde as pessoas vão se sentar? O que Multani disse? Oh, febre viral. Isso é ótimo, eu temia que fosse cólera. Você continua fervendo sua água? Você se muda para a minha casa quando isso acabar, tem muito espaço lá. Vai comer boa comida e ficar mais confortável, e também terá companhia." Os filhos de Vasant espiaram da porta, deram risadinhas e saíram correndo.

De modo intermitente, nos cinco dias seguintes, ele se perguntou como escapar da oferta de Srivastav. Ficar na casa do coletor significaria o fim de sua vida secreta. Não teria condição de fumar ou escapar do serviço depois do almoço. A domesticidade da casa de Srivastav seria enjoativa, se experimentada em excesso. Ele não teria como ficar estendido na cama durante horas olhando para o teto, nem poderia andar pelado de um lado para outro, falar sozinho, devanear à vontade. Mas uma recusa direta era impossível, e além disso teria que ser acompanhada por motivos. Talvez Srivastav não voltasse mais a mencionar o assunto, ou talvez dali em diante tivesse que cair doente em segredo, para que Srivastav não ficasse sabendo, ou então ele podia abusar sexualmente da filha (mas a filha não parecia nada confiável) – desse modo ele recaía na fantasia.

A febre voltou no fim da tarde, enquanto Agastya estava tentando ler seu *Ramayana* em inglês. Srivastav, antes de ir embora naquela manhã, tinha lançado um olhar de desgosto para o livro, balançando a cabeça – imagine ler um livrão inútil como aquele, imagine gastar dinheiro nele, sem falar do espaço na bagagem. Agastya pousou o livro ao lado do travesseiro e voltou a contemplar o teto. Uma febre à tarde era menos apavorante que à noite. De repente estava rindo alto naquele quarto fechado e silencioso. Deus do céu, ele estava fodido – fraco, febril, sentindo dor, num quarto claustrofóbico, sendo devastado pelos mosquitos, sem eletricidade, sem dormir, num lugar de que não gostava, totalmente sozinho, com um emprego que não lhe interessava, num clima assassino, e agora sentindo uma excitação sexual louca. Contraía o estômago de tanto rir. Teve vontade de se rebelar. Disse em voz alta: "Vou ficar bom, raspar a cabeça, vestir uma sunga e sair correndo daqui". Sua própria voz o chocou. Não queria ouvir nenhuma de suas músicas, todas as suas fitas cassete o enfastiavam. Quando a eletricidade voltou, ele sintonizou o rádio nas notícias em híndi lidas em velocidade lenta. Por anos ele se perguntou por que as notícias eram lidas em baixa velocidade. Agora aquilo se adequava a seu estado de espírito, mais um ato sem explicação no universo. Depois a estação tocou música de filmes tâmiles; ele simplesmente deixou o rádio ligado.

A cápsula de antibiótico era azul e branca e tinha cheiro de suor de sovaco amanhecido, como um ônibus de Calcutá lotado no verão. Escreveu o nome em seu diário, Ponomax, sabendo que ninguém acreditaria que uma cápsula pudesse ter aquele cheiro. Mas também ninguém estaria interessado. Imagine quão nocivo é o conteúdo, se mesmo encapsulado no plástico ainda fede desse jeito. Multani lhe dissera para tentar não dormir à tarde ("Descanse, mas não durma"). Quando a febre baixou ele concluiu que ficar doente não era assim tão ruim.

Riu de novo, dessa vez de suas mudanças voláteis de opinião. Mas a doença tinha *de fato* suas vantagens. Não precisava tomar banho, nem escovar os dentes, nem se preocupar com o leve fedor da sua genitália ("lagartixas apodrecidas e esmegma", conforme ele descrevera uma vez a Madan), porque ninguém ia dividir a cama com ele.

Com o humor um pouco melhor, desligou o rádio e pôs para tocar uma fita cassete de Ella Fitzgerald cantando Cole Porter, um presente de Neera ("Não gosto de música pop, não consigo acompanhar", ele tinha dito. Ela revirara os olhos de modo teatral, dizendo: "Ella Fitzgerald *não é* música pop, *faça-me o favor*"). Mais tarde ele passou a gostar das canções, mas decidiu não contar para Neera. Começou *I Love Paris*. A esplêndida voz dela o aqueceu. Sentia-se vagamente espoliado, nunca tinha visto Paris, que cidade devia ser aquela, para ter uma canção assim em sua homenagem. Havia também uma canção chamada *Calcutta*, mas era apenas uma canção tola, de tipo militar, sobre putas na guerra ou algo parecido. Nunca desejara ardentemente sair da Índia (ao contrário de Bhatia, pensou sorrindo), e visualizava a Europa e a América como absurdamente caras, estranhas, com uma série de pequenos mal-entendidos com todo tipo de gente, uma passagem através de lugares limpos e lindos com rostos olhando através dele. "*I love Paris in the summer*." Sentiu uma onda de afeto por Calcutá e riu do modo como os bengalis, apenas os bengalis, suspiravam por Calcutá, insistindo estridentemente que ela tinha *alma*. Dhrubo dissera uma vez: "Você vai gostar muito de Londres. Acho que devia escrever para aquele sujeito adorável, que nos ama a todos, como é mesmo o nome dele, Enoch Powell, apresentar-se como neto de Nirad Chaudhuri e se rebaixar para obter um convite". Ele então passara a falar em bengali: "Londres é *bacana*, partes dela parecem uma Calcutá *lavada*, e todos os bengalis devem adorar, já que são anglófilos até a medula".

Mas certos lugares, pensou Agastya, simplesmente *soavam* românticos, donos de um passado. Calcutá soava assim (e não era), bem como Istambul, Viena, Hong Kong ("Em Bangcoc elas até fatiam bananas com a boceta", Madan soprara essa informação para ele em sua primeira semana na faculdade, depois de uma excursão de quinze dias com os pais ao Sudeste Asiático, "em seguida te oferecem o prato de bananas fatiadas, e você é obrigado a comer, caso contrário elas ficam muito magoadas". "Elas quem?", Agastya desejara saber, pensando: talvez *todo mundo* em Bangcoc aja assim, motoristas de ônibus, lanterninhas de cinema, simplesmente *todo mundo*). De repente aqueles nomes não eram mais uma série da *Time-Life*, mas realidades palpáveis, fascinantes só porque inalcançáveis. Sentira falta da experiência do mundo exterior – era o que aquele Thoreau tinha dito: não quero descobrir mais tarde que não vivi (mas Thoreau era meio louco, e provavelmente queria dizer o exato oposto do que ele, Agastya, gostaria que quisesse dizer).

Vasant lhe trouxe chá, bocejou e perguntou como ele estava.

"Acho que até a noite estarei morto."

Vasant sorriu com escárnio. "Não é assim tão fácil."

"Limite-se a ferver tudo. E nem uma gota de óleo. Devo comer só comida fervida."

Naquela noite Digambar lhe trouxe sua primeira carta. "Finalmente alguém lhe escreve, senhor", disse. Seu pai nunca usava envelope oficial de Raj Bhavan[58] para cartas pessoais, mas sua caligrafia era facilmente reconhecível. Encarava as cartas como todo o resto, com seriedade.

> Meu querido Ogu,
>
> Desculpe a demora, mas precisei de tempo para elaborar minha resposta. Recebi sua carta no dia 4, pelo correio da tarde. Eu a li imediatamente, e depois a reli à noite. Fico infeliz com sua infelicidade em Madna. Você não mencionou isso especificamente, mas é palpável em cada linha da sua carta.
>
> No nosso último encontro talvez eu tenha falado demais, mas foi porque sentia que tinha muito a dizer. Sugeri na ocasião que seu emprego proporcionaria uma imensa variedade, e lhe daria vislumbres de outras situações e existências que talvez fossem chocantes no começo. Sua insatisfação agora parece corroborar o que eu disse. Telefonei para Pultu depois de ler sua carta. Ele disse que tivera a mesma impressão pela carta que você lhe escrevera. Ele então, como de costume, culpou a nós dois. Talvez Pultu tivesse razão quando, muito tempo atrás, opôs-se à minha decisão de matricular você num colégio interno. Ele disse que um

58 Residência oficial do governador do estado indiano de Maarastra, cuja capital é Bombaim. [N. T.]

menino deve sempre crescer em casa. Mas ele é tão imprevisível que é difícil levá-lo a sério.

Mas, Ogu, lembre-se de que Madna não é um lugar de outro mundo. Você precisa dar um tempo para ela. Acho que vai acabar gostando do seu emprego, mas, caso isso não aconteça, pense concretamente que outra coisa gostaria de fazer, e mude.

Seu velho Manik Kaka me visitou alguns dias atrás, sábado passado, para ser preciso. Ele quer que eu case você com a neta dele. Eu lhe disse que você não está pensando em casamento ainda, mas ele não pareceu muito convencido. Levou seu endereço. Não se surpreenda, portanto, se ele falar com você a esse respeito. Você escreveu que quer tirar uma folga durante a Puja. Você vem a Calcutá ou vai para Delhi? Talvez possa fazer as duas coisas. Calcutá continua muito quente. Cuide-se. Não se deixe abater. Escreva regularmente. Vou me esforçar para manter a regularidade também.

Com amor, Baba.

Agastya leu a carta de novo, com um meio-sorriso no rosto ao imaginar seu pai a escrevê-la. Em seus meses em Madna, cartas bem escritas iriam sempre excitá-lo, perturbando-o por trazer outros mundos e perspectivas. Acabaria detestando cartas banais, aquelas em que não havia uma frase sequer com um pensamento. Pois a comunicação se tornaria muito importante, e uma carta era um dos lados de uma conversa. Ele próprio dava muita atenção ao que escrevia, e preservava as boas cartas, relia as antigas, sorrindo com o torneio das frases e com as recordações.

Multani lhe dera doze pílulas para dormir em graciosas cartelas com quatro cada. Eram chamadas de Somnorax e fabricadas em Ulhasnagar, perto de Bombaim. Havia em cada cartela um rei deitado de costas, com as mãos embaixo da cabeça e olhos grandes como precipícios, e abaixo dele os versos:

> [...] o sono inocente,
> Sono que remenda o tecido roto das inquietações,
> A morte da vida de cada dia, lavagem das feridas da labuta,
> Bálsamo de espíritos feridos, prato principal da natureza,
> Alimento supremo no banquete da vida.
>
> – Shakespeare, *Macbeth*

Agastya ficou comovido, assim como se comovera com os quadros de Tamse; a cartela era igualmente ridícula a ponto de ser tocante. Sorrindo, enfiou-a num envelope e o endereçou ao dr. Upadhyay, seu antigo chefe de departamento. "Caro senhor, o Absurdo de novo: alguém em Ulhasnagar encontrou um uso insólito para o mais famoso insone da literatura inglesa. Pensei que talvez o senhor considerasse isso mais interessante que L. H. Myers. À parte isso, sigo em frente, devagar, em segunda marcha, por assim dizer..." Engoliu uma pílula quase com afeto. Mas às onze ainda estava se agitando na cama, lembrando que não conseguir dormir depois de tomar um sedativo era o mal que afligia seu pai. Sentiu-se desagradavelmente velho.

Um estalo e depois um baque surdo atrás da porta do banheiro. Detestava portas fechadas. Talvez um enorme rato mastigando seu sabonete e contemplando o plástico do pote de xampu. Os sons se repetiram. Ele se levantou, mais inflamado pela tensão do que pela febre, e acendeu todas as luzes. Seu quarto pareceu tão triste. Apanhou seu sapato branco de lona e verificou se não havia habitantes nele (uma das recomendações do pai). Um pombo, talvez. Irritado com o próprio nervosismo, abriu a porta, quase simultaneamente arrependido de sua impulsividade. Tateou à procura do interruptor. Talvez seja um escorpião, sentado bem no botão da luz. Um escorpião voador, grande e preto, que pousa em sua nuca e fica lá. Para sempre. Agora nem mesmo doze Somnoraxes poderiam lhe proporcionar uma noite de sono. Sob a luz, de início parecia não haver nada. Então ele viu uma grande rã no canto. Lançou um rápido olhar em volta para ver se havia mais alguma coisa e em seguida relaxou apoiando-se na porta.

Como é que se tira uma rã do banheiro?, pensou. Era preto-esverdeada e parecia muito séria. Ou será que tudo bem dividir o banheiro com uma rã? Não conseguia decidir, então fechou a porta e saiu à procura de Vasant.

A família toda de Vasant dormia ao ar livre. Sua parte no complexo da Casa de Pouso parecia um acampamento assistencial depois de um tumulto; uma cama ao lado da outra em meio a cadeiras, potes e panelas.

"Vasant, Vasant." Em pouco tempo ele acordou todo mundo, menos Vasant. Três outras pessoas saíram da cama e sacudiram Vasant para acordá-lo. Vai ver que ele roubou alguns dos meus Somnoraxes, pensou Agastya. "Você pode vir comigo por um momento?" Justiça seja feita, Vasant não fez pergunta alguma e o seguiu, esfregando os olhos, arrumando seu *lungi*, bocejando.

Agastya lhe mostrou a rã. "Ali." A rã parecia em repouso total, quase filosófica. "Como a gente faz pra botar pra fora?" Vasant olhou para ele. Agastya murchou. "Você acha que ela deve permanecer ali? Mas eu não quero dividir meu banheiro com uma rã... A pele dela não é venenosa?... Uma cobra vai vir atrás dela, porque as cobrar comem rãs, né?... Como assim, rãs trazem sorte?" Mas Vasant venceu. A rã permaneceu, aparecendo e sumindo ao longo de meses. Era completamente pacífica. Às vezes, naquelas tardes, Agastya se protegia por trás da porta e atirava água nela com uma caneca. Mas ela só se movia quando queria, às vezes saltando para dentro do quarto para procurar um cantinho onde pudesse se imobilizar num nirvana anfíbio qualquer. Que vida simples leva essa filha da mãe, pensou Agastya com inveja, e depois de alguns dias deu-lhe um nome: Dadru.

Na manhã seguinte, bem cedo, ele bebericou seu chá na varanda e viu o Expresso Ernakulam passar reluzente a caminho de Calcutá. Shankar emergiu de seu quarto, horrível no aspecto e no cheiro. "Oh, Sen *saab*", e gingou em sua direção, abanando-se levemente com uma nota de 100 rupias. "Para você." Debruçou-se no costado de uma cadeira, acenou para Vasant, pediu um chá, olhou em volta, deu um suspiro pesado e disse: "Passei a noite toda acordado, cantando".

"Oh, eu não te ouvi."

"Um canto suave, controlado. Shiv foi a Koltanga para trazer minha esposa. Devia ter voltado ontem." Curvou-se para a frente e bafejou melodiosamente no rosto de Agastya: "'A pérola caiu da sua argola de nariz, minha amada'. Um *thumri* soberbo, Sen *saab*, já ouviu alguma vez?".

Agastya já ouvira, era uma canção adorável. Mas Shankar nunca cantava uma canção que não contivesse alguma alusão sexual. "Será que a queda de uma pérola significa o rompimento de um hímen?"

"*Chhee, chhee, chhee,* Sen *saab,* Sen *saab*!" Shankar parecia ofendido e bêbado. "Olha o que você diz! É um pensamento lindo e simples: a pérola caiu da sua argola de nariz, minha amada. Achei que você fosse capaz de apreciar a música." Sentou-se e afundou na cadeira, abanando vez ou outra a cabeça, ostensivamente arrasado pela crueza de Agastya. De repente perguntou: "Como está a febre?".

"Nada mais de febre. Ainda estou um pouco fraco, porém. Tem uma rã no meu quarto." Shankar lançou para ele um olhar desentendido e avermelhado. "Ela apareceu na noite passada. Ainda está lá, no mesmo canto do banheiro. Vasant insiste que uma rã no quarto é bom agouro." Shankar bocejou. Agastya não podia acreditar na cor de seus dentes. "E quanto a Jagadamba? Ela disse que eu seria feliz depois de agosto."

"Mas você não pode ser frívolo com relação a uma deusa se quiser que ela te ajude. Veja, se a rã vai te trazer boa sorte você precisa pelo menos acreditar nisso. Afinal, tudo à nossa volta", seu antebraço fez um círculo abarcando Vasant, o Alojamento Temporário e o céu, "é inexplicável, *fundamentalmente* inexplicável. O que estou fazendo em Madna quando devia estar, e querendo estar, em Koltanga? Acho profundamente absurda essa pergunta. Você vai dizer: Porque você foi alocado aqui. Mas *por que* eu haveria de ser alocado aqui? Existem engenheiros de Madna que *querem* ser alocados em Madna e estão dispostos a pagar 30 mil rupias ao ministro pela transferência, e o ministro não quer mais. O que, então, estou fazendo aqui? Minha razão não consegue lidar com este mundo, por isso eu rezo para Jagadamba e digo: Olhe, por favor, dê um jeito neste mundo para mim. Enquanto isso eu bebo e canto. Do mesmo modo, como é que você sabe que a rã *não é* um bom presságio? Você vai responder: Minha *razão* diz isso. Mas a verdadeira resposta é mais simples: Você viveu nos apartamentos de Delhi e Calcutá e nunca houve uma rã em seu banheiro antes, então você não sabe como reagir a ela, e você não gosta *só porque* é algo inesperado. Uma rã é um animal *bom*, e espere para ver, ela vai comer alguns dos mosquitos do seu quarto".

9

Então as chuvas chegaram a Madna.

O ar ficara opressivo por alguns dias. A eletricidade caía com frequência. "É sempre assim antes das chuvas", dissera Vasant com conhecimento de causa. Ele observara o céu pela manhã e anunciara como um oráculo: "Hoje vai chover". Aquela foi mais uma tarde quente. Agastya estava nu na cama, perguntando-se preguiçosamente se estaria com insolação. De repente um rugido e um ribombar contínuo, como de uma guerra distante. Ele demorou alguns segundos para identificar o som. Então saltou da cama e, atrapalhando-se com um *lungi* e uma *kurta*, sem conseguir amarrar o *lungi*, enroscou a cabeça e os braços na *kurta*, por causa da pressa. Saiu atabalhoadamente. Fora não havia nada além de chuva.

O mundo ficou monocromático à medida que os céus explodiam. Nuvem, prédio, árvore, estrada, tudo se dissipava num matiz borrado de ardósia. Em questão de minutos o cascalho ficou enlameado e em seguida borbulhante. Os filhos de Vasant surgiram correndo em torno da construção, gritando seu êxtase, nus e livres. Rodopiavam na lama, gorgolejavam, corriam, davam gritinhos, dançavam, contagiando todos os que os viam. Os rapsodos tinham razão, pensou Agastya, havia algo que se elevava na monção, e não me refiro aos sáris, hahaha, quando a esposa de Vasant, prematuramente gasta de tanto engravidar, saiu para repreender os filhos. Seus tornozelos e panturrilhas eram surpreendentemente delgados.

No quarto o teto de madeira começou a gotejar num canto; a cada catorze segundos caía um pingo perturbador no cesto de lixo cor de laranja. Depois de um tempo Agastya se pegou esperando pelo pingo seguinte. Saiu de novo. Madna estava toda lavada, o verde das árvores renovado. Sem poeira, tinha-se a ilusão de que a visão havia se aprimorado. A chuva agora era suave e confortante. Ele abriu seu guarda-chuva e saiu para caminhar. Seus sapatos de lona ficaram enlameados em uma dúzia de passos.

Algumas mulheres muito inesperadas tinham lindas panturrilhas e tornozelos esbeltos florescendo pernas acima, pensou, lembrando-se da esposa de Vasant. A sra. Srivastav, ele intuía, devia ter pernas gordas. O ar de Madna tinha um cheiro novo, nada de excrementos nem de fumaça de escapamento. Pisando com cuidado, levou quinze minutos para chegar aos trilhos da ferrovia. Não ia andar sobre eles, as pessoas cagavam ali o tempo todo. Esperou junto à passagem de nível, observando os caminhões passarem. O laranja do sol esmaecido brilhava nas poças, lembrando-lhe uma pintura. Ficou observando a chuva perfurar e atenuar as baforadas de fumaça preta das chaminés. Se alguém estiver me vendo agora deve pensar que sou maluco, aqui plantado na chuva junto à passagem de nível. De repente baixou a cancela da passagem. Os caminhões começaram a formar fila, seus motoristas saíam para mijar e fumar um cigarro, arrumando seus *lungis*, coçando as coxas, voltando o rosto para a chuva. Especulou consigo mesmo se aquele seria o trem de Madras a Delhi ou de Hyderabad a Calcutá. Se for para Calcutá, concluiu de repente, então Jagadamba estará certa, Dadru é um bom agouro e eu serei feliz; se for para Delhi eu serei, digamos, fodido de cabo a rabo. Fez uma pausa e acrescentou um P.S.: pelo resto da minha vida. Esperou alguns minutos, sorrindo com a súbita tensão. Era um bom trem, lento e pesado, com uns poucos vagabundos vadiando na entrada dos vagões vazios. As rodas eram monstruosas e magníficas, cada uma delas uma assassina. Pessoas eram esmagadas por elas o tempo todo. Seria um modo realmente rápido de cair fora.

Mas era bom ficar olhando os trens passarem, enquanto ele seguia mais um pouco ao lado dos trilhos para colher cânabis silvestres – no entanto aquilo de certo modo era também perturbador, pois os trens o faziam sentir que o mundo era grande e que estava se movendo sem ele. Havia dois pares de trilhos, um rodeava os pátios, parecia desaparecer na banca de *paan* junto à igreja. Esses trilhos levavam à usina termoelétrica. O outro par de trilhos era inteiramente reto, parecia muito metódico e compenetrado, e no final dava a impressão de tocar a fímbria do céu. Então ele se deu conta de que avistara aqueles trilhos quando estava na ponte naquela tarde quente com Sathe. Voltou os olhos para a ponte, à distância, com seus carros e caminhões que pareciam de brinquedo, seus pedestres pacientes. Sentiu-se esquisito, sem motivo, com aquelas conexões em perspectiva – eu estava lá olhando para cá, agora é o inverso, e esse pensamento o fez sentir-se estranho.

Começou a caminhar de volta, de vez em quando tombando o guarda-chuva para o lado a fim de sentir na cabeça os pingos da chuva. Saiu da estrada dos caminhões. Uma mulher tribal lindíssima passou por ele, alta e rígida. Elas existem, ele riu em silêncio, fora dos filmes "de arte" sobre exploração tribal e reforma agrária, elas existem. A mulher tinha pés grandes e rachados, e antebraços com veias salientes. Ele queria que as mulheres fossem daquele jeito, não com coxas moles e brancas e demandando ternura depois do coito, e sorriu com malícia para as próprias frases cheias de adjetivos. Parou e esperou passar a aragem tribal. Havia apenas uma leve insinuação de suor e tabaco.

A certa distância ele viu Bhatia entrando na Casa de Pouso. Acenou. Bhatia parou. Shiv estava andando em direção a ele com uma mulher. Era a esposa de Shankar. Gasta e malvestida, de meia-idade, com lábios que não escondiam inteiramente seus caninos, tinha um aspecto predatório.

"Chuva adorável", disse Agastya. Shiv piscou em resposta.

"Olá, Mandy, bela chuva, hein?"

"Sim, este lugar pelo menos refrescou. Mas agora é que os mosquitos vão aparecer de verdade. Tentei telefonar para você, mas acho que as linhas caíram." Começaram a se afastar da Casa de Pouso. "Tem esse outro conservador-assistente de florestas de quem sou bem amigo, chamado Gandhi. Já te falei dele? Ele nos convidou para tomar um chá. Você também, ele ouviu falar de você e quer te conhecer. Um sujeito boa-praça, simples, de Alwar. A esposa dele é realmente sexy, mas rural demais. Eu bem que gostaria de trepar com ela."

"O que é que os solteiros *fazem* em Madna em termos de sexo, Mandy, além de se masturbar como adolescentes?"

"Perguntei isso a Sathe uma vez. Ele riu, como faz sempre, e disse: 'Por que você acha que vou com tanta frequência a Hyderabad?'. Sabe de uma coisa, eu acho o Gandhi um sujeito bacana, mas nem sonharia em fazer amizade com ele em Delhi. Eu acharia que é um sujeito provinciano."

O comentário irritou Agastya. Sentiu um desejo absurdo de defender uma grande cidade. "Mas isso com certeza não é culpa de Delhi. Você e eu também não éramos amigos, na faculdade." Olhou para Bhatia com desagrado. Ele estava vestindo outra camiseta, em que se lia: "Herpes é para sempre". De novo aquela sensação perturbadora de que Bhatia era uma imagem engraçada de si próprio num espelho de parque de diversões.

"Não quero passar pela vida mudando de um lugar para outro só fazendo conhecidos. Depois de uma certa idade acho que ninguém consegue fazer novos *amigos*. Se você tem um emprego como o meu, simplesmente fica longe de seus velhos amigos por muito tempo, aí eles levam uma vida que você acha que também quer levar, e quando você os encontra de novo tudo continua na mesma, apenas na superfície, porque você não quer falar sobre as coisas que importam de verdade. A comunicação é impossível e sem sentido, porque você tem que se despedir de novo."

O que está acontecendo com ele?, perguntou-se Agastya. Tinham chegado aos portões da Colônia Florestal. "Só quero te mostrar uma coisa", disse Bhatia, e levou Agastya até a vala ao lado da estrada. Havia um grande pedaço de merda amarela meio submerso num lodo esverdeado. "Era isso que você queria me mostrar?"

"Escute, eu estou há um ano aqui em Madna e sempre, *sempre* que passo por este lugar eu encontro merda nessa lama verde. Passo por aqui quase quatro vezes por dia, entende, e sempre tem um cagalhão ou dois, como se essa espuma verde já não fosse nojenta o bastante. Alguém caga nessa pocilga *regularmente*, não consigo entender, por que não pode cagar num descampado ou algo assim? A coisa ficou tão grave que toda vez que passo por este lugar eu simplesmente tenho que verificar, quem sabe ele não cagou hoje. Mas sempre me engano. Um dia vou fotografar isto e mandar como cartão de Ano-Novo – Saudações de Madna. E um dia hei de vir aqui de manhã para flagrar o cagão e perguntar por que está fazendo isso comigo."

"Bom, eu tenho uma rã no meu quarto. Ela veio numa daquelas noites em que eu estava doente e resolveu ficar."

"Ah, as rãs são ok." Entraram na Colônia Florestal, Agastya se perguntando por que diabos as rãs eram ok.

"Mandy, sua Colônia Florestal é *bacana*." O Departamento Florestal estava em Madna muito antes de as fábricas invadirem o distrito e devastarem vastos pedaços daquilo que o departamento supostamente devia proteger; era uma história universal. Os florestais, como eram chamados de forma meio depreciativa pelos homens da Receita, tinham construído para si uma colônia entre árvores e bandos de hienas, e até mesmo de um ou outro tigre. Isso tinha acontecido apenas poucas décadas atrás; a paisagem de Madna estava mudando depressa. A colônia era uma área grande, demarcada por arame farpado que já apodrecera ou fora roubado muito tempo antes; portões de bambu outrora belos agora eram a demonstração de que ninguém se importava.

"Esses portões devem ter sido encantadores", disse Agastya. Agora estavam arrancados das dobradiças e apoiados nos mourões. O bambu tinha apodrecido e quebrado.

"Assim como o seu *Gazetteer*", disse Bhatia, "é coisa pública, portanto feita para ser negligenciada".

A alameda de entrada era longa e sinuosa. As chuvas tinham lhe dado um ar romântico, parecia o caminho para um casal cujo relacionamento nunca azedaria. Casas térreas com tetos falsos que proporcionavam frescor e muito espaço vital para ratos e tantas árvores quanto a terra permitia. Não parecia uma floresta de verdade, pois mãos humanas tinham feito o plantio, mas as árvores ainda atraíam macacos e moleques que atiravam pedras neles, e uma raposa ocasional que era uma aliada útil das mães que queriam impedir os filhos de sair explorando a região depois que o sol se punha.

"Mandy, este lugar é bacana mesmo. É tão quieto e diferente do resto da cidade. Deve ser um lugar maravilhoso para aqueles meninos brincarem."

Um menino veio correndo até eles, robusto e suado: "Tio Bhatia, o Shalu disse que tem uma cobra embaixo daquela árvore".

"Não cheguem perto dela", disse Bhatia. "Estão planejando um piquenique para o próximo domingo. Todo mundo vai, inclusive o tio Srivastav e o tio Kumar." O menino saiu correndo para se juntar a seus amigos igualmente suados embaixo de uma árvore.

"Filho do meu chefe", disse Bhatia. "A energia dele é revoltante. Corre por aí até em tardes de maio. Corre a esmo, simplesmente."

O sol apareceu, fraco e abatido, mas o mundo resplandeceu. "Não é espantoso o que o clima pode fazer com o espírito da gente?", disse Agastya. "Sathe estava brincando quando disse que vai a Hyderabad para trepar?"

"Provavelmente não. Ele não pode ir às putas de Madna porque logo a cidade toda ficaria sabendo. E elas provavelmente são tão sexy quanto aquelas putas que alguns de nós costumavam visitar quando morávamos no alojamento universitário, lembra? Tão excitantes quanto procurar um emprego. E de todo modo não podemos ir a um puteiro aqui, pois correríamos o risco de cruzar com um guarda-florestal ou um *naib tehsildar* acabando de se vestir. Então eles saberiam que você está sedento, e lhe forneceriam mulheres tribais e bebida quando você saísse por aí." Isso não soou de todo mau a Agastya. "É doentio", continuou Bhatia, "eles fazem isso para alguns funcionários em viagem, mas esses funcionários são devassos, simplesmente não se importam com sua reputação ou seu emprego". Agastya pensou vagamente em Shankar. "Se eles estão alocados mais ou menos longe de seus chefes e de suas famílias, chegam até a manter uma mulher tribal em casa, para fazer sexo e esfregar o chão — eis a Casa de Pouso. Eu divido uma suíte de dois quartos com Gandhi e sua esposa. A acomodação é um problemão na colônia." Fizeram uma curva em direção à Casa de Pouso da floresta. Bhatia disse "Boa tarde, senhor" para um transeunte, e em seguida perguntou: "August, faz tempo que quero lhe fazer uma pergunta. Sathe me contou que sua mãe é goense, eu não sabia disso na faculdade".

"Bom, minha mãe vestia sáris e comia peixe como uma bengali", disse Agastya levianamente. "Meus pais já eram casados havia uns dezessete anos, tempo suficiente para meu pai colonizar minha mãe de fato. Eu nasci bem tarde." Suas tias tinham se sentido triunfantes, o pai lhe contara, com a dificuldade de sua mãe em engravidar – é isso que dá tentar misturar sangue goense com bengali. "Eu me lembro pouco da minha mãe." Sorriu para eliminar de suas reminiscências qualquer traço de pesar. "No meu sangue corre um pouco de *feni*[59], mas é só isso." Bhatia ficou em silêncio. Parecia um pouco constrangido.

Gandhi era quieto e sólido, controlado. Agastya gostou dele à primeira vista. Tinha olhos grandes e pacíficos, aos quais era muito mais fácil responder do que aos de Bhatia, que tinham uma película amarela e eram inquietos. Seu nome completo, como se revelou, era Mohandas Gandhi. "Ora, por que o nome soa familiar?", sorriu Agastya.

"É muito embaraçoso. Tenho uma irmã mais velha, meus pais deram a ela o nome de Indira. Não se importam com a confusão de famílias e gerações." Eles riram.

Agastya sorriu quando conheceu a esposa de Gandhi, pois a descrição que Bhatia fizera dela voltou-lhe à lembrança. Tinha sido muito acurada. Sentaram-se na varanda do chalé de dois quartos e ficaram assistindo às crianças brincarem na lama sob os gritos de desaprovação de suas mães. Começou uma brisa tímida. "Eu nunca acreditaria que Madna pudesse ter um lugar tão agradável quanto esta colônia florestal." Agastya interrompeu a si mesmo, por um obscuro senso de vergonha. De algum modo aquilo lhe pareceu uma coisa terrivelmente sem graça a dizer. Ao longo dos meses a vergonha seria recorrente, nas circunstâncias mais diversas, por todo tipo de motivo. "Agradeço muito, Mohan, por ter me convidado."

"Ora, não por isso. Devíamos ter nos conhecido antes, mas minha esposa não estava muito bem." A voz de Mohan baixou também um decibel ao dizer "minha esposa"; Agastya se

59 Bebida inebriante, comumente associada a Goa. [N. A.]

distraiu por um instante com uma visão dos dois se embolando na cama. Mais tarde Bhatia lhe contou que "minha esposa não estava muito bem" foi um eufemismo de Mohan para as primeiras semanas de gravidez. "Gandhi, veja você, acha embaraçoso dizer que a esposa está grávida; porque ele acha que é o mesmo que dizer: a gente trepou."

Ficaram em conversas aleatórias, sentindo o cheiro de *pakoras* sendo fritos. Mohan não exibia nem um pouco do rancor de Bhatia contra o universo. Parecia, se não feliz, razoavelmente em paz, satisfeito com seu quinhão; um quarto em Madna, um banheiro que dividia com um colega, uma esposa-cozinheira sexy e paciente, um criado carrancudo, baixa voltagem ("a lâmpada fluorescente só funciona bem depois das sete, mais ou menos"), 1.800 por mês, em algumas semanas uma transferência para um buraco negro chamado Pirtana ("espero que a eletricidade chegue lá antes de nós"), um corpo saudável (mas um mero poço de sangue para um milhão de mosquitos), um amor por Sarat Chandra numa tradução ("Agastya, Agastya é um belo nome, você deve ter lido o original em bengali, mas eu adorei de verdade um livro dele chamado *The Man without Character*"), e um futuro que seria uma extensão previsível do presente.

"Nunca vi uma tradução de Sarat Chandra em inglês." Mas você não viu muita coisa, Agastya lembrou a si mesmo, com humildade.

"Pois é. Encontrei esse livro em Uttarkashi, na biblioteca da faculdade onde eu estava lecionando. Uma tradução horrível, num lugar horrível."

"Eu já estive em Uttarkashi, paramos lá quando estávamos numa excursão da faculdade." Uttarkashi era seca como a pele do guia da excursão; tinham passado horas procurando bebidas ilícitas; caipiras curiosos e *dhabas* horrendos ao lado de uma Ganga[60] prateada e branca. Agastya não conseguia se imaginar lecionando numa faculdade em Uttarkashi; ninguém seria capaz de transmitir ou absorver conhecimento ali. "Você ficou lá por muito tempo?"

60 Deusa hindu personificada no rio Ganges. [N. T.]

"Lecionei lá por dois anos. Foi horrível", disse Mohan com um sorriso tímido. "A faculdade supostamente era de nível de pós-graduação, mas os laboratórios não eram dignos nem de colégio. Tudo quebrado ou roubado. Dois velhos *goondas* alegavam ser o diretor, cada um deles com *goondas* mais jovens como guarda-costas. Eu costumava me perguntar qual dos dois estaria recebendo o salário de diretor. Quando se cruzavam no corredor eles xingavam um ao outro de modo bem pitoresco, e muitos estudantes saíam da classe para ouvir as brigas. Eu até aprendi alguns xingamentos novos com eles." Mohan se virou um pouco na cadeira para se assegurar de que a esposa não podia ouvi-lo. "Uma vez um disse para o outro: Seu caralho de rato doente. Em outra ocasião um deles disse: Sua mãe usa a própria bosta como vibrador. Diretores rivais de uma faculdade, não se esqueça. Na verdade, para ser justo com Uttarkashi, a faculdade não era pior do que muitas outras em outros lugares. Por exemplo, poderia ser facilmente confundida com uma faculdade de Alwar." Eles riram.

Mal-humorado, o criado serviu o chá. Rohini enfim juntou-se a eles, tímida e sexy. "Estes *mithais*[61] são aqui do mercadinho local", disse Mohan, "mas você poderia achar que foram feitos em Calcutá".

"Aquele não é o Gopalan?", perguntou Bhatia. "Acho que está vindo para cá." Rohini entrou às pressas para pedir que o criado providenciasse outra cadeira. Todos se levantaram quando Gopalan chegou. Era um diretor de divisão florestal e chefe de Bhatia. Este lhe apresentou Agastya.

"Olá", disse Gopalan, "é bom ver outro funcionário público barbado". Todos riram. Ele parecia um homem simpático e informal, e juntou-se a eles sem espalhafato.

"Estamos planejando um piquenique para o próximo domingo, em Gorapak. Srivastav *saab* e Kumar *saab* já confirmaram. As esposas vão relaxar e os maridos vão cozinhar. Eu queria chamar Sathe também, mas Srivastav *saab* se opôs com veemência. Ele quer apenas servidores e suas famílias. Você vem, claro, né, Sen?"

61 Doces. [N. A.]

10

Um obscuro feriado local. "Venha passar o dia na minha casa", ordenou Srivastav. "Almoço e jantar, você precisa se alimentar bem. Joga bridge? Joga mesmo? Ótimo. Vamos ao clube à tarde, o superintendente de polícia também vai. Tem também um programa cultural lá no começo da noite."

"Almoço especial para você, August, agora que está curado", sorriu a sra. Srivastav. "Peixe para o bengali."

As crianças corriam pela sala, gritando: "Peido para o bengali".

Kumar chegou por volta do meio-dia, vestindo outra camisa apertada. O camarada precisa de um sutiã, pensou Agastya. "Olá, Sen", disse Kumar, radiante. "Uma vez eu disse que ia te chamar para jantar, né? Mil perdões, esqueci. Mas minha casa está uma bagunça enquanto minha esposa não volta, fazer o quê."

No almoço a sra. Srivastav disse: "*Arrey*, August, você come peixe como um verdadeiro bengali. Olhem só como está limpo o prato dele".

"Um verdadeiro bengali", repetiu a filha, e lançou um olhar matreiro para Agastya.

"Ao que parece, o lado da sua mãe não conseguiu te corromper", disse Kumar.

Só Srivastav parecia sentir que o tema talvez irritasse Agastya. Disse: "Dhiraj, você vai ao piquenique dos agentes florestais, não vai?".

"Claro que vou. Vai ser divertido. E os servidores do distrito vão poder confraternizar."

“Mas esses florestais”, Srivastav fechou a carranca, porque agora estava falando de assuntos de trabalho, “parecem padecer de complexo de inferioridade. Por que não podem aceitar de bom grado o fato de que o trabalho e a posição deles são bem menos importantes que os de um coletor ou”, e acrescentou, em atenção aos presentes, “um superintendente de polícia? Eles sempre nos convidam para seus eventos e congraçamentos como se dispuséssemos de todo o tempo para essas coisas”. Olhou para Agastya. “Você vai ver no piquenique como eles se comportam. Vão tentar se comportar como iguais, especialmente as esposas.” O piquenique começou a soar como um pesadelo.

“Ah, as esposas dos agentes florestais. Mas August já fez alguns bons amigos entre os florestais”, soltou a sra. Srivastav.

Agastya pensou na possibilidade de esbofeteá-la, mas só disse: “Espero que o tempo continue assim até lá”.

“Ah, sim, as chuvas. Precisa chover mais, para que a gente não enfrente escassez de água potável mais para o final do ano. Mas se chover demais o rio transborda.” Srivastav sorriu com uma complacência extenuada (o trabalho de um coletor é monumental, mas o governo foi sábio ao escolher o homem certo para o cargo – esse tipo de sorriso). “Quando você for coletor-assistente em algum lugar, Sen, vai perceber como, numa posição de responsabilidade, tem que encarar as coisas de um jeito diferente, de um jeito prático. Festivais, por exemplo, não são de modo algum momentos de relaxamento e curtição.” Fechou um pouco os olhos e abanou a cabeça: “Você tem que se preocupar é com a lei e a ordem, e a possibilidade de um distúrbio coletivo. Muda toda a perspectiva. E não pensamos na chuva como algo romântico, ah, isso não”. Oh, Srivastav *saab*, disse Agastya em silêncio, oh, mais nobre do que Atlas, o peso do mundo repousa sobre vós.

Todo mundo ficou olhando Kumar servir-se de uma segunda tigela de sobremesa. A sra. Srivastav chegou a sorrir. A filha disse: “Tio Kumar vai explodir, aí a gente pode jantar ele”.

Enquanto seus pais vociferavam com ela, Kumar disse: “No clube à tarde, certo? Os outros vão estar lá?”.

“Sim. Joshi telefonou para dizer que vão chegar às duas. Sen disse que joga bridge.”

"Ah, ótimo. Bridge é muito importante para sua carreira, *bhai*. Tenha como parceiro Srivastav *saab* e jogue direitinho, veja o Relatório Confidencial que ele te dá." Só ele riu. "Temos que fazer o clube deslanchar de novo, Ravi."

"É, mas não com os métodos do Antony." Srivastav relinchou uma risada de desaprovação e disse para Agastya: "Esse Antony. Ele deu ao clube uma licença para as bebidas alcoólicas. Cancelei isso assim que tomei posse. O clube é para famílias, não para bêbados solitários. Na época de Antony nenhuma senhora entrava lá. Nem era seguro! A própria esposa dele costumava trabalhar e permanecer em Hyderabad, por isso Antony nunca se importou com as outras esposas. O clube se tornou um bar de filme híndi, estou te dizendo. Bêbados cambaleando e cantando". Olhou para Kumar. "Temos que incentivar o bridge e outros jogos, bem como noitadas culturais. Um distrito não costuma ser um lugar empolgante. Se os familiares dos funcionários não puderem ir ao clube, para onde irão?"

Kumar se esparramou no divã depois do almoço e passou a arrotar de leve. A filha não fez esforço algum para esconder suas risadinhas. "Então, Kumar *saab*, quando é que Kum Kum vai voltar?", perguntou a sra. Srivastav. "Não que você pareça estar sentindo falta dela."

Kumar parecia estar se preparando mentalmente para uma sesta. "Vou para Dussehra, passo dois ou três dias em casa e depois volto para cá com ela."

Srivastav entrou, vindo do corredor, balançando as chaves do carro. "Que vergonha, Dhiraj. Que belo exemplo você dá para o Sen, dormindo depois do almoço. Ele já tem hábitos estranhos, prefere a Casa de Pouso a se hospedar conosco."

Kumar se aprumou com esforço. "Ele provavelmente tem suas razões. Talvez já tenha conseguido contatar uma funcionária BDO que ele..." Kumar piscou um olho. Os outros riram. Srivastav disse: "Aquele jornal canalha. Aqueles salafrários do secretariado estão demorando demais para responder ao meu protesto. Mas Joshi diz que o *Dainik* vai publicar uma retratação e um pedido de desculpas".

"Ótimo, isso é ótimo. Mas aqueles sujeitos deviam ser punidos mais ainda por se comportar dessa maneira." Os três homens saíram e caminharam até o carro. A sra. Srivastav e as crianças se juntariam a eles ao anoitecer, para a música. "Como vai sua esposa, Sen?", perguntou Kumar.

Por um segundo Agastya se perguntou o que ia inventar. "Não sou casado ainda, senhor. Teria me casado muito tempo atrás, mas minha família a desaprova, pois ela é muçulmana."

"Não é casado? Ouvi dizer que era, e que sua esposa está morrendo de câncer na Inglaterra."

"Eu? Minha esposa? Não, senhor, deve ter havido alguma confusão. Essa é minha prima."

Srivastav dirigia, e Kumar ia sentado na frente, a seu lado. Agastya observava a nuca deles. A de Kumar era redonda, sobre um pescoço em duas camadas. Srivastav estava ficando careca. De repente sentiu-se farto de Madna. Inclinou-se para a frente e perguntou: "Senhor, posso ir a Delhi para passar alguns dias durante a Puja?".

"Ok", disse Srivastav, "se você tirar uma licença avulsa pode se ausentar no máximo por dez dias. São as regras".

"Vamos juntos, Sen", decidiu Kumar, girando a cabeça o máximo que conseguia, 1 polegada. Agastya se recostou no assento, relaxado como se tivesse acabado de ter um orgasmo. Sua lombar latejou levemente, como ao fim de uma tensão.

"Uuff, esta estrada", lamentou Srivastav, "aqueles engenheiros do Departamento de Obras nunca que a duplicam". À frente deles estava a balbúrdia do tráfego, característica das ruas e estradas de Madna.

"Mas hoje o problema parece ser aquele caminhão", disse Kumar. "Olha só como o desgraçado estacionou." O caminhão parecia um valentão ameaçador de cócoras em metade da pista, que em todo caso era estreita demais para a quantidade de veículos.

Srivastav saiu do carro. "Venha, Dhiraj, vamos ensinar um pouco de noção de trânsito para aquele caminhoneiro."

Na estrada Srivastav e Kumar tinham uma aparência meio estranha. Agastya se deu conta de que nunca vira os dois andando. Pareciam cidadãos comuns que não tinham conseguido um riquixá, um deles muito mais gordo que o outro. Passaram por bicicletas e scooters, e por rostos retorcidos de exasperação. Uma scooter raspou num carro, a discussão atraiu uma multidão que ao mesmo tempo aumentava o caos e distraía os sofredores. Mas era uma sensação boa, pensou Agastya, caminhar em meio ao tráfego empacado, fazia a pessoa acreditar que estava de algum modo se emparelhando com o mundo, e que tinha sido esperta, num sentido prático. O caminhão estava abandonado. "Cadê o motorista?", Srivastav perguntava olhando feio para uns transeuntes.

O caminhoneiro foi finalmente localizado num *dhaba* à beira da estrada, sentado de pernas cruzadas numa *charpai*[62], tomando chá e conversando com uma turma.

"Aquele caminhão é seu?"

Uma pequena multidão de ociosos habituais tinha se formado em torno de Srivastav e Kumar, pois ambos estavam acostumados a comandar, e anos daquilo tinham tingido com uma sensação de importância cada sílaba que proferiam; uma atitude que era hipnótica.

"Sim." Tinha a aparência de qualquer outro caminhoneiro, agressivo, de *lungi* e *kurta*, olhos sempre injetados, destinado a ser malvado e durão.

"Você estacionou num lugar muito errado."

O caminhoneiro olhou para seus amigos e disse: "Durões, esses sujeitos".

"Durões não, você está falando com o coletor e o superintendente de polícia de Madna." O caminhoneiro deixou seu chá, calçou seus chinelos (e na pressa, como Agastya ficou contente em notar, enfiou o pé direito no chinelo esquerdo) e correu desajeitado em direção ao caminhão. Seus amigos se levantaram. O caminhão partiu em alta velocidade. "Ótimo", disse Kumar, "vamos pegar o desgraçado também por correr demais numa via estreita". Então, enquanto Agastya permanecia paralisado de espanto, diante de uma plateia desinteressada Srivastav e Kumar proferiram um sermão sobre a ausência de consciência de tráfego em Madna e, em geral, na Índia. Em Delhi ou Calcutá, pensou Agastya, essa reação de um caminhoneiro é

62 Cama ou catre de cordas. [N. A.]

inimaginável, a menos que alguns policiais o espanquem e arranquem seu dinheiro, sua carteira de motorista e seu caminhão.

De volta ao carro, com a estrada em seu caos habitual, Srivastav decidiu continuar o sermão. "Está vendo, Sen, o poder e a responsabilidade do cargo?" Era como um rei na Índia ancestral, pensou Agastya com um sorriso, um rei caminhando incógnito em meio a seus súditos, revelando sua identidade para fazer o bem e punir o mal, o facínora.

Tinha visto o clube antes, em sua excursão noite adentro. Na ocasião o luar atenuara sua feiura. Um prédio velho, uma varanda comprida com arcos na entrada, paredes amarelas descascadas, os fios elétricos pintados de cinza-escuro. Cinco mesas postas para o bridge no salão central, três jogos em andamento. Joshi aproximou-se deles, irradiando servilismo. Ele era o "morto" numa das mesas. "Esperava mais gente", resmungou Srivastav, olhando em volta. Gostava de ser saudado por multidões, mesmo num clube. Alguns jogadores fizeram cara feia desaprovando aquela perturbação. Eram do Conselho de Eletricidade e da usina termoelétrica, e alguns eram empresários – todos eles fora do alcance das garras de Srivastav.

Kumar e Srivastav se apossaram de uma mesa, contra Agastya e um desconhecido. Em questão de minutos Agastya o identificou como o típico frequentador do clube. Nos alegres tempos do reinado de Antony, ele seria participante daquilo que Srivastav chamara de cena de um filme híndi, cambaleando e cantando em sua bebedeira. Alto e magro, com as mangas da camisa arregaçadas pouco abaixo do cotovelo, bigode em forma de guidão, dentes estragados pelo *paan*, olhos pequenos e opacos. Estava habituado demais ao clube, e provavelmente bebia em casa antes de passar suas horas ali. Estava sempre pronto para qualquer coisa, bridge, tômbola, fofoca, bilhar, tênis de mesa, badminton. Não chamava Srivastav nem Kumar de "senhor", portanto ele também estava imune.

"Qual sistema?", ele perguntou a Agastya. "Goren, se você estiver de acordo." Srivastav e Kumar optaram pelo Paus Forte[63],

63 Goren e Paus Forte são dois dos "sistemas de leilão" que podem ser escolhidos por uma dupla de jogadores no bridge. [N. T.]

e fizeram isso mal e porcamente. Kumar se revelou um palerma completo, e Srivastav, um mau parceiro. Em poucas rodadas Agastya estava entediado e Srivastav controlava seu rancor. Ele não podia ralhar com um superintendente de polícia, e Agastya sentiu pena de algum subordinado que um dia tivesse que ser seu parceiro. De quando em quando devaneava sobre sua viagem a Delhi, enquanto ele e o parceiro ganhavam vantagem sobre os adversários, duas de três.

A tarde foi intolerável. O humor de Srivastav só piorava. As discussões após cada rodada se prolongavam, cada vez mais enfadonhas. Por fim, o parceiro de Agastya foi chamado para ajudar nos preparativos para a música. Mas Srivastav não estava satisfeito. Convocou Joshi da outra mesa. "Queremos outro parceiro para Sen. Junte-se a nós." Por sorte Kumar se recusou a jogar, alegando exaustão. Em silêncio e de cara fechada, todos foram tomar chá do lado de fora.

Agastya estava furioso consigo mesmo, por ter concordado com aquela tarde, por estar em Madna, por um emprego que o obrigava a ser educado com Srivastav e sua esposa, por estar naquele emprego, por não ter planejado sua vida com inteligência, por ter ousado acreditar que era adaptável o bastante a qualquer trabalho e circunstância, por não saber como mudar uma coisa nem outra, por desperdiçar a vida. Ficou olhando as cadeiras sendo dispostas em fileiras e as mesas sendo cobertas por lençóis, e não conseguia acreditar em seu futuro.

Do lado de fora, Srivastav e Kumar se tornaram diligentes e logo estavam dirigindo os preparativos. Em pouco tempo se deleitavam consigo mesmos, discutindo a disposição das cadeiras, os tapetes no palco, o ângulo das luzes. Agastya perambulava atrás deles, odiando a si mesmo.

Todos os humores são transitórios; assim, o dele também melhorou aos poucos. Além disso, era agradável simplesmente estar ao ar livre, destacado do burburinho sob um céu de monção pálido de exaustão. A lembrança do bridge e a intensa repugnância por si mesmo foram gradualmente enfraquecidas pelo humor involuntário da confusão à sua volta. Observou Kumar instruir um servente a pôr um enorme barril de água potável numa mesa lateral. A mesa desmoronou com um estalido.

O barril escorregou para o lado, em câmera lenta por assim dizer, e aterrissou com um grande baque surdo sobre um tapete. A água transbordou alegremente aos borbotões, como a nascente secreta de um rio. Kumar gritou com o servente, esperando assim convencer todo mundo de que a culpa era do infeliz. O servente nem ouviu uma palavra, foi para a beira do campo de críquete, tirou a calça molhada, estendeu-a no gramado para secar e voltou para o rebuliço vestindo sua comprida roupa de baixo. Mas aquele era um traje que Srivastav não permitia ("Idiota, você quer que a gente veja seus joelhos, *hayn*?"); mandou o servente se afastar e não voltar até que sua calça tivesse secado. O homem saiu andando em direção à comida. De repente o mundo pareceu infinitamente cômico a Agastya e ele sorriu consigo mesmo – Bem, seu humor com certeza melhorou.

Sentou-se na ponta de uma das últimas fileiras, longe de Srivastav, Kumar e suas ordens de comando. Que os homens fossem em algum momento senhores de seu destino parecia agora uma inverdade sedutora, no máximo uma meia verdade. Em que momento o seriam?, ele se perguntava, contemplando o perfil mercurial de Srivastav (como ele era capaz de gesticular tanto e fazer tanta cara feia, com as sobrancelhas como vermes na merda, verdadeiras larvas?) e especulando se aquelas bochechas ao lado das costeletas triangulares ficariam macias se fossem bem fervidas e cozidas em fogo brando. Sentiu que só retrospectivamente é possível ver momentos significativos no tempo, reluzentes joias falsas de tempo *passado*, que deixaram em seu rastro apenas remorso e a consequente desolação, a primeira causa de uma série de compensações e tentativas de reparação. A maioria dos homens, como ele próprio, fazia escolhas na ignorância, agitava-se num mundo incongruente e aprendia a aceitar e fazer concessões, com ou sem dignidade, ou então caía no desespero. A razão humana parecia tão inadequada naquela tarde. Agastya queria que sua razão lhe mostrasse as implicações de um ato antes que ele o cometesse. Quero saber no presente, disse a si mesmo, quero que a minha razão, e nem digo minha intuição, mas minha razão, me diga, aqui, você é o senhor do seu porvir, aja de acordo com isso. Mas ela parecia incapaz de dirigir uma ação significativa. Em outros tempos ele acreditara que era bom ser racional, mas agora parecia que sua razão jamais poderia responder às perguntas esmagadoras, ou compreender a providência especial que pode haver na queda de um pardal. Uma saída seria se voltar como Shankar para o extraterrestre, para Jagadamba, e acreditar, como Vasant, naquela providência especial que haveria até mesmo na chegada de uma rã; outra seria esquivar-se da necessidade de pensar, desejar ser aquele par de garras ásperas que tanto o haviam atormentado em seus anos de faculdade, rastejando no fundo de mares silenciosos.[64]

Viu Kumar olhando em sua direção, como se estivesse prestes a chamá-lo para que juntos aumentassem a confusão. Não sentia mais vontade de voltar para seu quarto, como tinha sentido mais cedo. Voltou a entrar no clube e perambulou por lá. Só no salão de bilhar havia gente. Jogou por algum tempo. O nível, como o do bridge, era muito bom – e assim Madna continuava a surpreendê-lo.

As pessoas tinham começado a entrar quando ele saiu. O palco parecia ótimo sob as luzes, um resultado improvável do caos dos preparativos do fim de tarde. Havia uma bateria, duas guitarras elétricas, um teclado, um conjunto de bongôs e – para seu espanto – um pequeno sintetizador Moog. Kumar estava perto do palco, gordo e satisfeito, rodeado por um grupo que ria de tudo o que ele dizia. Talvez, animou-se Agastya, Kumar não estivesse dizendo nada engraçado, e eles estivessem rindo *dele*. A maioria das pessoas parecia estar com sua melhor roupa ("evocando sexo selvagem", lembrou-se da frase de Madan); a noitada era aparentemente uma grande ocasião social para os familiares dos funcionários públicos de Madna. Mais tarde, depois de conhecer um pouco mais a cidade, modificaria sua opinião: *todas* as excursões – ao mercado, ao banco, à casa de alguém, ao cinema – eram grandes ocasiões sociais naquela vida árida; eles se vestiam com capricho e empoavam o rosto para todas elas. Viu Ahmed antes que Ahmed o visse e se escondeu

64 Citação indireta de versos do poema de T. S. Eliot, *The Love Song of J. Alfred Prufrock*: "*I should have been a pair of ragged claws/ Scuttling across the floors of silent seas*". [N. T.]

atrás de uma mulher, para espanto desta. As crianças estavam todas lustrosas e limpas, e não tinham permissão para tocar no próprio cabelo. Pareciam todas um tanto aturdidas; algumas tinham o Snoopy ou o Super-Homem no peito. As mulheres pareciam saídas do mostruário de uma loja – olhar em volta era como passar espiando vitrines. O humor dele melhorou mais ainda quando avistou Sathe, Bhatia e Mohan (Rohini não pudera ir, disse ele, porque não estava se sentindo bem) num canto discreto, com um ar cínico.

"Idiota", disse Sathe, apontando para Srivastav. Agastya não conseguiu segurar o riso, como se pusesse a tarde toda para fora. "Ele estragou todo o clube. Antes era um bom lugar para tomar um drinque, jogar bilhar e gastar o tempo. Mas ele cancelou a licença para as bebidas – te contou isso? Quer que todas as *famílias* venham para o clube para jogar conversa fora com ele, ou coisas do tipo. Não consigo entender esse gesto para manter o que ele chama de não funcionários fora do clube. É como na época dos rajás: proibida a entrada de nativos." Sathe riu ruidosamente, atraindo alguns olhares. "E neste caso são os nativos de Madna que são barrados. Vocês, altos funcionários, são aves migratórias, de todo modo. Srivastav vai embora daqui a um ano e meio. Somos *nós* que ficamos aqui com o clube. Se quisermos beber aqui teremos que conseguir permissão. Seja como for, Antony costumava beber com a gente. Antony era ok, não tinha nada dessa pretensão tola de Srivastav de manter a dignidade do cargo. O que ele pensa que é o clube, afinal? Uma espécie de refúgio da cidade selvagem? Se a família dele quer diversão, por que não pode se integrar à cidade? Ah, não, o coletor não pode ser visto com frequência em cinemas e restaurantes, ele estaria comprometendo sua posição." O servente que havia posto a calça para secar vestiu-a de novo e agora carregava uma bandeja de refrescos pelo salão. Bhatia esvaziou um copo com um único gole e apanhou um segundo.

"Não fique tão furioso com Madna, Mandy", disse Mohan.

"Me diga uma coisa, August, você sabe algo sobre a burocracia?"

"Não."

"O que é esse carimbo da Índia Britânica que gente como Srivastav se gaba de ter? É isso o que ele está tentando fazer com o clube, né, um lugar onde funcionários públicos que acham que ralaram o cu em prol do distrito durante o dia podem ir relaxar à noite, longe do calor e da poeira, e encontrar outros funcionários com frustrações semelhantes. Eles deviam deixar Madna em paz, para se desenvolver como quisesse, e isso inclui o clube. Estão sempre metendo o bedelho. Eu gostava do clube antes." Justo nesse momento houve um agito de bajuladores no portão de entrada. A sra. Srivastav acabara de chegar.

O carro dela era o único autorizado a entrar no clube. "Como se a bunda dela fosse despencar se ela caminhasse do portão até aqui", disse Sathe. Joshi e companhia vinham trotando atrás do carro, como versões modernas e fora de forma de alguns serviçais do século XVIII (a imagem fez Agastya sorrir) acompanhando o palanquim de uma rainha. A sra. Srivastav trajava um sári rosa e dourado – com aparência rica o bastante para ser de seda de Kanchipuram. Sob as luzes ele percebeu de novo o sutiã preto por baixo da blusa rosa. Com a maquiagem o rosto dela parecia um equivalente pálido de uma máscara do Kathakali[65]. As crianças vinham atrás, o menino choramingando. Sua nova camiseta mentia dizendo: "*I am a Good Boy*".

"Como alguém pode se arrumar assim para um clube? Ela deve ter esperado a semana toda por este momento", disse Sathe. Ele estava de *péssimo* humor. "Aquele desgraçado disse a Gopalan: Sathe não deveria ser convidado para o piquenique. Mas observe no piquenique como as esposas se comportam. Gorapak é um lugar adorável, aliás, especialmente o templo e o lugar onde fica o *sadhu*[66]."

Um homem começou a contar piadas no microfone. Todo mundo se encaminhou para as cadeiras. Os músicos ocuparam seus lugares. Um guitarrista soltou algumas outras piadas contra o contador de piadas. Convenientemente uma criança começou a choramingar. "A gente precisa ver essa porcaria?", perguntou Agastya.

65 Manifestação tradicional que une dança e teatro, típica do sul da Índia, em especial do estado de Kerala (antigo Malabar). [N. T.]

66 Homem santo. [N. A.]

“Não vai ser porcaria, pelo menos não tudo. Eu já vi esse grupo antes, o padrão é bem bom”, disse Sathe. “O repertório das canções vai ser uma merda, provavelmente direcionada para o máximo denominador comum desta multidão. Vão ter que incluir canções de filmes híndis para agradar gente como a sra. Srivastav.”

Então até mesmo Mohan disse: “Acho que deveríamos ir a algum lugar e encher a cara. É raro eu ter uma oportunidade como esta”.

O que os fez decidir foi o fato de Kumar vir na direção deles. “Não aguento esse rinoceronte”, disse Bhatia, e todos se encaminharam para o Maruti de Sathe.

“Oh”, Agastya se lembrou a tempo, “eu me comprometi a jantar com os Srivastav. Vocês me esperam um minuto? Vou lá dizer que estou com dor de cabeça ou algo assim, e que vou para o meu quarto”. As luzes tinham diminuído e a primeira música começara, uma canção disco de filme híndi. O crooner parecia perdido em seus giros e olhares de esguelha, mas cantava bem. Agastya notou então que os homens e as mulheres estavam sentados em lados diferentes, separados por um corredor central e algumas cadeiras vagas.

Mais tarde Sathe tentou explicar: “Essa tem sido a tradição em Madna. Em outras cidades pequenas também. Os homens se sentam apartados das mulheres e das crianças. Eu realmente não sei a razão. Talvez seja porque ninguém quer ver um homem e uma mulher curtindo alguma coisa juntos”.

“Mas por quê?”, perguntou Agastya. “Eles não estão trepando em público. Isso acontece também nos cinemas?”

“Não, nos cinemas não, nem em lugar algum em que seja preciso comprar ingresso.”

Srivastav estava na primeira fileira com Kumar. Os olhos de Kumar estavam fechados. Ele balançava a cabeça ao ritmo da percussão. Agastya foi até eles curvado, como se estivesse num túnel de teto baixo, e começou: “Senhor, estou com dor de cabeça...”.

“Onde é que você estava até agora? O superintendente de polícia e eu andamos te procurando.”

Ele explicou, com a devida fisionomia de vítima de enxaqueca, e sentiu uma vaga culpa ao dizer: “Por favor, me desculpe por não ir ao jantar, senhor, eu", um meio-sorriso, "apareço amanhã para terminar a minha parte da janta". Srivastav estava absorto demais para discutir. Fez cara feia para ele, depois fez cara feia para o palco por um momento.

Saíram furtivamente com o Maruti, como quem se sente culpado de algum ato vil. De repente Sathe perguntou: "E então, como vai o *Bhagavad*?".

"Sim, estou lendo. Grande parte dele é muito remota. E os trechos que não são – 'Mas quem contempla meramente a diversidade das coisas, com suas divisões e limitações, tem um conhecimento impuro. E aquela firmeza por meio da qual um louco não se rende à preguiça, ao medo, à autopiedade, à depressão e à luxúria, é com efeito uma firmeza da escuridão' – fazem com que eu me sinta pequeno e indecente, como um cheirador de calcinhas usadas, entende, um caso do tipo estudado por Krafft-Ebing."

Sathe riu tanto que quase colidiu com um riquixá. "Acho que a religião só começa mesmo a fazer sentido quando nosso pau já não levanta mais." Esse foi o espírito da noite toda, turbulento e blasfemo, contra a burocracia, contra a própria situação deles, contra o mundo.

Agastya voltou tarde para seu quarto. Encontrou uma carta de Dhrubo que Digambar tinha enfiado por baixo da porta.

> Renu, aquela punjabi que eu estava comendo foi para a América [Assim começava a carta, sem data e nem sequer um olá. Mas esse era o estilo de Dhrubo, abrupto e com vergonha das emoções]. Ela disse que era o único meio de romper nosso relacionamento, num tipo de atitude de Primeiro Mundo que ela adotou antes mesmo de chegar lá – "independência" e "descoberta de mim mesma", chegou a usar essas expressões antes de partir. Por trás das lágrimas ela parecia estar até meio que curtindo tudo aquilo. É muito provável que criar um alvoroço a fizesse se sentir madura e adulta. "Vejam todos, por favor, eu estou rompendo um relacionamento, portanto sou adulta, não sou? Não é a mesma coisa que tomar sorvete, né?" O comportamento dela fez com que eu me sentisse um molestador de crianças. Venha a Delhi para a Puja. Se você for a Calcutá o governador vai te arrancar a pele por tratar a burocracia

como você trata sua calça, deixando-a cair. A polícia não tem sido nem um pouco razoável com os traficantes de drogas aqui. Então traga um pouco se conseguir.

Dhrubo.

Nem uma palavra sobre Madna. Outro universo; no entanto, dois meses antes tinha feito parte dele; agora essa completa dissociação era perturbadora. Agastya ficou andando de um lado para outro do quarto, carta na mão, tentando encaixar em algum todo coerente Sathe e Renu, a rompedora de relacionamentos, Mohan e Dhrubo. Não queria que os amigos de estágios diferentes de sua vida se encontrassem. O encontro entre eles seria quase como entre facetas de si próprio, cara a cara. O que diriam um para o outro?, perguntava-se, e imediatamente ele próprio respondia. Não seja melodramático, se eles se encontrassem conversariam normalmente sobre política ou sobre o clima, sobre o fiasco da Índia no último torneio de críquete; e seria desnecessário discutirem qualquer coisa menos efêmera; porque ninguém se revela mais completamente aos outros do que a si próprio – se é que chega a se revelar. A rã estava encolhida perto de seus sapatos. Somos todos como casulos, pensou Agastya, apenas com nossas próprias preocupações; Dhrubo deve ter intuído que eu estaria tão pouco interessado no mundo dele, mais ou menos, quanto ele estava no meu.

11

Dia de piquenique. Combinaram de se encontrar na casa do coletor às seis e meia e partir às sete para Gorapak. Gopalan escolhera o local de encontro com esperteza; pois o próprio lugar garantiria que todos chegassem a tempo. Se tivessem decidido se reunir em qualquer outro lugar, o próprio Srivastav teria se atrasado — sua posição exigiria isso. Agastya programou seu alarme para as cinco porque queria se exercitar naquele dia também.

Tinha se tornado quase maníaco com seus exercícios. O dia parecia muito pior que o normal quando não os fazia. Sentia que sua ginástica era algo a que devia se aferrar, uma âncora de estabilidade, sem a qual o dia resvalava para a anarquia. E só depois de sua realização estava pronto para qualquer coisa, para qualquer ato ilógico e irracional. Mas sem o exercício ele se sentia nulo, quase como se as flexões e a respiração ofegante fossem um dever, uma boa ação necessária para o dia.

Depois de ter começado ele até passou a ter prazer com aquilo, e com suas conversas consigo mesmo durante o exercício ("Aos 35 anos não vou querer estar como Srivastav ou Kumar." "Mas por que você vai querer ter aparência de 20 quando *tiver de fato* 35? Isso seria fraude, não é mesmo?" "Bom, também me exercito porque faz com que me sinta bem, e esse tipo de autoconfiança ajuda um bocado no sexo." "E onde é que fica esse sexo em Madna?" "Eu faço exercícios porque assim posso comer feito louco." "Sim, é verdade. Você *come* mesmo feito louco. Como um bengali, como diz Madan." "As mulheres não parecem se exercitar. Simplesmente fazem dieta. É a opção mais fácil."

"Neera nem dieta faz."); e depois de terminar ele resplandecia, afogueado, com um sentimento descabido de conquista. Resplandecia mais ainda no dia do piquenique porque conseguiu se exercitar *e* partir para a casa do coletor às seis e quinze; o resplendor de uma missão cumprida, de um alvo atingido.

"Comece cada dia dizendo a si mesmo: hoje vou deparar com obstáculos, ingratidão, insolência, deslealdade, malevolência e egoísmo – tudo isso devido à ignorância do infrator quanto ao que é bom e o que é mau." Divertido, de certo modo, recordar Marco Aurélio logo de manhã cedo, ao andar lado a lado com os cidadãos de Madna que saíam para sua caminhada. O lamento de Marco Aurélio era sempre consolador, pois o mundo nunca parecia tão ruim a Agastya quanto parecia ser para Marco Aurélio. "À primeira luz do dia tenha em mente, contra a resistência a sair da cama, o pensamento de que 'Estou me erguendo para a labuta do homem'." Isso nunca tiraria alguém da cama, pensou Agastya, ao passar por um grupo de crianças tagarelando e cagando à beira da estrada; não faria ninguém se levantar, nem mesmo Menon. "É esse o propósito da minha criação, ficar aqui deitado sob as cobertas e me manter quentinho?" Se saísse da boca de Menon aquilo soaria como pedaços de bosta caindo numa latrina, mas vindo de Marco Aurélio soava, ele sorriu, soava *bonitinho*.

O complexo da casa do coletor parecia ainda adormecido. A melancolia das figueiras-de-bengala não era perturbada nem mesmo pelos catadores de cobras vestidos de tangas, esguios e atentos, movendo-se silenciosos de uma sombra a outra, como espectros. Um macaco se masturbava sem o menor constrangimento no galho mais baixo de uma figueira-dos-pagodes. O ar estava fresco e sem vento. Agastya desejou aspirá-lo profundamente, então começou a correr, com leveza e desenvoltura, assustando o macaco, que saltou para um galho mais alto. Sentia-se cheio de vida, correndo por uma estrada que cruzava o que podia ter sido floresta primordial, em silêncio a não ser pelos sons da floresta, o crocitar dos pássaros e o farfalhar de animais perfeitamente à vontade. Parou para tomar fôlego antes de chegar à frente da casa.

Foi o primeiro a chegar. A sra. Srivastav estava tomando chá no gramado, com um aspecto sonolento, mal-humorado e mais sexy do que de costume. "Como você está bem-disposto", disse ela, em tom de reprovação. Srivastav surgiu, parecendo ligeiramente tímido em seus jeans e camiseta. Ele também precisa de um sutiã, pensou Agastya, talvez devesse usar os pretos da esposa (e se lembrou da escola, de Dhrubo falando sobre o gordo e pelancudo Prashant: "Quando ele se agacha para cagar tem que jogar as tetas pra cima dos ombros, caso contrário seus mamilos roçam as bolas do saco"). As crianças vinham atrás dele, choramingando de sono. Então os participantes do piquenique chegaram todos juntos, com o rugido de seus carros aniquilando o que restava da paz da manhã – Bajaj e a esposa, uma mulher gorda e reservada, Kumar de calça jeans, *kurta* e óculos escuros, o bando do Departamento Florestal, alguns dos quais Agastya não tinha visto antes. De repente o gramado parecia repleto de crianças dando gritinhos excitados e esposas sorrindo educadamente enquanto mediam umas às outras de cima a baixo. As esposas lembravam apresentadoras de programas noturnos de TV – os cosméticos e sorrisos não conseguiam esconder muito bem seu desejo de dormir. Mohan parecia dividido entre cuidar da esposa e combinar com Bhatia e Agastya quando fumariam o primeiro baseado. Srivastav, Kumar, Bajaj e Gopalan se alvoroçavam, davam ordens aos serventes, que acondicionavam nos jipes uma enorme quantidade de comida e discutiam a ordem dos carros. "Comida, mulheres, crianças e serviçais primeiro", de modo que dois carros e dois jipes saíram na frente, com risadinhas abafadas, gritinhos e gargalhadas estridentes, em meio a recomendações desatentas às crianças.

Um carro e dois jipes foram deixados para os homens. De repente todos queriam ser machos rudes e andar de jipe. Os falsos protestos de Agastya, Bhatia e Mohan foram ignorados e eles ocuparam o carro, junto com dois outros da Corporação de Desenvolvimento Florestal. Chamavam-se Reddy e Prabhakar. Prabhakar tinha algumas opiniões a expressar. "Isto não é um piquenique de verdade, é uma excursão de altos funcionários. Estou muito decepcionado. Supostamente nós mesmos deveríamos fazer a comida, então por que estamos levando tantos peões com a gente? Essa gente..." mas ficou sem palavras, ou sem vocabulário.

A primeira viagem de Agastya para fora da cidade, província adentro; sua educação prosseguia. Levaram meia hora para atravessar a cidade apinhada. Passaram pelo Salão Gandhi, e ele se lembrou da Reunião da Integração em seu primeiro dia. A vara ainda estava lá, escorando a bunda da estátua. "Ninguém pode acreditar que é uma estátua de Gandhi", disse.

"Que outra coisa você espera de Madna?", bufou Bhatia.

"Bem, não se pode dizer que é culpa da cidade ou do distrito", respondeu Agastya, lembrando-se de que antes defendera Delhi de modo semelhante contra alguma acusação de Bhatia, mas não recordava quando.

"Mas *é* mesmo culpa da cidade. Se eles tivessem algum respeito por si próprios, ou pelo Mahatma, não permitiriam que essa estátua continuasse de pé." A réplica mordaz de Bhatia silenciou Agastya. Em geral ele se espantava com Bhatia e sentia um ligeiro desprezo, e normalmente teria duvidado que um comentário dele pudesse fazê-lo pensar. Mas o que Bhatia dissera era verdade, isto é, que ninguém em Madna se importava de fato com a imagem da cidade. Que uma estátua daquela fosse *também* um insulto ao gosto dos habitantes não os incomodava. Naquela Reunião da Integração um assecla dissera que a instalação da estátua havia enfurecido todo mundo, mas era tarde demais, o que equivale a dizer que ninguém se enfurecera o bastante. Mas claro que a apatia não era exclusividade de Madna, pensou, só que num lugar maior, como Delhi ou Calcutá, ele nunca teria *visto* de fato a estátua. Se tivesse, teria sido de passagem, por uma janela de ônibus ou pelo canto do olho; uma percepção vaga de que seus sentidos tinham acabado de ser assaltados por uma caricatura de pedra; mas esse assalto não teria o caráter impositivo que tivera em Madna. Ele se perguntava por quê, pois seus olhos não tinham menos coisas para ver em Madna – deu-se conta então de que em Delhi e em Calcutá sua mente estava muito mais ocupada com trivialidades, jogar conversa fora com alguém, impaciente para chegar a algum lugar a tempo para alguma coisa, ou tentar lembrar-se de dizer algo a alguém quando se encontrassem da próxima vez. Lá, sua mente estava simplesmente alvoroçada demais para que ele notasse qualquer coisa.

Duas horas e meia até Gorapak. Ao longo da viagem, Bhatia, lambendo obsessivamente os lábios como um viciado, cochichou que deviam fumar um baseado no próprio carro, fodam-se aqueles dois sujeitos da Corporação Florestal. Agastya topava qualquer coisa, mas Mohan dissuadiu a ambos, tudo com sussurros e murmúrios em código.

Cinquenta anos antes um dos limites geográficos de Madna tinha sido as muralhas de sua fortificação. Diante dos portões havia existido um fosso seco (agora usado como lixão da cidade), algumas centenas de metros de descampado e depois os quilômetros de floresta, fervilhando com sua vida esporadicamente perturbada. Mas desde então a população extravasara os limites da fortificação e se esparramara como uma enchente até as margens da floresta, atacando depois a própria floresta – outra história universal. Por seu Portão Leste os elefantes de um rei tribal tinham outrora desfilado em fila única; agora o sedã Ambassador empacava junto ao portão e buzinava sua impaciência para dois riquixás emaranhados, enquanto um caminhão, gingando como bêbado sob sua sobrecarga de madeira, tentava contorná-los. O *paanwala* num vão do portão estava rodeado de desocupados que olhavam o Ambassador sem muita curiosidade. Entre o mato de beira de estrada, algumas barracas de peixe e de caldo de cana estavam sendo erguidas às sete da manhã. Choças pareciam se espalhar dos portões até o horizonte, onde cintilava a prata do rio. As crianças que estavam cagando se levantavam para estapear o carro, como se o incentivassem num rali.

O carro só ganhou velocidade perto da floresta. "Tecas ainda jovens", disse Bhatia a Agastya, "ainda vai levar décadas para se tornarem adultas, todas plantadas pelo Departamento Florestal". As árvores eram altas e finas, as magrelas da floresta.

"Uma das maiores áreas para contrabando de teca na Índia", disse Reddy do banco da frente, "muito difícil para nós".

"Estas são plantadas por nós", disse Mohan, talvez percebendo a decepção de Agastya com a baixa densidade da floresta, "as florestas realmente grandes de teca ficam no sul, na subdivisão de Rameri, mas elas também estão sendo espoliadas hoje em dia. É uma área amplamente tribal, com uma grande quantidade de naxalitas[67] tentando organizar as tribos para se rebelar contra a exploração".

Passaram por pequenas aldeias, por paradas dos ônibus distritais, por pontes sendo construídas sobre *nalas* estreitas. O carro perturbava grupos de aldeões relaxando na estrada à sombra de árvores antigas, sentados, espreguiçando-se, levantando com passos trôpegos ao ouvir o som da buzina. "Vocês acham que eles sentam na estrada porque a possibilidade de ter cobras é menor?", perguntou Agastya. Ninguém parecia saber. "Vocês acham que eles *preferem* sentar na estrada em vez de sentar na relva ou na terra batida? Claro que não *todos* eles, caso contrário haveria muito mais deles na estrada." De novo, aparentemente ninguém sabia. Ninguém parecia muito interessado, tampouco. Todos os outros pareciam um pouco entorpecidos, talvez efeito de mais uma longa viagem de carro por uma estrada familiar demais. Então a resposta surgiu como um flash a Agastya. "Claro, não é a estrada que os atrai, é a sombra." A descoberta o empolgou, e ele passou boa parte do resto da viagem tentando desvendar os pequenos mistérios da Índia rural. "Por que alguns telhados são horizontais e outros são inclinados?" "Eles cavam essas valas para impedir que incêndios florestais acidentais se espalhem?" "Aquele estranho broto, arbusto, árvore, seja lá o que for, é bambu?"

A esta última pergunta Mohan respondeu, em híndi castiço: "Você transforma a exibição da sua ignorância numa virtude cativante". Depois disso Agastya se aquietou.

Atravessaram o rio pouco antes de avistar o templo de Gorapak. O rio se estendia enorme e inchado, mas liso, como uma fera adormecida. Sua ponte, porém, era um verdadeiro quebra-bunda.

Agastya ficou surpreso com o templo de Shiv de Gorapak. (Mohan disse, mais tarde no mesmo dia, num tom levemente irritado: "Por que você está sempre *surpreso* com Madna, com

67 Naxalitas são grupos de militantes de esquerda, maoistas em sua origem, com atuação no estado indiano de Bengala Ocidental. O nome *naxalita* provém da aldeia Naxalbari, onde o movimento surgiu a partir de uma revolta camponesa, em 1967. [N. T.]

este templo, com aquela estátua de Gandhi na cidade, com a beleza da Colônia Florestal? Sua expectativa era assim tão baixa, ou tão distorcida, quando veio para o distrito?".)

O letreiro da Agência Arqueológica da Índia diante do templo anunciava que se tratava de um monumento protegido, e que sua profanação poderia ser punida com prisão e uma variedade de multas. "Eu preferia que dissesse quem construiu e quando", disse Agastya.

"*Arrey*, August, ao que parece você tem uma atitude *intelectual* demais em relação aos templos", sorriu a dra. Srivastav. Algumas esposas deram risadinhas abafadas.

A gangue das quatro dava ordens para a transferência das provisões para a Casa de Pouso da Floresta. A sra. Bajaj perguntou para todo mundo: "Devemos ver o templo antes ou depois do almoço?". Ninguém respondeu.

"Acho que não devemos ficar marcando bobeira por aqui", disse Bhatia. "Podem nos chamar para ajudar."

"Acho que antes de mais nada devemos fumar", disse Mohan, "aí tudo fica mais claro". Esgueiraram-se portão adentro.

O templo ficava num outeiro com vista para o agora distendido e majestoso rio. Uma ladeira de mais de 100 metros de calçamento irregular de pedra que os aldeões de Gorapak galgavam com a graça e a rapidez de felinos. Eram quase dez da manhã e a água, iluminada pelo sol e agitada pela ligeira brisa, parecia um vasto lençol ondulado de ouro e vidro; alguns botes, imóveis como num quadro, aves nos bancos de areia; lá de baixo subia o som úmido de sucção da água lambendo uma praia, e murmúrios de conversa das mulheres da aldeia que se banhavam e recolhiam água. "Espiando as mulheres, *hayn*?", murmurou Kumar atrás de Agastya.

A turma toda tinha entrado. Eram ciceroneados por um sacerdote, que falava fervorosamente a Srivastav. Bajaj estava sendo importunado por um enxame de crianças pedintes. Elas puxavam seu antebraço, choramingavam por uma esmola, depois davam um sorriso matreiro umas para as outras. O sacerdote guiou a turma em meio às ruínas do complexo. A área não era grande nem tinha muita gente, embora o cântico que vinha de dentro do templo fosse potente; o conjunto todo tinha o tamanho de umas quatro quadras de tênis, e umas poucas pessoas vagavam por ali, em sua maioria tribais.

Kumar e Agastya foram em direção ao grupo, Agastya se perguntando onde Bhatia e Mohan estariam fumando. Kumar perguntou: "Quando começa seu período no departamento de polícia?".

"Em uns dez dias, senhor."

"Ótimo, então vamos nos divertir um pouco." Apontou para as paredes do templo. "Viu isso tudo? Esculturas sexy, só casais fazendo sexo em posições impossíveis." As paredes serrilhadas do templo eram cobertas de figuras de diferentes tamanhos intrincadamente entalhadas, e todas pareciam se divertir.

"O senhor me dá licença?"

"Aonde você vai?" Agastya ergueu seu dedo mínimo. "Ou será que as esculturas o excitaram – e está precisando de um pouco de exercício manual?" Kumar riu até fazer os óculos escorregarem do nariz.

Agastya finalmente localizou Bhatia e Mohan atrás das ruínas de um muro. "Onde é que você estava?", perguntou Bhatia, estendendo-lhe o baseado. Mohan estava sentado num grande bloco de granito, a cabeça contra o muro, um sorriso cínico. "August", disse, e começou a rir, "que nome, August. Vou te chamar de Agastya".

Mohan olhou para ele com algo parecido com desprezo. "Agastya, sua ignorância não pode ser *mais* chocante que a do Mandy. Tem que ser menos chocante, tem que ser."

Bhatia disse: "Mohan se converte num hindu fanático quando está chapado. Em Alwar, segundo consta, ele e sua gangue rústica fumavam *chillums*[68] e depois faziam perguntas cabeludas uns aos outros sobre mitos hindus, e quem perdia tinha que dar a bunda para os outros".

Mohan riu a risada dos chapados – indolente e incontrolável. "Me diga uma coisa, Agastya", disse ele, devagar e em tom zombeteiro, com intenção de provocar, "você é filho de cristãos, não é verdade?". Apontou para a ruína de uma parede diante deles,

68 Tipo de cachimbo cilíndrico de pedra ou cerâmica possivelmente de origem indiana. Durante séculos teve uso religioso e cerimonial, e hoje em dia é usado para fumar maconha e outras drogas. [N. T.]

esculpida esplendidamente, mas cujas figuras eram tanto de animais como de homens.

Agastya viu um peixe, uma tartaruga, alguns homens. "Oh, as dez encarnações de Vishnu." Acomodou-se ao lado de Mohan para observar a parede com mais atenção. "São entalhes muito bem-feitos."

"E Bhatia disse que, se a parede estivesse inteira, ia mostrar uma grandiosa orgia bestial. Estava falando sério." Mohan lançou a Bhatia um sorriso apaziguador. "Qual é a sensação de ser uma vergonha nacional?"

"Vamos fumar um último beque", disse Bhatia, "antes de nos juntar à horda".

"Este templo foi construído na segunda metade do século X, eu li numa segunda placa em algum lugar ali. Por Dhanga, da dinastia Chandela. Você, evidentemente, nunca ouviu esse nome antes." Tudo indicava que Mohan ia escarnecer de todos eles, um por vez.

"Oh, Khajuraho." Se Agastya não estivesse tão chapado teria ficado mais empolgado. "Os Chandelas construíram Khajuraho. Não admira." Olhou para a parede em frente com interesse ainda maior.

"Estou muito impressionado", disse Mohan, dando-lhe tapinhas no ombro. "De todos esses idiotas no piquenique, não tem um que saiba isso. Alguns, como Kumar, vão ficar excitados com essas mulheres de sonho erótico. Alguns, como Rohini, que considera o sexo uma coisa suja, vão pensar que tudo bem porque se trata de um templo. A sra. Srivastav não te disse agora mesmo que você tem uma atitude *intelectual* em relação aos templos? Para ela poucas coisas poderiam ser mais desagradáveis. O que ela quis dizer é: Como *ousa* vir a um templo e *pensar*? Não foi capaz de dizer isso porque é uma vaca ignorante."

"Mas sexy", disse Bhatia. "Acho que devemos ir até lá, caso contrário alguém como Kumar vai vir nos buscar."

"Vocês já viram como as mulheres se comportam diante de um *shivaling*[69]?", perguntou Mohan.

69 O falo de Shiva, objeto de adoração para os hindus e fonte de energia cósmica. [N. A.]

“Não.” Agastya não tinha nem um pouco de vontade de se mover dali.

“Ah, é como um filme pornô. Que importa que o pau é de Shiva?, é um pau do mesmo jeito. Vem, vamos.”

Os outros estavam na entrada do templo, tirando os sapatos e chinelos. “Que pena, estou calçando sapatos bons”, disse Bhatia, “senão eu roubaria um par melhor”. O cântico estava muito mais alto, mas ainda melodioso. “Grande Shiv, eu me curvo diante de ti.” Kumar piscou para ele, então se aproximou e sussurrou: “E aí, foi bom?”.

Um corredor conduzia a uma sala grande com uma dúzia de devotos cantando. As vozes ribombavam. O sacerdote parecia estar tocando com a língua a orelha do coletor, talvez representando uma cena descrita nas paredes, pensou Agastya com esperança. Ele sentia as paredes com os dedos, a vida que tinha sido criada na pedra bruta. Havia um tubo de luz fluorescente no santuário mais recôndito, imediatamente acima do falo negro de pedra de Shiv. Ali as esposas se apartaram do resto do grupo.

Uma por vez, elas untaram suavemente o *shivaling* com pasta de sândalo, borrifaram água e salpicaram flores sobre ele, prostraram-se e rezaram diante dele, sufocaram-no com incenso, beijaram os próprios dedos depois de tocá-lo. Agastya considerou a cena extraordinariamente depravada. Kumar, a seu lado, estava com a respiração um pouco pesada.

Mas Agastya não via blasfêmia alguma naquilo. A religião, para ele, era uma preocupação remota, e no caso de seu pai nunca descera da esfera da metafísica. Não se pode provar a superioridade intrínseca de nenhuma religião, seu pai dissera com certa altivez a seus irmãos e irmãs quando lhe pediram, de modo conspiratório, que fizesse a esposa se converter – Eu permaneço hindu e ela católica, porque nascemos assim e não vemos razão para mudar. No entanto, ele desejara que seu filho fosse hindu, e para isso seus argumentos pareceram sofísticos. Disse que era a religião que demandaria menos de seu tempo. “Você pode pensar e fazer o que quiser e ainda assim continuar sendo hindu.” Consequentemente Agastya fora raras vezes a um templo, e quando esteve diante de um ídolo, foi só diante de Durga, e a ocasião foi sempre a Puja de outono – um menino, e mais tarde um adolescente, a reboque de suas tias em Calcutá, com todo mundo de roupa nova, inalando um ar mais carregado de festa do que de religião, pronto para shows de mágica e filmes exibidos ao ar livre a noite toda.

Seu Pultukaku fizera, como de costume, objeções ao casamento de seu irmão mais velho com uma goense. "Seus filhos serão culturalmente mestiços. O passado faz de nós o que somos, você vai privá-los de coerência." Mas ninguém lhe deu ouvidos nem se importou com ele. Ao longo dos anos ele se opusera a milhares de decisões da família, mas sua postura em relação a Agastya não mudou. "Você é uma combinação absurda, uma formação literária de colégio interno inglês e um nome obscuro de mito hindu. Mude seu nome oficialmente, por favor, para alguma dessas alternativas ridículas que os seus amigos sempre deram a você."

Kumar puxou Agastya pela manga. Saíram. "Sempre acompanho minha esposa quando ela vai a um templo de Shiv. Ela acha que sou muito devoto", e Kumar explodiu numa gargalhada, os óculos caindo do nariz, olhos meio fechados diante do sol. "E todo mundo vem a Gorapak, até os coletores ingleses."

Um homem de chapéu aproximou-se deles. Disse "Bom dia, senhor" para Kumar e trocou um aperto de mãos com Agastya. "Meu nome é Dubey, sou o conservador-assistente de florestas aqui em Gorapak." Virou-se para Kumar: "Os lanches estão prontos, senhor, na Casa de Pouso". Mais tarde Agastya descobriu que ele usava chapéu não para evitar uma insolação, mas para esconder sua cabeça raspada, porque seu pai tinha morrido alguns dias antes.

Dubey fizera os serventes trabalharem duro na Casa de Pouso, para montar uma fogueira de acampamento no pátio. Antes de começar a cozinhar, os visitantes se sentaram para um café da manhã no gramado, e comeram e beberam, pela ordem, um *dal* frito, uvas, refrigerante morno, chá muito doce, *parathas*[70] recheadas de batatas, coalhada, omeletes, mangas e arroz frito. Agastya estava chapado demais para recusar o

70 *Chapati* frito. [N. A.]

que quer que fosse. Depois dessa refeição caótica, todo mundo se sentiu preguiçoso demais para cozinhar o almoço. Srivastav disse: "Nós, magnanimamente, autorizamos as esposas a dizer aos serviçais o que fazer para o almoço", e riu com estridência. Então todos os outros riram. As esposas foram em direção ao fogo para comandar e discutir. Mohan mandou sua esposa ir com elas ("Não seria legal, Rohini, você ficar aqui comigo enquanto as outras esposas trabalham"), e em seguida puxou Bhatia e Agastya dali para fumarem outro baseado. Mas quando estavam se afastando Gopalan gritou chamando Bhatia.

"Filho da mãe", resmungou Bhatia, e se afastou dos amigos. Quando estes voltaram ele estava com Gopalan perto das esposas. Mohan foi se juntar a Rohini. Todos os outros pareciam sonolentos nas espreguiçadeiras, exceto o filho de Gopalan, Ashok, que corria em volta com um taco de críquete e uma bola, procurando alguém para jogar com ele. Abordou Agastya.

"Ok", disse Agastya, "mas eu começo rebatendo".

O menino deu risadinhas de empolgação, porque enfim alguém falava sua língua. "Não, eu que rebato primeiro."

"Então cai fora", sorriu Agastya.

"Ok, você começa rebatendo", disse o menino, e correu para buscar os *wickets*[71]. Preferia jogar naquele calor a ficar sem brincar.

Instalaram os *wickets* na pista de entrada, do outro lado do portão. Poeira e nenhuma sombra. "Não pode bater muito forte", disse o menino, "se você bater forte cai fora do jogo". Agastya rebatia uma a uma, todas as bolas. Em pouco tempo até o menino tinha esgotado sua energia. "Agora me deixe rebater."

"Mas não acabou a minha vez ainda."

"Não, agora é minha vez de rebater." O menino estava quase chorando.

"Ok, só mais uma bola então", disse Agastya. O menino correu para sua posição, na esperança de fazer um ponto. Agastya rebateu a bola para a lua, ficou olhando a parábola que ela descreveu por cima das árvores. "Bola perdida", sorriu, e pensou:

71 No críquete, alvo ou meta que um time defende e o outro tenta atingir. É formado por três pequenas estacas de madeira fincadas no chão. [N. T.]

agora pelo menos o pentelhinho vai chorar, agora pelo menos eu vou destruir seu universo, vou ouvi-lo berrar.

"Eu trouxe muitas bolas comigo. Vou lá pegar outra." O menino saiu correndo, saltitando de quando em quando. "Me espere, hein, nada de fugir." Agastya balançou o taco no ar e atingiu com ele os *wickets*, mas nenhum dos dois se quebrou.

Bhatia apareceu. "Querem sua ajuda para cortar cebolas. É bem divertido estar chapado e cortar cebolas."

O menino voltou correndo, com o rosto afogueado de calor e alegria. "Tenho que ir ajudar na cozinha", disse Agastya. Mas o que mais queria era destruir a energia e a alegria do garoto.

O rosto do menino murchou. "Mas você está me devendo minha vez de rebater."

"Aqui está o tio Bhatia, que vai fazer isso. Mandy, dá um jeito neste pentelho. Lembre-se, ele é filho do seu chefe."

Havia muita animação e risadas em torno da fogueira. Todo mundo estava lá. O suor escorria abrindo regatos na maquiagem das esposas. Agastya ficou excitado com as manchas de suor sob os braços de Rohini. Piranha, disse consigo mesmo, só por ela ser inatingível. "*Arrey*, Sen, onde você esteve? Junte-se a nós", guinchou Srivastav. Os homens estavam sentados sobre um lençol branco, de pernas cruzadas, com facas e cebolas.

"Ele ficou muito emocionado com os entalhes nas paredes do templo", piscou Kumar. Todo mundo riu alto.

Agastya se sentou, de pernas cruzadas. Gopalan jogou uma faca e quatro cebolas para ele. "Comece a chorar." Todos riram. Pôs o dedo no gume da faca e pressionou para baixo. Uma dor curta e aguda. Ficou olhando o sangue brotar e manchar a cebola. Seu sangue parecia falso; ele esperava que fosse mais grosso e amarronzado.

Srivastav foi o primeiro a perceber. "Putz, você se feriu." Soava mais irritado do que preocupado.

"Vou dar uma lavada." Saiu andando.

Camas extras tinham sido arrastadas para um quarto da Casa de Pouso para que as crianças pudessem dormir juntas. Um servente estava agachado junto à porta, tentando esconder seu *bidi*. No banheiro Agastya baixou o zíper da calça e tocou a ponta do pênis com o dedo ensanguentado. Mas não sentiu nada. O espelho borrava seu rosto – parecia distorcido, ligeiramente cômico.

Naquela noite ele escreveu a seu pai.

Querido Baba,

Sinto muito, mas o que você leu na minha última carta era verdade. Eu simplesmente não consigo me acostumar com o emprego e o lugar. Estou desperdiçando meu tempo aqui, e não estou gostando desse desperdício. Esse sentimento pode ser insalubre. Vou tirar uma folga de dez dias durante a Puja, mas vou a Delhi por causa de umas coisas. Acho que também devo encontrar Tonic. Você pode telefonar ou escrever uma carta para ele – senão ele nunca vai acreditar – dizendo que eu talvez aceite o emprego que ele me ofereceu? Sinto muito.

Com amor, Ogu.

P. S.: Envie a resposta para Delhi.

12

O período no departamento de polícia começou com um fim de semana com Kumar em Mariargh, na subdivisão de Rameri. Kumar foi a Mariargh oficialmente para inspecionar sua delegacia de polícia. Agastya o acompanhou para ver como ele fazia aquilo.

Assim foi sua segunda viagem ao interior do distrito, mas dessa vez ao entardecer, sob as hipérboles do amor de *ghazals* cantados em urdu no estéreo do carro. Kumar suspirou de bem-estar e volúpia e apanhou sua lata de *masala*[72] de *paan*. Enfiou quatro colheradas na boca e ofereceu a lata a Agastya. "Tome." Agastya comeu um pouco. Kumar sorriu. "Achei que você fosse recusar. Seus vícios seriam anglófilos e refinados demais para *masala* de *paan*."

Kumar coçou a axila e contemplou os quilômetros de arrozais. "Então, diga o que achou do nosso piquenique."

"Ótimo, senhor."

"Mas durante a sessão de tômbola à tarde você estava parecendo mortalmente entediado."

"Eu estava mesmo, senhor."

Kumar riu, sacudindo os peitos.

O carro acelerou ao passar por uma aldeia. "Está sentindo o cheiro do arrozal?", perguntou Kumar.

72 *Masala* ou *massala*: termo genérico utilizado na culinária indiana para descrever uma mistura de temperos, acrescentada em preparações de pratos ou, mais raramente, comida em punhados, como na cena narrada. [N. T.]

Ah, pensou Agastya, então é arrozal, e se perguntou vagamente por que a palavra em inglês para arrozal (*paddy*) soava tão frívola, como um nome de bichinho de estimação, ou um apelido de faculdade de alguém com um nome sóbrio, como Padmanabh talvez, ou Padmaja. "Sim, senhor."

"Sabe, Sen, quando você estiver mais tempo no serviço público vai perceber que estes são os únicos consolos verdadeiros do emprego, estar sentado num carro veloz e macio, numa estrada macia (os empreiteiros ganharam rios de dinheiro com esta estrada, diga-se de passagem), no crepúsculo, sem aqueles cheiros urbanos horríveis que sempre nos assaltam em Madna, só as luzes de uma ou outra aldeia em meio a esses arrozais."

"Sim, senhor."

"Tudo o mais é ilusão, *bhai*, *maya*." Kumar riu de novo. "Mas seu trabalho é diferente do meu. Sou policial, a gente passa trinta anos sentindo o cheiro do suor de bandidos."

"Mas alguém, senhor, não lembro quem, disse que *tudo* é *maya*[73], exceto a sensação de completude na hora da ejaculação do sêmen, e, uma vez que essa sensação em si é tão breve, ela mostra quão efêmero é o mundo todo." Tinha inventado aquilo; queria estimular Kumar a falar obscenidades. Então decidiu legitimar a ficção. "Se me lembro bem, é o verso de abertura do *Kamasutra*."

"Quer assistir a um filme pornô esta noite?"

"Quero sim, senhor."

O carro reduziu a velocidade e parou atrás de alguns caminhões numa passagem de nível. O lusco-fusco se adensava, algumas luzes brilhavam no cruzamento. Nada de lua, só uma leve claridade sobre quilômetros de arrozais, ao som do apito do trem que se aproximava no crepúsculo. Kumar e Agastya desceram do carro para mijar.

Ao som contínuo da urina dos dois, Kumar disse: "Deviam colocar um minivídeo no carro. Muitas viagens de longa distância, isto é outra coisa a que você vai ter que se acostumar. Sou franco, digo a todo mundo que, se você gosta de rodar

73 Conceito hindu complexo do mundo como ilusão quando comparado ao absoluto. [N. A.]

bastante pelas estradas, você é um bom administrador. Três quartos do trabalho parecem se resumir a viajar, *bhai* – esses distritos são tão grandes, as divisões, os estados, o maldito país é tão grande".

O trem apitou ao passar trovejando. Luzes acesas dentro dos vagões, silhuetas de uma miríade de cabeças, flashes de outras vidas. Eles se postaram em pé entre os caminhoneiros e ficaram olhando o trem passar. Kumar disse: "E o que me diz desse rumor de que você não está nem um pouco interessado no seu treinamento?".

"Rumor, senhor?"

"Ouvi dizer, *bhai*, não me lembro onde, que você às vezes nem vai ao departamento, e que nunca volta para lá depois do almoço."

"Ah, não, senhor, isso não é verdade." No escuro, Kumar encolheu os ombros, como se dissesse "Bem, o problema é seu". Quando a cancela do cruzamento foi levantada, o motorista do superintendente de polícia já havia ultrapassado os caminhões e estava longe, com sua luz cor de laranja piscando como um enorme vaga-lume.

Kumar foi atrás dele para acionar a comunicação pelo rádio. "Alô, Mariagarth, Sugar Peter falando, Sugar Peter chamando, alô." Muita estática em resposta. Kumar fez uma careta e desligou. "Quando o rádio está funcionando aqueles vagabundos não estão no posto."

"Sugar Peter?"

"É por SP, Superintendente de Polícia."

"Oh, e por que não Sierra Papa?"

A luz de um jipe que se aproximava iluminou o rosto perplexo de Kumar. "Mas por que não Sugar Peter?"

Porque soa obsceno, pensou Agastya. Desde o piquenique e da carta a seu pai, embora as duas coisas parecessem nada ter a ver com a mudança, ele começara a se sentir mais vazio do que de costume. Passou a se chapar mais. Antes ele ficava na cama e especulava, chegando a uma aparente conclusão profunda de que a solidão era uma coisa trivial e privada, de que a razão humana era inadequada – agora tudo isso parecia pueril e enfadonho, as cogitações erradias de uma mente sadia. Agora parecia que ele cessara de pensar e de observar o mundo à sua volta. Quando se levantava da cama, mal ouvia os sons da manhã. Em algumas tardes não conseguia sair da cama nem para enrolar um baseado. À noite a insônia permanecia, invicta contra os Somnoraxes do dr. Multani. Mas agora ela não era mais um elemento irritante. Tinha se tornado meramente parte do fato de estar vivo, aquilo de ficar observando a luminescência surreal da lâmpada de tubo até três ou quatro da madrugada, revirando-se na cama, emporcalhando os lençóis com sêmen, ouvindo a rã saltar de um canto a outro. Ele passara a se masturbar mais, mas de um jeito mais mecânico. O fato de não ter prazer com aquilo não o preocupava. Nada o preocupava. Continuou encontrando as mesmas pessoas e percorrendo os mesmos circuitos, mas sua mente não estava presente. Não se dava mais ao trabalho de se autoanalisar. Ficava por minutos a fio contemplando o corte que fizera no dedo sem perceber, durante o piquenique. Às vezes pressionava a cicatriz com o polegar para reavivar a dor.

As meditações dos autores do *Gita* e de Marco Aurélio estavam distantes e às vezes até soavam falsas. Pois ele chegou a acreditar que a pessoa que fez o esforço de escrever todas aquelas coisas, seja lá quem fosse, não poderia tê-las sentido com um mínimo de intensidade. Entretanto, em outros momentos ele amara aquelas frases. "Oh, a consolação de ser capaz de pôr de lado e lançar no esquecimento cada impressão intrusiva e enfadonha, e num átimo ficar completamente em paz." Agora sentia que eram palavras demais para expressar qualquer anseio genuíno de vazio interior. "Na noite escura da minha alma eu sinto desolação. Em minha autopiedade não vejo o caminho da retidão." "Mas são infinitos e de muitas ramificações os pensamentos do homem que carece de determinação." E isso de fato era tudo, ele sentia. A mente é inquieta, Krishna.

Naquela tarde no clube, com Srivastav e Kumar, no bridge e na música, seu futuro o incomodara, de modo breve mas sombrio. Porém agora ele não conseguia ver futuro algum, e isso tampouco o desalentava; era só mais um fato. Às vezes ele se deitava na cama e recordava Prashant, seu colega de escola que era perfeitamente comum e amável, mas que optara por cair fora, numa tarde de junho alguns anos antes, metendo-se na frente de um caminhão para se converter em picadinho amalgamado ao asfalto mole da VIP Road, deixando apenas um bilhete dizendo que sentia muito – um pedido de desculpas, mas nenhuma explicação. No entanto, ir em busca desse tipo de cessação também era um esforço grande demais.

Nunca tivera ambição alguma, talvez por nunca ter sido infeliz antes. Agora se surpreendia com a lembrança dos antigos desejos daquilo que ele sentia que havia sido sua inocência – escolher cores para os vagões dos trens; tais desejos tinham sido sempre frívolos, agora se tornavam blasfemos. Pois a vida se convertera de súbito num negócio escuro e sério, com uma meta tentadora, dolorosamente elusiva, definida, mas clichê: como aniquilar a inquietação em sua mente. Foi por isso que começou a sentir que sua experiência em Madna era perda de tempo; os segundos escoavam enquanto ele via sua infelicidade desenhada até mesmo nas manchas da parede. Que os homens em algum momento fossem senhores de seu destino não era mais uma mera citação famosa. A ideia o perseguia, provocando-o o tempo todo a confrontá-la, mas sua mente respondia apenas com inércia, em espasmos lentos e ineficazes. Não sabia se devia se resignar a seu mundo, e ao ritmo que, vivendo como vivemos, é imposto a nós, ou se devia acreditar nas palavras simples de um antigo poema hindu, segundo as quais a ação era melhor que a inação. Mas ele achava impossível explicar tudo isso a alguém, não havia ninguém em Madna a quem pudesse dizer isso, e em outros lugares tampouco. Ninguém estaria interessado de fato, e os outros não compreenderiam.

Da cama ele baixava os olhos para o tapete, observava duas formigas se encontrarem e conversarem, e dizia a si mesmo: quero me deitar ao sol de verão no telhado da casa em Delhi, ou naquele casarão decadente em Behala, fumar, ler um pouco, escutar um pouco de música, fazer sexo com alguém, qualquer pessoa que não exista nem antes nem depois do ato e trabalhar para poder fazer todo o resto. Então ele voltava os olhos para o teto sem ver os padrões entalhados na madeira. Sempre desejara ficar sozinho por escolha, mas em Madna ele estava solitário, o que é muito diferente. A novidade de Madna tinha excitado sua mente, mas agora não mais. Não se sentia recompensado, apenas espoliado, vendo o tempo escorrer. E de quando em quando nem isso importava. Às vezes ele observava retrospectivamente sua experiência em Madna com espanto e um leve autodesprezo; como foi possível sua mente estar tão alerta àquelas novas impressões?

Agora ele nem sentia falta de sua vida megalopolitana anterior; era paradoxal, não sentia saudade de nada. Não sentia desprezo algum pelo mundo à sua volta, Srivastav e família, Menon, Kumar; apenas desinteresse, um desinteresse também por seu pai e Dhrubo e aquele mundo que lhe chegava por intermédio de cartas e do rádio, e que ele pressentia quando via o trem passar. Escrevera a seu pai que queria mudar de emprego, mas na verdade não queria muito – aquilo tinha sido um mero gesto, um gesto da fúria do desespero aprisionado pela impotência. Não queria coisa alguma, parecia – somente paz, mas esta era uma palavra pomposa demais.

"Aquela é a estrada para Jompanna", disse Kumar de repente, lançando um gordo antebraço escuridão adentro, "e para Marihandi, onde Avery foi morto pelo tigre". Virou-se para Agastya com expressão desconfiada: "Você conhece a história, não?".

"Sim, senhor." Não conhecia a história, mas não tinha vontade nenhuma de ouvir a voz de Kumar.

"Tão triste, né, que jeito de morrer."

Kumar e Agastya chegaram à Casa de Pouso de Mariagarth por volta das oito. A Casa de Pouso ficava num morrinho artificial. "Este lugar causou escândalo alguns anos atrás", disse Kumar quando o carro parou diante de um pórtico construído como uma versão menor do Portal da Índia. "Alguns anos atrás o governo sancionou o Projeto de Represa Fluvial Madna. Dezenas e dezenas de milhões. A primeira coisa que os empreiteiros fizeram depois de embolsar sua parte da dinheirama foi construir esta Casa de Pouso. Amanhã de manhã você vai ver direito, parece um bordel caro de filme híndi, do tipo frequentado pelos bandidos. Então mudou o governo e o projeto foi engavetado. Agora só resta o bordel."

A chegada deles galvanizou a Casa de Pouso. Acenderam as luzes no terreno que descia da construção. Figuras espectrais trouxeram cadeiras para a varanda. A Casa de Pouso era térrea, mas luzes verdes ocultas iluminavam no telhado uma cúpula de Taj Mahal. Empertigados, com peito estufado e pança encolhida, policiais subalternos esperavam por ordens. Alguém já havia deixado um vídeo e duas garrafas de uísque para o superintendente.

"Devíamos sentar do lado de fora, mas sem os mosquitos." Kumar voltou-se para um espectro e ordenou, com uma risada abafada: "Queremos sentar lá fora. Livrem-se desses mosquitos, por favor". Alguém acendeu um incenso, alguém borrifou toda a Casa de Pouso com Flit, um guarda ofereceu ao superintendente, com um gesto humilde, um tubo de creme repelente. Kumar ligou seu gravador na varanda e pôs mais *ghazals* para tocar. "Você entende urdu castiço, Sen?"

"Não, senhor, muito pouco."

"Ah, então não adianta. Você está perdendo uma poesia refinada, posso garantir. Uma poesia de amor sutil e complexa. *Kya yaar*[74], Sen, você é mesmo um tipo inglês. Vou tentar explicar alguns desses versos, mas são totalmente intraduzíveis."

Da varanda, o colar de luzes que delineava o grande gramado abaixo fez Agastya se lembrar de Diwali[75]. A forma lhe parecia familiar. "Oh", disse Agastya, "os empreiteiros fizeram esse gramado no formato da Índia?".

Kumar riu. "Um pórtico que imita o Portal da Índia e uma cúpula de Taj Mahal. Tem uma roda de Konarak[76] numa parede interna, mas alguém quebrou um dos raios, e não estão autorizando restaurações. E tem uma pequena réplica do Char Minar[77] entre a sala de estar e o salão de refeições. Apenas três pontos em toda a Casa de Pouso, mas sabe Deus quanto

74 Exclamação que literalmente significa "que amigo!". [N. A.]

75 Festa religiosa hindu, também conhecida como festival das luzes, comemorada no primeiro dia do mês lunar Kartika, que ocorre em outubro ou novembro. [N. T.]

76 Cidade da Índia onde se localiza o Templo do Sol, dedicado ao deus Surya. Em seus muros se reproduz em alto-relevo uma roda semelhante à de uma carroça. [N. T.]

77 Char Minar pode se referir a Charminar, também conhecida como Mesquita dos Quatro Minaretes, construída no século XVI em Hyderabad, no estado indiano de Telanganá, ou a Chor Minar, a Torre dos Ladrões, construída no século XIII em Delhi. [N. T.]

custaram. Este bordel inteiro foi projetado por um desgraçado de um engenheiro-executivo chamado Tamse, acho que você ainda não o conheceu." Um espectro se aproximou e sussurrou alguma coisa. Kumar se voltou para Agastya: "Frango ou carneiro para o jantar?", e em seguida para o espectro: "Ambos". O espectro se afastou. Kumar disse às suas costas: "O gelo está limpo? Caso contrário, preferimos ficar sem", e em seguida a Agastya: "Refrigerante é mais seguro, não? Com as chuvas não dá para confiar na água".

"Tem refrigerante aqui?"

"Você é convidado da polícia, *bhai*. A polícia pode fazer qualquer coisa." Ficaram em silêncio enquanto se acostumavam aos sons noturnos, às estrelas, aos insetos, às luzes da aldeia a uma pequena distância. "No serviço público, você vai perceber isso ao longo dos anos, Sen, não existe isso de honestidade absoluta, mas apenas graus de desonestidade. Todos os funcionários são mais ou menos desonestos – alguns são como nossos empreiteiros, embolsam milhões, alguns são como eu, e não dizem 'não' quando alguém lhes dá um vídeo para o fim de semana, outros são mais sutis, não pagam pelo telefonema interurbano diário a Hyderabad para falar com a esposa e os filhos. Apenas graus de desonestidade. Mas é claro que honestidade não significa eficiência."

Agastya queria que Kumar calasse a boca para poder relaxar no silêncio e na escuridão e ouvir o canto de amor e lamento da voz no gravador. Chegaram os refrigerantes, mas chegou também Menon, num jipe que devastou o silêncio da noite. Uma visita de cortesia, no escuro ele não parecia tão rosado e entusiástico. "Tome um drinque", disse Kumar, mas Menon recusou e em vez disso ficou falando de assuntos de trabalho, e logo foi embora. Depois que ele se foi, Kumar o espinafrou. "Um filho da mãe rosado e limpinho. Agora ele vai dizer ao distrito inteiro que Kumar está fazendo Sen beber com ele. Espere pra ver, em uma semana Srivastav vai te perguntar sobre isso." Então os dois começaram a beber. "Quando minha esposa está em Madna eu venho aqui com mais frequência, para beber e assistir a alguns filmes eróticos. O inspetor da delegacia de polícia daqui é bom nesses assuntos e uma lástima no serviço." Kumar parou para exclamar em êxtase o verso de um *ghazal*. "*Wah-wah-wahwahwahwah*. Está entendendo esse verso?

'*O casamento seria um ato ímpio*
Pois então eu a desonraria com minhas mãos'."

Kumar ficou sacudindo a cabeça, num enlevo, até a canção terminar. "Quando você se casa, Sen?"

"Não tão cedo." Não lembrava qual era a história que inventara para Kumar.

"Você devia se casar enquanto é jovem. Assim, no distrito, pelo menos os problemas da solidão e do sexo seriam resolvidos."

Já tinha ouvido aquilo, mas não lembrava onde. No jantar beberam com prazer. Do lado de dentro, diante da roda de Konarak, toda uma parede estava coberta por uma ampliação monstruosa dos Himalaias Orientais, em azul e branco reluzentes. "Oh, aquele é o Kanchenjunga", disse Agastya, "a vista de Darjeeling". De repente os tempos de colégio voltaram numa onda, a inocência antes da inocência, lambendo os lábios diante das garotas nepalesas em seus jeans inacreditavelmente justos perto do ponto de ônibus, mantendo distância dos valentões tibetanos ("Eles exercitam até as bolas do saco", insistia Prashant, "fazem estranhos exercícios secretos, você quebraria os dedos do pé se chutasse o saco deles"), mas também os bajulando ao ensiná-los a tocar violão, nos dois últimos anos sendo trapaceado por eles ao comprar sua maconha, bebendo com eles sua *chhang*[78] e tentando apreciar o sabor; longas caminhadas pelas estradas de montanha, passando por ninfetas tibetanas que cantavam canções de filmes híndis com sotaques irreconhecíveis, acordando numa hora absurda pelo menos uma vez a cada verão para acompanhar parentes entusiásticos e ver o nascer do sol no monte Tiger, ficando chapado à beira da estrada a observar os quilômetros ondulantes de plantações de chá, e sempre no horizonte o mesmo Kanchenjunga. Agastya se deixava iludir de novo pelas joias reluzentes do tempo passado.

"Aquele Tamse filho da mãe", disse Kumar, abocanhando distraidamente cachos de uvas, "quis espremer a Índia toda

78 Bebida inebriante tibetana. [N. T.]

para dentro desta Casa de Pouso, como se o primeiro-ministro passasse aqui todos os fins de semana e precisasse ser lembrado da integração nacional".

O jantar foi se arrastando. Kumar disse: "Você vai sair de licença para a Puja, não vai? Ótimo, vamos juntos. Preciso ir a Kanpur, mas vou via Delhi, que é melhor. Sexta-feira é feriado, veja bem, por isso é melhor partirmos na quinta à tarde. Vamos de vagão-leito com ar-condicionado, que tal?".

Naquela noite eles viram pornô hard até as três. Os guardas instalaram o aparelho de vídeo e o televisor em frente à cama no quarto de Kumar, tapando em parte uma ampliação monstruosa dos templos de Rameshwaram. Havia no quarto uns insetos gordos e cinzentos de uns 10 centímetros. Kumar encontrou um ao lado de seu travesseiro. Mas os insetos pareciam bastante dóceis, e não resistiram ao ser tocados para fora. Formigas estavam comendo o cadáver de uma lagartixa perto da porta do banheiro. "Aquele filho da mãe do Tamse", disse Kumar, vestido de *kurta-pijama*,[79] vistoriando o armário e a cama à procura de outros insetos, "é tudo culpa dele. Ele não quis tela nas janelas, sabe por quê?, por causa daquela frase do Gandhi em *Jovem Índia* que está escrita em algum lugar lá fora: que minhas janelas não sejam obstruídas e as culturas de todas as terras possam circular à minha volta livremente. A cabeça de Tamse *é* assim. Então 'culturas de todas as terras' significa mosquitos e enormes besouros cinzentos. Mas é possível também que algum engenheiro-assistente tenha embolsado o dinheiro destinado às telas e depois espalhado essa história sobre o Tamse. Mas a história combina com esta Casa de Pouso, não é verdade?".

Kumar permaneceu inflexível quanto a terminarem a bebida enquanto assistiam aos filmes. Instalaram-se na cama, com creme repelente na pele e incenso no ar. Kumar dava risadinhas provocadas pelo álcool e pela promessa de excitação. A primeira imagem do primeiro filme mostrava um negro norte-americano magro, de lábios pintados e biquíni branco,

79 *Pijama*, aqui e nas ocorrências seguintes, não tem o sentido que se costuma dar à palavra entre nós, de roupa de dormir, mas sim de um tipo de calça larga e leve usada em algumas regiões da Índia. [N. T.]

rodopiando. Cinco garotas brancas, enlouquecidas de lascívia, o incentivavam a fazer striptease. Todas elas lambiam os lábios e umas às outras até que o negro, com uma timidez horrenda, mostrou o pênis. Então as garotas lançaram-se ao trabalho. "Olha, olha", guinchou Kumar, tremendo de excitação como um adolescente, "preto felizardo desgraçado...". Enquanto olhava com cobiça ele se remexia na cama e murmurava de modo intermitente: "... esse tipo de coisa nunca acontece na Índia... as garotas indianas são inibidas demais... maldita vergonha...".

13

Então, finalmente, a passagem para Delhi. Mas seria tão fugaz, pensou Agastya, não proporcionaria repouso algum, pelo contrário, só atiçaria sua inquietação. Um mero interlúdio de dez dias, dos quais um dia e meio seria consumido pela viagem. E ele sabia que em Delhi, pelo fato de sua mente não estar disciplinada, ele seria atormentado pelas imagens de Madna. Ao discutir com Pultukaku o melhor lugar para plantar as tulipas, estaria pensando que na semana seguinte faria ginástica na Casa de Pouso enquanto Digambar estaria esperando do lado de fora. Ao observar os aviões pousarem no aeroporto de Delhi com Madan, chapados à uma da madrugada, ele pensaria: A esta hora, daqui a uma semana, estarei na cama na Casa de Pouso, de olhos arregalados pela insônia, coçando as picadas de mosquito, esperando pelo som do próximo salto de Dadru. E dentro de nove dias ele estaria fazendo as malas de novo e dizendo adeus ao tio, altura em que sua mente o enganaria com a crença de que o êxtase da chegada nunca compensa o vazio da partida. Então alguém no trem lhe pediria para classificar a si mesmo, não acreditaria que ele era o que era e nunca teria ouvido antes o nome Agastya.

Mas a despeito de si mesmo, a despeito de tudo isso, na manhã da partida ele estava empolgado enquanto fazia as malas com Digambar. Talvez eu deva levar tudo, pensou, e ir embora para não voltar mais. Da estante ele tirou o Marco Aurélio, o *Gita* de Sathe e seu diário.

Kumar e ele embarcaram no trem escoltados pelo chefe da estação e uma dúzia de policiais subalternos. Kumar deu instruções a eles até o momento em que o trem se pôs em movimento, e mesmo para depois, muitas delas relativas a ele próprio e seus assuntos pessoais. "... E telefone para eles dizendo que me encontrem na estação, *hayn*, vamos chegar por volta das sete, amanhã de manhã... e lembre a eles que devem me reservar um lugar no trem noturno para Kanpur, e se não houver mais reservas disponíveis que comprem passagem em *qualquer* trem... Diga a Bakhtiar que a geladeira continua dando problema e que ele precisa mandar outra pessoa logo, caso contrário sou eu que darei problema para *ele*... o alfaiate vai chegar com duas camisas, diga que eu pago quando voltar – ou então você mesmo paga..." Segundos depois de sair da estação o trem passou sob a ponte onde, muitas tardes antes, Agastya havia parado com Sathe para ver o panorama; e em seguida a passagem de nível onde, na primeira noite da monção, ele sentira que o mundo era grande e se movia sem parar. Estava agora nos trilhos que alcançavam a margem do céu, num trem laranja e creme, e lá atrás da igreja ficava um polígono de um amarelo desbotado, a Casa de Pouso, onde ele se sentara tomando chá e vendo aquele mesmo trem passar.

Dezoito horas até Delhi. Kumar apreciava viajar de trem, assim como apreciava tudo o mais. Colocou os óculos de sol e fumou um cigarro para comemorar. Em seguida ostentou sua identidade para o atendente do vagão, garantindo assim excelentes cobertores para os dois passarem a noite. Agastya já estava ficando chapado de novo no banheiro. Saíam em quase todas as estações para comer e beber porcaria. Uma criança cagou nos shorts e ficou andando de um lado para outro do corredor, disseminando o fedor para todo canto, mas mesmo assim Kumar murmurou. "*Arrey*, Sen, não há prazer maior do que voltar para casa."

"Mas melhor ainda é nunca deixá-la."

"Não, às vezes acho que não. É melhor deixá-la porque a volta para casa é mais doce. A vida é cheia de altos e baixos, de todo modo."

Ele estava avançando ruidosamente país adentro, e agora sabia como eram os pontos que via no mapa. O trem parou sem motivo aparente, às portas de Ratlam. Pedaços da cidade eram visíveis. Aquele prédio velho e ainda pomposo, com a bandeira, devia ser a Coletoria, pensou, e a decadente casa cinza de telhado vermelho devia ser do juiz distrital, e aquela ruína talvez fosse o Ratlam Club. Aqueles prédios deviam estar na parte mais tranquila da cidade, chamada talvez de Área Civil; a uns 200 metros deles espreguiçava-se num clima entorpecido uma vida da qual eles e seus habitantes não tomariam conhecimento – o mundo de *paanwalas* e balconistas e sapateiros e *rickshaw-walas*; que por sua vez só tomavam conhecimento de um mundo mais vasto quando paravam no cruzamento de nível para ver os trens passarem – alguns dos quais seriam laranja e creme.

Kumar trouxera jantar; ou melhor, alguns subalternos tinham deixado, em reverência, junto com a bagagem, alguns pacotes e potes. "Não dá para confiar na comida das Ferrovias Indianas, não", disse Kumar, e abriu dois ou três. "Esses camaradas", sorriu e abanou a cabeça com cobiça e afeição diante do banquete, "eles pensam que eu como feito um porco". Então ele e Agastya começaram a fazer justamente isso. "A comida indiana é supostamente bem pouco saudável, *hayn*, Sen, com um exagero de óleo e pimenta, mas o que é a vida sem tempero, *yaar*? Vai dizer que na sua casa você come comida inglesa, tudo fervido e cozido? Não, não, agora me lembro, você come peixe como um bengali." Depois de se empanturrarem, Kumar perguntou: "Com quem você vai ficar em Delhi? Sozinho?".

"Não, com um tio."

"E quando seu pai se aposentar, como vai ser? Ele deve ter construído uma casa em algum lugar."

"Não, nós temos uma espécie de casa da família em Behala, em Calcutá. Um lugar bacana, meu pai adora lá." Então comeram *masala* de *paan* e Agastya fumou outro baseado.

À noite ele dormiu espasmodicamente, atormentado por sua mente anárquica. O ritmo profundo do trem sob ele dava a sensação de uma fera vasta e insensata, levemente excitante, mas remota. A saída do ar condicionado apontava bem para sua cabeça. Quase teve a esperança de pegar um resfriado, assim o desconforto físico poderia suplantar sua inquietação mental.

Seis da manhã, e as cidades-satélites industriais de Delhi, cuja feiura nem a luz matinal conseguia amenizar. Mas nelas

Agastya podia sentir a pulsação, que soava mais alto a cada minuto, de uma grande metrópole. Saiu do compartimento para a porta do vagão a fim de sentir o frescor gélido da manhã e cobriu as chaminés de fábricas e pátios de depósito com um encanto que lhes era totalmente alheio. Tinha sentido aquilo muitas vezes antes, e sempre o comovera aquele sentimento megalopolitano; tinha sido mais agudo em Calcutá alguns meses antes, com um sol poente atrás da asa oeste do avião, e um fulgor cor de laranja espalhado sobre a tristeza pardacenta de uma cidade grande. O trem estrondeava. Odores megalopolitanos peculiares, de fumaça e esgoto volumoso demais para os bueiros da cidade; panoramas megalopolitanos de casebres e barracos, mas alguns com antenas de TV, e milhões de pessoas em movimento, resolutas.

Nenhuma delegação de puxa-sacos esperava Kumar na estação de Delhi. Odor de chá e *pakoras*, multidões se dissolvendo lentamente em grupos coesos, sons de otários barganhando preços com cules[80], e Kumar bufando. "Esses camaradas são uns irresponsáveis. Não são capazes nem de fazer uma ligação telefônica." Não estava mais se pavoneando; sem seu *entourage* ele parecia um viajante gordo e encardido como outro qualquer. Agastya se lembrou da sensação estranha que tivera ao ver Srivastav e Kumar na estrada de Madna, caminhando em direção ao caminhão mal estacionado; pareciam inseguros, um pouco encolhidos. Esperaram um pouco na estação, embora Agastya estivesse impaciente para sair dali. Até que, enfim: "Ok, Sen, vamos embora. A gente toma um táxi, você me deixa no caminho".

No ponto de táxi aguardaram pacientemente enquanto os motoristas valentões brigavam por eles. O vitorioso parecia um *dacoit* de Chambal[81], com uma magreza que contradizia seu bigode monstruoso, e uma voz que derrotava qualquer oposição.

80 Cules (no original, *coolies*): termo depreciativo usado originalmente para designar trabalhadores explorados pelos portugueses e demais europeus em colônias da China e da Índia. Passou a ser usado genericamente para trabalhadores asiáticos não qualificados. [N. T.]

81 *Dacoit* é o nome dado ao membro de uma gangue ou de um bando de ladrões no sul da Ásia. Chambal é uma subdivisão do estado indiano de Madhya Pradesh. [N. T.]

"Todo o norte da Índia é tão bruto", lamentou Kumar enquanto o táxi abria caminho furiosamente em meio aos riquixás. "Sei disso porque cresci nestas cidades. Em Madna, não sei se você notou, as pessoas são muito mais civilizadas, mais afáveis."

As avenidas eram largas e limpas em South Delhi, mas seu tráfego talvez não honrasse plenamente a maquiagem que os Jogos Asiáticos tinham proporcionado à cidade. Mas Agastya estava feliz, apesar da certeza da dor da partida que viria depois. Não tinha lembranças definidas de felicidade em Delhi; tudo o que sabia era que não tinha sido infeliz, e isso parecia bastar. Talvez estivesse apenas idealizando um passado que contrastava com o presente, esquecendo suas infelicidades miúdas, encantado só porque agora o passado não estava sob seu poder.

Kumar mandou o táxi parar numa das travessas internas de uma das colônias mais antigas de South Delhi. O taxista saiu para tirar uma ou duas malas do porta-malas.

"Quanto deu?", perguntou Kumar.

Agastya encenou um protesto. "Eu pago quando chegar em casa, senhor."

"*Arrey*, não posso deixar um novato pagar por mim, *hahn*[82], *bhai*, quanto deu?"

"Cinquenta rupias", disse o taxista, coçando o saco e examinando as unhas.

"Como assim, 50 rupias, *hayn*?!" Seguiu-se uma longa discussão. "Cinquenta rupias!... o que você está pensando, *hayn*, por que simplesmente não nos aponta uma arma e nos assalta, seria muito mais simples... *dacoit* desgraçado... seu maldito taxímetro mostra 25, e na verdade devia ser 20..." Agastya queria que Kumar calasse a boca. A pilantragem dos taxistas e condutores de riquixás das cidades de todo o norte da Índia era imbatível, quase mítica. Enquanto Kumar discursava, o taxista bocejou, pigarreou, acendeu um cigarro e ostentou seu tédio de algumas outras maneiras. "Você não sabe com quem está falando, sou um superintendente de polícia, um alto funcionário do Serviço de Polícia da Índia, e este é um servidor IAS..."

82 Expressão que quer dizer "sim", mas usada mais como exclamação. [N. A.]

Diante disso, de modo muito inesperado, o motorista, encarando Kumar com seus olhos vermelhos e embaçados, desatou os cordões de seu pijama e de suas ceroulas, empunhou o pau e disse: "*Isto* é o que eu penso de vocês, gente do governo".

A primeira reação de Agastya foi rir; surpreendentemente, foi também o que Kumar fez. Indicava sensatez: ele não estava em Madna, lidando com um caminhoneiro contraventor. Em seguida, Kumar ficou sério e pediu ao taxista que vestisse devidamente as calças e esperasse enquanto ele chamava a polícia. "Sen, tire sua mala do carro", disse, e foi até o andar térreo de um prédio.

Agastya disse ao motorista: "Você não devia ter feito isso. Não é legal mostrar o pau para estrangeiros. Aquele gordo é de fato um SP. E agora ele vai te foder".

O taxista entrou no carro. "Diga a ele que enfie suas 50 rupias no rabo", e foi embora.

Kumar apareceu na varanda. Ninguém naquele piso térreo parecia saber o número de telefone da delegacia de polícia mais próxima. Agastya deu a ele o número do táxi e começou a caminhar em direção à avenida principal. "Até mais, Sen", disse Kumar da varanda, "vejo você em Madna". Aquilo soou estranho.

"O trem atrasou?", perguntou seu tio, vestido com seu *dhoti* e *kurta*, contemplando seu gramado lá do meio dele, quando Agastya tocou o portão.

"Olá, Kaku, não, é que eu tive que deixar um idiota no caminho."

Parthiv Sen tinha quase 60 anos e era solteiro. Era um jornalista freelancer do tipo suspeito: ninguém sabia ao certo como ele vivia com tanto conforto. Dhrubo sustentava que ele era agente da CIA. Era um pouco excêntrico; sua situação exigia isso. Escrevia uma página ou duas de comentário político pedante em um punhado de revistas, em bengali e em inglês. Tirava vantagem do incidente político mais singelo. O truque, ele explicava com frequência ao sobrinho, era esconder o significado atrás do palavrório. Uma década antes, fora estudar numa obscura universidade norte-americana, um curso de Relações Internacionais e Jornalismo do Terceiro Mundo, ou coisa que o valha, um curso *muito norte-americano* (o curso tinha ajudado, e posteriormente ele odiara todas as universidades indianas por não oferecê-lo, todas as universidades norte-americanas pelo motivo oposto, e ocasionalmente a si mesmo, por achá-lo útil), em algum lugar chamado Riodecorredeira ou Riachocorrente; depois disso começara a escrever sobre a bagunça da política indiana para obscuros jornais norte-americanos. Ele parecia vicejar na obscuridade e na desaprovação. A casa era dele, construída quase trinta anos antes com o dinheiro que o avô de Agastya deixara. “Dada telefonou faz alguns dias, e tem uma carta dele esperando por você.” “Dada”, irmão mais velho, era o pai de Agastya. “Você ainda não tomou café da manhã, né?”

O criado garhwali[83], um adolescente animado, disse *namastê* e se encarregou da bagagem de Agastya. Entre idas e vindas, Agastya ficara quase seis anos naquela casa. Na época em que morava no alojamento da faculdade, passava os fins de semana com o tio, e hospedara-se ali durante todo o último ano. Era uma casa de três quartos, simples, mas a familiaridade havia gerado uma espécie de amor. O empregado cozinhava bem. Coisas simples, comida boa, um gramado sombreado por pés de cinamomo, jacarandá e flamboaiã, uma exuberante buganvília amarela na frente da janela leste de seu quarto; em Madna esta se tornara sua única ambição, absorver coisas simples assim.

“Que bobagem é essa de querer deixar o IAS e que Tonic te arranje um emprego?” Agastya levou duas cadeiras para a varanda. Sorriu em reação à abordagem direta do tio, fazia parte da sua excentricidade. “Então Baba deve ter soado preocupado ao telefone”, disse.

Sentaram-se. Todo um lado da casa era margeado por eucaliptos de 30 anos. “Não estou muito feliz em Madna. Não consigo me acomodar no emprego...” Sorriu com vergonha. Seu tio era um homem pálido e afável, com um nariz grande e pequenos olhos castanhos. Não disse nada, mas encarou Agastya com desagrado, incitando-o a falar, para se defender e se justificar. “Claro, nada é fixo. Estou numa espécie de estado de fluxo, irrequieto.” Agitou-se na cadeira. “Não quero desafios, ou responsabilidades, nada disso, tudo o que eu quero é ser feliz...” Interrompeu-se, constrangido. Parecia uma coisa horrível de

83 Etnia da divisão Garhwal, do norte da Índia. [N. T.]

dizer. Naquela suave luz de outono, Madna parecia a anos-luz, no entanto ele sabia que ela retornaria, talvez depois que escurecesse, ou sempre que estivesse sozinho. Parecia irreal, contudo acessível, um sonambular a dezoito horas de distância. Queria dizer muita coisa, mas não sabia por onde começar nem como se expressar. Queria dizer: Olhe, não quero o Paraíso, ou qualquer outra coisa efêmera, o poder ou a glória, só quero isto, este momento, esta luz do sol, o carro na garagem, aquele aparelho de som no meu quarto. Essas coisas materiais banais, eu poderia fazê-las durar para sempre. Se eu tenho alguns grandes desejos, eles são apenas alimento para fantasias ociosas – Viena e Hong Kong e depravação em Bangcoc. Este mundo estreito e plácido, aqui e agora, é suficiente, nele o sucesso significa observar as angélicas que você plantou florescerem. Não tenho ambição pelo êxtase, você vai me pedir para pensar no futuro, mas a década empalidece diante deste segundo, a extensão da vida é menos importante que sua qualidade. Quero me sentar aqui ao sol suave e tentar não pensar, tentar escapar da iniquidade da agitação da mente. Você entende? Será que ninguém entende a ausência de ambição, ou a simplicidade dela?

"E por que Tonic? Tonic é um idiota. Você quer largar um bom emprego para trabalhar numa editora? Editar manuscritos sobre as formas de dança indiana e as tribos de Chota Nagpur?" (Tonic era um primo de segundo grau, que com grande falta de tato recusara-se a publicar um livro de artigos de Pultukaku sobre uma coisa chamada *A Renovação Indiana*.) O criado saiu para a varanda e disse que o café da manhã estava pronto. Agastya abriu a carta do pai.

Meu querido Ogu,

Fiquei um pouco surpreso com sua última carta, mas fiz como você queria. Até Tonic ficou surpreso com sua decisão. Ele disse: "É isso que dá viver numa metrópole e não saber como é o restante da Índia", ou coisa parecida. Acho que Tonic, como sempre, exagerou. É verdade, porém, que até agora, em Calcutá e em Delhi, você tinha levado uma vida confortável de cidade grande, na qual seus amigos e seu estilo de vida sempre foram amplamente ocidentalizados. Na última vez em que nos encontramos eu lhe disse que seu emprego seria uma experiência imensamente enriquecedora. Com isso eu queria dizer sua exposição a um tipo diferente de ambiente. Madna deve ter colocado sua Delhi e sua Calcutá em perspectiva. O mesmo aconteceu comigo quando estive em Konkan, há quarenta anos. Mas suponho que minhas reações foram diferentes das suas. Depois de estudar na Presidency University, Konkan foi uma surpresa maravilhosa. Mas estou me repetindo. Eu lhe disse isso quando você veio a Calcutá. Neste momento Madna pode lhe parecer enfadonha, e a vida perturbadora, mas não decida abandonar o emprego só por essa razão. Ogu, não escolha a opção mais fácil só porque é a opção mais fácil, a gente não se realiza agindo assim. No entanto, é verdade também que a vida é sua, e as decisões terão que ser suas. Chega de sermão. Tente encontrar Tonic logo, assim quando eu telefonar para Pultu na próxima vez você poderá me contar como foi o encontro.

Com amor, Baba.

"Tonic também telefonou ontem à noite", disse seu tio, "para saber se você tinha chegado". Agastya foi para seu quarto, para relaxar e desfazer a mala. Tinha sido feliz um dia, ou assim acreditava; não era feliz agora, e sua mente não era capaz de ir além disso. Só o que desejava era regressar, aprofundar-se no sol de outono. Sentirei remorso no futuro, ele queria dizer a alguém que entendesse, mas vou encará-lo quando vier. Por favor, só um mundo de cada vez.

A buganvília do lado de fora do quarto parecia ter se adensado e florescia desenfreadamente. A poeira dançava na luz enquanto o criado varria o chão. A coberta da cama era a mesma que ele próprio havia comprado alguns meses antes e deixara ali porque queria viajar com pouca bagagem, uma colcha creme com um enorme borrão vermelho no centro, "É o que idiotas que não conhecem o significado da palavra 'étnico' chamam de étnico", Dhrubo dissera ao ajudá-lo a escolher a colcha. Desfez a mala devagar, andando de um lado para outro do quarto, tentando reavivar um sentimento de pertencimento. No monstruoso aparelho estéreo *made in Japan* ("Por que ele faz de conta que é um computador?", tinha zombado Madan quando o viu pela primeira vez, "com todos esses dials e luzinhas piscando, por que você não aluga ele para o cara do *Star Wars* para o próximo herói dele?, e por que raios você está tocando canções bengalis idiotas nele?, essas coisas foram feitas só pra tocar Pink Floyd"), ele pôs para tocar uma canção querida de Tagore. Ouvira-a pela última vez na manhã de sua partida para Madna; estava bem grogue na ocasião, depois de se chapar nas noites anteriores com Dhrubo eles ficaram dentro do carro na frente do apartamento de Dhrubo, contemplando a ampla avenida silenciosa pelo para-brisa à uma da madrugada; um vira-lata a certa altura atravessou a pista, farejando comida. A canção era lenta e romântica, como quase todas as de Tagore.

> Com o fim do dia, um botão vermelho floresce dentro de mim.
> Que ele floresça em amor.

A música naquela manhã distante estivera em sintonia com seu estado de espírito; ele ficara um pouco triste ao partir, e um pouco curioso em relação aos dias que estavam por vir. Mas agora a canção era conspurcada pela ironia; devido a suas associações ela parecia lamentar a inevitabilidade de mil partidas de lugares que o sujeito começara a chamar de lar.

Olhou pela janela. Atrás da buganvília estava a entrada de carro, em seguida o muro baixo, os pálidos troncos cinzentos dos eucaliptos, como pilares, e mais adiante uma alameda e um campo aberto, onde os bengalis da vizinhança haviam armado a *shamiana*[84], a grande tenda, para a Durga Puja, a adoração de Durga.

Em muitas noites ele costumava sair para olhar pela janela *para dentro* de seu quarto, era um velho hábito, para ver como ele seria visto por outra pessoa, um voyeur ou um ladrão. Ao lado da cama, e sobre a mesinha sempre bagunçada, estariam as duas luminárias gêmeas que ele havia comprado anos antes no Empório Assam. Elas sempre pareciam o máximo, feitas de bambu e modeladas como cabanas; e o quarto sempre parecia aconchegante, esperando por moradores, e de algum modo romântico, um lugar para consumar encontros.

84 Grande tenda para eventos ao ar livre. [N. A.]

Mais tarde naquela manhã ele telefonou para o escritório de Dhrubo e só conseguiu falar com ele depois de passar por duas secretárias com sotaque forçado. Elas levaram algum tempo para entender o nome de Agastya.

"Por que você não fala para suas putas que atendem telefone que isso não é seu escritório em Nova York e que elas podem deixar de lado o sotaque?"

"Não, eu não posso fazer isso, elas têm aulas de pronúncia com indianos que trabalham no American Center, com *t-e-r*."

"Antigamente me chamavam de Inglês, será que elas trepariam comigo?"

"Só se o seu pau parecer caucasiano, branco e com sardas vermelhas. Vou para casa logo mais, por que você não vem para o almoço? Minha mãe vai viajar para Cartum à tarde."

"Ela está livre, posso dar uma rapidinha com ela?"

Estava tenso de alegria ao rodar até a casa de Dhrubo.

A mãe de Dhrubo abriu a porta, parecendo cansada e sexy. "Oh, olá Ogu, entre... Você perdeu um bocado de peso... Vou para Cartum esta tarde, para encontrar seu Kaka, por isso a casa está esta bagunça, não repare..." Dhrubo ainda não tinha voltado. "... Dhrubo ia comigo só para ter uma folga, mas agora não pode por causa do exame, uma boa decisão, acho eu, porque, embora o Citibank pague bem..."

"Que exame?", perguntou Agastya apanhando uma maçã na mesa.

"Ele vai fazer aquele concurso para o IAS, não te contou? Você precisa dar umas dicas. Depois que eu viajar ele vai ficar sozinho e com certeza vai endoidar."

Dhrubo chegou, vestido como o que era, um executivo bem-sucedido, gravata preta sobre camisa imaculada. Conversa sobre trivialidades enquanto eles tentavam ordenar o caos dos preparativos de última hora, perguntas sobre sua vida em Madna, as respostas descuidadas que Dhurbo nem ouvia. O almoço comido meio em pé; depois levaram a mãe de Dhurbo ao aeroporto. No caminho de volta fumaram um baseado.

"Madan está na área?"

"Ah, sim, ele veio no fim de semana passado para ficar chapado vendo os aviões aterrissarem. Que interesses duradouros."

Ficaram observando pelo para-brisa o tráfego na estrada, carros e táxis a passar zumbindo pelas placas que diziam "Velocidade Máxima 100 km/h", e em torno deles quilômetros de terra plana desabitada sob um céu azul-claro.

"Quer dizer que agora você sente que o governo da Índia precisa mais de você que o Citibank", disse Agastya com leveza.

"Ah, minha mãe te contou", e Dhrubo olhou para outro lado. "É, tenho pensado nisso, de uma maneira vaga e desorganizada." Vasculhou o porta-luvas à procura de uma fita cassete e colocou-a para tocar, revelando-se ao som de Scott Joplin.

"Suponho que você queira saber por quê", disse Dhrubo. Agastya nem queria, na verdade; cada um sabe de si, ele achava. "Não se for dilacerante e demandar muita atenção."

Fitou o perfil de Dhrubo, o nariz pequeno e afilado e o magro queixo duplo, e sentiu que Dhrubo também queria dizer muita coisa, mas não sabia como começar, ou como se expressar.

"Bom, eu estou farto do Citibank. Mas não insuportavelmente farto, na verdade." Dhrubo falava de modo hesitante, o que não era comum. Talvez fosse a maconha, ou relutância, ou a inadequação de palavras para expressar uma ideia. "Mas daqui a dez anos eu não quero dizer para mim mesmo: Seu filho da mãe, você devia ter mudado de emprego há muito, muito tempo. Mas não é bem isso, na verdade." Apoiou-se na porta do carro e falou para o para-brisa, por cima do som do tráfego e do perturbador Scott Joplin. "Eu... acho que já deu pra mim essa... essa história toda de conexão ocidental... por que você está rindo, seu filho da puta?"

"Filho de quem? O que significa 'conexão ocidental'? Você está usando a frase só porque ela soa bacana, como uma gangue internacional de narcotráfico."

"Não sei explicar..." E Agastya de repente quis pedir para ele não tentar. Você se sente ainda mais nu e sozinho, disse em silêncio para si, quando se revela, é um ato gratuito, pois a força e o conforto que você busca, essas últimas ilusões de consolo, só podem no fim das contas estar dentro de si mesmo. "Todos aqueles relatórios de despesas, e secretárias de sotaque falso, e conversas sobre Nova York e o escritório central, e nosso homem em Hong Kong, isso tudo simplesmente não é *real*, é uma imitação de alguma coisa de outro lugar, entende o que quero dizer?" E Agastya sentiu outra vez a imensidão do mundo, e a consequente pequenez de suas próprias crises; enquanto ele estava em Madna, conversando com Mohan ou caminhando com cuidado para evitar que um traseiro de búfalo lançasse bosta em seus braços, Dhrubo tinha estado onde ele, Agastya, desejava estar, mas lutando contra o surreal. "E eu visto uma gravata, e uso meu cartão de crédito, e beijo no rosto a esposa dos meus colegas quando nos encontramos, e volto para casa e fumo um baseado, escuto Scott Joplin e Keith Jarrett, e nos fins de semana vejo um filme de Herzog ou de Carlos Saura, é... *irreal.*"

"Soa bem bacana", disse Agastya, mas Dhrubo parecia agitado, então ele acrescentou: "Bem, isso é irônico porque eu mesmo estava considerando a ideia de largar meu emprego". Tentou explicar, sem muita convicção, sua sensação de deslocamento e sua solidão em Madna, mas soou frívolo e raso.

Dhrubo se enfureceu com ele. "Onde você pensa que está e quem pensa que é, um americano tirando um ano sabático depois da faculdade para descobrir a si mesmo?" Aumentou o volume no toca-fitas e pôs o carro em movimento, as notas jocosas do ragtime agora soando alto enquanto eles passavam zumbindo por outros carros.

"Quando você decidiu ser idiota desse jeito?", perguntou Dhrubo depois de alguns minutos.

"Num piquenique junto a um templo, num lugar chamado Gorapak." Aquilo parecia tão distante. "Estava jogando críquete com o filho de um chefe de Divisão Florestal. Eu me comportei de modo muito sacana."

Dhrubo o encarou sem entender e quase bateu num ônibus público. O motorista rosnou para ele. Dhrubo rosnou de volta e disse para Agastya, enquanto se afastavam do ônibus: "Esse filho de uma cadela. Ninguém na Índia tem noção de trânsito".

"Nem você." Os dois riram. Na casa de Dhrubo se esparramaram nos sofás e fumaram mais um baseado. "Tirei uns dias de folga do trabalho, para a Puja e para dar uma relaxada. O governador deve estar furioso com sua idiotice."

"Está decepcionado. Mas é meu tio que está enraivecido, acho que é mais porque ele tem ojeriza a Tonic. Se eu dissesse que ia deixar o IAS para me tornar um jornalista freelancer acho que ele não se importaria." Na parede à sua frente havia um quadro de Jamini Roy que Agastya não tinha notado antes. A casa do amigo era um apartamento do governo (algo que, Agastya se deu conta com um sorriso maldoso, Srivastav só conseguiria depois de mais quinze anos de cara feia), mas a mãe de Dhrubo tinha escondido o fato com muita destreza sob a decoração: vasos de bronze e tapeçarias de fibra de coco nas paredes. O pai de Dhrubo estava em Cartum em alguma missão da ONU.

Dhrubo se levantou. "Quero te mostrar a carta de Renu." Voltou de seu quarto com um envelope fino cor de creme.

"Renu é a sua punjabi destruidora de relacionamentos, não é? Acho que não quero ler a carta dela, a menos que esteja repleta de doces lembranças das técnicas sexuais de vocês. Por que você não arranja um chá para nós e põe uma música?"

"Não, você precisa ler, seu mestiço, para ter um vislumbre do Primeiro Mundo – metade das nossas opiniões vem de lá." Dhrubo começou a preparar outro baseado. "Você fuma direto em Madna?" "Não, não muito." Não ia revelar a ninguém sua vida secreta.

Renu escrevia de Illinois, num papel pequeno de um branco brilhante, com uma caligrafia límpida e controlada.

Querido D,

["Dhrubo, ela te chama de D! Meu Deus, D! Vocês foram muito além do tratamento pelo primeiro nome, hein, hahaha!"]

> Foi muito bizarro, na minha primeira noite aqui teve um encontro informal da turma indiana local, e todos falavam da Biblioteca Teen Murti, e da cafeteria da universidade, e do Departamento de Filosofia, chafurdando na nostalgia. Uma garota chamada Mrinalini disse que conhecia você, ou tinha te encontrado uma vez em alguma festa pomposa do Departamento de Relações Exteriores onde você disse a ela: "Os Estados Unidos e os soviéticos estão nessa corrida armamentista nuclear primordialmente para distrair o resto do mundo. É tudo um jogo, eles querem manter nossa mente afastada da verdadeira questão, que é sufocar o que

eles chamam de Terceiro, Quarto e Quinto Mundos pela necessidade soviética e pelo sonho americano". Será que você está se contorcendo de vergonha? Mrinalini achava que eu não ia acreditar nela. Disse que você era gordo, empolado e bêbado, como o resto do pessoal da festa.

Tenho tentado escrever o mínimo possível de cartas porque escrever cartas é o supremo deleite que posso me conceder hoje em dia. A comunicação com as pessoas é difícil aqui e é uma grande tentação compensar isso escrevendo cartas. Pelo menos com as cartas a gente não tem que lidar com reações imediatas – você pode imaginar que a pessoa a quem está escrevendo está interessada e compreende exatamente o que você quer dizer. Escrever cartas é uma maneira maravilhosa de se esquivar de tudo – as aulas que vão muito mal, todas as pessoas deste lugar com as quais não consigo conversar. É muito tentador pegar a saída mais fácil, sair dizendo como as pessoas aqui são enfadonhas, ignorantes, presunçosas e provincianas. Elas são de fato tudo isso, mas também tem algo muito errado na minha atitude em relação a elas. Por causa da minha cor, do meu sotaque etc., eu me sinto cautelosa e tensa ao conversar com americanos – no momento em que encaro um deles, posso sentir as persianas se fechando em mim, e sei que meu rosto parece vazio, entediado e fechado.

Em poucas semanas aqui consegui instaurar "um círculo de silêncio" à minha volta (como Ganapati costumava dizer com grande desgosto), um círculo que ninguém quer romper para entrar. Parecer quieta e desinteressada é a melhor defesa, assim a gente se convence de que nada importa. E às vezes surge totalmente de improviso uma expressão de "fique longe de mim" – o único americano que tem feito esforços heroicos para me deixar mais à vontade simplesmente me perguntou se eu queria um pôster. Sem pensar ou mesmo levantar a cabeça, eu disse: "Não, pode ficar com ele". A cordialidade dele soa como uma tremenda obrigação e uma responsabilidade – responder exige tanto esforço de mim que às vezes chego a fugir depressa quando sei que ele está por perto. Não sei por que diabos estou escrevendo tudo isso.

Aconteceu algo bem ruim na semana passada. Tenho que fazer minha classe praticar um exercício chamado escrita livre – eles precisam escrever sem parar por dez minutos sobre o que lhes passar pela cabeça. Na semana passada um aluno escreveu: "Não estou pagando um dinheirão para ouvir uma indiana me dizer como escrever em inglês. E a porra do sotaque dela está me causando enxaqueca". Eu me pergunto mesmo o que estou fazendo aqui, especialmente porque do ponto de vista acadêmico este lugar mesmo é "de foder", a única expressão americana que cobre todas as possibilidades negativas. Em outro momento te escrevo uma carta bem cabeluda sobre o tipo de absurdo que se ouve nas aulas aqui. O pior é não ter ninguém com quem compartilhar o absurdo. É difícil conhecer gente. Todos parecem amistosos à primeira vista, todos param e perguntam: "Oi, como vão as coisas?". Mas depois de um tempo você se dá conta de que é só isso mesmo, não vem nada depois do "Oi, como vão as coisas?". E responder a isso com qualquer coisa menos exuberante que "Tudo ótimo" é uma afronta social. A doutrina é ser radiante, alegre e atarefado. Você pode imaginar a desvantagem que significam meu rosto e minha voz – insípidos, melancólicos e indiferentes como eles só.

Divido meu quarto com uma mexicana. Ela é ok. Às vezes me pergunto histericamente por que as pessoas deixam seu país para ir viver no exterior. Por que não aprendemos nunca que todas as mudanças de lugar são para pior? Não se trata de amor por um lugar, mas de familiaridade, como velhas roupas de inverno. Você não sentiu algo assim em Yale? Você sempre foi tão fechado em relação à sua experiência americana. Ontem outro americano me perguntou de que lugar da Índia eu era. Eu disse: "Bombaim". Ele pensou por um momento e me perguntou a sério se eu ia à faculdade montada num elefante. Eu disse: "Sim, mas tive que alugar um, já que éramos pobres demais para ter um elefante próprio". A culpa é toda minha, por não estar onde deveria estar, de volta em casa.

Não posso me transferir para outra universidade dentro deste programa de doutorado a menos que esteja disposta a perder créditos. Minha única experiência anterior a esta nos Estados Unidos era de Nova York, e eu deveria saber que no coração das plantações de milho seria bem diferente.

O que eu realmente não previa era a nostalgia – tenho uma memória tão ruim que quase sempre o passado se torna mesmo mero passado para mim, com grande facilidade. Mas aqui eu levo a nostalgia a extremos absurdos – assistindo a filmes híndi,

Guddi, Barood etc. Não acho que funciona, isso de fugir de um lugar quando seus relacionamentos ali se tornam bagunçados. Pela primeira vez eu sinto agora que preciso de alguma estabilidade. Mas daí não sei se alguma coisa perdura, exceto que sou a mesma pessoa aonde quer que eu vá – e com certeza isso não é motivo de alegria! Nos primeiros dias eu achava que faria amizade com minha companheira de apartamento mexicana e perguntaria a ela sobre atitudes racistas sutis aqui. Por sorte não perguntei, porque me lembrei a tempo do modo como nos comportamos com africanos na Índia, lembra de Mbele?

Não sei por que estou escrevendo tudo isso, mas agora que já perdi a aula posso muito bem completar a página. Claro que estou sendo defensiva de novo. Não sou capaz de escrever o que quer que seja a alguém sem deixar aberta uma rota de fuga para mim mesma, prefaciando tudo com "Não leve isto a sério demais" ou "Não sei por que estou dizendo isto". A única maneira de lidar com as coisas é fazer de conta que nada importa.

Ah, existem algumas coisas bacanas aqui também – a variedade de presuntos, livros por dez centavos cada, Mrinalini, a estação de rádio underground que toca horas e horas de blues antigos, os bares – mas não são nem de longe suficientes.

Às vezes consigo visualizar você perfeitamente – perfeitamente composto com sua gravata, atrás de sua mesa no Citibank, afogando algum cliente no jargão bancário. Fico me perguntando por que você foi tão frio e abrupto no fim. "No fim" soa terrivelmente dramático, mas você sabe o que eu quero dizer. Parece absurdo até mencionar isso, porque foi em outro país, e além disso...[85] Para esta última frase você pode consultar seu amigo da literatura inglesa que, a julgar por aquela carta dele que você me mostrou, está gostando de enlouquecer, num cafundó qualquer, como é mesmo o nome, Madna?

Por favor, escreva em resposta. Com amor, Renu.

85 Trecho da peça teatral do poeta inglês Christopher Marlowe *O judeu de Malta*, usado como epígrafe do poema *Retrato de uma senhora*, de T. S. Eliot: "*Thou hast committed – / Fornication: but that was in another country,/ And besides, the wench is dead*". Em tradução livre: "Cometeste fornicação: mas isso foi em outro país,/ e além disso a meretriz está morta". [N. T.]

Agastya dobrou a carta com cuidado e a enfiou de volta no envelope. "Que carta nua e crua. Ela soa bem sexy. Você devia se casar com ela com a condição de que ela só se comunique com você por carta."

Foram para a cozinha preparar o chá. Cheirava a fenol e trapos lavados.

"Então você acha que eu não devia deixar o Citibank?"

"Você se lembra da história de Madan sobre o que os japoneses dizem quando um indiano lhes pede ajuda:

Talvez sim, talvez não
Talvez eu não saiba – esta é minha resposta.

"Decida por você mesmo, é o seu pesadelo. Ou então conviva com a indecisão, todo mundo faz isso o tempo todo, você vai se acostumar em breve. Então, toda vez que tomar decisões repentinas, vai se sentir esquisito, como se tivesse sintomas de abstinência ou algo parecido." Queria soar insensível; a pergunta de Dhrubo o irritara, fazendo-o pensar em suas próprias inquisições incomunicáveis e secretas. "Um amigo em Madna entrega todos os seus problemas e decisões a Jagadamba e enche a cara enquanto espera as respostas dela – e você, o que está fazendo?"

Dhrubo estava havia um tempo brigando com a válvula do botijão de gás. "Estão ficando modernos sem avisar, esses filhos da mãe. Isto é a porra de um sistema novo de vedação da saída de gás. Só minha mãe e aquele empregado sabem como abrir esta merda." Deu um típico tranco de última chance. A coisa toda se desmantelou em sua mão. "Deus do céu, agora está vazando." Imediatamente ambos sentiram o cheiro do gás. Fitaram por um momento o orifício de saída do botijão. Dhrubo começou a rir. "Parece um cu."

"Temos que fazer alguma coisa", disse Agastya. "Vamos acender um fósforo? Isso resolveria a sua indecisão." Por um longo e apocalíptico segundo ele desejou explodir-se em pedacinhos pulsantes de sangue e osso.

Dhrubo tentou pôr a válvula de volta na saída do gás. "Já imaginou que matéria sórdida, tipicamente indiana, nos jornais de amanhã? Duas colunas na página três: 'Botijão de gás explode, dois mortos'." Ouviram um clique suave, mas nítido. A válvula parecia ter se ajustado. Ficaram olhando para ela com desconfiança. "Ela saiu porque girei na direção errada. Acho que agora está ok", disse Dhrubo, com uma voz cheia de dúvida.

"É mesmo? Então por que você não soa mais confiante?"

Olharam um para o outro e sorriram, quase com culpa. "Você adorava ciências no colégio, por que não consegue consertar esta porcaria?", perguntou Dhrubo.

"Não fala merda, desde quando nossa educação foi útil para alguma coisa? Por que você não consulta aqueles livros do *Reader's Digest* que fazia seu pai comprar, tipo *Mil coisas para fazer quando você não estiver nos lendo*, lá deve ter um artigo sobre isto, com diagrama e tudo." Farejaram cautelosamente o ar. Agastya tocou a válvula do botijão. "Olha só, vou acender um fósforo. Viemos aqui para fazer um chá, lembra? Se essa coisa estiver vazando nós vamos descobrir logo, hahaha. Você não vai querer que esta coisa continue vazando até amanhã de manhã, vai?"

"A gente podia chamar alguém", disse Dhrubo, ainda em tom de dúvida. "Quem?", rebateu Agastya com a pergunta, como um debatedor que ganha um ponto contra o orador oponente. Então sorriu e apanhou a caixa de fósforos. "A indecisão será seu epitáfio – isso não é o verso de uma canção bem barulhenta que o Madan toca para a gente o tempo todo? Ou eu perco metade do rosto ou meus dois braços. Então não vou ter que voltar para Madna, nem pensar no meu futuro, nem em qualquer outra coisa que não seja metade do meu rosto. Uma vida muito mais simples." Sorriu com sarcasmo para Dhrubo.

"Espere", disse Dhrubo, num gritinho agudo de pânico, "você tem certeza que sabe o que está fazendo?"

"Não é hora de fazer perguntas profundas, estúpido", e Agastya riscou o fósforo, acendendo a boca do fogão e pondo a chaleira para ferver. Agachou-se e examinou a válvula do botijão. "Dhrubo, seu filho da mãe, as instruções estão *escritas* nesta coisa! 'Gire a válvula para a esquerda para liberar o gás, para a direita para vedar sua passagem, para baixo para soltar a válvula e trocar o botijão'. Não te ensinaram as Operações com Botijão de Gás em Yale nem no Citibank?"

“Mas por que as instruções estão em inglês? A língua dos imperialistas sanguessugas, eles fizeram nosso coração chorar, nos mutilaram, nos impediram de valorizar nossa gloriosa herança. Eu protesto, e como um bom bengali vou escrever à seção de ‘Reclamações’ do *Statesman*, dizendo que as instruções num botijão de gás devem ser em *todas* as catorze línguas indianas reconhecidas pela Constituição.”

De novo em posições-de-exaustão-pós-coito nos sofás, com xícaras de chá tremendo nas mãos, começaram a rir. “Ufa, essa foi por pouco *mesmo*”, disse Dhrubo. “Acho que devemos fumar mais um baseado para celebrar.”

“Claro, seu viciado, você sabe que isso nunca teria acontecido se você não estivesse chapado.”

Agastya telefonou para o escritório de Tonic. “Alô, eu gostaria de falar com o sr. Gopal Chowdhury, por favor... Meu nome é Agastya Sen... Ahn, meu nome é August Sen... August – *April, May, June, July, August*. August Sen... Alô, Tonicda?” Passou a falar em bengali, porque isso irritaria o primo. “Ogu falando...”

Tonic disse: “Espere só um pouquinho”, e se afastou do telefone.

Agastya virou-se para Dhurbo. “Você não chegou a conhecer o Tonic, né? É a pessoa mais chata do sul da Ásia, só dá para conversar com ele se você estiver chapado. Acho que Pultukaku o detesta tanto porque ele é capaz de fazer uma estátua se despedaçar de tédio.”

“Nunca ocorreu a ele mudar de nome?”, disse Dhrubo, todo largado no divã com a cabeça entre duas almofadas.

“Ao que parece, ele amava tônicos quando criança. Pelo que se sabe, em toda a história é a única criança que gostava de verdade do gosto de Waterbury’s Compound.[86] Ele costumava roubar colheradas extras...” Tonic voltou ao telefone. “Olá, Tonicda, pensei em visitar você amanhã... Onde é melhor, no escritório ou em casa?... Por que a gente não conversa sobre isso quando se encontrar...?”

Algumas horas depois, banhados, revigorados e ainda chapados, eles foram jantar com o tio de Agastya, que estava pouco

86 Xarope fabricado na Índia. [N. T.]

comunicativo naquela noite. Sua excentricidade exigia que ele fosse fleumático pelo menos duas vezes por semana. Agastya queria cutucá-lo, pois nos dias fleumáticos o sarcasmo do tio era inigualável. "Kaku, Dhrubo também está planejando deixar o emprego."

Seu tio não disse nada por um momento, e depois, com seus olhinhos castanhos voltados para Dhrubo: "E também planejando juntar-se à vasta rede editorial de Tonic, por acaso?".

"Oh, não, não", se apressou a dizer Dhrubo, "talvez eu faça concurso para o serviço público este ano. Aug... Ogu é burro, eu não".

"Bom, se você de fato não é burro", disse o tio de Agastya, tentando se recostar na cadeira de espaldar reto, "por que não tenta transferir um pouco da sua inteligência para seu amigo aqui?"

Então começaram a soar os tambores. Da *shamiana* da Puja no descampado ao lado da casa vinha o alarido da celebração. Os percussionistas prosseguiram por horas, com o tambor pendurado no ombro, num movimento ritmado diante da imagem sagrada com seus pés calejados; eram especialistas, tinham percorrido todo o caminho de Bengala a milhares de *shamianas* similares por todo o país; durante quatro dias o ritmo da festança estava aos pés de uma figura de barro glorificado. Na cabeça de Agastya, a batida era indissociável da suavidade de outubro, filmes noite adentro numa tela improvisada ao ar livre, com a névoa do incenso em torno da imagem, as omeletes e tortas de carne comidas em algum *dhaba* às três da madrugada.

"Quando minha geração era jovem não acho que seu pai ou eu nos comportávamos com essa sua leviandade. Esta não era uma terra de fartura, e era difícil conseguir emprego – mesmo para nós, que conhecíamos as pessoas certas para obter um cargo. Com certeza esta não é uma terra da abundância hoje em dia. Nenhum de nós teria largado empregos assim, bons empregos – um emprego no governo é tão seguro que você nem tem que trabalhar, e nunca pode ser despedido. E você quer deixar nada menos que o *IAS*, depois de passar só alguns meses no emprego. Revoltante. Seria como seu pai querer abandonar o Serviço Civil Indiano. Para quê? Não por uma causa – como um Subhas Chandra Bose ou alguém do tipo –, mas para ser *feliz*, como você disse esta manhã, tudo o que quero é ser *feliz*. O que você precisa é de uma surra. Acho que seu pai está tentando ser razoável demais. Sentado lá no palácio do governo em Calcutá, jogando seus jogos bobos de paciência, ele atribui a você muito mais sensatez do que você de fato tem. Você parece não gostar do seu posto de trabalho porque não é Calcutá ou Delhi, e não tem bibocas de fast-food para te vender hambúrguer. Você sempre viveu na segurança, é por isso que se comporta de modo tão superficial. Você precisa crescer, Ogu, não pode continuar adolescente aos 24 anos."

"Foi o que eu disse a ele esta tarde", disse Dhrubo, com a cabeça parecendo se mover afirmativamente por conta própria, "que na Índia ele estava tentando ser o americano tentando descobrir a si mesmo".

"Faça a gentileza de não me interromper com besteiras." Mas Pultukaku nem se dignou olhar para Dhrubo ao dizer isso. "E você pediu um emprego àquele Tonic só porque isso quer dizer que vai ficar em Delhi. Você não sabe nada sobre o ramo editorial, e não está nem remotamente interessado. Aliás, não está interessado em coisa alguma, e acha que isso é uma virtude."

Agastya e Dhrubo saíram para dar uma olhada na Puja. "Que humor adorável, o dele", disse Dhrubo. "Talvez aquele criado bonitinho não tenha cedido sua bunda na noite passada para o querido Pultu."

Estavam no portão quando Pultukaku os chamou da janela da sala de estar. "Ogu, Manik telefonou no início da noite. Entre as coisas confusas que falou, entendi que Manik quer que você se case com a neta dele. Ele vem aqui amanhã cedo. Eu disse que era o único horário para encontrar você quando está em Delhi."

Os tambores silenciaram. As peças teatrais e filmes deviam ter começado. Congestionamento de carros estacionados e pessoas determinadas a se divertir; pelo resto do ano os homens vestiam calça e camisa, mas para o festival trajavam *dhoti* e *kurta*, afirmações de sua etnicidade. As barracas onipresentes de *paan* e cigarros em torno da *shamiana*, *dhabas* vendendo *parathas* de ovo e doces, lâmpadas fluorescentes em postes, cobertas de papel colorido para irradiar uma luz colorida, duas lojas de sári, até mesmo uma banca de livros russos. "Os soviéticos vão nos avassalar", disse Dhrubo, contemplando uma fotografia de Górki numa edição de *Minhas universidades* em pergaminho.

A *shamiana* em si estava às escuras e risadas emanavam ocasionalmente. Eles passeavam entre as pessoas, que, em bandos, se sentavam e se levantavam enquanto assistiam a um show de mímica, cabeças com o cabelo alisado com óleo em silhuetas contra o fulgor das luzes externas. Observando a plateia, Agastya se lembrou de Madna. "Em Madna, num espetáculo desse tipo os homens e as mulheres se sentam separadamente." Mas Dhrubo não estava escutando; tinha parado à entrada da *shamiana* para ler o programa da noite. Agastya se afastou em direção à imagem da deusa.

Durga fora instalada, como de costume, no lado oposto ao palco, a uns 50 metros de distância. O espírito maligno Mahishasur jazia sangrando aos pés dela, com o ricto da derrota no rosto. Ela estava rodeada de incenso e seda, olhos gordos num rosto amarelo. Os dois percussionistas, homenzinhos rijos, relaxavam num canto, fumando.

Ano após ano ele vira o túmido rosto de outubro da deusa, e ouvira involuntariamente os cânticos em seu louvor no rádio, antes do amanhecer e de lábios devotos: "Dai-me beleza, Dai-me vitória, Dai-me fama, ó vencedora do mal". Ergueu os olhos para o rosto dela, lábios sanguíneos e um terceiro olho sob uma coroa dourada de argila. Ela tinha mil facetas, mas nenhuma chegara a tocá-lo nem sequer remotamente, ou a levá-lo a alguma coisa que pudesse ter a dignidade da fé. Todos temos que acreditar em uma coisa ou outra, costumava dizer seu pai, mas para ele a fé sempre tinha sido festividade – observar as mulheres em sedas ofuscantes, soltar balões para o céu noturno; e quando, junto com as tias, ele juntava a palma das mãos diante de Durga no gesto mecânico de devoção, a poeira da maconha se misturava com a umidade do suor provocado pela noite de Calcutá. "Eu me curvo diante de vós, deusa imanente, que existis em tudo, na fama, no sono, na vergonha, em tudo" – certamente alguns devotos acreditavam em milagres, mas nenhum parecia importuná-la em favor da paz, e ele deu um meio-sorriso para a imagem, os olhos lustrosos de vingança. Por favor, Jagadamba, e a felicidade, Jagadamba?, por favor.

"Você parece muito chapado", irrompeu Dhrubo. "Uma boa notícia: depois que esse mímico idiota parar de retorcer o rosto para arrancar risadas, vão passar *Ajantrik* às dez. Filmes a noite toda, mas os outros dois são caça-níqueis bengalis. Vamos tomar um chá em algum lugar." Saíram, Agastya um pouco espantado com o que tinha feito – ele quase acreditara nas afirmações de Shankar sobre sua visão de mundo.

Sentaram-se junto a um *dhaba*, à beira da avenida, em cadeiras de alumínio, duas ilhas. Um moleque lhes estendeu dois copos cheios até a metade de chá doce. Agastya sentia-se exausto. "Nunca vi *Ajantrik*, você já viu?", tagarelou Dhrubo. "Na verdade, vai ser meu primeiro filme do Ritwik Ghatak. Claro que ele era péssimo até os franceses dizerem que era bom, e agora virou um mestre – por que você não está me ouvindo, filho da puta?"

"Chapado demais." Então Dhrubo ficou em silêncio. Contemplaram a cena em volta. Agastya continuava espantado consigo mesmo. Carros buzinando a 2 metros deles, impotentes em meio ao congestionamento, burburinho de multidões felizes, o cheiro de gás da barraca do vendedor de balões, *tikkas*[87] de batata numa frigideira gigante, os meninos garçons sendo xingados de vadios por um homem gordo que penteava o cabelo por cima das orelhas, uma garota pouco à vontade num sári deslumbrante, com o rosto pintado e ajudando um casal de idosos a atravessar a avenida, uma iluminação verde da lâmpada fluorescente mais próxima banhando um homem bonito na mesa vizinha.

"Na América eu sentia falta de tudo isso", disse Dhrubo de repente, com a mão descrevendo um amplo círculo. Mas Agastya não ouviu e continuou olhando em volta.

Então se ouviram aplausos vindos do interior da *shamiana* e as luzes se acenderam. A agitação pós-show habitual, conversas e murmúrios, e em seguida uma voz nas caixas de som anunciou em bengali: "Exibiríamos *Ajantrik*, de Ritwik Ghatak, às dez horas, mas muitos de nossos amigos expressaram o desejo de ver antes os outros dois filmes programados. Por isso, *Ajantrik* foi adiado para as quatro da madrugada...". Um clamor de aprovação veio da *shamiana* e do lado de fora algumas pessoas

87 Prato de origem indiana composto de pedaços de carne ou de alternativas vegetarianas – como na situação narrada, de batatas. [N. T.]

aplaudiram. O locutor elevou a voz: "Vamos começar o primeiro filme às dez e meia, para dar um tempo a quem quiser informar outras pessoas sobre a mudança na programação".

A multidão foi saindo, o murmúrio se intensificou, em algum lugar uma criança se esgoelava. "Quanta consideração pelo mestre", disse Dhrubo com uma risada.

"Você quer ficar até as quatro?"

"Não", disse Dhrubo, "vamos só ficar sentados aqui por um tempo, é bacana todo esse barulho, esse caos, talvez tomar mais um chá, depois a gente vai".

À uma da manhã ele estava no telhado da casa, Dhrubo fora embora uma hora antes. Pelas frestas dos eucaliptos ele podia ver a área da Puja. As multidões tinham raleado. Podia ouvir pedaços dos diálogos do filme. As copas das árvores se erguiam silenciosas contra as estrelas. Um dia consumido, sete dias e meio pela frente. Não queria dormir, seriam seis horas desperdiçadas. Talvez estivesse chovendo em Madna, uma chuva noturna reconfortante. O quarto estaria em silêncio, suas fitas cassete juntando poeira em cima da mesa, lentamente. Lembrou-se da carta de Renu e esboçou um sorriso, ela não precisava ter ido tão longe para sofrer tanto. Os habitantes deste mundo se movimentavam demais, o tempo todo e sem discernimento, e só com o último lampejo de juízo se davam conta de que não tinham vivido. Um movimento sem fim, semelhante ao do mar insensível, deslocamentos para lugares estrangeiros, passagens para costas distantes, em busca da sorte, sem perceber que o paraíso está dentro da mente. Não nasci para isso, disse Agastya em silêncio. Disse que tudo o que queria era ser feliz. Agora, sozinho sob as estrelas, podia admitir isso para si mesmo sem embaraço. Seu pai e Dhrubo haviam profetizado que a experiência de Madna se mostraria educativa, mas tudo o que sua mente parecia ter aprendido era a impotência da inquietude. Passara a ser assombrado pelo pensamento, por pensamentos que corriam por sua mente de modo incontrolável, como ratos numa caverna de esgoto, pensamento sem ação. E Madna tinha conspurcado seu velho mundo ali na metrópole, as multidões na Puja lhe lembraram o Madna Club, Durga lhe lembrara Jagadamba. Era demais suportar o peso de mais de um mundo na cabeça.

Três e meia da manhã, risadas pelas ruas, pessoas felizes indo para casa depois de assistir de graça a dois caça-níqueis. Sentou-se no canto do telhado, sobre o frio cimento e os tijolos, contemplando uma lua austera de um branco azulado.

Foi despertado no dia seguinte por um homem que a princípio ele não reconheceu. Careca e esquelético, uma pele fina esticada sobre os ossos do rosto, grandes óculos sobre um crânio que sorria com uma alegria nervosa. "Ah, Ogu", disse em bengali com uma risadinha, "seu tio tinha razão, a única maneira de encontrar você é te pegar de manhã".

"Oh, Manik Kaku, olá, eu... ahn...", Agastya ergueu o tronco para se sentar na cama, a cabeça latejando de sono, perguntando-se se devia exibir sua ereção matinal para mandar o homem embora, "dormi tarde na noite passada, sabe como é, ahn, noites de Puja".

Seguiu-o até o gramado. Dez da manhã, seu tio estava lendo seu próprio artigo no *Statesman* com escárnio. "Eu disse a Manik para te acordar, ele está aqui desde as oito me dando detalhes sobre sua incomparável neta. Eu disse que não era uma boa ideia, já que você está prestes a largar o IAS para entrar numa firma editorial."

Manik deu uma risadinha aguda, com um brilho de suor na cabeça. O criado trouxe o chá. Agastya disse: "Baba me escreveu dizendo que você se encontrou com ele em Calcutá". Sua boca estava com um gosto ruim, uma mistura de muco e estrume, e agora chá.

"Sim, sim", disse Manik, "estive com ele, seu pai foi gentil como sempre. Ele não esquece os velhos amigos".

"O que a sua neta faz, Kaku? Não cheguei a conhecê-la. Na verdade, eu não vi você nos últimos dez anos, pelo menos."

"Sim, sim", disse Manik, com a cabeça balançando de indecisão, hesitando entre sorver ruidosamente seu chá e sorrir radiante para Agastya. "Claro, minha neta era só uma criança na época."

"Eu também era", Agastya deu um sorriso meio infantil, "não sabia nada do mundo naquele tempo", exceto que ao desenrolar uma camisinha para descobrir o tamanho de paus adultos a gente podia ficar bem preocupado.

"Sim, sim", disse Manik de novo, com dentes amarelos num crânio de óculos. Ele ficaria dizendo sim, sim aqui até morrer, concluiu Agastya. "Minha neta agora está com 20 anos, fazendo seu mestrado em inglês em Calcutá. Um tema muito refinado, Keats e Tennyson, muito bom – para garotas, sobretudo. Ela é..."

"Você quer dizer que é uma clara vantagem no mercado do casamento", disse Pultukaku, sorrindo maliciosamente, o torso coberto pelo jornal. "Então seu anúncio nas colunas de casamento pode dizer 'educada em convento, com mestrado em inglês', e quando você exibir sua neta na sala de estar dos potenciais maridos, ela pode, depois de cantar a obrigatória canção de Tagore, recitar *The Lady of Shalott*[88]." E se ela se casar com um funcionário do IAS, em todas as festas do distrito ela pode ser ainda mais esnobe que a madame IAS mediana, e quando os 'cidadãos proeminentes' os visitarem em alguma subdivisão esquecida por Deus, enquanto o marido os faz esperarem os quarenta minutos protocolares, ela pode conversar com eles sobre Lochinvar[89]." O jornal então subiu para cobrir seu rosto. Era seu dia de misantropia.

"Não quero mesmo me casar agora. Além disso, talvez eu de fato mude de emprego, Kaku, e neste caso você com certeza não estará mais interessado." Esperou pelo protesto do velho, que não veio. "Talvez a gente possa discutir isso mais tarde ou em outra ocasião." Em seu estado de espírito o casamento era algo terrivelmente remoto – como uma morte num acidente de carro, era uma coisa que acontecia a outras pessoas. Era inconcebível dividir seu quarto em Madna com alguma desconhecida – talvez uma garota de 20 anos com mestrado em inglês, e ficar chapado diante dela para ler Marco Aurélio. Enquanto Manik papeava com Pultukaku e arrancava dele uns poucos monossílabos misantrópicos, a sensação familiar do absurdo, que era tão inerente a si mesmo quanto seus diferentes nomes, invadiu Agastya, e ele ficou se perguntando se, quando

88 Célebre poema do inglês Alfred Tennyson (1809-1892). [N. T.]

89 Poema de *Sir* Walter Scott (1771-1832) sobre o fictício herói romântico de mesmo nome. [N. T.]

casado, seria capaz de se exercitar diante da esposa, e o que faria se, justamente quando ele estivesse começando uma flexão, ela dissesse: Para alguém que faz tanto exercício você está em péssima forma. E vamos supor que ela furtasse seu dinheiro. Sem falar do assunto da maior importância, o sexo depravado – talvez ela não curtisse o compartilhamento recíproco das roupas íntimas, certo?

Com o tempo, ele sabia, acabaria se casando, talvez não por paixão, mas por convenção, o que era provavelmente o mais seguro. E em todo caso, em poucos meses ou anos eles se cansariam de se desentender, ou, o que era mais ou menos a mesma coisa, se habituariam às idiossincrasias talvez desagradáveis um do outro, o modo como ela espremia o tubo de pasta de dente e o modo como ele bebia e não lavava o copo, e eles resvalariam para uma infelicidade plácida e confortável, talvez vendo TV desatentamente todas as noites, cada um ainda um casulo, porém talvez fosse insensato ser de outra maneira. E sua vida outrora secreta seria sepultada numa mente meio morta para um mundo aprisionador, e ele se lembraria, com uma sensação de embaraço confuso, em lampejos epifânicos, trazidos à sua memória em solavancos incontroláveis motivados por um cheiro ou uma visão inesperada (talvez um panorama visto do trem ou um comercial de TV), daquela sua experiência de Madna, de que um dia a inquietação de sua mente pareceu a coisa mais importante do universo, e de que um dia ele fora abalado pela profundidade de um antigo poema hindu.

No caminho para o escritório de Tonic ele deixou Manik Kaku em algum ponto conveniente, com promessas superficiais de lhe escrever de Madna. Agastya ficou observando-o atravessar a avenida, o *dhoti* se enfunando em torno das pernas finas.

O escritório de Tonic ficava a uns 15 quilômetros de distância de casa. Num semáforo fechado ele decidiu, enquanto passava os olhos por um Fiat pintado de um vermelho inacreditável, que não faria aquela viagem todos os dias. Perguntava-se por que se encontrar com Tonic, se não desejava particularmente trabalhar com ele. No dia do piquenique em Gorapak ele escrevera ao pai por estar num abismo, desejara explodir sua indecisão de uma vez por todas, mas agora parecia absurdo e ridículo trocar um cabresto por outro. Um ônibus o ultrapassou, com trabalhadores pendurados para fora da porta como línguas saindo de bocas caninas. Eu seria um deles, pensou, certamente não me pagariam o suficiente para saciar a sede voraz deste monstro senil (estava dirigindo o Ambassador deteriorado do tio); e então às nove da manhã, todos os dias, ele estaria correndo para não perder o ônibus, com um lanche ou uma marmita nas mãos, esperando suado na fila do ponto de ônibus, viajando em pé todo o trajeto, sob o fedor do óleo queimado e do suor dos passageiros, semelhante ao fedor daquela cápsula de antibiótico que ele tomou em Madna quando estava doente. E suas questões se reduziriam a se porventura seria capaz de tomar o ônibus mais conveniente, e se conseguiria um lugar para se sentar; e os horários do ônibus estariam num pedaço de papel na gaveta de sua escrivaninha e gravados em sua cabeça; qualquer mudança não anunciada seria um cataclismo, e seus dias maravilhosos seriam aqueles em que conseguisse lugar sentado na ida e na volta.

Ao contrário de muitos outros de sua idade e de seu tempo, ele não precisava correr atrás de um emprego. Ao contrário deles, nunca conhecera o suspense da insegurança financeira. Mas invejava neles a concretude de suas preocupações, desses trabalhadores de escritório pendurados dos ônibus como línguas, e sentiu-se culpado por sentir essa inveja. Neera teria demonstrado instantaneamente, com seu jeito marxista estridente, que sua inveja era um sintoma desta ou daquela coisa desprezível. Não havia um único pensamento em sua cabeça, pensou sorrindo para o ônibus à sua frente, sobre o qual não se sentisse confuso. Sua mente estava sempre tentando extrair na marra um padrão de seu passado, mas as tentativas de encontrar ordem não levavam a lugar algum. Dhrubo, por exemplo, era tão fechado sobre sua experiência em Yale quanto ele próprio em relação a Madna – mas buscar coerência no caos daquela maneira era de fato um exercício estéril, mero jogo para a mente, como o xadrez ou os jogos de paciência de seu pai. O vício do pai pela paciência era completamente inexplicável – a mãe lhe ensinara. No entanto o pai sempre defendera o jogo com grande convicção. "Ele nos ensina uma coisa importante, Ogu, que a ordem não pode ser alcançada sem paciência." Merda nenhuma, pensara Agastya, mas sem abrir a boca. De repente também não queria terminar como o pai, sozinho, lendo nas horas vagas o *Katha Upanishad* nos vastos cômodos de um palácio do governo.

Estacionou o carro e caminhou. Passou pela Macmillan's e pela Oxford University Press, com suas enormes vitrines exibindo com orgulho títulos mortalmente enfadonhos.

A editora de Tonic ficava no segundo andar de um prédio cor-de-rosa numa rua lateral. Tonic estava num cubículo, enchendo seu cachimbo e ignorando o trabalho, era um homem magro mas flácido, com queixo duplo e olhos protuberantes. "Ah, você não está falando sério, né?" Sempre começava de modo direto, e por isso, durante alguns segundos, quem não o conhecia ficava impressionado com uma imagem de eficiência.

"Não, não muito." Tonic franziu o cenho diante dessa resposta, talvez ela o privasse de uma razão para falar sem parar. Mas Agastya queria lhe fornecer um ponto de partida, então disse: "Baba disse que não gosto de uma cidade pequena porque sempre morei em metrópoles e nunca soube como é o resto da Índia".

"Ah." Tonic acendeu seu cachimbo como se estivesse num comercial de alguma coisa romanticamente masculina, loção pós-barba ou isqueiro. Talvez de súbito ele mudasse de roupa, vestisse algo bem esportivo e saísse num carro vermelho com algumas garotas de Bombaim para jogar golfe. Então na estrada quem sabe um caminhão devastasse o rabo do carro vermelho, e o caminhoneiro espancasse Tonic por acender um cachimbo como aquele. "Ah. A Índia vive em suas aldeias, um terrível clichê isso, mas bem verdadeiro mesmo, como todos os clichês. Não foi Wittgenstein que disse que a Índia vive em suas aldeias?"

"Não, foi Gandhi."

Entrou um subordinado. Antes que ele pudesse abrir a boca, Tonic disse: "Oh, sim, eu me lembro, vou fazer já, já, não vai demorar nada, é muito fácil, mas sempre acabo esquecendo, tenho estado tremendamente ocupado, mas não se preocupe, vou cuidar disso". O subordinado saiu. Tonic soltou uma grande baforada às suas costas.

"Ah. Você sabe, pessoas como você, Ogu, realmente não têm ideia de como é a verdadeira Índia. Especialmente você – South

Delhi é um lugar tão *vulgar*, e sua companhia lá é Pultukaku, você acaba tendo uma perspectiva insensata sobre as coisas reais – de uma pobreza assustadora e ignorância mais assustadora ainda. Mas, também, olhe só nosso sistema de ensino." Oh, como ele gostava de falar. Inclinou-se para trás e apanhou um manuscrito numa mesinha lateral. "Dr. Prem Krishen, da Universidade de Meerut, escreveu um livro sobre E. M. Forster, o inglês queridinho da Índia – muitos de nós são tão *gratos* a ele por ter escrito aquele romance sobre a Índia. O dr. Prem tem um doutorado da Universidade de Meerut sobre Jane Austen. Você já esteve em Meerut? Um lugar detestável, mas confortavelmente indiano. O que Jane Austen está fazendo em Meerut?"

"Ou Macbeth em Ulhasnagar, e Wordsworth em Azamganj – nada mesmo. Continue."

"Estamos publicando Prem Krishen porque ele vai nos trazer um monte de dinheiro. Seu livro é todo em forma de pergunta e resposta. Os estudantes vão engolir." Tonic acendeu de novo o cachimbo. Agastya pensou de novo no caminhoneiro lhe dando uma surra. "Por que um adolescente *jat*[90] está lendo Jane Austen em Meerut? Por que um lugar como Meerut tem curso de inglês, para começar? Só porque os Prem Krishens do país precisam de um lugar onde possam lecionar sua porcaria?" Com um gesto dramático, bateu no manuscrito com seu cachimbo. "Com certeza o dinheiro que desperdiçam no departamento poderia ser investido em outra coisa mais útil." Tonic fixou os olhos saltados em Agastya para verificar se ele havia entendido, ou talvez para fazer seu sorriso murchar. "É por isso que a educação é um verdadeiro desafio. E nos anos vindouros, na qualidade de burocrata, você estará em condições de fazer alguma coisa quanto a essas questões, questões que importam. No entanto você quer deixar o IAS, por razões superficiais, só porque em Madna não pode ver as garotas que vê em Delhi e em Bombaim, com seus jeans apertados na bunda e suas camisetas com frases sensuais."

90 Os *jats* são uma casta de camponeses e pequenos proprietários presente nas áreas rurais e atualmente também nas cidades de oito estados do norte da Índia. Entre eles há hindus, sikhs e muçulmanos. [N. T.]

Agastya estava furioso consigo mesmo por parecer o tipo de pessoa a quem se diziam coisas assim.

Tonic pediu chá. Outro subordinado entrou e saiu depois de extrair de Tonic promessas veementes de ação imediata. "Olhe, Ogu, posso te dar um emprego quando quiser, mas você precisa pensar muito a esse respeito. E você não pensou de verdade, posso ver na sua cara." Agastya ficou furioso com sua cara. "Deixar seu emprego é um preço ridiculamente alto a pagar pela tentativa de recuperar alguns dos prazeres rasos de sua vida passada."

Agastya saiu dali com a mente em alvoroço. Ficava ainda mais aturdido quando gente que ele desprezava fervorosamente lhe falava daquela forma, como se estivesse dando uma lição.

Em casa, durante o almoço, Agastya contou ao tio que provavelmente não ia trabalhar com Tonic. Pultukaku disse: "Qualquer pessoa que não esteja doida chegaria à mesma conclusão, em especial depois de ter uma visão de Tonic em seu escritório. Ele funciona como se fosse pago para ser um balão que se esvazia, soltando ar quente".

Depois do almoço, quando pensava em tirar uma soneca, tocou o telefone. Agastya atendeu: "Alô".

"Alô, é de Delhi? Sr. Agastya Sen?... Um momento, por favor... o governador deseja falar com o senhor..."

Alguns cliques transnacionais e pequenos chiados, e então: "Alô, é o Ogu?". Agastya se enterneceu ao ouvir a voz, firme mesmo quando distante.

"Oi, como vai a sua paciência? Visitei o Tonic esta manhã. Fez um discurso motivacional para si mesmo e me dispensou."

"Entendo. E então...?"

"Não sei mais nada, Baba. Vou voltar para Madna e tentar me acostumar às coisas." Uma pausa.

"Sim, Ogu, faça isso. Pelo menos conclua seu treinamento antes de decidir qualquer coisa. Todos esses meses você só ficou indo de um gabinete a outro. Agora você vai ser BDO, e com certeza isso vai ser mais interessante."

"É, suponho que é isso o que devo fazer." Sentiu um vazio subindo do saco escrotal, como um fluxo de sangue que não se estanca.

"E, Ogu..." Era capaz de ver perfeitamente o pai, cabelos brancos rareando sobre o crânio, pequenos óculos dourados, *dhoti* e *kurta* de seda cor de creme, de pé desde as cinco da manhã, espremendo cada dia para extrair seu sumo, Marco Aurélio e o *Reader's Digest* impressos em seu rosto. "... Eu gostaria de poder ajudar, mas você já deve ter sido importunado por Pultu e seu sarcasmo, mas tente ignorar tudo isso para que sua mente esteja clara, e pense e decida por conta própria...", e um pouco depois: "... Faça o favor de passar o telefone a Pultu, quero brigar com ele sobre umas coisinhas".

Às seis da tarde Agastya e Dhrubo foram se encontrar com Madan, um velho amigo da faculdade. No caminho Dhrubo praguejou contra o trânsito de West Delhi. "Quem imaginaria que esta bagunça pudesse existir a 10 quilômetros das colônias de South Delhi."

O pai de Madan, que acabara de voltar de mais uma viagem misteriosa a Singapura, deu prosseguimento ao tema. "Singapura é tão organizada, sabem. O trânsito é muito ordenado, e não tem nada desse negócio de cuspir e urinar na rua, e nem restaurantes com cartazes dizendo 'Não Lave as Mãos no Copo' – um indiano não conseguiria sobreviver ali. E este lugar, humm, minha pressão sanguínea dispara toda vez que me sento ao volante." Era um homem jovial e extremamente feio.

Madan parecia mudado. Tinha cortado o cabelo e não estava com seus jeans superdesbotados. "É por causa desse maldito emprego. Tenho que parecer limpinho todos os dias." Ele entrara recentemente numa respeitada firma de contadores juramentados. "Venham, vamos para o meu quarto." Que era um eufemismo da faculdade para fumar maconha.

Mais tarde, devidamente chapado, Madan disse: "É doentio, eu acho, ter um emprego, ter que trabalhar. Lá se vai seu dia inteiro. A única coisa pior que uma firma de contabilidade deve ser um banco, eu acho". Olhou para Dhrubo e riu. "Maldito Édipo, Dhrubo, como é a sensação de ficar o dia inteiro atrás de uma mesa contando dinheiro de outras pessoas? Minha irmã vai para Oxford. Conseguiu uma bolsa Rhodes este ano. Já pegou até o sotaque de algum lugar, e diz '*Pardon*' e '*Thanks awfully*' a toda hora. Piranha. Agora ela sai por aí procurando gente que esteve em Blighty[91] – ela parou de chamar de Inglaterra. Estou com muita vergonha dela. Eu disse para ela ligar na Alta Comissão Britânica e descobrir como as pessoas cagam em Oxford, se é em vasos ou em bolsas de senhoras, já que mundo afora, eu disse, as pessoas têm hábitos diferentes. A fedelha estúpida foi choramingar para minha mãe, que espantou ela ainda mais por tomar o meu partido – porque minha mãe ficou aborrecida desde que minha irmã se recusou a comer com ela dois potes enormes de picles." Madan se deitou. "Todo dia no escritório eu me sinto como se minha mente estivesse sendo estuprada, como se alguém enfiasse o pau na minha orelha e movesse ele em círculos dentro do meu cérebro, misturando seu sêmen com minha massa cefálica. Vocês já se sentiram assim alguma vez?"

"Lembra do Bhatia, da faculdade? Ele ficava no mesmo andar que a gente no alojamento, usava camisetas que diziam coisas como 'Sou o melhor amante da cidade' e falava gíria americana o tempo todo, lembra? Bom, ele está em Madna, no Serviço Florestal."

"Combina bem com ele. Espero que esteja se sentindo tão fodido quanto aparentava", disse Madan. "Mas diga: como é Madna? Como você se arranja com sexo por lá?"

"Você não imagina o que é uma BDO, mas estou dividindo uma com o meu coletor. Ela nos esgota sexualmente, um caso típico para Krafft-Ebing."

Assim conversavam os três amigos, de modo erradio. A boca deles parecia agir por conta própria, formando sílabas aparentemente independentes do pensamento. Nenhum deles prestava muita atenção nos outros. Cada um queria falar, mas sem entusiasmo algum. Era como se algum tempo tivesse que ser gasto, e que escoasse com menos esforço quando alguém falava, porque manter-se em silêncio significava ter que escutar ou pensar. E para Agastya pouco importava. Não tinha desejo algum de expor a confusão de sua alma. Eles não estariam

91 Gíria para designar a Grã-Bretanha, ou mais especificamente a Inglaterra. O termo surgiu na Índia no século XIX para se referir a um visitante inglês ou britânico, mas depois da Primeira Guerra Mundial se difundiu fora do país com esse sentido mais amplo. [N. T.]

interessados, para começar. E então, como Tonic naquela mesma manhã, os dois demoliriam a nobreza de seu discurso com umas poucas palavras indiferentes. Já se dera conta de que a maior parte do que pensava e sentia era bastante banal e nem um pouco singular – Bhatia, por exemplo, também estava deslocado em Madna, e Madan também não gostava de seu emprego, sentia que perdia tempo e não via alternativas. Nenhuma emoção era especificamente sua, e ele quase esperava que assim sua inquietação acabasse sucumbindo ao desgaste. Talvez sua mente enfim concluísse que a agitação era meramente um indicador de sua imaturidade, como um sinal inevitável de crescimento, a primeira emissão de sêmen, tão universal quanto o excremento, e quase tão digno de nota.

"Tem uma mulher americana hospedada com a gente por algum tempo", disse Madan. "Christine não sei das quantas, diz que gosta de ser chamada de Christ. É filha de algum obscuro parceiro comercial do meu pai. Na faixa dos 30, tremendamente sexy. Está trepando com um queniano chamado Hungu. Ele estuda administração na universidade. Dá a impressão de ter pau grande. Acho que ele me odeia, mas, até aí, odeia todos os indianos. A sua Krafft-Ebing me fez lembrar deles. Fetichismo da pele. Ela é detestável. Fala sem parar sobre a *verdadeira* Índia, e como os povos do mundo não conhecem o suficiente uns aos outros, como se isso fosse importante ou sequer desejável. Culpa minha, fui eu que trouxe à tona esse tópico no dia em que ela chegou. Ela vem de Chicago. Como eu ia saber que alguém estuda História Antiga da Índia lá? Ela diz que estudam. Tudo o que eu sabia de Chicago era Al Capone. Isso deu a deixa para ela. Como eu era ignorante, e como as pessoas do mundo todo deveriam se encontrar para remover essa ignorância recíproca, e como devia existir mais interação – a julgar por seu comportamento, acho que ela queria dizer interpenetração. Ela sabe um montão de coisas sobre a Índia, a piranha. Vai partir amanhã ou depois para um lugar chamado Lothal para fazer uma pesquisa, e quase teve um chilique quando perguntei onde ficava. Então desatou a falar sobre como os indianos são cegos para sua própria história, além de cegos para o mundo exterior. Ela diz o tempo todo que tudo o que lemos em livros sobre outras culturas etc. é pura besteira, e que os povos de diferentes países adquirem visões horrivelmente distorcidas uns dos outros por meio de livros e filmes. Acho que ela trabalha para a CIA. Usa sem parar meu comentário sobre Al Capone como exemplo, dizendo 'Veja, veja só, é tudo o que você sabe sobre a América'. Aí eu disse: Lionel Ritchie. Agora ela já quase não fala comigo."

Saíram para uma volta de carro, depois que Madan foi à cozinha para comprar um pouco de maconha de seu criado. Dhrubo amaldiçoou o trânsito até pararem num dos estacionamentos do Rajendra Place. Protegidos pelos prédios escuros de escritórios, ouviam as buzinas berrando umas para as outras a 30 metros de distância e sentiam-se a salvo, como numa ilha. Madan enrolou lentamente um baseado à luz da lâmpada de mercúrio de um poste da rua e Dhrubo trocou Scott Joplin por Keith Jarrett. À primeira vista, podia quase ter sido um dia qualquer dos últimos seis anos.

"Esses pombais de escritórios só parecem simpáticos depois que escurece", disse Dhrubo. A cada encontro com West Delhi ele parecia ficar mais azedo. "Todas as manhãs este lugar se enche de executivos como eu, que no tempo livre folheiam o *Wall Street Journal* e de vez em quando a *Time* – suponho que a *Business India* no caso deles, e a *India Today*."

"Você deve sempre dizer *Time* e *Newsweek*, caso contrário a *Newsweek* fica magoada", disse Madan, que, como um artesão, estava checando o formato do baseado contra a luz do poste. "August, o Dhrubo deve ter te contado como ele está se sentindo fora da realidade, não contou? Ele faz a coisa soar horrível. Que cara estúpido, bem que eu queria me sentir fora da realidade. É tudo bobeira dele, e dos mais diversos tipos de bobeira. Está incomodado porque as coisas não se juntam – Yale e a porra da Durga Puja –, um autêntico idiota, e por não conseguir administrar a coisa por conta própria precisa ficar alugando a vida de outra pessoa. E aquela Renu, que você não conheceu, ou conheceu?, a cara dela era de quem tinha uma boceta cheirosa, e ela me disse que era 'uma pessoa muito reservada'. Pensei que quisesse dizer que estava disposta a trepar, qualquer um teria pensado a mesma coisa diante desse comentário, mas não era isso que ela queria, espantosamente.

O sexo deveria ser como fazem os cachorros machos de rua, sem discussão prévia – só que com camisinhas e mais camisinhas. E Dhrubo mostra suas cartas a todos os amigos, comportando-se como aquela americana de Lothal, como se o mundo fosse um lugar do *Reader's Digest* e todos estivessem doidos pra ser bacanas uns com os outros."

Jarrett continuava tocando, um piano próximo contra a cacofonia do tráfego. Um guarda emergiu caminhando da escuridão, de boina, capote cáqui e um cassetete do comprimento da coxa, e veio direto para o carro. Dhrubo não teve nem tempo de baixar o baseado. Mas, espantosamente, Madan o conhecia e passou a papear com ele, de modo cordial e obsceno, em punjabi. O policial fumou aquele baseado com eles e foi embora depois que Madan lhe deu um punhado de maconha suficiente para outro cigarro. Agastya dirigiu no caminho de volta, enquanto Dhrubo conversava intimamente com Keith Jarrett e Madan devaneava em voz alta: "Eu queria ser a amante de alguém, acho... um apartamento, dinheiro, um vídeo... roupa íntima bacana...".

Os dias passavam muito depressa para Agastya. Quando acordava, metade do dia já havia passado. No *brunch* ele se lembrava da comida de Madna e comia exageradamente, como se pudesse fazer estoque. Jogava xadrez com o tio ou ouvia música em seu quarto. Falava com o pai quase todas as noites, e disse a ele que passaria um feriado em Calcutá depois de concluir seu treinamento. Encontrava Dhrubo e Madan todos os dias. Não iam a nenhum lugar em particular, nem faziam coisa alguma, simplesmente relaxavam, em geral na casa de Dhrubo, e falavam sem ouvir um ao outro. Ele saía para correr em horas esquisitas do dia. Os dias passavam muito depressa, mas as noites eram mais lentas. À noite ele ficava deitado desperto e ouvia o matraquear da máquina de escrever do tio e contemplava pela janela o vulto escuro da buganvília, vendo em seus giros e ondulações um milhão de coisas, mas nunca seu próprio futuro.

14

E então ele estava de novo no trem para Madna, contemplando impassível as centenas de quilômetros de território rural, a paisagem lunar do vale de Chambal, as cidadezinhas, totalmente alheias às mudanças pretendidas pelos planos mais bem elaborados, os campos viçosos após uma boa estação das chuvas, das pontes as pessoas parecendo pontinhos lá embaixo, lavando roupas e se banhando nas águas dos rios inchados, fora do tempo. Madna e Delhi pareciam dois pontos extremos de uma existência irreal; a única coisa palpável era o ritmo da besta que rugia sob seus pés, um prodígio que podia conectar dois mundos tão díspares.

Deitou na cama de cima do beliche para evitar qualquer contato humano e disse silenciosamente, para quem quisesse ouvir: Chega de viagens, por favor, chega. Viver se tornara um assunto mais simples, ele deslizava de um dia para o outro e descobria cada vez mais o que não queria. Agora tudo o que ele queria, ou julgava querer, era um lugar, qualquer lugar, sem consciência alguma da existência de qualquer outro. Poderia até fazer esse lugar ser Madna, se sua mente não fervilhasse de imagens de Delhi, ou de Calcutá, caminhadas com Neera nos Lake Gardens, longas conversas sobre a vida, livros e sexo, e a revelação hesitante que ela fez de sua virgindade; e além de Madna aquela Singapura onde tudo era ordenado, e Illinois, com suas infinitas variedades de presunto. Era convulsiva a agonia dos mundos em sua cabeça.

Ficou se revirando no beliche, atormentado pelas imagens masoquistas de uma miríade de mulheres, fênix castigadoras oriundas de seu passado, algumas apenas vislumbradas fugazmente – em filas de cinemas e em farmácias –, mas com o rosto e as coxas registrados por aquela parte da mente que vê catarse na dor e um alívio sexual na agonia. As atitudes delas, assim como todo o passado dele, embaralhavam-se num acúmulo de zombaria, fazendo-o encolher-se no beliche em posturas de expiação, como os dedos de uma mão paralisada.

A estação de Madna, finalmente. Os mendigos se desentendendo junto às torneiras, seu linguajar agora não tão estranho, o jipe quebra-bunda, as bancas de cigarro e caldo de cana, a ponte, os filhos de Vasant balançando no portão da Casa de Pouso, acenando para ele, o cheiro de bebida e ar rançoso em frente à porta de Shankar (ele fora a Koltanga por alguns dias, mas deixara para trás seu fedor), Vasant com seu suco supostamente feito com água fervida e uma xícara de chá doce. Tudo inalterado, como se o próprio tempo tivesse se ausentado de Madna junto com ele.

Vasant e sua prole se aglomeraram à sua volta para vê-lo abrir a porta. Vasant disse: "Vieram muitas pessoas. O coletor de Paal, o secretário-adjunto de Indústrias e o inglês com a esposa". Entraram atrás de Agastya no quarto escuro e silencioso. A rã, incomodada, saltou de um canto para outro. Agastya foi até o espelho. Seu reflexo, assim como o quarto, estava coberto de poeira.

Levou seu chá para o calor aconchegante da varanda. Enquanto as crianças exploravam o quarto fazendo de conta que o limpavam, Vasant foi atrás dele para repetir as novidades. "O coletor de Paal e o secretário-adjunto de Indústrias estão hospedados na casa de Srivastav *saab*. Mas o inglês está alojado aqui." Apontou para o Alojamento Temporário. Agastya estava determinado a não fazer perguntas, e a ver por quanto tempo Vasant conseguiria se abster de divulgar todas as suas informações sem nenhum sinal de interesse por parte da plateia. Agastya se divertia cinicamente com a facilidade com que resvalara de volta para a vida em Madna, praticando jogos de personalidade com um zelador-cozinheiro. Vasant perdeu a partida quase imediatamente. "O inglês chegou faz dois dias. Veio para fazer investigações sobre o primo." Aquilo não fazia sentido, mas Agastya deixou passar. A poeira saía em ondas pela porta aberta. Através da névoa ele viu uma das crianças enfiar à força o cesto de lixo na cabeça de outra.

"Fale para eles não perturbarem a rã", ele disse a Vasant enquanto afastava sua cadeira da porta.

Mais tarde, desfez devagar a mala. Pôs de volta na estante o *Gita*, o Marco Aurélio e seu diário. Mal se lembrara deles durante os feriados. Estendeu sobre a cama a coberta que trouxera de volta consigo, a colcha com o enorme borrão vermelho no centro. Gritou chamando Vasant, pediu que trouxesse mais chá e lhe deu o quadro de Tamse para que tirasse o pó. Aparou a barba devagar, com cuidado. As lagartixas pareciam ter se multiplicado muito durante sua ausência. O sol de fim de tarde caía sobre as fitas cassete na mesa. Folheou seu diário. Agora nada tinha para registrar. Apanhou o *Madna District Gazetteer* ao lado de seus sapatos de lona na prateleira inferior. Leu um parágrafo ou dois, mas as palavras não se fixavam. Então se deitou e ficou olhando para o teto.

Como um autômato, ele repetia ações familiares. A caminhada até a casa do coletor por volta das sete da noite. Atravessando o terreno do Alojamento Temporário, passando pelos bocejantes vira-latas. O descampado enorme com suas choças na beirada. Perto do clube haviam instalado redes, começara a temporada de críquete. Passou pelo Madna Club. Multidões que entravam e saíam do terminal de ônibus. Dezenas esperando para escapar de Madna. Um ônibus verde e amarelo da companhia estatal manobrando na entrada do terminal. Passageiros em cima do teto, amarrando as bagagens por sua conta e risco. O letreiro dizia: Madna-Jompanna. Rostos abatidos por trás das barras das janelas. Uma mulher vomitando por uma janela. Ele ficou olhando o vômito branco dela a escorrer pela lateral do ônibus. Alguém chamou seu nome. Era Mohan, que sorria e caminhava em sua direção. A cena toda entrou de repente em foco. Bhatia estava comprando cigarros a alguns passos de distância. Junto com Mohan estava um homem de cabelo muito curto que parecia familiar.

"Olá, August, como estava Delhi? Você já conhece Dubey, não conhece? Ele é o conservador-assistente de florestas em Gorapak..."

"Claro que nos conhecemos, você organizou aquele banquete no nosso piquenique."

Eles riram e trocaram apertos de mão. Bhatia se aproximou, parecendo mais feliz que o habitual. "Vou sair daqui, uma longa folga no Diwali. Vou partir esta noite, agora mesmo, na verdade. Estou correndo para providenciar as coisas de última hora e em seguida eu me vou.

"Não precisa ficar tão empolgado", disse Mohan, "você vai estar de volta aqui antes mesmo de conseguir escovar os dentes".

"Bem, é melhor do que nem sair", disse Bhatia.

"Não tenho tanta certeza", disse Agastya.

Bhatia sorriu como resposta, e disse: "Até mais, a gente conversa quando eu voltar". Trocou apertos de mão com os três e partiu. Eles ficaram olhando enquanto ele se afastava às pressas em meio ao tráfego.

"Você não estava indo para algum lugar aonde não possa chegar um pouco mais tarde, vamos tomar um chá por aí", disse Mohan. "Como diz Sathe, em Madna não há nada que não possa esperar."

Foram até os *dhabas* na outra ponta do terminal. "Vocês gostam de passar suas noites livres aqui, vendo os ônibus partir?", perguntou Agastya. "Talvez sintam prazer ao ver gente saindo de Madna." Eles riram.

Dubey disse: "Eu vim passar o dia. Estou voltando para Gorapak agora, e Mohan e Bhatia vieram se despedir de mim. Perdi o ônibus das seis e meia, vou ter que esperar pelo próximo".

Passaram por uma pequena multidão aglomerada em torno de um velho malandro que vendia afrodisíacos. A barba do homem parecia mais grisalha de sujeira do que idade. Exortações e promessas numa voz enrouquecida pelos anos alardeavam seus pequenos embustes. Agastya notou, com um meio-sorriso, seu servente Digambar sucumbindo à compra de uma garrafa.

Os *dhabas* parecem todos iguais em toda parte, pensou Agastya – lâmpadas de querosene, mesas rachadas, alvoroço abundante, moleques como garçons, um valentão suado gritando com eles, engradados de imitações indianas de Coca-Cola, um cheiro tentador de *tandoori rotis*[92] misturado com o fedor

92 Pão indiano (*roti*) achatado e circular como um pão sírio, assado num forno cilíndrico de barro (o *tandoor*). [N. T.]

nos esgotos. "Três chás", Dubey disse ao moleque que passava sobre a mesa um pano ainda mais sujo do que a própria mesa.

"Vocês não vão para casa no feriado do Diwali?", perguntou Agastya.

"Eu vou", disse Mohan, "depois de amanhã. Rohini vai continuar em Alwar. Não faz sentido levar ela a Pirtana".

"Pirtana deve ser pior que Gorapak, o que não é dizer pouco", disse Dubey, com um sorriso tímido, "lá nem tem eletricidade, lembre-se disso".

Mohan sorriu: "Ossos do ofício".

Um ônibus saiu rugindo do terminal, enchendo o *dhaba* de fumaça de escapamento. Dubey coçou a cabeça. Estava cansado e feio, como um condenado. Seu rosto se retorcia ocasionalmente ao falar da aridez de sua vida em Gorapak. "Não tem mercado, não tem nada. Tem um pequeno clube onde todo mundo só joga bridge, nada mais. Depois do trabalho não tenho vontade de voltar para o meu quarto, onde só fico deitado na cama esperando pelo jantar, mas não tenho para onde ir."

"O que você faz então?", perguntou Agastya.

"Às vezes vou olhar o rio ou vou ver o pessoal jogar bridge."

Agastya olhou para outro lado. Parecia estar sitiado pela desolação banal e nada heroica de outros exilados – o juiz distrital, Bhatia e agora Dubey.

"Pedi transferência para um lugar melhor", disse Dubey, "com a morte de meu pai, minha mãe e minha irmã mais nova não podem ficar sozinhas, elas vão ficar comigo. Espero que saia logo a transferência".

"Transferência para onde?"

"Bom", Dubey sorriu de novo, "depois que o Mohan se for, vai ter uma vaga aqui em Madna. Estamos esperando minha irmã concluir os exames escolares. Ela poderia fazer faculdade aqui em Madna". Sob a competente tutela da esposa do coletor, pensou Agastya.

Terminaram o chá e foram se informar sobre o próximo ônibus para Gorapak. Multidões, e o cheiro de corpos fatigados junto aos guichês de passagens. Bancos de cimento manchados sob as fracas lâmpadas de tubo fluorescentes. Mulheres aldeãs de paciência infinita, em rosas e verdes incongruentemente chamativos, de cócoras no chão, fumando *bidis*. Em algum lugar um rádio transístor berrando uma canção disco em híndi, em dissonância total com o entorno. Ficaram vendo Dubey entrar no ônibus e se tornar mais um rosto abatido atrás das barras da janela. Pelo menos eu tenho um jipe aonde quer que eu vá, disse Agastya em silêncio, quando o ônibus deu a partida.

"Para onde é que você *estava indo* antes de pedirmos para nos agraciar com a sua presença?", perguntou Mohan quando saíam pelo portão do terminal.

"Para a casa do coletor, meio que para relatar que eu tinha voltado da minha folga."

"Venha, vou te acompanhar por uma parte do caminho." Mohan soava um pouco preocupado.

Passaram pelo Instituto de Treinamento Industrial, um prédio térreo dentro de um terreno de cascalho, cercado de arame farpado e mourões de portão sem um portão. "É a Rohini", disse Mohan abruptamente, "ela não gosta de ficar tão longe de casa, e de morar em lugares onde não tem muita coisa para uma esposa fazer". Agastya emitiu sons consoladores em resposta. Mohan perguntou: "Para onde você vai agora dentro do seu treinamento no BDO?".

"Ainda não sei."

Despediram-se na curva para a casa do coletor. "Vou aparecer amanhã para te dizer um alô de forma apropriada", disse Agastya.

"É, faça isso", sorriu Mohan, "porque sabe-se lá quando vamos nos encontrar de novo". Detectou uma leve perplexidade no rosto de Agastya. "Olha só, vou partir para Alwar depois de amanhã. Quando eu voltar, você vai ser BDO em algum lugar, provavelmente em outra subdivisão. E de todo modo eu vou para Pirtana praticamente logo depois. E então você pode estar alocado como coletor-assistente em qualquer lugar do estado."

Todas as luzes pareciam estar acesas na casa do coletor, muito mais luzes, em todo caso, do que Agastya já vira ali antes. Havia lâmpadas no jardim. Talvez naqueles dez dias eles tivessem enlouquecido e convertido o lugar num hospício, pensou, e os outros lunáticos mataram as enfermeiras e os guardas e todo mundo na noite de lua cheia e agora estão celebrando, e talvez o distrito inteiro venha beber sangue em júbilo sobre o cadáver de Srivastav, de cara amarrada até depois de morto.

Cadeiras no gramado. *Ghazals* em urdu saindo das duas caixas de som em mesas laterais, serviçais se agitando de um lado para outro; diante de duas vítimas sentadas, Kumar em pé puxando as calças para cima e descrevendo alguma coisa com um prazer aparentemente não compartilhado por sua plateia; Srivastav servindo bebida, Joshi num esvoaçante traje de safári agitando-se com os serviçais, dois grupos de bridge, as mulheres sentadas num amplo círculo formal, pintadas e perfumadas, crianças correndo para lá e para cá, e Shipra, filha de Srivastav, foi quem o viu primeiro. "Tio Bungaali chegou! Tio Bungaali chegou!" Foi correndo gritar a novidade à mãe. Seus amigos a seguiram, repetindo seu refrão. Em algumas línguas delinquentes este mudou para "E o Pumbaali peidou". Perguntando-se como poderia estrangular a todos, Agastya seguiu atrás deles para dizer olá.

Uma rodada de *namastê* para as esposas; notou que a esposa de Kumar também era baixa e gorda e que a esposa do superintendente-adjunto de polícia era espantosamente sexy; então, a caminho das mesas de bridge, ele não conseguiu se esquivar de Kumar. "*Hahn*, Sen, quando você chegou? Lembra daquele taxista filho da mãe em Delhi? Bom, ele foi espancado e sua licença foi cassada." As vítimas sentadas eram Bajaj e Rajan, o coletor de Paal.

Srivastav estava taciturno em outra mesa, fazendo cara feia para seu parceiro no bridge, que era imensamente gordo, barbudo e plácido; parecia um realizador de filmes de arte mortalmente maçantes. "*Hahn*, Sen, que bom que você veio, espero que tenha aproveitado bastante em Delhi", e foi surpreendido por Srivastav puxando-o de lado. "Olhe, vá conversar com o inglês e sua esposa. Não sei o que fazer com eles. Ambos são muito calados e insípidos, mas alguém tem que conversar com eles, *bhai*."

"Onde estão eles, senhor?"

Srivastav olhou em volta, de cara amarrada. Uma vez li num livro da Enid Blyton, senhor, disse Agastya em silêncio, que se o vento muda quando estamos fazendo careta o rosto fica deformado para sempre. "Não estou vendo os dois. Talvez tenham escapado e voltado para o Alojamento Temporário", disse

Srivastav em tom esperançoso. "Olhe, Sen, eles são responsabilidade sua. Você vai beber alguma coisa?" Srivastav fazia cara feia para o botão de cima da camisa de Agastya.

"Vou, senhor."

"Bem, beba com aqueles dois e mantenha eles contentes." Srivastav voltou à mesa com a cara menos amarrada e descobriu que seu parceiro tinha perdido a rodada.

O inglês e sua esposa saíram da casa. Ou sua esposa era indiana, pensou Agastya, ou ele tinha ido mijar com sua amante indiana. Ambos eram jovens, com certeza menos de 30 anos. "Olá, meu nome é Agastya Sen." Não registrou o nome de nenhum dos dois.

A mulher disse: "Você foi nosso único tema de conversa nos últimos dois dias. Todos esses altos funcionários do distrito estavam esperando ansiosamente pelo seu retorno. Eles diziam com todas as letras que, assim que você retornasse, nós dois iríamos ter uma temporada adorável em Madna. Supõe-se que nós vamos nos dar muito bem. Sua mãe era cristã, de modo que devemos ter muito em comum, e seu pai é ninguém menos que Madhusudan Sen, e ambos ficamos muito impressionados com isso, embora eu tivesse que cutucar meu marido para ele dizer um 'oh' de espanto quando ouvimos a informação". Agastya ficou um tanto surpreso. Cheinha e de seios fartos, num *salwaar kameez*[93] azul-escuro, era do tipo que pode provocar um sonho erótico adolescente.

"O sr. Srivastav tem sido tremendamente amável conosco", disse o inglês. Bigode castanho-claro e olhos azuis pequenos e tímidos. Sentaram-se junto a uma luminária a certa distância dos outros. Kumar lançou um sorriso malicioso para eles à direita e ergueu o copo num brinde de longe. Agastya podia ouvir Srivastav explicando a seu parceiro gordo, numa voz surpreendentemente educada, como o parceiro fora desastrado ao planejar a última rodada do jogo.

Agastya estava determinado a não descobrir que diabo o inglês e sua esposa estavam fazendo em Madna; era mais interessante assim. "O que deseja beber, senhor?" Um garçom educado,

93 Vestimenta feminina tradicional do norte da Índia. [N. A.]

falando em inglês, cabelo curto bem penteado, bigode espesso, poderia estar num comercial de cigarro de macho. "Você não é da Coletoria?"

"Como, senhor?"

"Você não é um contínuo da Coletoria?"

O garçom, ao que parecia, fora instruído a não parecer desconcertado. "Eu trabalho no Madna International, senhor."

Oh, o hotel de Sathe. Quer dizer que Srivastav recorrera a ajuda profissional. "Onde está o sr. Govind Sathe?"

"Saiu faz mais ou menos meia hora, senhor, para resolver alguma coisa. Deve voltar logo."

"Ahn... vou querer um uísque com soda. Não vão beber?", Agastya perguntou aos dois sob sua incumbência.

"Não temos feito outra coisa a noite toda", disse a mulher, "gim com limão para mim".

"Um uísque duplo", disse o inglês.

Agastya até que gostou da perspectiva da noite; ficaria bêbado com álcool oficial (Srivastav com certeza colocaria aquele jantar sob uma de muitas rubricas de despesas oficiais: talvez "jantar de trabalho com o coletor de Paal para discutir problemas de lei e ordem em *tehsils*[94] fronteiriços" ou "jantar de trabalho com o secretário-adjunto de Indústrias para discutir problemas do Centro Distrital de Indústrias de Madna"; o gabinete de Srivastav seria capaz de maquinar um milhão de coisas para explicar os gastos com o jantar) nos gramados da casa do coletor, pajeando um inglês desconhecido e sua esposa extrovertida e sexy.

"Viajou nos feriados?", perguntou o inglês.

Agastya se perguntou por um segundo se devia mentir, depois disse: "Sim".

Shekhar, filho de Srivastav, veio correndo, cutucou Agastya no braço, disse "Pumbaali Kunkal peidou", e escafedeu-se com uma risadinha aguda.

"Que foi que ele disse?", perguntou a esposa.

"É uma reza tribal popular nesta região", disse Agastya. "Significa, *grosso modo*, Que Deus garanta minha fertilidade. É usada com mais frequência pelos grupos tribais do distrito que

94 A unidade administrativa de um distrito; o mesmo que *taluka*. [N. A.]

veneram serpentes. Essas tribos praticam rituais esotéricos de fertilidade com najas." Por um momento contemplou a possibilidade de dar um tom sexual a suas invenções; não, é cedo demais. "É uma coisa muito indiana, o senhor sabe", disse cortesmente ao inglês, "como vacas cochilando ou ruminando deitadas nas pistas de alta velocidade das ruas de Delhi, uma coisa bem indiana. As crianças provavelmente aprenderam essa reza com sua *ayah*[95]. Espero que a sra. Srivastav não chegue a ouvir. Acho que ficaria muito zangada". A esposa pareceu devidamente confusa com essa informação inesperada.

"O senhor está no IAS, certo?", ela perguntou.

"Sim", e Agastya voltou-se para o inglês, "é o Serviço Administrativo Indiano".

"Sim, eu sei", disse o inglês, "mais ou menos o que era o Serviço Civil Indiano antes de 1947".

"Não deixe que o sr. Srivastav o ouça", disse Agastya, "ele ficaria muito zangado". Como era previsível, eles não entenderam.

O garçom retornou com as bebidas. Agastya notou a cunhada de Sathe entre as mulheres, ainda de aspecto selvagem num sári vermelho e dourado. A esposa perguntou: "O senhor também se hospeda no Alojamento Temporário, não?".

"Na Casa de Pouso, sim, fica no mesmo complexo, mas não tem um acabamento tão grosseiro."

"É, aquele cozinheiro, Vasant, nos mostrou onde era seu quarto. Ele cozinha para nós também."

Agastya riu: "Cozinha bem, né?".

O inglês e sua esposa também riram. "Não sei como você sobreviveu por tanto tempo com aquela comida", disse a esposa. "Eu filo um bocado de comida de outros, geralmente da sra. Srivastav." "Vivo dizendo ao John que a comida de Vasant é a exceção, e não a norma."

Ah, então um deles era John. Talvez ela fosse Mary, e John e Mary fossem viver felizes para sempre. Mas o mais provável, e Agastya riu em silêncio, era que eles se fodessem *hazaar* em Madna; se aqueles livros e filmes idiotas tinham um décimo de verdade, então todos aqueles ingleses que vinham para a Índia

95 Empregada doméstica, que cuida especialmente de crianças. [N. A.]

em busca da alma, na verdade qualquer estrangeiro em busca de qualquer coisa, logo descobriam que algum nativo *e* seu país os tinham abraçado com as pernas e estavam apertando seu saco.

"Qual é a natureza do seu trabalho aqui?", perguntou John.

Agastya olhou para ele com desconfiança, para ler em seu rosto se a pergunta significava: Por que, exatamente, o governo da Índia está pagando salário para um bobalhão como você? "Ahn... estou sendo instruído nos meandros da administração pública, mudando de um departamento a outro, tentando aprender o que cada um deles faz."

A terra de ninguém que ficava depois do gramado, ele notou, estava sendo usada como estacionamento. Uma mulher surgiu de trás de um Ambassador. O que ela estaria fazendo ali?, ele se perguntou. Talvez fosse algum fetiche e ela só conseguisse mijar atrás de automóveis. Como o irmão caçula de Prashant, lembrou com um riso silencioso, que até os 3 anos só cagava atrás do sofá da sala, ato que levava Prashant a consolar sua mãe dizendo: "Por que se preocupar, mãe? É um sinal de gênio – tipo Einstein". Agastya nunca tinha visto aquela mulher antes. Ela olhou em volta, esboçou um gesto para alguém e, surpreendentemente, veio em direção a eles. Parecia alguém em posição de chefia, de modo que Agastya se levantou da cadeira.

"Olá", disse ela para John e sua esposa, "estão se divertindo?" Olhou para Agastya interrogativamente.

"Meu nome é Agastya Sen, senhora. Eu..."

Ela sorriu. "Oh, ouvi a sra. Srivastav falar de você. Ao que parece, você está sob a asa dela em Madna. Sou Vatsala Rajan. Meu marido é coletor de Paal. Esperem, vou buscar uma cadeira", disse ela, e ficou esperando Agastya se mexer.

Ele saiu primeiro em busca de outra bebida. Srivastav era de novo o morto no jogo de bridge. Quando Agastya se juntou de novo ao grupo, a sra. Rajan estava inclinada para a frente, falando com a boca e as mãos: "... em Tooting, tenho alguns amigos lá. E acho que o festival deve ser louvado simplesmente porque foi um esforço tão *ambicioso*". Concluiu sua fala e se recostou na cadeira, com fisionomia excitada.

"Que pena que não vimos muita coisa do festival", disse John, olhando para a esposa.

A sra. Rajan se inclinou para a frente de novo, pescoço tenso, como uma conspiradora. "Mas é tão importante para a Índia ter a *exposição* certa no exterior. É preciso explodir esses mitos infames sobre a Índia, sabem do que estou falando, de que é a terra de nativos servis, de encantadores de serpentes, de elefantes e rituais tântricos. É...", abriu a mão, como um botão se abrindo numa filmagem em velocidade acelerada; talvez tivesse a esperança de encontrar os adjetivos mais expressivos na palma da mão.

Agastya se perguntava se poderia escapar para dar uma espiada na esposa do superintendente-adjunto de polícia; porém nesse caso, quando voltasse, a sra. Rajan ainda estaria falando, mas para dois cadáveres; e aí o filho de John, um bebê de colo talvez, em algum lugar na Inglaterra, um anglo-indiano como aqueles do colégio, chegaria a Madna trinta anos depois para desvendar como seus pais tinham morrido enquanto escutavam uma mulher falar numa festa, e não acreditaria no atestado de óbito que dizia "Morte por tédio", até que o próprio John Júnior conhecesse a sra. Rajan, talvez em Delhi, na casa enorme que os Rajan teriam construído quando o sr. Rajan havia sido secretário da Cultura, e fodera sozinho o Festival da Índia na Islândia – foi então que Agastya percebeu que a sra. Rajan lhe perguntara alguma coisa.

"Desculpe, senhora, não escutei direito."

"Estávamos tentando definir nossas posições, John e eu", e por uma fração de segundo Agastya pensou em sexo, "e chegamos a um impasse. O John aqui insiste que eu uso a palavra 'indiano' de modo amplo e vago demais. Agora me diga, Agastya – você tem um nome adorável, de verdade, tão étnico –, me diga como você definiria a palavra 'indiano'? Eu sustento que a Índia é um país que tem uma diversidade fascinante demais para que a palavra tenha uma definição precisa".

Os olhos de Agastya se moviam de um lado para outro, buscando rotas de fuga. O que aqueles coitados estavam aguentando? Não admira que Rajan estivesse lá escutando Kumar com tanta paciência; comparado à esposa de Rajan, Kumar era Somerset Maugham. "Ahn..."

"Sua ascendência é mestiça", disse a sra. Rajan, "seu ponto de vista deve ser particularmente interessante". Uma surpreendente risadinha adolescente da esposa de John.

"Ah, não sei, nunca pensei nessas coisas..."

"É uma confissão muito importante", disse a sra. Rajan, enfaticamente, fechando os olhos e fazendo que sim com a cabeça, "a maioria dos indianos não pensa no que significa ser indiano". Agastya teve vontade de estapeá-la com muita força e sair andando com altivez para buscar outra bebida. "Continue", disse ela com impaciência, balançando a cabeça e piscando os olhos.

"Suponho que ser indiano signifique nascer cidadão indiano e não desejar mudar de cidadania." Toma essa, vadia, disse Agastya em silêncio triunfante ao ver um espanto irritado alterar o rosto da sra. Rajan. Justo nesse momento chegou a sra. Srivastav em uma de suas rondas de anfitriã, como um milagre longamente aguardado, obrigando a sra. Rajan a alterar de novo sua fisionomia. Agastya estava determinado a sair dali com ela, se necessário agarrando-se na barra de seu sári. Seguiu-se uma conversa de amenidades, durante a qual ele terminou em silêncio seu drinque.

"Peça reabastecimento para nós também", disse docemente a esposa de John.

"Ele está bebendo sozinho sem parar, acertei?", perguntou a sra. Srivastav.

No caminho de volta do bar temporário montado na beira do gramado, Agastya foi chamado por Bajaj. Obrigado, disse em silêncio enquanto ia até ele. Bajaj estava conversando com o ex-parceiro de bridge de Srivastav, que parecia muito mais gordo em pé. A nova vítima das caras feias de Srivastav era Gopalan. "Olá, Sen, quando você voltou de Delhi?", perguntou Bajaj. "Já conhece o sr. Panda, nosso secretário-adjunto de Indústrias, ex-coletor de Koltanga...?" Agastya apertou a mão úmida e grudenta do gordo e se perguntou se ele teria se masturbado embaixo da mesa, para expressar em segredo sua verdadeira opinião sobre o parceiro de bridge.

Bajaj disse: "Sen, por acaso Srivastav *saab* já contou? Provavelmente vamos alocar você em Jompanna como chefe do Desenvolvimento Distrital, BDO. É uma área tribal atrasada, será uma experiência rica para você". Agastya assentiu com a cabeça e tentou parecer entusiasmado.

Panda disse: "Acho que você tem sorte de ser BDO em Jompanna. Será um maravilhoso mundo novo". Ajeitou os óculos e acendeu um cigarro. Sua voz era muito lenta e pesada, cultivada para enunciar profundidades. Continuou: "Como BDO você vai ver o desenvolvimento do povo do interior", sorriu, e tinha dentes marrons, "num país em desenvolvimento. Vai implementar todos aqueles programas sobre os quais você conhece pelos jornais, Desenvolvimento Rural, Bem-Estar Tribal, Bem-Estar da Família, é uma tremenda oportunidade para aprender". Bajaj concordou com a cabeça, olhos tristes de cocker spaniel numa carcaça de Dom Quixote.

O *thumri* que estava tocando agora era familiar, "*The pearl has fallen from your nose-ring, my beloved*". A canção de Shankar, na manhã em que Agastya se recuperava de uma febre; Shankar insistira, bêbado, que tudo de que se precisava para suportar o mundo era transcender a razão. Um homem se juntou a eles e à conversa de amenidades, era Sharma, o secretário de Saúde do distrito. Oh-ho, Agastya se lembrou, o orgulhoso usuário do jipe circense, com os lutadores pintados na lataria. Olhou em volta à sua procura, lá estava o carro, que a penumbra deixava com a aparência quase digna. Sharma e Bajaj falaram de assuntos profissionais por um tempo, até que Bajaj tentou incluir Panda na conversa. "Uma situação inusitada. Você conhece o Lar de Reabilitação de Baba Ramanna", Panda assentiu com a cabeça muito lentamente, como se seu pescoço obeso impedisse movimentos mais rápidos, "ele recusou com toda polidez a ajuda do governo. Diz que se virou sem o governo por quarenta anos".

Panda não abria a boca, mas fazia cara de sábio. Na esperança de incitá-lo a se pronunciar, o secretário de Saúde do distrito disse: "Fui lá de novo esta manhã, mas não consegui encontrar o Baba. Falei com o filho dele, de todo modo. Ele disse que a ajuda do governo infelizmente seria seguida pela interferência do governo".

"É bem verdade", disse Panda, "mas aquele homem é mesmo quase um santo. Que trabalho de amor, esse programa dele". Todos assentiram com um ar solene.

Agastya viu um Maruti vermelho moer ruidosamente o cascalho da entrada de carro. Sathe saiu do carro, olhou em volta e foi falar com alguém numa das mesas de bridge. Em seguida

Bajaj perguntou a Agastya: "Sen, você conhece o Lar de Baba Ramanna, não conhece?".

"Ahn... não, senhor, ainda não tive a oportunidade", e teve vontade de responder: Estou tão interessado nele quanto ele em mim.

Bajaj pareceu quase chocado. "Francamente, Sen, o que você tem feito durante seu treinamento?" Voltou-se para Sharma. "Quando você vai lá de novo? Leve Sen *saab* com você. Ele precisa conhecer, vai ser muito educativo."

"Em algum momento da próxima semana, quem sabe", disse o secretário de Saúde do distrito, acenando com a cabeça para Agastya. "Eu apanho você na Casa de Pouso, pode ser?"

"Claro, obrigado", disse Agastya, torcendo para Sharma esquecer, ou para ele próprio não estar em seu quarto, ou estar chapado a ponto de não ouvir a batida na porta. Você devia ter contado, disse a si mesmo, o número de vezes que ouviu as palavras "educação", "experiência enriquecedora" e suas variantes, aplicadas a você, Agastya.

Ele disse: "Se me dá licença, senhor, tenho que ir falar com...", e se deu conta de que não sabia o nome deles, "... o inglês e sua esposa". Soou horrível. "Ordens do sr. Srivastav. Tenho que entreter os dois esta noite."

Afastou-se, viu a sra. Rajan ainda inclinada para a frente falando merda e desviou para ir ter com Sathe, que disse: "Por que você ficou lá parado durante horas conversando com aquele hipopótamo? E daí que eles não comem seres humanos? Vem, vamos beber, a gente se reabastece de bebida e cai fora desse circo".

Fizeram isso, com Agastya sorrindo maliciosamente em antecipação ao sarcasmo que viria em seguida. "Que complexa obra-prima aguarda os últimos toques em seu cavalete, ó, pintor?"

Sathe riu, como sempre, com o corpo todo. "Você já viu meus cartuns de Krishna? Uma série de doze. Aqueles jornais estão relutantes em publicar, dizem que são blasfemos demais. Muito triste isso. Pensei em usar legendas em inglês e enviá-los para outros lugares, mas eles não soam tão bem em inglês." Tinham se afastado em direção aos carros, e acabaram se instalando sobre o capô do jipe circense. "Num deles eu tinha um político falando a Krishna, a cena se passa em Kurukshetra, com sacos em vez de corpos em volta deles, e nos sacos os dizeres 'Dinheiro sujo', 'Corrupção' etc., e o político dizendo 'A mente é inquieta, ó Krishna'." Agastya tomou um susto. As palavras eram familiares demais, era uma mistura de dois mundos, com certeza aquelas palavras não eram assunto para um cartum. "E Krishna dá a ele duas pílulas digestivas e pede que o chame pela manhã." Sathe ficou esperando Agastya rir. "Sua refinada mente anglicizada não entende? Bom, soa muito mais sem graça em inglês. Você sabe, para um político, a mente e o estômago são mais ou menos a mesma coisa."

"Não, não. Eu entendi, é uma piada muito boa mesmo, é que eu estava pensando em outra coisa." Em um quarto silencioso surreal a poucos minutos dali, no revirar-se numa cama branca sob o fantasmagórico mosquiteiro, a agitação do corpo mimetizando a inquietude da mente.

Houve um alvoroço em torno das mesas de bridge. "Aqueles idiotas estão trocando de parceiros de novo." Sathe tomou um grande gole de seu copo. "Você já encontrou nosso inglês e sua esposa?"

Agastya viu que a sra. Rajan tinha saído à procura de outra vítima e disse: "Vamos lá conversar com eles. Tenho ordens de bater papo com eles a noite toda".

"Com certeza, e vamos nos abastecer no caminho." Esvaziou seu copo. "Eu nunca imaginaria que os ingleses pudessem ser tão... sentimentais, a menos que o verdadeiro propósito do querido John aqui na Índia seja procurar o *karma*[96], ou tentar despertar o *shakti*[97] na base da sua espinha, e ele esteja com vergonha de admitir isso."

Você está se saindo bem com sua ignorância, disse Agastya a si mesmo; até Sathe parecia saber o que John e a esposa estavam fazendo em Madna, sem dúvida devia saber também quem e o que era Baba Ramanna. Aquela preciosa proteção de

96 Complexo conceito hindu de salvação mediante a ação correta e o dever. [N. A.]

97 Literalmente "vigor", "poder"; também um complexo conceito hindu de força espiritual e metafísica inata em todos os indivíduos. [N. A.]

sua ignorância era infantilmente excitante – fazia-o lembrar-se do frisson secreto dos primeiros anos de escola, dos internos conspirando para comer a merenda de um aluno externo e esperando, com respiração acelerada e joelhos apertados de tensão um contra o outro, o otário descobrir que não comeria naquele dia –, o sentimento agora era semelhante. A diversão com certeza está de volta, pensou sorrindo.

"Os dois são duplos, Ganesh", disse Sathe ao barman.

"Ah, claro, ele é o seu homem", sorriu Agastya, "quando Srivastav te pediu ajuda para esta festa, pensei que você tivesse emburrado e recusado, ou pedido em troca licença para bebidas no clube".

"Ele não pediu para mim, pediu para o meu irmão", riu Sathe. John e sua esposa, Agastya gostou de constatar, pareciam um pouco bêbados. "Olá", disse Sathe, "vocês dois ainda estão *in Coventry*[98], não é essa a expressão?" Todo mundo riu. "Já conhecem Sen, o Orgulho de Madna?"

"Sim", disse a esposa, "ele estava a serviço aqui, mas desertou quando chegou a sra. Rajan".

Sathe manifestou com um aceno de cabeça sua plena aprovação à atitude. "Quando vocês partem para Jompanna?"

"Amanhã de manhã, acho", disse o inglês, "vou ter que checar com o sr. Srivastav. Ele fez a gentileza de nos emprestar um jipe".

"Ele é um coletor muito bom, diga-se de passagem", disse Sathe, de modo completamente inesperado. "Por trás daquela carranca tem um administrador excelente. Não é nada ruim conversar com ele por um tempo. Ouvi em algum lugar que o Agastya aqui vai com vocês a Jompanna."

"Também ouvimos", sorriu John, "ele é o amigo, filósofo e guia".

"Serei transferido para lá, de fato, em algumas semanas", disse Agastya, "como BDO", e acrescentou para John, vagamente: "Vou ter que lidar com desenvolvimento".

98 Cidade do centro da Inglaterra, famosa por ser a terra onde viveu Lady Godiva, no século XI. Ao longo do tempo, a expressão *in Coventry* passou a designar uma condição de exílio ou ostracismo. [N. T.]

"Que Deus ajude Jompanna", disse Sathe, "se você for desenvolver o lugar com o mesmo entusiasmo com que fala. É maravilhoso, já teve as melhores florestas do distrito, e uma das melhores da Índia. Fui lá com meu pai uma vez, uns vinte anos atrás, quando ainda abundavam tigres por lá. Agora, evidentemente, devem ter construído estradas e postos de saúde – é o desenvolvimento. Os naxalitas estão lá também, tentando fazer os tribais pensarem, em vez de gastar sua vida bebendo e matando uns aos outros por causa de suas esposas e vendo seus filhos morrerem, e esperando para ser oprimidos e explorados por empreiteiros florestais como o meu pai. Acho que os tribais concluem que pensar é mais difícil". Sathe virou-se para John. "Você não sabe o que é um naxalita, né? São parte da história de Bengala tanto quanto Bankim Chandra e *roshogollas*..."

"São um grupo político militante e violento", explicou a esposa a John.

"Você faz com que pareçam terroristas", disse Agastya.

"Aqui protesta o verdadeiro filho de Bengala", riu Sathe, "aflito com essa profanação de uma grande apoteose bengali. Terroristas naxalitas! É tão grave quanto dizer, Sita, que se as canções de Tagore pudessem de algum modo ser transformadas em pílulas que varreriam do mercado todos os outros soníferos". Sathe olhou para Agastya com benevolência. "Você é tão indecentemente bengali, Agastya; nunca reservou um pensamento para sua mãe?"

Até que, finalmente, chegou o jantar. Alvoroço no gramado, com as rodinhas se desmanchando. Os homens se aproximaram devagar das mulheres, para ser galantes depois de tê-las ignorado a noite toda. A sra. Srivastav e a cunhada de Sathe conduziram os convidados às mesas. O retinir de pratos e talheres. Os jogadores de bridge, como era previsível, prosseguiam diante do prato de comida com seus comentários sobre a última partida, e partidas anteriores, e aparentemente sobre todas as partidas já jogadas, em parte para impressionar os não jogadores de bridge com um "Olhem, estávamos exercitando nossa mente enquanto vocês enchiam a cara e desperdiçavam seu tempo", e em parte porque enquanto falavam não tinham que ouvir as opiniões dos outros jogadores de bridge.

Em virtude de sua posição no distrito, Srivastav vencia todas as discussões e olhava para o entorno em triunfo, à procura de outras vítimas. Agastya deu graças por ter sido visto por Srivastav cumprindo seu dever no posto designado (divertiu-se levemente com o nome deles. Como casal, não estavam nem cá nem lá, nem Ram e Sita, nem John e Mary). "Então", Srivastav sorriu para eles, "tiveram uma noite agradável? Mas o que é isso?", e fez uma carranca, numa transformação mercurial, ao olhar para o prato de Sita. "Você é vegetariana?"

"Estamos pensando em partir amanhã de manhã", disse John, "se o jipe estiver disponível".

Os sulcos na testa de Srivastav se suavizaram. "Ah, sim, claro. Sen vai com vocês. Você vai com eles, não vai?"

"Sim, senhor."

"Veja como é Jompanna. Se você não gostar de lá eu tento arranjar um posto de BDO para você em outro lugar." Virou-se para John. "Então, conseguiu mais alguma coisa interessante na Sala de Registro?"

"Consegui", sorriu John, e dessa vez foi genuíno, "algumas das notas de inspeção de meu avô, seu diário oficial de viagem, sentenças numa porção de casos. Fotocopiei algumas coisas".

Srivastav assentiu com a cabeça. "A Sala de Registro está uma bagunça, mas vai ver que foi por isso que você encontrou tanto material. Se tivesse sido limpa e organizada, algumas dessas coisas sem dúvida teriam sido jogadas fora." Em seguida: "Sen", de repente, com uma carranca, "a qual departamento você está vinculado agora?".

"Ao Centro Distrital de Indústrias, senhor, só esta semana."

"Oh, um lixo de lugar, você pode muito bem deixar para lá. Você vem lendo o *District Gazeteer* há meses, não?", e para John: "Ele vai explicar tudo o que você não estiver compreendendo", e para Agastya: "Falei para Joshi te dar o jipe de Pequenas Economias. Lembre a ele na noite anterior à sua partida".

Durante a sobremesa, Agastya reencontrou Rajan, o coletor de Paal. Ficou espantado ao descobrir que Rajan era tão letal quanto a esposa (e eles o fizeram lembrar-se de Madan dizendo: "Fico bem feliz quando vejo duas pessoas bem pentelhas se casarem uma com a outra – o mundo começa a parecer organizado").

Rajan era agressivo e direto, dado a revelações pessoais sucessivas, com a convicção de que fascinava seus ouvintes. Lecionara física em algum lugar da América, "com alguns físicos laureados com o Nobel", pronunciando "físsico". Agastya ficou sabendo que a física o levara a Kant, que por sua vez o levara ao Serviço Administrativo Indiano. "Mesmo entre aqueles físsicos existiam pequenos ciúmes e mesquinharias. Eu sentia que não estava chegando a lugar algum. Estava inquieto..."

Et tu, Rajan, sorriu Agastya.

"Por que está sorrindo?"

"Não, nada, senhor, por favor prossiga." Rajan prosseguiu. Em dez anos talvez eu esteja assim, pensou Agastya, com uma esposa como a sra. Rajan, papeando com um estranho sobre a inquietude como se estivesse tratando do preço do petróleo.

Chegou a seu quarto na Casa de Pouso bem depois da meia-noite. John pretendia partir às sete da manhã; Agastya, pensando em sua ginástica, sugerira oito horas e os convencera de que o calor não seria tão desconfortável.

A suave luz azul, a nauseante fumaça da espiral de incenso que ele acendera à noite para afastar os mosquitos. Ficou parado na porta olhando para dentro. Quantas noites. Apagou a luz fluorescente da varanda. Agora o quarto estava na escuridão, como uma tumba. Acendeu a luz outra vez e começou a viagem familiar pelo quarto, em torno da cama, passando pela mesa e pelo espelho da penteadeira, onde seu reflexo pareceu espectral, o fantasma com quem ele sempre gracejara, o único ouvinte de sua risada silenciosa. Lá estavam as mesmas fitas cassete sobre a mesa, os livros na prateleira. Lembrou-se da descrição que Sathe fizera de seus cartuns de Krishna. Apanhou os livros e leu em voz alta à luz da lâmpada fluorescente. "'Homens fortes não conhecem o desespero, Arjuna, pois isso não lhes conquista nem o paraíso nem a terra.'" Sua voz soava estranha, como se fosse de outra pessoa. "'Morte: uma libertação das impressões dos sentidos, das contrações do apetite, das digressões do pensamento, e das imposições da carne.'" Em pé diante do espelho, com seu reflexo a confortá-lo, escreveu em seu diário: "Quando estou com pessoas, quando converso com elas, eu me sinto ok, mas quando estou sozinho...". Então desistiu, deixando a caneta seguir sem destino pela página. Era agradável, como se deixasse a caneta fazer o que quisesse. Leu algumas de suas anotações anteriores, e então, segurando de leve a caneta, deixou-a rastejar através das palavras, como uma formiga ferida.

15

Estava pronto, exercitado e barbeado, às quinze para as oito. O jipe também foi pontual, dirigido por seu velho amigo que nunca fora capaz de distinguir uma repartição pública da outra. Sita estava de jeans e John usava um chapéu de explorador. "Para o caso de o calor e a poeira serem excessivos?", perguntou Agastya, com o que esperava ser um sorriso cativante e desarmador.

John sorriu com constrangimento. "Artigo de herança familiar, na verdade. Meu avô usava em suas excursões. Eu trouxe porque estava morrendo de vontade de usar. Agora posso parecer um *pukka burra saheb*[99]."

Puseram-se em movimento na estrada para Mariagarth, ao fim da qual, numa ocasião anterior, Agastya assistira a um filme pornô com um superintendente de polícia numa Casa de Pouso onde aquele Tamse tentara espremer um país inteiro. Aquela viagem prometia ser igualmente estranha, acompanhando um inglês e sua esposa indiana no rastro de um avô que fora maltratado por um tigre duas gerações atrás. Para Agastya o mundo parecia infinitamente bizarro.

Sita e Agastya sentaram-se no banco da frente. "Sente-se na frente, se preferir", ele dissera a John Avery, "sacode menos".

"Não, aqui atrás está perfeito para mim. Posso me esparramar", e foi o que fez.

99 Literalmente, "grande senhor absoluto". Uma expressão associada ao Raj britânico, ou domínio colonial do Império britânico na Índia, e usada para os ingleses e indianos anglicizados. [N. A.]

“Foi mesmo muito gentil da parte do sr. Srivastav nos dar um jipe para a viagem”, gritou Avery por cima do rugido do motor a diesel do jipe.

Agastya gostaria que ele não fosse tão formal, e gritou de volta: “Uma das razões por que estou indo com vocês é tornar esta viagem oficial. Assim o diário de bordo do jipe pode dizer: Coletor-assistente sob treinamento em viagem a Jompanna”.

O barulho do jipe tornava impossível manter uma conversa, e Agastya estava contente com isso. Podia escorregar no assento até a nuca repousar no encosto e, sem atrito, permitir que sua mente divagasse à vontade. Num jipe, ele sorria e argumentava consigo mesmo, não dá para fazer coisa alguma em relação à sua mente ou ao seu futuro, não até que a viagem termine. Num jipe em movimento ele não era importunado pelo ônus do pensamento. Mais tarde naquele mesmo ano ele seria um BDO pela mesma razão; o emprego implicava longas viagens de jipe durante as quais ele estaria em repouso, vendo os quilômetros passarem — meninos de aldeia numa árvore, uma cabana de correio, o céu âmbar ao cair da tarde — enquanto a mente vagava, e ele temeria o fim da estrada porque então, de novo, não seria mais livre.

A cidade parecia tão feia que ele teve vontade de rir. Deu-se conta de que, se havia algo que lhe agradava em Madna, era sua assustadora ausência de pretensão, o sentimento de saudações-da-cloaca-em-que-estamos-todos-metidos. Os adultos defecando modestamente atrás de moitas, as crianças, soberanas da inocência, acenando para o jipe enquanto cagavam à beira da estrada, vacas e cães vadios, e até mesmo, inexplicavelmente, um camelo, e gente e mais gente brotando como um câncer jubiloso. “Um sentido de saneamento nacional ou social não é uma virtude entre nós. Podemos tomar uma espécie de banho, mas não nos furtamos a emporcalhar o poço, lago ou rio em que fazemos nossas abluções.” Claro que todos tinham ouvido falar de Gandhi, o Pai da Nação (mas para alguns, Agastya lembrou-se com uma risada, ele era o Tio — devia ser muito confuso o fato de a progênie de Nehru ter também o nome Gandhi), o superastro do século XX (especialmente depois do filme, cuja versão híndi pelo menos um punhado daqueles defecadores tinha visto e apreciado num cinema lotado, aplaudindo com alegria as estrelas de sua

Luta pela Liberdade, "Olha, é o Patel!", "Nehru! Nehru!", e foi agradável para eles ver que seus grandes líderes, que tinham o nome estampado em tudo à sua volta, haviam se reunido e batido papo com tanta frequência), Gandhi, cujo aniversário era um feriado nacional. Mas metade daqueles defecadores era analfabeta, e mesmo os que não eram nunca leriam Gandhi, muito menos o implementariam; nunca iriam além do *Dainik* e do tempero picante de um suposto caso de uma BDO com um coletor. E aqueles que não defecavam em público e sabiam ler tinham sido cegados, e tiveram o nariz tapado, por sua familiaridade com o excremento na rua. Além disso, era sempre muito mais fácil deificar um herói do que compreendê-lo. Mas aqueles cagões nunca aprenderiam se não fossem ensinados; Agastya lembrou-se estranhamente da noite anterior, de Sathe dizendo que os naxalitas em torno de Jompanna estavam tentando fazer os tribais pensarem; pareceu então que a abordagem cada-um-na-sua era inadequada – algumas pessoas sentiam-se impelidas a intrometer-se nos assuntos de outras, às vezes simplesmente para lembrar-lhes que elas também tinham mente.

O jipe avançava através de quilômetros de arrozais. A colheita começara. "O que são todos esses campos?", perguntou Sita ao seu ouvido.

"Você devia ter vergonha de si mesma, citadina estilosa", gritou Agastya, "são arrozais". Sita riu.

Ele olhou para ela, para os cabelos encaracolados emoldurando o rosto, os leves sulcos no pescoço moreno. Eles provavelmente haviam se conhecido numa daquelas universidades inglesas – (então sua mente começou a divagar) ou talvez em alguma cidadezinha inglesa, durante um protesto racial; talvez John Avery estivesse de peruca e fosse na verdade um *skinhead*, e ela tivesse casado com ele porque, por trás da formalidade, escondia-se um mestre da depravação. Ficou especulando de novo sobre a presença deles em Madna. "Por que está sorrindo?", perguntou Sita, de novo em seu ouvido.

"Eu te digo quando o jipe parar", gritou ele.

A cancela da passagem de nível estava baixada de novo. A mesma fila desordenada de caminhões sobrecarregados e outros jipes, os motoristas fumando e xingando uns aos outros para passar o tempo. Na última ocasião, Kumar e ele conversaram enquanto mijavam. Desceram todos do jipe. Todo mundo encarava Avery.

"É seu chapéu de explorador", disse Agastya, "eles não vêm um inglês e um chapéu desses, juntos, desde 1947".

"Sim, é um pouco absurdo", disse Avery, tirando o chapéu e pousando-o num dos assentos de trás do jipe.

Agastya observou com inveja o motorista caminhar para as moitas que margeavam os campos. A presença de seus companheiros era inibidora. Mas faltavam ainda 45 minutos até a Casa de Pouso mais próxima. Então disse: "Com licença", e foi atrás do motorista.

Avery o seguiu. Detrás de uma moita Avery riu e disse: "Quando na Índia...".

Alguns quilômetros adiante, começaram a avistar a floresta, uma faixa verde-escura no horizonte. Então dobraram à esquerda numa bifurcação. O motorista apontou: "A rodovia estadual vai para Mariagarh, senhor, e mais adiante se junta à rodovia nacional para Madras".

A entrada na floresta foi imperceptível. Umas poucas tecas isoladas, como uma vanguarda desordenada. Mas não era uma floresta virgem, pensou Agastya; em toda parte havia sintomas de profanação, tocos de árvores cortadas, moitas de bambu raquítico, clareiras no arvoredo que às vezes pareciam pequenos campos, com muitas mudas plantadas recentemente por um assíduo Departamento Florestal, e a estrada em si, nova e preta (com a qual, dissera Kumar, os empreiteiros tinham embolsado milhões), uma cicatriz interminável na carne da floresta.

Aldeias, campos, trechos de floresta cicatrizada, pontes sobre *nalas*[100], paradas de ônibus, gente de cócoras na estrada, e o jipe ia seguindo em frente. Agastya sentiu uma pressão no ombro. Sita caíra no sono e a cabeça se recostara nele. Olhou para trás. Avery também estava dormindo, desconfortável, com seu chapéu de explorador como travesseiro.

100 Geralmente, escoadouro aberto; também pode ser qualquer duto de água. [N. A.]

Pararam para almoçar numa Casa de Pouso numa cidadezinha insignificante chamada Tilan: umas poucas lojas, um ponto de ônibus, uma agência postal, outra estátua de um Gandhi deformado, um posto de gasolina, verduras vendidas por pessoas agachadas na rua, olhos curiosos, poeira. Encontraram o *tehsildar* de Jompanna na varanda da Casa de Pouso. "Vocês chegam a Jompanna por volta das cinco, senhor. Terão que pernoitar em Jompanna, senhor. Deixei tudo preparado. Então poderão seguir para Marihandi amanhã de manhã, senhor, são apenas 45 minutos de carro. O almoço está pronto, senhor", uma das mãos moveu-se quase sem querer, algumas polegadas em direção ao refeitório, "e tem também água fervida, senhor, para beber, pois...". Com o queixo e um meneio das sobrancelhas o *tehsildar* indicou os companheiros de Agastya.

Todos se sentiam sedentos, cansados e sem vontade de conversar. O almoço foi abundante, de frango ensopado no óleo (chamado, no jargão oficial, de Frango da Receita, que os funcionários do Departamento da Receita preparavam para seus superiores quando eles vinham em excursão, pelo que sempre eram recompensados de modo inadequado) a cachos de uva. O *tehsildar* e seus subordinados voejavam em volta da mesa, sorrindo radiantes.

"Você não vai comer conosco?", perguntou Agastya mecanicamente.

"Não, senhor, para mim só duas refeições por dia. Caso contrário não funciono com eficiência."

"Isso que é se esquivar da questão", murmurou Agastya.

Começaram o almoço tomando uma jarra de água. "Suponho que tenha sido fervida de verdade, certo?", disse Avery, depois de engolir dois copos cheios.

Agastya riu. "Não tanto quanto você gostaria, acho. Você devia ter trazido um estômago indiano." Ninguém riu. Comeram pouco, e Agastya se empanturrou, porque nem todo mundo no distrito cozinhava como Vasant.

Imediatamente após o almoço o *tehsildar* sugeriu chá.

"Não", disse Agastya com firmeza.

"Mas já está pronto, senhor."

"Ok", disse Agastya.

Sentaram-se na varanda para tomar o chá, contemplando o mundo através de uma treliça verde, e o *tehsildar* bebia direto do pires. Avery e Sita recusaram com firmeza o chá, dando a impressão de não estar se sentindo bem. "Deveríamos partir imediatamente, eu acho", disse Agastya. Seus companheiros pareciam impassíveis a qualquer sugestão.

O *tehsildar* queria que eles dormissem. "Os quartos estão prontos, senhor."

Agastya chamou o motorista. "Devemos partir agora mesmo?"

Ele assentiu com a cabeça. "Melhor sair agora, senhor, assim chegamos a Jompanna ainda com a luz do dia."

Agastya voltou-se para o *tehsildar*: "Obrigado. Quanto custou o almoço?". Olhos e boca se arregalaram em protesto. Discutiram por algum tempo. Avery se levantou para entrar na conversa. Andaram até o jipe depois de terem enfiado uma nota de 50 rupias no bolso da camisa do *tehsildar*, entre o estojo de óculos e as canetas.

"Muito simpática essa atitude do *tehsildar* em relação ao almoço", disse Sita, ao entrar no jipe.

Agastya deu um sorriso cínico. "Bem, se não tivéssemos pagado, em poucos dias eles estariam dizendo: Sen é como os outros funcionários, nunca paga. A maioria dos funcionários paga, claro, mas nunca o valor total."

"Não entendi", disse Avery.

"Providenciar esse almoço não deve ter custado menos que 100 rupias", disse Agastya, "nós pagamos 50. O *tehsildar* não gastou nada, claro. Existem sob sua jurisdição muitos pequenos empresários dispostos a gastar de bom grado algum dinheiro em troca de algum benefício, proprietários de pequenos engenhos de arroz, bombas de gasolina, esse tipo de coisas. Todo mundo fica feliz com esse arranjo". Eles se mostraram um pouco admirados com o conhecimento que Agastya tinha do mundo. O próprio Agastya se admirou.

Então o jipe deu a partida e o motor os silenciou. Partiram meio cochilando para Jompanna, por uma paisagem semelhante, mas Agastya notou que as florestas se tornavam gradativamente mais densas.

Chegaram depois das cinco, embalados pelo jipe numa languidez que lhes travava os ossos. Matos de um verde intenso margeando as valas de esgoto, choças, o caos da feira semanal, tribais em roupas de muitas cores, bicicletas, mercadorias expostas na rua, grãos, cana-de-açúcar, tabaco em rama, adornos para mulheres, bugigangas para crianças, roupas, e Agastya sentiu o aroma do haxixe. Avançaram devagar feira adentro, através de todo aquele barulho, passando por edifícios de três andares, uma videolocadora. Jompanna não era uma cidade, mas uma grande aldeia, com uma população de aproximadamente 20 mil pessoas, metade dela tribal. A Casa de Pouso era nova, construída ao lado de outras repartições, na imensidão de areia vermelha na extremidade da cidade. Areia vermelha que se estendia até a floresta no horizonte, com sua espantosa monotonia acentuada por prédios, ruas, arbustos e árvores. Só recentemente o governo chegara a Jompanna – até três anos antes ela não passava de um esquecido posto avançado do distrito de Madna.

"Meu Deus, que Casa de Pouso feia!", exclamou Sita. Era mesmo. De um rosa chamativo e verde, os tons de um doce barato de confeitaria, com grades brancas de ferro, uma gaiola psicodélica reluzentemente nova, sem nada da dignidade compensada pela idade. Uma festa de boas-vindas na varanda e uns poucos ociosos que tinham se juntado para ver um inglês. "Eu sou (nome murmurado), senhor, sou BDO de Jompanna, sim, senhor, vou me encarregar do senhor quando vier para o seu treinamento. Este é (nome murmurado), senhor, o *sabhapati*[101] daqui, e este é o inspetor da Receita, que estará com vocês em Marihandi amanhã. Chá, senhor?"

Os quartos, como sempre, eram mobiliados como casas. Os banheiros tinham ladrilhos e torneiras, mas não água corrente. "Estamos prontos para quando chegar a conexão com a rede de abastecimento, senhor", explicou o zelador, um homem magro e tagarela de bermuda cáqui, "até lá usamos o poço".

"Você também é o cozinheiro? Somos todos vegetarianos, você sabe disso, não sabe?"

101 Presidente de um comitê de aldeia. [N. A.]

"Vegetariano! Até esse...?" Girou os olhos em direção ao quarto vizinho.

"Ele mais que todos", disse Agastya, reconhecendo em si com prazer uma sensação familiar, "ele foi cristão no passado, um infame devorador de carne bovina, mas se apaixonou pela Índia no momento em que chegou, convertendo-se ao jainismo – um digambar[102] ainda por cima, na Inglaterra ele perambula nu". O zelador pareceu devidamente cético.

Chá na varanda. Avery e Sita demoraram um pouco a aparecer. O *sabhapati* parecia um personagem dos carturns de Sathe, um político que talvez levasse suas dúvidas a Krishna – gordo, de *dhoti* e *kurta* brancos, basto bigode escondendo o lábio superior, olhos experimentados em intrigas triviais. Mais tarde, Bajaj alertaria Agastya em relação àquele presidente do corpo político local. "Cuidado com ele", diria Bajaj, "ele tem Jompanna nas mãos. É quase o único responsável pela ausência de desenvolvimento tribal na área".

Um límpido sol cor de laranja num céu desbotado. Abaixo dele uma bela construção térrea, em pedra cinza, incompreensivelmente comprida, num contraste quase vulgar com o resto de Jompanna. "O que é aquilo?", perguntou Agastya.

"O novo hospital, senhor", disse o BDO, "construído pelos holandeses no ano passado".

Agastya teve vontade de rir.

"O senhor vai para Marihandi amanhã, Sen *saab*, para ver onde aquele sr. Avery foi morto por um tigre?" O *sabhapati* falava inglês devagar, mas com fluência.

"Sim."

"Mas não tem mais tigres lá hoje em dia. O último foi visto nesta região uns doze anos atrás."

"Não viemos para *shikar*[103]", sorriu Agastya, "mas só para ver o lugar".

"Este sr. Avery viajou 8 mil quilômetros só para ver Marihandi?", perguntou o *sabhapati*.

102 Digambar ou digambara: uma das duas principais seitas em que se divide o jainismo (a outra é a svetambara). [N. T.]

103 Caçar. [N. A.]

Agastya teve de novo vontade de rir, um absurdo após o outro.

Terminaram o chá e pousaram os pires. O *sabhapati* perguntou: "Quando virá se juntar a nós, Sen *saab*?".

"Em breve. Ainda não sei bem a data certa." Levantaram-se.

O BDO disse: "Amanhã nos encontramos novamente, senhor. Agora vou me retirar, senhor", e saiu.

Agastya se divertia, entre outras coisas, com o linguajar oficial. Nenhum funcionário saía, mas sempre se retirava. Nenhum deles passava uma noite em algum lugar, eles sempre pernoitavam. Talvez "retirar-se" fosse um eufemismo para cagar, pensou sua imaginação irreprimível: vamos fazer um pernoite, senhor, e lá eu vou me retirar para o senhor. Riu em voz alta, fazendo os desocupados em volta erguerem os olhos. Estava sendo novamente assaltado por aquele senso de irrealidade. Que diabo estava fazendo ali, naquele lugar obscuro chamado Jompanna, na varanda de uma inacreditável Casa de Pouso, com um hospital saído da Holanda à sua direita, e à frente dele alguns desocupados de uma grande aldeia relaxando na areia vermelha sob uma figueira-de-bengala, esperando para ver um inglês – e amanhã com o inglês ele viajaria ainda mais para dentro do fim do mundo, só para ver uma clareira num arvoredo, só porque mais de cinquenta anos antes, naquele local, um tigre liquidara um homem antes que o homem o liquidasse. E logo o inglês e sua esposa indiana apareceriam a seu lado, para quatro horas de conversa a fim de matar o tempo, e durante esse tempo todo o mundo teria continuado a girar, indiferente como sempre. A dezoito horas de trem dali (não, muito mais, não estava em Madna; de Jompanna seriam umas 26 horas), em Delhi, seu tio estaria saindo para sua caminhada do anoitecer, e Dhrubo e Madan seriam dois entre os milhares de funcionários voltando do serviço para casa, em roupas que lhes irritavam a pele; e a 22 horas de distância, mas a nordeste, em Calcutá, seu pai teria terminado mais um lento dia de formalidades, e talvez naquele momento, ao caminhar pelo gramado, refletisse sobre seu filho, e Neera estaria fora em busca de um furo de reportagem, ou engolindo seu enésimo chá com seus amigos jornalistas num café lotado.

O sol deslizava floresta adentro. Pontos de luz começaram a aparecer no negror sob o azul-acinzentado. As barracas de caldo de cana do lado de fora do portão da Casa de Pouso acenderam todas as luzes sobre as mesinhas instáveis, e as luzes de lâmpadas nuas eram filtradas pelas pantalhas de barro vazado, artesanato de ceramistas tribais explorados ("étnicas", é como Dhrubo teria qualificado aquelas pantalhas, com um saboroso sorriso de escárnio). Os desocupados se dissolviam na penumbra. Da varanda as barracas pareciam lindas, até românticas, como o terraço de um restaurante num dos novos hotéis de Delhi (que teriam um extravagante nome indiano pronunciado de modo homicida por línguas forasteiras, e onde o café custaria tanto quanto as camisas que Madan costumava vestir), uma transformação radiante só porque o sol descera no horizonte – o fulgor das lâmpadas era capaz de criar aquela ilusão de que sob uma luz mais suave a miséria era um encanto.

Então nas barracas começou a música, apenas uma caixa de som, mas no volume máximo. Canções de filmes híndis, como sempre, pouco importando que só metade da população soubesse falar a língua, e ainda assim com dificuldade. "A primavera despertou junto comigo/ Vejo suas maravilhas com novos olhos." Um ritmo langoroso, uma voz clara como a visão depois da chuva, e ele se lembrou de onde ouvira aquela música antes. Darjeeling, ele e Prashant vinham de uma caminhada pelas estradas do morro, no último ano de escola, num anoitecer claro de verão; Prashant estivera pensativo – revelações hesitantes sobre sua homossexualidade, que por algum motivo deixaram Agastya tremendamente impressionado, o Kanchenjunga resplandecente e bidimensional, como uma fotografia, e um grupo de garotas tibetanas que passou por eles, com passos leves, cantando suavemente aquela canção, felizes por serem o que eram, a prole de estrangeiros numa terra indiferente. E Agastya se sentiu de novo subjugado pela convicção de que havia um método em seu passado, Kanchenjunga em Darjeeling, e a fotografia do monte em Mariagarh, Durga em Delhi e Jagadamba em Madna. Tentaria sempre organizar seu passado assim, impor-lhe uma ordem, e este continuaria a zombar dele com imagens de mundos perdidos e com insinuações de algum padrão.

Um movimento atrás dele na varanda lhe causou um sobressalto – eram os Avery. "Simplesmente cochilamos demais", disse Sita, com uma risada. Nitidamente uma risada pós-coito, pensou Agastya e mais uma vez notou como era muito mais fácil estar com companhia, como em segundos sua mente passava do sombrio para o frívolo.

A nova canção tinha uma batida mais rápida, e um sapateado. "Não há amante como eu sob o céu/ Vou seguir o balanço de seus quadris até o horizonte." Ficou olhando os Avery se acomodarem nas cadeiras como formas escuras. Sob a canção a noite era calmante, o estalar de uma bicicleta que passava, um jipe distante, um murmúrio de conversa vindo da casa do zelador, risada em algum lugar da escuridão crescente.

"É tão sossegado, né?", disse Sita de repente, "e tão diferente de tudo". Agastya pôde sentir que ela se virava para ele. "Você não achou isso tudo um pouco estranho quando chegou, quero dizer, depois de Calcutá? Embora Calcutá seja simplesmente horrível."

"Você quer entrar numa disputa Bengala versus resto da Índia?", perguntou Agastya. "Calcutá tem *alma*, uma alma que transborda até mesmo de suas..." Parou antes de conseguir dizer "tetas", e então Avery começou a falar, o que sobressaltou Agastya, pois apostara que o inglês ficaria calado e com a aparência levemente aturdida nos dois dias que restavam.

"Você tinha razão, Sita, este lugar não é nem um pouco como nas cartas do meu avô. Eu não esperava mesmo que fosse, mas de qualquer forma é uma espécie de surpresa."

Agastya tentou parecer solene no escuro. Com Sita ele podia ser irreverente, mais à vontade, porque vinham da mesma cepa, indianos metropolitanos, que comiam hambúrguer e sabiam quem era Artoo Detoo. Mas Avery era diferente, quase de uma outra espécie. Eles não tinham nada em comum, nem sequer uma língua, menos ainda o sotaque. Agastya se lembrou de Sathe, muitos meses antes, diante de seu cavalete, dizendo que cada língua era uma cultura. E duas gerações atrás, em uma cidadezinha obscura da Índia, um coletor e magistrado distrital inglês escrevera cartas para sua terra. E John Avery as lera cinquenta anos depois, e ouvira histórias sobre seu avô, conhecera uma garota indiana e pressentira um país por meio de livros e filmes, e sentira-se incitado a fazer a travessia até acabar um pouco desconcertado, e talvez se sentindo meio tolo.

Mas Agastya nada disse. A escuridão estava dissolvendo a rigidez de Avery, e Agastya sentia que uma palavra sua poderia arruinar o astral. "Meu avô escrevia para casa quase todo dia", disse Avery, "suas cartas são deliciosamente detalhadas, a vida no distrito, o clube, quem ele tinha conhecido, quem disse o quê – tudo entremeado com coisas que agora parecem historicamente significativas. Escreveu, por exemplo, num punhado de cartas: tudo o que vocês estão lendo nos jornais sobre o Movimento de Não Cooperação e a queima de produtos ingleses poderia estar acontecendo em algum outro país, nem uma sombra disso se vê em Madna. Ele escrevia bem – gostava deste lugar, e do seu trabalho. Escreveu sua última carta aqui, em Jompanna, num bangalô de inspeção. Mas não consigo imaginá-lo aqui", o braço de Avery traçou desenhos no escuro, "não consigo relacionar este lugar com as cartas dele".

"Seu avô escreveu sobre o Madna Club? Vocês dois estiveram lá?"

"Sim", disse Avery, e os três começaram a rir.

"É um lugar tão *instantaneamente* deprimente que chega a ser até interessante", disse Sita.

"Acho que, se minha avó estivesse viva, teria desejado vir também", disse Avery. "Sita e eu viríamos para a Índia de todo modo, para Bombaim."

Sita soltou um riso inesperado. "Acho que deveríamos contar a este jovem, John, ele não vai se chocar muito." Voltou-se para Agastya: "John e eu não somos casados ainda, mas logo seremos. Fomos a Bombaim para que ele conhecesse meus pais, e para que eu pudesse convencer minha mãe de que ele não era o que ela chama de *pakibasher*[104]", ela deu uma risadinha adolescente, "e aí Madna ficava só a um trem de distância, e então ele escreveu ao coletor, e aqui nós dissemos que éramos casados porque era bem mais simples. John de fato nasceu duas gerações

104 Termo coloquial para designar quem agride ou humilha gratuitamente imigrantes paquistaneses ou de ascendência paquistanesa. [N. T.]

atrasado – ele se enquadraria muito bem nos tempos da administração britânica. Eu cansei de dizer que Madna seria uma perda de tempo, nem um pouco parecida com o que ele esperava, agora ele está arrependido de tudo, não é mesmo, John?".

"Não, claro que não", resmungou Avery. Estava desconcertado, talvez pela franqueza dela a respeito dos dois, mas havia algo mais. No escuro Agastya podia sentir uma tensão entre eles; talvez tivessem discutido sobre alguma coisa, ou quem sabe, e sua barriga se estufou com uma silenciosa risada satírica, a Índia os tivesse apanhado também.

Eles podiam vê-lo se sacudir; apressou-se então em perguntar: "Por que vocês não me contam um pouco sobre vocês? Onde foi que se conheceram?".

Um breve silêncio, e então Sita disse, numa voz curiosamente apagada, já despojada do riso provocador: "Em Londres, onde mais? Eu fui fazer doutorado na London School of Economics, depois de cursar a faculdade Elphinstone, em Bombaim. John estava lá também. Agora ele entrou para o British Council". Tudo o que Agastya sabia do British Council era que em seus primeiros anos de faculdade ele e Madan se deleitavam em roubar livros da biblioteca de lá.

O zelador chegou sorrateiramente pelas costas deles e acendeu a luz. "Não, não, apague isso", disse Agastya com irritação. Ele apagou e perguntou se queriam alguma coisa, chá, talvez. Mas o clarão repentino na varanda os atordoara, arruinando a intimidade. "Quero caldo de cana", disse Agastya, "vocês vão querer chá?". Sita também queria caldo de cana, Avery não queria nada.

Continuaram conversando a esmo, Agastya e Sita, com Avery contribuindo vez ou outra com uma frase, em meio ao caldo de cana e ao jantar, ambos bons ("Ainda bem que você disse a ele que somos todos vegetarianos", disse Avery, "outra refeição como aquele almoço e eu estaria morto"). Agastya teria preferido que Avery falasse mais, mas não sabia como instigá-lo; e se perguntava como Avery sobrevivera ao trem de Bombaim a Madna – num trem todo mundo quer saber tudo sobre todos os outros. Talvez Sita tivesse aparado todas as perguntas, enquanto ele ficava olhando para fora da janela.

A primeira noite de Agastya em Madna em outro quarto. Aquele não tinha teto falso. O zelador cozinhava bem, não seria tão ruim ali, pensou, como BDO. Lembrou-se de sua primeira noite em Madna, de seu espanto com a comida horrível de Vasant. Uma boa comida simples podia fazer a pessoa feliz, pensou, era uma coisa agradável e animalesca. A comida tinha sido um dos primeiros choques, depois os mosquitos e o calor. O dia fora cansativo demais, talvez, mas o fato é que naquela noite ele dormiu bem.

De manhã bem cedo no dia seguinte, ele e Avery estavam com xícaras de chá na varanda, contemplando a pobreza esmaecida de Jompanna. "Nos tempos do seu avô", disse Agastya, "as florestas deviam estar muito mais próximas. Você derruba a floresta até enxergar areia vermelha. Aí você constrói nessa areia vermelha até ter uma locadora de vídeo".

Sita não estava bem, dissera Avery. Ela havia sugerido que eles fossem a Marihandi sem ela. Estava de TPM, presumiu Agastya. Lembrou-se de quando Neera lhe contara pela primeira vez, muitos anos antes, sobre tensão pré-menstrual, e de como ele ficara impressionado, de um modo obscuro, com a condição feminina.

"Pois é, eu não teria imaginado uma locadora de vídeo aqui", disse Avery.

"O distrito como um todo é cheio de surpresas", disse Agastya. "No meu primeiro dia aqui, Kumar, o superintendente de polícia, me convidou para assistir a *Amadeus* e filmes do tipo, em seu vídeo." Avery pareceu devidamente surpreso. "Mas aqui em Jompanna, é claro", acrescentou Agastya, "as coisas mais populares são filmes híndis e sessões secretas de algo mais pornográfico". Olharam para as barracas de caldo de cana vazias e miseráveis, feitas de feixes de bambu e de teca roubados.

"É espantoso", disse Avery de novo, abruptamente, "um vídeo aqui".

"É sim." Que Avery sentisse uma espécie de absurdo nas incongruências de Jompanna o deixava com uma ligeira irritação. "Cerca de 65% da população do povoado de Jompanna – um povoado é mais ou menos um sexto ou um sétimo de um distrito – são de analfabetos. Mas não é preciso ser um intelectual para assistir a um filme pornô em vídeo. Sua verdadeira surpresa é simplesmente a...", procurou a palavra, "a justaposição, não é?", e então a solenidade de Avery o enfureceu (e por isso ele passou, nas palavras de Madan, a "cutucar seu rabo"), "mas isso é porque a Índia é uma terra de contradições sublimes e fascinantes, onde os Himalaias da alma nascem do esterco e dançam de mãos dadas com o falo de Shiv". Avery o encarou com uma leve carranca à Srivastav.

Partiram para Marihandi logo depois, Avery levando uma pequena sacola de lona desbotada. Sita saiu para se despedir deles: "Vejo vocês à noite". Uma hora de jipe até Marihandi, uma parte dela na subida. A floresta era menos profanada, mas ainda não chegava a impressionar. Marihandi era apenas uma aldeia, com crianças nuas e fumaça de estrume contra o céu. O inspetor da Receita do dia anterior estava na varanda do Bangalô de Inspeção, de camisa azul-clara sobre um *dhoti* creme. O Bangalô de Inspeção era uma construção do final dos anos 1940. "Nada do tempo do meu avô ainda sobrevive, suponho", disse Avery.

O inspetor da Receita explicava (em pé, enquanto eles tomavam chá sentados na varanda) e Agastya traduzia. O lugar onde Richard Avery morreu ficava a mais ou menos uma hora a pé, numa caminhada não muito difícil. Tinha sido, naqueles tempos, uma espécie de bebedouro para tigres. Agora, evidentemente, não havia tigre algum lá, tampouco água, e em alguns lugares nem árvores. Cinquenta anos, disse o inspetor, é um tempo muito longo para uma paisagem de floresta. Mas o lugar do ataque estava marcado por um monumento, talvez pudessem dar uma olhada nele e depois em qualquer coisa que os *sahebs* quisessem ver. Partiram depois do chá, Agastya se sentindo supérfluo. Com eles iam o inspetor e, como guia, um adolescente tribal, esguio, com o gingado vagamente erótico de alguém acostumado a caminhar quilômetros. Talvez Avery pressentisse o estado de espírito de Agastya, pois disse: "Não acho que a gente vá ver alguma coisa particularmente empolgante, só uma pedra. Mas vai ser como o fim de uma jornada. Embora, no meu primeiro dia aqui, você pudesse dizer que o fim da jornada está no cemitério Ross, na cidade. Você sabia que o cemitério se chama Ross? Perguntei por que Ross, ninguém soube responder".

Atravessaram a pé uma parte da aldeia, poeira que as chuvas transformariam em lama, relances sombrios do interior das choças, um mercadinho público popular, todo mundo encarando, alguns reprimindo o riso, alguns saudando o inspetor com salamaleques, outros fazendo ao guia perguntas que motivavam risadas, as crianças onipresentes seguindo-os. O sol de outono aquecia agradavelmente os ombros dos caminhantes. Alguns momentos depois Agastya percebeu que Avery estava falando com ele e ergueu os olhos, rompendo a fascinação pelos sapatos de lona outrora brancos pisando na poeira marrom-clara. Avery estava levemente suado.

"Por que você deixou para trás seu chapéu de explorador?", perguntou Agastya.

Avery sorriu: "Talvez um tigre me pegasse também".

Avançavam através dos campos, o guia sempre tendo que diminuir o ritmo para que os guiados o acompanhassem. "O que você e Sita fizeram desde que chegaram a Madna?", perguntou Agastya, sentindo-se vagamente culpado por sua falta de atenção anterior.

"No primeiro dia, além do cemitério, dei uma olhada nos registros na Coletoria, tentando encontrar alguma coisa sobre meu avô. O que eu mais consegui foi outra perspectiva, na verdade. No segundo dia fomos a Gorapak, Sita e eu", Avery riu de repente, "meu avô mencionava Gorapak com frequência em suas cartas. Quando não vinha a Jompanna para caçar, ia a Gorapak 'para relaxar'. Relaxamento contemplando aquelas paredes do templo. Mas passei a gostar ainda mais do meu avô depois de conhecer o lugar".

Atravessaram campos de restolho, com enormes mangueiras em pontos estratégicos ao redor deles, como peças gigantes de xadrez no fim de uma partida exaustiva; algumas centenas de metros adiante o início de um mato rasteiro gradualmente se transformava numa floresta franzina. O inspetor voltou-se para eles: "Sessenta anos atrás tudo isto pode ter sido uma boa floresta, senhor. Agora, claro, ninguém vem aqui para caçar, e os animais se foram, portanto acho que ninguém seria capaz de indicar a rota que o avô do *saheb* pode ter seguido. E agora a floresta remanescente ficou consideravelmente mais rala, e existem nela muitas trilhas que os tribais das aldeias vizinhas usam para chegar a Jompanna. Novas trilhas são feitas quase todos os dias. O *saheb* não deve pensar que uma trilha que seguirmos pode ser a mesma que seu avô talvez usou". Agastya traduziu. O inspetor estava na faixa dos 50 e parecia afogueado com o esforço. Pobre homem, pensou Agastya, seu chefe imediato, o *tehsildar*, deve ter deixado o sucesso da expedição nas suas mãos, e por isso ele tinha que suar numa caminhada sem sentido – mas ninguém tinha culpa, muito menos Avery e Srivastav, o primeiro era romântico, o segundo, cortês.

"No primeiro dia visitamos o clube também", disse Avery, sorrindo para Agastya, "o que chamam de clube. Nas cartas de meu avô era um lugar para festas familiares – e danças e jogos". Continuou depois de uma pausa: "Em Gorapak conheci um sujeito do Serviço Florestal que conhece você, Dubey...", e de repente Agastya lembrou que duas noites antes prometera a Mohan que o encontraria antes que ele partisse para Alwar, e que Mohan deve ter esperado a noite toda enquanto ele, Agastya, ficara vadiando numa varanda em Jompanna, e então Mohan talvez tivesse telefonado para a Casa de Pouso de Madna e descoberto que Agastya tinha partido para Jompanna sem dizer uma palavra. Sentiu-se profundamente envergonhado de si mesmo, deveria ter deixado um bilhete para Mohan com o pessoal do serviço florestal, sem justificativas, só pedindo perdão – "é tão bom artisticamente que a gente não consegue deixar de sentir que não é só obscenidade. Sita não tinha nada a dizer sobre aquilo – você sabe, ela conhece muito pouco do país fora de Bombaim – e Dubey foi um tanto vago. Ele disse que o sexo faz parte da...", Avery usou as mãos para expressar algo filosófico e indefinível, "*coisa* hindu, e alegria faz parte do pensamento hindu, e... tudo o mais – mas você não estava me ouvindo?".

Bem, ele só tinha perdido um pedaço no meio da fala. "Acho que é um truque metafísico para atrair o turista estrangeiro", ele riu, "não, você não é um turista típico. Não, eu realmente não sei por que tem tanto sexo num templo hindu, mas é divertido observar, né? – com certeza seu avô concordaria. À parte esse negócio da alegria hindu, outra teoria é de que os artesãos estavam só querendo exibir seus talentos, e ninguém se importava, porque eles esculpiam muito bem, hahaha. Não, até onde eu sei não existem explicações conclusivas a esse respeito".

Floresta adentro, jovens salgueiros e tecas, arbustos e moitas nem um pouco espetaculares, clareiras onde os nativos tinham derrubado e queimado as árvores para criar uma roça, o sol desenhando padrões nas trilhas; eles passaram por um grupo de mulheres tribais, de pele cor de bronze-escuro e olhos arregalados; o guia seguia em frente com sua graça incansável. Ocasionalmente uma formação rochosa bizarra, ou uma figueira-de-bengala patriarcal, monstruosa e imemorial, com quatro andares de altura e cinco casas de largura. Mudavam com frequência de trilha. Até que o nativo parou e apontou para uma pequena pedra a poucos passos da trilha, na sombra entre duas árvores. "É ali", explicou. Pedra cinza-clara, quase branca, como se tivesse sido lavada com frequência, com aparência paciente e bonita.

> Em memória de Richard Avery, coletor e magistrado distrital de Madna, 1917-1923, que foi atacado neste local por um tigre na noite de 22 de agosto de 1923 e mais tarde sucumbiu aos ferimentos. Ele agora jaz no Cemitério Ross na cidade de Madna. Um administrador justo e cordial, amava a terra onde vivia. Que sua alma descanse em paz. Esta Pedra Memorial foi erigida pela Administração Civil do Distrito de Madna em 1923.

Avery tirou uma câmera da sacola e começou a clicar.

"No fim das contas, você é um turista caipira", disse Agastya.

"Que mais você achava que eu trazia nesta sacola?", perguntou Avery, ao se ajeitar para congelar num clique Agastya, o inspetor e o nativo sorridente.

"Ah, uma porção de coisas. Comprimidos contra disenteria, loção para queimadura solar, um chapéu inflável de explorador, talvez um taco de críquete, uma xícara de chá, um retrato da rainha ou talvez da princesa Diana."

Avery riu e continuou clicando. "Depois que começo não consigo parar. Foi por isso que não tirei nem sequer uma foto em todo o caminho."

A areia cor de laranja da trilha, umas poucas árvores, salgueiro e teca, a alguns passos outra figueira-de-bengala antiga, folhas mortas, tocos de árvores, capoeiras, um bambuzal luxuriante, alguns nativos passando, graciosos e boquiabertos, o céu – o fim da estrada para dois Avery.

"Sem chance de algum chá aqui, né?", perguntou Agastya melancolicamente.

"Não, senhor", disse o inspetor com firmeza, "podemos descansar um pouco aqui, senhor, e então no caminho de volta podemos fazer um pequeno desvio e ver o que antigamente era o bebedouro dos tigres".

Avery sentou-se apoiando as costas na pedra. Os sons de diferentes pássaros, sombra e sol, vento e farfalhar da floresta. "Meu avô foi bem feliz em Madna", disse Avery para o céu.

Agastya disse: "E agora que você viu o lugar, está se perguntando: como pode?".

Avery riu. Girou o corpo para tocar a pedra, em seguida leu em voz alta a inscrição, meio para si mesmo. "Mas em suas cartas, eu agora me dou conta, apesar de todos os detalhes não tem nenhuma sensação de um lugar *vivo*. Na verdade, todos aqueles detalhes enfraquecem mais ainda o lugar. Existia aparentemente um grande relógio na sala de jantar, e a maioria das suas cartas começa com 'Acabam de soar as quatro horas e Baldev trouxe meu chá', 'Agora são 7h30 e Natwar, aquele que nunca me traz as botas certas, está na porta perguntando sobre o jantar'. Tudo é estático, como se Richard Avery fosse sempre permanecer aqui em Madna, satisfeito, com seus serviçais, o clube, a caça perto de Jompanna, o relaxamento em Gorapak. Como se nada jamais fosse mudar – as cartas são como fotografias, e é por isso que eu estava tão curioso."

Mais revelações cautelosas sobre o avô e sobre si próprio; depois o bebedouro, uma ondulação indistinguível, a caminhada de volta através dos campos e da aldeia, agora sonolenta, chá no Bangalô de Inspeção, expressões de gratidão ao inspetor e ao guia, recebidas com sorrisos genuínos ("Devemos dar gorjeta?", sussurrou Avery. "Não para o inspetor, com certeza, que ficaria ofendido, mas para o garoto sim"), acordaram o motorista e partiram para Jompanna, aonde chegaram depois das três. Sita estava na varanda com *The Illustrated Weekly of India* e chá. Avery descreveu tudo com entusiasmo para ela, e decidiram abrir mão do almoço porque era tarde demais.

Naquela noite, de novo na varanda, com canções de filmes híndis vindas das barracas de caldo de cana, lâmpadas emitindo uma incandescência romântica, Sita perguntou a Agastya, de súbito: "Como está a sua esposa agora?", e ele, depois de ter dormido, sentindo-se relaxado demais (com aquela rara sensação de viagem de jipe) para pensar na pergunta ou para mentir, disse: "Ainda não sou casado".

Ahmed, o coletor-adjunto (cargo de confiança), contara-lhes a história – ele tinha sido o guia deles na excursão a Gorapak. "Uma pessoa esquisita", disse Sita, "parecia sempre sorrir para os antebraços quando outra pessoa dizia alguma coisa, e ficamos um tanto confusos – ele falou de você sem parar, e deu a entender que sua mãe e sua esposa eram ambas inglesas, mas ao que parecia sua mãe tinha morrido de câncer *durante* o parto, e ela simultaneamente tinha sido filha de um pescador goense, que seu pai arrebatou, para usar a expressão de Ahmed, do seio da família dela. O que ficava claro disso tudo é que ela, sua mãe, era cristã, o que parecia deixar Ahmed bastante impressionado". Ahmed subiu muitos pontos na avaliação de Agastya. Sita disse: "De modo que fiquei achando que você era anglo-indiano, sabe como é", ela deu uma risadinha no escuro, "aquilo que na escola costumávamos chamar de Ding ou Dingo. Em Bombaim tinha um monte deles".

"E em Calcutá e Bangalore, e nas escolas de Darjeeling", disse Agastya, "mas não só os anglos, acho, quase todos os cristãos eram chamados de Dings. Por muitos anos eu fui chamado, entre outras coisas, de Meio-Ding e Ding-Avulso por causa da minha mãe, e por incrível que pareça todos os anglos eram muito bons nos esportes, e péssimos nos estudos, e quanto mais claros eles fossem, sabe como é, com aparência mais caucasiana, mais depressa eles iam para a Austrália, e os que tinham a infelicidade de parecerem sem sombra de dúvida indianos, como os primos da minha mãe, tornavam-se professores sádicos nas primeiras séries em colégios religiosos, irremediavelmente sem cérebro, mas incrivelmente duros e malvados...".

“Ah, sim, sim...” Sita ria sem parar, com a cabeça e a face contra o encosto da cadeira, sacudindo o corpo; Agastya tocara nela um acorde comum, uma memória comum, um motivo de alegria por ter sido algo compartilhado. Ele sentiu de novo que aqueles dois, um Avery e uma futura Avery, muito mais que outros casais, tinham um passado que o parceiro não podia compreender – mas talvez para eles o passado de cada um não fosse importante, e talvez apenas seus anos em Londres bastassem para proporcionar um alicerce suficientemente estável.

Voltaram para Madna no dia seguinte, Agastya feliz porque conseguira fazer de novo um exercício clandestino em seu quarto. Foram à casa de Srivastav à noite, Agastya para relatar a viagem e comer, Avery e Sita para agradecer e se despedir e também para comer. Srivastav mostrou-se feliz e foi terrivelmente inquisitivo; Agastya respondia mais heroicamente do que com conhecimento de causa (“Você viu sinais de seca lá? Embora tenham caído boas chuvas este ano, a região de Jompanna sempre teve tendência à aridez, você sabe, a área de captação e represamento é pequena, e o lençol freático é muito baixo, de modo que quando você for BDO deverá ter um cuidado especial para a escassez de água potável...”, e a tudo isso Agastya respondia “Sim, senhor”) e, lembrando-se da comida em Jompanna, disse sim, ia gostar de ser BDO lá.

Falaram da casa em si, de como ela devia ser na época de Richard Avery, de como, a julgar por suas cartas, devia ser a mobília, de qual coletor em tal ano tinha concedido tantos acres do complexo para beneficiar essa ou outra instituição; falaram do Serviço Civil Indiano e do Serviço Administrativo Indiano, e da diferença entre membros ingleses e indianos do Serviço Civil Indiano, e das exceções à regra – os Richard Averys e os Madhusudan Sens. Srivastav, claro, era quem mais falava; surpreendentemente Avery quase empatava com ele.

John e Sita partiriam na manhã seguinte, no trem das 5h40 para Bombaim. Portanto, despedidas logo depois de um jantar pesado. Srivastav disse: “Sen, você vai acordar a tempo de se despedir deles na estação? Não diga que não, eles são convidados do distrito”. No caminho para a porta de saída, num impulso, Agastya roubou as chaves do carro do coletor.

Bem, Srivastav se mostrara espirituoso demais a noite toda, e a sra. Srivastav estava vestindo seu sutiã preto; e no jipe, na viagem toda desde Jompanna, ele pensara em sua visita a Delhi, de apenas três dias antes, mas a anos-luz no passado – imagens efêmeras como a névoa, a mãe de Dhrubo beijando-o no rosto no aeroporto de Delhi, uma velha fotografia que ele desencavara de Neera e ele chapados em frente ao Victoria Memorial; tinha retornado a seu quarto na Casa de Pouso e seu espelho ficara de novo embaçado pela poeira. E ele se sentira culpado (sem motivo, pensou, o que o irritava mais ainda) em relação a Mohan. Avery dera a impressão de estar muito feliz, missão cumprida, Sita também pareceia feliz, estava voltando para casa. E a escuridão havia emergido das profundezas, e ele de novo desejara repelir a ordem que circundava seu desespero, que o incapacitava para a ação, mas não tinha o consolo da profundidade. Durante toda a noitada, a companhia o afligira, a conversação e as risadas, as crianças; sentira-se mais solitário e mergulhara dentro de si mesmo. As chaves estavam numa bandeja de madeira numa mesa lateral, ele as recolhera, pensando: Agora vão acontecer buscas infrutíferas e acusações de descuido, e ele teria arruinado assim o equilíbrio de pelo menos mais uma vida. Caminhando de volta ao Alojamento Temporário com Avery e Sita, riu silenciosamente da torpeza de suas ações.

Riu ainda mais no silêncio iluminado pela lâmpada fluorescente de seu quarto. Cinco chaves, às vezes era tão prazeroso concentrar todas as faculdades pessoais em atos gratuitos. Srivastav gritaria com o motorista e os empregados, ignorando os comentários sarcásticos da sra. Srivastav, para dizer que não sabia onde tinha deixado as chaves. Uma chave do carro, a segunda do tanque de gasolina, talvez uma terceira da garagem, e por último duas chaves, quem sabe de dois *almirahs*[105] de aço contendo tudo de importante que Srivastav pudesse desejar, cujas duplicatas a sra. Srivastav teria trancado dentro dos próprios *almirahs*, e Srivastav vociferaria contra essa insensatez da esposa. Despiu suas roupas ao som da música de Keith Jarrett e deitou nu com as chaves.

105 Armário, guarda-louça. [N. A.]

As chaves do carro se chamavam Usha e Union (isso o espantou por um momento, a possibilidade de que alguém em algum lugar do país estivesse sendo pago para inventar nomes para chaves de carros, e em seguida concluiu que, assim como as notícias radiofônicas em híndi eram lidas em velocidade lenta, aquele era apenas mais um ato sem explicação), e a borda inferior delas era irregular, mas graciosa, dentada exatamente como montanhas distantes; pareciam lisas e gastas, e pelo menos tinham um propósito. Srivastav provavelmente não teria as chaves de reserva com ele, e o motorista menos ainda. Estariam no gabinete, talvez. Agastya riu, pois o coletor não as encontraria, mesmo devidamente ajudado pela incompetência de Chidambaram. Bom, nesse caso, pelo menos um dia intenso de contratempos.

Ele fora o último a sair da sala de estar; as crianças saíram às nove, para dormir ou, ele pensou, examinar as partes íntimas um do outro (e assim estava de volta aquele humor negro que nunca sossegava, que ele compartilhava apenas com uma miragem, um companheiro de espelho). Sita e a sra. Srivastav deram um sorriso amarelo uma para a outra enquanto esperavam Avery e Srivastav pararem de falar sobre a Sala de Registros. Agastya se sentira de novo enraivecido e impotente, e por não ser senhor do seu tempo desejara explodir. Agora apanhava as chaves e as beijava, com o estômago em convulsão, como se fosse vomitar em vez de rir. Uma vingança insana, mas adequada – a única resposta a um mundo em que um boi podia cagar em você, se você não tomasse cuidado, no qual um juiz distrital mal-humorado podia te telefonar para dizer que não te convidaria para jantar, onde você ronda famelicamente os gabinetes de funcionários distritais de segundo escalão para cavar um convite para uma refeição qualquer, porque desconfia que seu cozinheiro talvez esteja te servindo os excrementos dele. Ficou rindo noite adentro, e teve um sono pesado.

16

Agastya a caminho do gabinete do superintendente de polícia, para pagar a Kumar pela passagem de trem a Delhi. Passou pelas poças e pelos búfalos, pelas multidões do lado de fora da Coletoria, ainda à espera, pela cânabis selvagem. Kumar estava no gabinete, soltando ameaças num aparelho sobre sua mesa. "Ah, *bhai* Sen, seu inglês foi embora?..." Conversa sobre amenidades "... Venha jantar com a gente um dia desses, *yaar*, para conhecer minha esposa..."

Agastya sacou do bolso as 450 rupias. "Da passagem de trem, senhor."

Kumar sorriu radiante e tirou uma nota de 100 rupias da mão de Agastya: "Quando começa no funcionalismo você não é muito bem pago, *yaar*, eu sei. Não consegue bancar mais do que uma segunda classe, de modo que vou tirar de você apenas o dinheiro suficiente para a segunda classe". Sua fisionomia acrescentava: Sou um amor, não sou? Então retomaram a conversa de amenidades.

Ao sair do gabinete do departamento de polícia, Agastya não sabia ao certo se Kumar fora desnecessariamente generoso ou incrivelmente torpe. Kumar deve ter mandado um subordinado do departamento comprar aquelas passagens e, considerando seu estilo de funcionamento, não antecipou dinheiro algum ao subordinado. E depois de comprar as passagens o subordinado não teria tido coragem de cobrar o dinheiro de alguém como Kumar. Se ele ia pagar ao subordinado 900 rupias por duas passagens de trem, dificilmente pagaria mais que

300 rupias de seu próprio bolso pela passagem de Agastya. Talvez Kumar pagasse o subordinado com um favor (um cargo almejado ou o cancelamento de uma transferência indesejada), e embolsasse para si mesmo, com toda tranquilidade, as 100 rupias de Agastya. No lugar dele, sorriu Agastya, eu teria embolsado muito mais. Talvez fosse uma espécie de depósito com vistas a futuros filmes pornográficos, e ele deu mais um sorriso sarcástico, aquilo seria com certeza um furo para o *Dainik*, especialmente por ser apenas uma conjectura; pensou no assunto por um momento, mas não havia como passar a matéria para o *Dainik* sem envolver a si mesmo na confusão.

Rumou para a Coletoria; tinha algumas coisas para fazer lá: checar se havia cartas que o serviçal idiota Digambar pudesse ter deixado passar, recolher seu salário e, como um bom funcionário público, encontrar-se com outros funcionários, tomar chá e matar o tempo. Em meio à multidão, os olhos indiferentes – algumas pessoas se ergueram desajeitadamente para saudá-lo com salamaleques, pois já o tinham visto em algum lugar antes, não lembravam bem onde, mas talvez ele fosse importante embora não parecesse, então era melhor lhe dar o benefício da dúvida.

Salamaleques também dos subalternos no corredor da Coletoria. Srivastav ainda não tinha chegado, Chidambaram também não estava em seu cubículo. "Saiu para procurar umas chaves do carro", disse o funcionário desconcertado que substituía Chidambaram, suando de tensão pelos telefonemas à procura do coletor. O sorriso maldoso de Agastya desapareceu quando ele descobriu que o cheque do seu salário, por razões desconhecidas, ainda não tinha chegado do Tesouro Distrital. O funcionário estava atordoado demais por estar fazendo o serviço de outro para responder de forma coerente a suas perguntas a respeito do cheque. Foi então para a sala de Joshi.

Ali ele parece ter interrompido a segunda das seis (ou mais) pausas diárias para o chá. Em Madna, a vida era uma questão de ócio. Vários homens velhos e gordos na sala, os frequentadores da Coletoria, que fizeram menção de se levantar ao vê-lo e depois se ajeitaram recatadamente nos assentos. Joshi abriu-lhe um sorriso: "O coletor perdeu as chaves do carro", e fez um gesto largo com as mãos pálidas para indicar o caos decorrente. O responsável pelo abastecimento do distrito também estava lá, Agastya lembrava-se bem dele de sua primeira manhã na Coletoria. Ainda estava transpirando, como se as broncas gritadas por Srivastav meses antes tivessem danificado para sempre seu delicado metabolismo. Agastya sentiu-se feliz ao ver rostos assim tão plácidos. Sentou-se ao lado do responsável pelo abastecimento, que cheirava como uma borracha perfumada dentro de um estojo de lápis, daquelas borrachas que, dezesseis anos antes, ele e seus colegas de escola teriam feito qualquer coisa para possuir. O chá foi servido primeiro para Joshi, em seguida para Agastya. Silêncio, murmúrios, tinidos e o som do chá sorvido lentamente nos pires. Depois o responsável pelo abastecimento fez dois *paans*, o segundo para Joshi. Suas mãos gordas moviam-se devagar, com cuidado e graça. Trabalhava como um artesão nos *paans*, para ele o tempo não tinha importância. Quando ele e Joshi enfiavam seus *paans* na boca, olhavam apenas para coisas inanimadas, os tampos de mesas, arquivos, calendários de parede. O chá na sala do RDC era um ritual, e Agastya relutava em perturbá-lo.

Mas Joshi, de *paan* na boca e xícara vazia empurrada para um lado da mesa, sorriu de novo para ele. Então Agastya disse: "Joshi *saab*, o cheque do meu salário ainda não chegou do Tesouro. Ninguém aqui parece saber o motivo". Por trás de seus óculos os olhos de Joshi se converteram em globos de preocupação. Empunhou o intercomunicador, enquanto a língua manobrava seu *paan* por alguma fresta dentro da boca. Depois de um pouco de conversa veio um funcionário, com a entrada devidamente legitimada pelas pastas em sua mão; alguém tinha sido despachado para o Tesouro, e por fim Agastya foi informado de que obteria seu cheque no dia seguinte. Então Joshi voltou a sorrir radiante. Em seguida mais um pouco de conversa aleatória e Agastya ficou chocado ao ouvir que a Reunião Mensal dos Funcionários da Receita seria no dia seguinte.

Ao deixar a sala de Joshi (certamente não para ir ao Centro Distrital de Indústrias, ao qual estava vinculado naquela semana, mas para voltar a seu quarto e ficar chapado por algumas horas), estava preocupado com a Reunião dos Funcionários da

Receita. Aquilo seria uma morte lenta. Sobrevivera a quatro daqueles encontros, mas agora estava se sentindo anárquico demais. O furto das chaves parecia tê-lo liberado. Quando entrou no jipe, dizia a si mesmo: encare o problema da reunião como um problema de ciência – como aquelas questões de física que ele tanto apreciara, e que levava os alunos de Prashant e de Dhrubo, trêmulos de ignorância, a espichar os olhos à procura de sabedoria em outras carteiras –, usando portanto lógica e ciência, e você vai inclusive gastar mais tempo dessa maneira. Começou a rir. O motorista sorriu por pura empatia, pois gostava dos sons de felicidade. O procedimento óbvio era fingir que ficara doente, mas a doença tinha suas desvantagens, a mais aguda delas seria a visita de Srivastav. E Srivastav poderia surpreendê-lo se masturbando ou fumando um baseado ou as duas coisas. Assim, para reforçar a desculpa da doença, ele teria que mandar chamar o dr. Multani. Sorriu para si mesmo, estava agindo bem, sim, definitivamente com lógica e método.

O jipe sacolejou e chafurdou pela rua sem calçamento, fazendo mais barulho do que progresso. Ele se sentiu de novo tomado pelo sentimento perturbador, mas agradável, da noite anterior, que vinha da concentração de todas as faculdades pessoais em atos infundados, e considerou tudo isso muito mais prazeroso e desafiador que a vida real. Riu de novo, e torceu para que o governo da Índia nunca viesse a descobrir que tipo de funcionário eles estavam treinando no distrito de Madna.

E para Multani, é claro, ele diria que seu estômago estava desarranjado. Mas e se Multani pedisse um exame de fezes? Isso seria embaraçoso, principalmente porque ele vinha cagando muito bem ultimamente. Ou quem sabe ele pudesse roubar a bosta de outra pessoa, de Vasant, por exemplo, e neste caso tudo o que ele precisaria fazer era entrar sorrateiramente na cozinha e vasculhar dentro de um barril. Isso seria um furo e tanto para o *Dainik*: "Funcionário do IAS flagrado roubando condimentos do cozinheiro".

A porta de Shankar estava aberta e convidativa. Não, ele disse a si mesmo com firmeza, resolva primeiro esse problema da reunião. Sim, os passos um e dois eram definitivamente doença e Multani. Uma febre, talvez? Trancou a porta do quarto e contemplou a ideia de enrolar um baseado. Depois se refreou, não, não pense em tantas coisas ao mesmo tempo, e sorriu com essa atitude. Mas de muitos braços e incessantes, Arjuna, são os pensamentos do homem que carece de determinação, ele se lembrou, e começou a rir de novo. Começou a preparar um baseado.

No colégio, um mito extremamente popular dizia que uma cebola sob a axila podia provocar uma febre. Alguns, como Prashant, tinham jurado que funcionava ("Quem quer apostar comigo?"), mas Agastya nunca tinha *visto* de fato alguém com uma cebola sob a axila. Além disso, não desejava febre nenhuma, tudo o que queria era escapar de uma reunião. Então ficou se perguntando se devia raspar a barba. Porque, se você raspa a barba, basta deixar de se barbear por dois dias para convencer as pessoas de que está doente.

Bem, ele teria que se contentar com um estado de fraqueza, então, e uma fraqueza que não pudesse ser detectada num exame de sangue. Sorriu contemplando a polegada de cinzas no baseado que tinha enrolado. As cinzas se inclinavam graciosamente para um lado, como a torre de Pisa, e delas saía uma linha sinuosa de fumaça azul. As cinzas eram enrugadas e dentadas; podiam ser pele humana, infinitamente vincada pelo tempo e esfarelando-se no inverno, transformada naquela irremediável coisa cinzenta pela doença, pela lepra ou por qualquer outro horror do qual a carne é herdeira involuntária.

Finalmente decidiu que visitaria Multani em sua clínica naquela noite, visita que deixaria Multani satisfeito como um cafetão e consequentemente muito mais receptivo às sugestões de Agastya de que havia um mistério por trás de sua doença. E na clínica ele poderia dar uma indireta após a outra até que Multani o convidasse para jantar. Agora que concluíra suas ruminações, estendeu-se na cama em comemoração. Sorriu, afinal tinha sido árduo enfrentar o problema de fugir de uma reunião armado apenas com lógica e método. Roubar por ímpeto as chaves do carro de alguém era igualmente efetivo, e muito mais fácil. Portanto não adiantava nada, sorriu de novo, trazer à sua existência um pouco daquela lógica e método. Sempre a lei do mínimo esforço.

Perguntou-se se devia fumar de novo. Em Delhi Madan dissera com certa displicência, como se falasse de um vulcão na Colômbia, que a polícia estava ficando mais rígida com maconheiros, que a melhor chance de escapar, quando pego, era ser pego por um policial que também fumasse, e que a próxima sessão do Parlamento aprovaria uma lei bem malvada contra gente como Somaram (Somaram era um velho amigo de Madan e um traficante muito querido na área de Red Fort). Mas, refletiu Agastya, levaria muito, muito tempo, uma eternidade, para que Madna se tornasse Delhi.

Mais tarde, rindo sem parar das frases que escolhia, ele escreveu um bilhete para Digambar levar a Srivastav. "Senhor, acordei esta manhã me sentindo extremamente fraco. Consultei o dr. Multani, que diagnosticou a fraqueza como exaustão provocada pela mudança de estação e recomendou alguns dias de repouso. Queira fazer a gentileza de me dispensar da Reunião dos Funcionários da Receita. Farei uma visita em sua casa tão logo esteja me sentindo melhor."

Saiu para ir à clínica do dr. Multani logo depois do pôr do sol. O endereço na receita dizia: "(perto da Drogaria Friends)". No rodapé da receita havia uma propaganda de 5 centímetros de altura:

Venham, venham todos
Para a Drogaria Friends

Como algo saído de Bangcoc, pensou Agastya, e Multani ganhando uma porcentagem dos lucros.

Caminhou mais uma vez por uma Madna com a qual não estava familiarizado. A Drogaria Friends ficava na avenida principal, a Market Road, na esquina de uma travessa, e Multani ficava na travessa. A sala de espera parecia ter transbordado para as tábuas sobre a vala onde corria o esgoto ao longo da travessa, rostos entorpecidos típicos de sala de espera, bebês ansiosos, mães cansadas. Ele até gostou de ver outras pessoas com aspecto deprimido. Multani contratara uma espécie de *goonda* como recepcionista, camisa vermelha abotoada só no umbigo, corrente de ouro em torno do pescoço grosso, o tipo, sorriu

Agastya, que se comporta como se fosse genitalmente bem-dotado. Todos olharam para Agastya, ele não se encaixava ali. "Sou amigo do dr. Multani", disse ele ao *goonda*, pensando se por acaso Multani contratara o *goonda* porque ele enrabava bem, falando obscenidades, sem lubrificante nem delicadeza. Passou rindo por uma meia-porta e por uma cortina verde malcheirosa.

Multani estava sentado diante de uma mesa de aço examinando a boca de um adolescente, que ele abandonou ao avistar Agastya. Muita alegria e apertos de mão, perguntas cujas respostas não importavam. Multani por fim lhe pediu que sentasse contra uma das sujas paredes cor-de-rosa, ao lado de um bebedouro desligado, grande o bastante para acomodar uma cidade de ratos. "Não posso acreditar que seja uma visita social, Sen *saab*, ninguém me visita a não ser profissionalmente, no entanto você me parece perfeitamente bem... Se me der vinte minutos, eu termino com meus pacientes" (Talvez ele queira dizer "extermino", pensou Agastya) "... então podemos relaxar e bater papo...". Multani sorriu radiante mais uma vez e voltou para as amígdalas do adolescente. Este continuou a fitar Agastya por cima da cabeça redonda e rosada de Multani. Com a mandíbula escancarada, ele parecia um píton momentaneamente distraído do ato de devorar um porquinho.

A sala de Multani parecia tão espantosamente deprimente que Agastya a achou pitoresca. Era como a caricatura de uma clínica miserável, algo saído de uma série de TV com pretensões ao realismo. Uma cama de hospital meio escondida por uma cortina verde de hospital, ao lado da cama um grande armário com caixas de unguentos e cartelas de comprimidos transbordando, como pasta de dente saindo de um tubo rasgado. Nas paredes, calendários de empresas farmacêuticas, num deles uma mulher vestida de sári rindo enquanto corria ao lado de uma *tonga*[106] na qual seus amigos olhavam para ela de cima para baixo e riam em resposta. A empresa, Agastya leu, fazia absorventes femininos sem abas. (Eles ficavam no lugar, conforme Prashant sustentava nos últimos dias de sua vida, "por causa da viscosidade do líquido vaginal. Quer apostar?")

106 Veículo puxado por cavalo. [N. A.]

Entre um paciente e outro Multani mandou o *goonda* buscar chá e uma Thums Up e fez algumas perguntas a Agastya, dando-lhe tempo de sobra para planejar suas mentiras. Multani parecia tão rosado e confiante que Agastya decidiu ser sórdido com ele quando estivessem sozinhos, só para ver como reagiria.

Perguntava-se como seria viver como médico numa cidadezinha e vir todo dia a uma sala como aquela, espiar dentro da boca das pessoas e respirar suas exalações. Que tal ganhar 8 mil rupias mensais por isso?, ele pensou, como Multani decerto ganhava, mas com certeza muito mais importante do que isso era a qualidade de vida. Parou aí, porque o argumento contrário era o contentamento no rosto de Multani; bem, cada um tem então o que merece, concluiu desapontado.

Multani gastava menos de dois minutos por paciente; alguns, com um meio-sorriso tímido para Agastya, ele levava para a cama atrás da cortina. Embolsava 5 rupias por paciente e encaminhava todos para a Drogaria Friends. Conversas em *staccato* com Agastya o tempo todo. Até que veio o último homem, alto e magro, mais ou menos da idade de Agastya, parecendo quase tuberculoso com sua respiração cansada. Sentou-se diante de Multani e começou a tossir quase de imediato, e Agastya parou instintivamente de respirar, outro velho hábito seu – parar de respirar sempre que alguém nas proximidades tossia. Mas o homem não era um paciente, e sim um vendedor. Tirou tubos de unguento e cartelas de comprimidos de sua triste pasta de plástico e exibiu-os para Multani, murmurando o tempo todo sobre as virtudes de vários produtos com nomes terminados em "max" e "micina". O vendedor era dentuço. Agastya lembrou que, depois das primeiras chuvas em Madna, tinha visto a esposa de Shankar, mas ela deixara à mostra apenas os caninos, e a aparência era predatória. Mas os lábios do vendedor não se juntavam por cima dos incisivos, e ele parecia um fracassado. Multani respondia com frieza, lançando olhares ocasionais a Agastya. Sim, ele ia ver, ia avaliar este comprimido e aquela pastilha. O vendedor suava, já antecipando sua gratidão efusiva, mas mantinha seu sorriso fixo. Podia encomendar alguns lotes? "Não, não agora, não agora", disse Multani. Os olhos do vendedor não desgrudavam de Multani. Da idade de Agastya, mas vindo do interior, ou da Madna desconhecida, distante dos gabinetes. Ficou pensando vagamente em como seria o dia de um vendedor, talvez pulando de um Multani a outro, rastejando por uma encomenda. Mas, depois do contentamento no rosto de Multani, ele agora relutava em julgar e desprezar outras vidas. Mas era igualmente verdade que, enquanto falava, o vendedor parecia quase febril de infelicidade. Talvez, pensou Agastya, ele fosse ambicioso e não estivesse satisfeito consigo mesmo, talvez quisesse fazer muito mais e ganhar dinheiro suficiente para montar um pequeno negócio ou algo assim. Até o vendedor devia ter planos concretos e um futuro definido, e para ele a felicidade, talvez, fosse uma questão óbvia de conseguir mais dinheiro ou não.

O vendedor era tão intenso, com seu sorriso fixo, tipo Dale Carnegie, que Multani parecia estar amolecendo. Perguntou-se o que o vendedor pensaria dele, Agastya. Será que simplesmente zombaria dele?, talvez até tivesse inveja, dizendo: uma história frouxa de sucesso, filho de governador, anglicizado e megalopolitano, agora no Serviço Administrativo Indiano, tudo o que você precisa fazer é se recostar e peidar para receber seu dinheiro. E se Agastya lhe dissesse "Quero me demitir porque me sinto inquieto"? De repente sentiu vergonha de si mesmo; vendo ali o vendedor que falava sobre remédios doze horas por dia, sua inquietação parecia terrivelmente frívola. O vendedor o fez sentir-se ao mesmo tempo intimidado e culpado – dê graças por não estar no lugar dele, e como ousa se comportar de modo tão raso quando tem a sorte de não ser como ele.

Então Multani ficou livre e, por cima de sua Thums Up, sorriu só para ele. Agastya gastou um bom tempo descrevendo os sintomas de sua fraqueza, e no fim acrescentou: "Também tenho um prurido num lugar embaraçoso". Multani parou de sorrir, em vez disso assumiu uma expressão tranquilizadora, pediu-lhe que deitasse e examinou-o todo: garganta, pulso, estômago. Para Agastya, na cama, o rosto de Multani, acima do seu, parecia grotesco, as bochechas caídas pareciam nádegas depiladas, como se a gravidade puxasse inexoravelmente suas carnes para baixo. "Parece que está tudo bem com você", disse Multani, desconcertado, e em seguida, um pouco acanhado, "talvez seu prurido...". Agastya baixou imediatamente as calças e se deitou, de olhos fechados e perna esquerda flexionada, como (riu em silêncio) uma *pin-up-girl* caucasiana tomando sol numa praia estrangeira. Riu ainda mais quando suas narinas captaram o leve odor de esmegma. Multani, sem chegar perto demais, murmurou: "Não parece haver nenhum problema..." e deu-lhe um unguento, um tônico e alguns comprimidos de vitamina, tudo tirado do armário abarrotado, deixado por outro vendedor intrépido-mesmo-na-derrota. Agastya checou na hora a gradação alcoólica do tônico. Ótimo, 14%. Então veio a conversa médica habitual: "Você não tem nada de errado, só precisa dormir e comer bem, sua insônia...".

"Ah, comer bem. Não, não tenho como", e sorriu bravamente, "comer bem quando estou hospedado na Casa de Pouso...". Dois minutos dessa conversa e Multani o convidou para jantar. Ele imediatamente disse sim, obrigado, e perguntou: "Talvez seja o caso de eu descansar alguns dias, até a estação parar de mudar, não?".

"Sim, sim, claro", disse Multani, um pouco distraído, talvez espantado com a aceitação imediata de Agastya, ou com o diagnóstico. "Vou só dar uma passada na Drogaria Friends e telefonar para casa dizendo que vou levar um amigo comigo. Só dois minutos." Ao sair, pediu a seu *goonda* que trouxesse outro chá para Agastya. Agastya perambulou pelo cubículo de 3 metros por 3, do armário à cama de hospital, da mesa de aço ao bebedouro, perguntando-se se devia roubar alguma coisa. Mas não havia nada de interessante, exceto o dinheiro na gaveta, e Multani provavelmente o contara.

A scooter de Multani era nova e de alguma cor próxima do branco, indiscernível no escuro. Ficaram observando o *goonda* trancar a clínica. Agastya se alarmou ao descobrir que Multani pilotava sua scooter com uma imprudência absurda, mas o rosto de Multani não expressava consciência alguma dessa loucura ao virar-se com frequência para ele no curso de um monólogo incompreensível que durou a viagem toda. Agastya só pôde fechar os olhos e sucumbir à estranha excitação de um fortuito jogo de dados com a morte – mais uma vez a chance de explodir em fragmentos de carne, mais uma vez aquela percepção de uma liberação suprema, a renúncia mais profunda à consciência, quase sensual em sua euforia, de que nem mesmo a morte da pessoa precisa ser uma ação de si mesma. A scooter avançava a toda velocidade pelas ruelas da cidade. Em suas pálpebras Agastya captava flashes das luzes que passavam, e nas narinas o perfume da brilhantina de Multani; sua geração, dissera seu pai, era a geração que não untava os cabelos.

Multani morava em cima de um bueiro malcheiroso numa ruela escura, ou assim parecia. A scooter estacionou diante de um muro de madeira azul. Multani bateu nele com o nó dos dedos e parte do muro se abriu para dentro como uma porta. "Acomodação é um grande problema em Madna", Multani começou a se desculpar enquanto o conduzia para dentro, "pago 500 rupias de aluguel por este casebre". A caixa de madeira era na verdade uma varanda cercada e a sala de estar de Multani, com algumas pessoas dentro. "Sen *saab*, este é meu pai... meus filhos, Vinod e Apsara, digam olá ao tio, crianças..." (elas não disseram, e em vez disso esconderam-se entre as dobras do sári de sua mãe, de onde passaram a espiá-lo, tentando parecer graciosas) "... minha esposa... e este é o dr. Ghoshal, ele trabalha no Hospital Civil".

O momento habitual de embaraço; em seguida, "Sente-se, sr. Sen", disse o pai de Multani, "como diz meu filho Darshan, a acomodação é um grande problema aqui, mas isso não deve nos impedir de sentar". Todos riram, e Agastya ficou surpreso; nunca esperava presença de espírito de pessoas velhas, ou pelo menos alguma coisa que ele próprio chamasse de presença de espírito. O humor, diferentemente do senso de deslocamento, era geracional demais – Pultukaku, por exemplo, tinha supostamente algumas piadas matadoras em seu tempo (e quando raras vezes todo o clã se congregava em Calcutá durante as Pujas, as tias ainda convergiam para ele e davam gargalhas estridentes para qualquer coisa que a boca dele emitia), mas Agastya se lembrava sorrindo (e não mais que sorrindo) de apenas duas frases dele em 24 anos; inversamente, nada do que ele próprio havia dito para provocar risadas tivera êxito com seu pai, com Pultukaku ou com suas tias.

Mas ele sorriu para o pai de Multani. "Por favor, não me chame de sr. Sen, senhor, Agastya é melhor." Provavelmente senil, ele diria se lhe pedissem para descrever o velho, assiste televisão o tempo todo, mesmo quando está desligada, arrota ruidosamente, demora muito tempo no banheiro, gasta boa parte do dinheiro de Multani em remédios, tem pavor da morte. (De Delhi ele contara a seu pai por telefone: "Manik Kaku está cada vez mais parecendo um esqueleto, talvez a neta dele também pareça. Por que ele não vende a si mesmo para um laboratório de biologia?". Em sua carta seguinte, de forma abrupta, sem aludir a coisa alguma antes, seu pai falara sobre velhice, quase à maneira de Marco A., mas numa espécie de estilo bem indiano, a respeito da obrigação dos jovens de reverenciá-la, se necessário, apenas por se tratar da velhice, "porque os velhos precisam de autoconfiança sob a forma de respeito, mais do que os jovens".)

E existiam evidências para sustentar o retrato sumário que Agastya fazia do pai de Multani; pois a TV ainda não chegara a Madna, então o pai vivia escutando rádio, um programa de perguntas e respostas sobre diabetes, e de quando em quando sua cabeça sacudia involuntariamente.

"Agastya, um bom nome, um nome incomum. Claro que você não faz ideia do que significa", disse o pai de Multani. Agastya dissera uma vez a seu pai que era melhor ser muito jovem ou muito velho, porque nesse caso você podia dizer coisas de uma grosseria maravilhosa sem consequência alguma, e ninguém o levava a sério, de modo que você estava liberado para a irresponsabilidade perfeita, e entre as duas possibilidades era bem melhor ser muito velho, porque se você fosse muito jovem seria obrigado também a ser uma gracinha. Claro que seu pai não riu.

Antes que Agastya pudesse dizer "Meia hora atrás eu me despi diante do seu filho para que ele pudesse ver minha genitália", o pai disse: "*Agam* é montanha, Agastya pode ser *agam* mais *asyati*, aquele que empurra uma montanha. Ou *agam* mais *styayati*, aquele que detém uma montanha. Temos com frequência essa ambiguidade, uma incerteza quanto a nossos nomes e suas origens. Pode também estar ligado ao latim *augeus*, que significa avançar. Isso é apropriado, uma vez que o sábio Agastya era também o andarilho que tinha nostalgia de Benares. Um bom nome, e para alguns de nós os nomes ainda importam, só não sei até quando".

Então o dr. Ghoshal interveio: "Uma escolha de nome bem bengali. Os bengalis gostam muito de nomes encantadores. Vejam por exemplo o meu, Shyamalendu". Ninguém viu. O dr. Ghoshal era de fato, ele próprio, muito bengali. Alto e magro, mas com uma grande barriga, dedos amarelados de nicotina e curry de peixe, de óculos, grandes dentes amarelos, cabelo preto penteado para trás. Agastya se perguntava o que ele e Multani tinham em comum, afora a profissão. A exemplo de outros bengalis que escolhiam se estabelecer fora de Bengala, o dr. Ghoshal acusava Calcutá de não impedi-lo de fazer isso. "Mas Calcutá tem *Vida*", admitiu. Diante disso o pai de Multani, sem dizer uma palavra, aumentou muito o volume do rádio. Isso (era o noticiário em híndi, lido bem devagar) inviabilizou qualquer conversa. Então o dr. Multani e sua esposa retornaram das entranhas da casa; ele (de *kurta* e pijama) desligou o rádio com firmeza e olhou em volta com um sorriso de então-todo-mundo-está-se-divertindo.

Conversa de amenidades, perguntas tímidas sobre o pai de Agastya, todos tentando deixá-lo à vontade, convencidos de que ele precisava relaxar, e ele se deleitando em ser perverso, contorcendo-se e parecendo cada vez mais desconfortável (cutucando-os, em suma); o dr. Ghoshal enfiando rapé nas narinas, com uma respiração pesada pela boca e entoando o nome de outros bengalis em altos postos, embaixadores e secretários do governo da Índia; atiçava Agastya a perturbá-lo dizendo "Quero me demitir, foder um djim[107], fumar maconha, ler Marco Aurélio ao sol", só para observar em seu rosto a incompreensão diante de cada um desses atos.

De repente o velho sr. Multani os interrompeu perguntando: "Sr. Sen, o senhor sabe bengali? Fluentemente?". A pergunta fez Multani, sua esposa e Ghoshal se entreolharem de modo sub-reptício. O velho, com expressão quase beligerante, encarou Agastya com firmeza.

"Ora, sei sim."

107 Na tradição popular árabe-muçulmana, cada uma das entidades maléficas ou benfazejas que ficam abaixo dos anjos e acima dos seres humanos. [N. T.]

O velho o encarou mais um pouco, então assentiu com a cabeça: "Estou muito surpreso", mas seu tom dizia: Você está mentindo, claro. Continuou: "Darshan só fala híndi, e me parece que ninguém nascido depois da Partição[108] se importa com isso", Multani sorriu timidamente, "e então às vezes eu penso que essas coisas não têm importância".

"Deixei tanta coisa para trás em Lahore quando vim me estabelecer em Madna, depois de 1947, e aqui tive que batalhar para mandar Darshan estudar medicina em Indore." O velho sr. Multani falava devagar, mas com certa intensidade, como se estivesse determinado a falar mesmo suspeitando que, se ninguém o interrompia, era em consideração por sua idade, e talvez porque ninguém estivesse mesmo ouvindo. "Eu vi ele crescer", Multani parecia ao mesmo tempo entediado e constrangido – com certeza ouvira aquilo antes, talvez seu pai, com a obstinação típica da idade, quase não falasse de outra coisa, mas não via por que o pai precisava aborrecer um estranho, "e pensei: meu filho não viu coisa alguma, isso é bom, não viu os britânicos, não viu os distúrbios da Partição que toda a minha geração sofreu. Algum tempo atrás teve um tumulto aqui em Madna também, mas comparados com os dos anos 1940 esses distúrbios não passaram de traques – um bando de valentões com seu tipo especial de diversão e organizando Encontros da Integração. O senhor, por exemplo, sr. Sen, já viu alguma vez hindus e muçulmanos em guerra?". (Claro que não. Em seu segundo ano de faculdade tinham acontecido distúrbios em Old Delhi, e a universidade tinha fechado. Eles embarcaram imediatamente num ônibus com destino a Manali, para obter alguma coisa boa para fumar e matar o tempo com os hippies agentes da CIA, e ao sair de Delhi Dhrubo havia se queixado dos muçulmanos: "Por que eles não protestam com mais eficácia contra a hipocrisia do secularismo da Índia? Se o domingo pode ser um dia de folga para agradar aos cristãos, então eles deviam exigir

108 A Partição da Índia, como resultado da independência do país do domínio britânico, criou em 1947 dois Estados soberanos, o Domínio do Paquistão (posteriormente República Islâmica do Paquistão) e a União Indiana (posteriormente República da Índia). [N. T.]

que a sexta-feira também fosse livre, para eles. Aí teríamos uma semana de quatro dias, veja só". Os tumultos tinham acontecido a 6 quilômetros de distância.) "Darshan tem sorte, eu diria, por não ser um refugiado como eu: andarilhos que trazem consigo apenas seu passado – não tínhamos outra coisa. Mas então, depois que atravessamos tudo isso, vejo que, embora tenha sido horrível, foi também uma experiência importante, e às vezes sinto que pertencer à geração posterior é muito pior."

O velho exibia um orgulho irracional, uma espécie de nacionalismo anacrônico. Seguiu tagarelando monotonamente sobre os terrores da Partição (Ghoshal perguntou a Agastya numa meia-voz audível quando ele achava que o metrô de Calcutá seria concluído): "... sua geração foi poupada dos anos mais cruciais, as primeiras cinco décadas do nosso século...". Mas o nacionalismo e aqueles cinquenta anos também tinham passado ao largo de Madna, pensou Agastya, era o que ele percebera muitas tardes antes, ao contemplar de uma ponte, junto com Sathe, uma cidade eternamente sonolenta. O pai de Multani conhecera o sofrimento do regime colonial, mas Agastya e Darshan Multiani não, e, ao contrário de John Avery, nem sequer tinham curiosidade a esse respeito. O patriotismo e sua sangria haviam simplesmente ignorado Madna – em suas cartas para casa Richard Avery atestara isso, e Agastya, por sua vez, simplesmente nascera tarde demais. Sentia-se estranho, ao mesmo tempo espoliado e curioso, ao pensar como teria sido perambular pelas ruas de Calcutá e não ter permissão para entrar no Calcutá Clube, NATIVOS NÃO ENTRAM, "... e deixaram para trás mutilados culturais, porque ninguém tem culpa, quem quer que seja – sua geração é o que é, assim como o inglês que falamos: é algo inevitável. Foi por isso que me surpreendi com seu nome, e seu domínio do bengali. Não esperava isso". Mas bem nesse momento a sra. Multani, com muito tato, sugeriu que deviam comer, e todos voltaram sua preocupação para o bucho.

Comida vegetariana, mas excelente, e Agastya se fartou. O velho falou pouco, mas Ghoshal e Multani não pararam de fazer perguntas. A formação de Agastya, o concurso para o funcionalismo público, a natureza do seu trabalho, suas reações a Madna, seus planos de casamento, seus outros interesses.

Às onze horas ele disse a todos obrigado, espero que nos encontremos de novo e sentou-se atrás de Multani para mais uma viagem perigosa. Pararam numa banca de cigarros. A cidade ainda não tinha ido dormir. Comeram *paans* e Multani fumou um cigarro. "Não fumo na frente do meu pai", disse Multani com doçura. Agastya notou que ele não tragava.

17

Agastya permaneceu em seu quarto durante os três dias seguintes, fazendo ginástica, se masturbando, escutando música, ficando chapado, lendo livrinhos de filosofia e vivendo sua vida secreta. Ao sol de Delhi os três dias talvez tivessem sido de felicidade na Terra, mas em Madna ele desfrutava sua morna insanidade habitual, as lagartixas perseguindo umas às outras em torno do quadro de Tamse, numa corte amorosa exaustiva. E o consolo dúbio de Marco Aurélio, cuja sabedoria, em alguns momentos, ele achava infinitamente divertida ("Axilas malcheirosas e mau hálito te deixam furioso? O que isso te traz de bom? Considerando a boca e as axilas que o homem possui, é natural que sua condição produza tais odores..."), e que no entanto continuava a fasciná-lo por sua oscilação entre o fastio e o desejo de interromper suas causas. Durante três dias só abriu a porta para Vasant e Digambar. Em duas noites caminhou quilômetros ao longo dos trilhos da ferrovia.

Na quarta à tarde ele tinha acabado de arrematar um baseado quando um jipe muito barulhento parou perto do quarto. Uma batida na porta. Um desconhecido sorridente. Antes que ele pudesse abrir a boca, Agastya disse: "Estou doente. Não posso ir a lugar algum". Atrás do estranho estava o jipe circense.

"Sou Adho Tiwari", disse o desconhecido (só dois meses depois Agastya se deu conta de que Adho não fazia parte do nome de Tiwari, mas era na verdade ADHO, Additional District Health Officer – Funcionário do Departamento Distrital de Saúde Suplementar). "O sr. Bajaj me enviou. O senhor gostaria de visitar o Lar de Reabilitação de Baba Ramanna?"

"Com certeza não." Tiwari (de modo muito previsível) ficou um pouco aturdido com a veemência de sua resposta. "Mas...", começou a retrucar, e claro que Agastya acabou perdendo a discussão e sentou-se no jipe, não totalmente a contragosto. No mínimo por uma coisa: era prazeroso sentar-se num jipe como aquele, fazia com que se sentisse um pouco como Yuri Gagarin. Ele viajaria sozinho porque, segundo explicou Tiwari, Bajaj *saab* estava ocupado, e o *saab* secretário distrital de Saúde também, e eu também, mas Bajaj *saab* disse que o senhor estava tão ansioso para conhecer o Lar que eu telefonei para o Lar e disse que o sr. Sen IAS iria lá, e eles disseram que seria bem-vindo. Mas o mais agradável era a total falta de propósito da viagem, ficar chapado num lugar desconhecido, de novo um passeio de jipe para encontrar pessoas estranhas. Tomara que o Baba estivesse reabilitando ninfomaníacas ou prostitutas. E a aceitação era muito menos extenuante que a recusa – de novo, sorriu, a lei do menor esforço.

Na estrada para Gorapak. O inverno não demoraria a chegar, mas uma tarde em Madna ainda era quente, e a cidade estava dormindo. De novo a saída pelo Portão Leste, que no passado era usado apenas pelos elefantes de um rei tribal. O *paanwala* no nicho do portal estava agora sozinho com seu transístor; a canção de filme híndi, como sempre uma incongruência irremediável, com a forte voz feminina convidando 1 bilhão de ouvintes ao sexo e à paixão, seguia-os ao longo da fileira de choças que parecia se estender até o horizonte.

A noite é solitária
As luzes bruxuleiam
Chegue mais perto, meu amor
Venha para os meus braços

O jipe seguia fazendo barulho, incapaz talvez de aumentar a velocidade. "Estou acostumado a dirigir devagar, senhor", confirmou o motorista, um homem loquaz, "para que, enquanto passamos, as pessoas possam ler as mensagens escritas no jipe, senhor". Agastya assentiu, compreensivo. Mais um encontro com novos rostos, pensou, enquanto observava uma árvore e uma nuvem passarem em câmera lenta e aos poucos se dissolverem em outras parecidas; tudo aquilo permaneceria nítido, talvez, seriam umas poucas palavras que só ele acharia significativas, ou um ângulo de rosto, que por sua vez sua mente associaria a outras coisas, a alguma singularidade de sotaque, ou a algumas outras palavras, confundindo tempo e lugar e pessoas para buscar algum padrão, alguma essência.

Quase uma hora de viagem. Então, no último quilômetro a paisagem mudou. Campos menores, cercados por telas de arame e eucaliptos. Cabanas brancas e asseadas, com telhados de asbesto. "O Lar, senhor", disse o motorista. Uma entrada de carro feita de cascalho vermelho, mais árvores, neems, figueiras-de-bengala de meia-idade. Cabanas compridas e baixas, em branco e cinza, em torno de um pátio central. Ninguém à vista. Silêncio, assobios ocasionais de pássaros, de algum lugar o som de uma bomba de água. O Lar, seja o que for, pensou Agastya, parece mais limpo e bonito que qualquer outro lugar no distrito, parece o *modelo* de uma comunidade.

Uma mulher, na faixa dos 40, de sári branco, saiu de uma cabana cinza provavelmente, pensou Agastya, para admirar as cores, os desenhos e as mensagens no jipe, mas depois ele lembrou: devem ter visto esse jipe aqui pelo menos cem vezes antes, claro. Caminharam até ela. Placas com pílulas de sabedoria (em inglês, em híndi e na língua regional) nas paredes da cabana. A mais próxima dizia: "A verdadeira lepra está colada numa mente impura – M. K. Gandhi".

O motorista sorriu e disse alguma coisa à mulher. Ela lançou um olhar inexpressivo a Agastya e pediu-lhe que a seguisse. Dez passos depois, ao lado de uma cabana, ela parou e, com um esboço de sorriso, indicou um homem que se aproximava deles, vindo dos campos atrás da cabana.

Agastya ficou no Lar de Reabilitação de Leprosos Baba Ramanna por mais de quatro horas, e apreciou bastante a experiência. O motorista não apreciou, mas era pago para dirigir e esperar, então esperou. Agastya não encontrou o próprio Baba Ramanna, que tinha 77 anos e cuja fama, por assim dizer, tornara-o misantropo. Mas conheceu o filho, Raman Karanth, o homem que se aproximara deles vindo dos campos atrás da cabana. Karanth era baixo e magro e trajava um *khadi* extremamente grosseiro.

"O que deseja ver aqui, sr. Sen?"

"Ahn... o que você julgar que devo ver."

"Você está no IAS, não é mesmo?"

"Sim."

"Se me permite dizer, não parece."

"Sim." Diante disso, Karanth lançou-lhe um olhar significativo.

Quarenta anos antes Baba Ramanna, que então atendia pelo nome menos douto de Shankaran Karanth, exercera uma prática médica lucrativa em Bangalore. "Ele não estava casado na época", seu filho disse a Agastya, enquanto lhe mostrava os canteiros de hortaliças do Lar, "isso deve ter facilitado as coisas. Os pais dele estavam em Tumkur. Minha avó ainda vive, aliás, aos 96 anos. Ainda em Tumkur". Karanth indicou os canteiros de espinafre, cenoura, rabanete, couve-flor.

"De onde vocês conseguem a água para estas hortas?", perguntou Agastya.

Isso fazia parte da história de Ramanna. Em Bangalore, quarenta anos antes, com o nacionalismo rugindo à sua volta, um médico solteiro, ganhando rios de dinheiro, começara a se preocupar com seu futuro. Seu filho contou a história de uma forma bastante sucinta, e Agastya deduziu o restante. "Vamos tomar um chá primeiro", disse Karanth, "depois eu mostro um pouco mais das instalações". Foram em direção a uma cabana que ficava depois dos canteiros de hortaliças. Na porta, um cartaz pintado dizia "Salão de Refeições", e acima dele: "Olhar de cima para baixo seres humanos, nossos semelhantes, condenar qualquer comunidade ou classe de homens, é sinal de uma mente doente, muito pior que a lepra física. Os que agem assim são a verdadeira lepra da sociedade – M. K. Gandhi". "Quando digo que ele se preocupava com seu futuro, quero dizer que ele via o futuro apenas como uma espécie de extensão previsível de seu presente." Ele se opôs, acrescentou Agastya em silêncio, ao ciclo convencional – ganhar dinheiro, casar, alimentar os filhos.

Chão e paredes de terra batida e esterco de vaca, asbesto sobre a cabeça, pinturas nas paredes, tapetes no chão. Os quadros eram paisagens, competentes sem perturbar o espírito.

"São quadros muito melhores que os pendurados nas Casas de Pouso do governo", disse Agastya.

"São, sim", sorriu Karanth, "mas o artista que pintou estes perdeu todos os dedos para a lepra, um caso muito avançado. Ele pintava com alguns dedos remanescentes dos pés".

Mais adiante ficava a cozinha, com a mesma terra batida e o mesmo esterco de vaca. Homens e mulheres, vestidos de *khadi* brancos, olharam para Agastya e cumprimentaram Karanth. Agastya espiou disfarçadamente os dedos das mãos e dos pés deles. Apanharam xícaras de chá e caminharam em direção ao poço. "Algumas das pessoas mais improváveis são rebeldes", disse Karanth, "às vezes contra as coisas mais improváveis também. Meu pai, acho, também se sentiu atraído pelo fato de a atitude ser tão heterodoxa". Shankaran Karanth procurou um lugar longe de Bangalore, onde não fosse atormentado pelas intrusões e críticas mesquinhas de conhecidos, e onde não sentisse a influência da metrópole. Seu único pesar nos primeiros anos, ao que parecia, fora a necessidade de deixar Bangalore, pois tinha começado a amar a cidade.

"Por que você quis visitar este lugar?", Karanth perguntou de repente a Agastya. "Foi porque alguém disse que é um dos pontos turísticos do distrito?"

"Bem, sim", respondeu, "mais ou menos".

Karanth riu, emitindo um som estridente e desinibido. O chá era forte e peculiarmente doce. Agastya percebeu depois de um momento que ele continha *gur*[109] em vez de açúcar. Caminharam em direção a um arvoredo de bananeiras. "Este é um complexo muito grande", disse Agastya com polidez.

Era evidentemente muito menor quando Shankaran Karanth chegara ali para tentar curar, física e psicologicamente, alguns leprosos abandonados. "Sabe Deus que Madna era distante o suficiente de Bangalore", disse Karanth, "e este lugar devia parecer fora dos confins da terra. Mas as terras eram muito baratas aqui. Gorapak, talvez por causa do templo, tinha leprosos de sobra, e o lençol freático nesta área de planície era pouco profundo".

109 Melaço. [N. A.]

Pela enésima vez na vida, Agastya deu graças por estar chapado. A sensação preguiçosa, de formigamento atrás dos olhos e na cabeça, distanciava tudo, tornava todas as coisas surreais e consequentemente aceitáveis; as bananeiras, o sol das cinco acima de um morro e o homem baixo e barbudo ao lado dele pareciam tão reais e importantes quanto as palavras que o sujeito falava e as imagens evocadas. De início, para ele, Baba Ramanna tinha parecido agradavelmente maluco e completamente remoto, um benfeitor idealista saído de um livro de lendas para crianças, um sub-Ishwar Chandra Vidyasagar ou uma versão masculina de Madre Teresa. Mais tarde, ao anoitecer, em flashes perturbadores, a empreitada de Baba Ramanna lhe parecera inumana, quase monstruosa; enquanto contemplava os campos e pomares, e os dois poços, fênix que o Baba ajudara a erguer-se da terra árida em triunfo, Agastya se sentiu um pouco nauseado – diante da imensidão da ambição humana, mas também de sua nobreza e virtude, da potência sem limites do esforço humano, mas também da infinita paciência e do engenho necessários para converter esse esforço em realidade.

"O que você sabe sobre a lepra?", perguntou Karanth. Poucos metros à frente havia crianças em duas gangorras e um balanço. Agastya estava gostando bastante de Karanth ao seu lado. Falava bem e explicava com inteligência. Não se gabava, mas estava consciente das implicações do feito de seu pai.

Agastya riu, surpreendendo Karanth. "Não, nada. Tudo o que eu sei é que não é contagiosa, e que nos estágios iniciais pode ser curada com bastante facilidade."

"Então você não está entre os indianos médios", disse Karanth enquanto dava um sorriso paternal para as crianças. Em seguida jogou um pouco de conversa mole com elas.

No começo Shankaran Karanth teve dificuldade até mesmo para conseguir que os leprosos viessem a ele; demorou também para Agastya aprender que os nativos tribais de Jompanna haviam desejado inicialmente que os naxalitas os deixassem em paz. "O que era mais importante e difícil era a reabilitação psicológica, convencer aquelas pessoas, depois que sua carne deixava de apodrecer, de que não eram nem aberrações nem monstros." Karanth acenou para alguém. "Além disso, fazê-los trabalhar.

A mendicância é muito danosa psicologicamente, pois estimula uma espécie de indolência fatal." Nos primeiros anos alguns dos leprosos não tinham gostado da ideia de que Shankaran queria que fossem independentes, totalmente autossuficientes.

"Você disse que é coletor-assistente em Madna?", perguntou Karanth de forma abrupta, parando diante de uma cabana. Dentro dela, um transístor tocava *bhajans*[110].

"Não, ainda não, estou em fase de treinamento lá."

"Isso explica em parte sua disposição para escutar", disse Karanth com um sorriso cínico, "a maioria dos funcionários distritais é surda. Antes de algumas organizações alemãs começarem a nos financiar, nenhum deles jamais aparecia por aqui. Agora parece que não conseguem nos deixar em paz. Querem nos impor um empréstimo goela abaixo. Quarenta anos depois, eles querem reconhecer oficialmente o Lar, o que significa interferir nele".

Não era sua disposição para ouvir, suspeitava Agastya, que encorajava Karanth a falar; era também o desejo do próprio Karanth em conversar com alguém, com qualquer pessoa, impulsionado pela presença de um ouvido tornado receptivo por uma cabeça chapada. Karanth era médico também, mas tinha se formado em Poona. Sua esposa e seu filho estavam em Hyderabad. Seu pai, intuía Agastya, se tornara menos comunicativo. No Lar, Karanth só podia conversar com os leprosos que ele e seu pai tinham ajudado a curar, e o único assunto deles era a rotina diária.

A tabuleta acima da porta da cabana dizia: "Os fracos se tornavam fortes na Fazenda Tolstói[111] e o trabalho provou ser um tônico para todos". "Os funcionários do Departamento de Saúde ficavam ainda mais excitados quando viam essas tabuletas", disse Karanth, com um atraente cinismo na voz, "eles precisavam nos ajudar, já que tínhamos a santidade das citações do Mahatma Gandhi. Nas tabuletas mais novas paramos

110 Canção religiosa hindu. [N. A.]

111 A Fazenda Tolstói foi o primeiro *ashram* (eremitério espiritual comum a várias religiões indianas) criado por Gandhi, em 1910, no Transvaal, na África do Sul. [N. T.]

de escrever M. K. Gandhi e nenhum visitante fica boquiaberto diante delas. Um engenheiro-executivo – esqueci seu nome – ofereceu-se para nos fazer uma estátua do Mahatma. Disse que já tinha esculpido uma porção delas e parece ter ficado muito magoado quando recusamos. Não entendeu quando meu pai disse que construir uma estátua é esquecer o homem, ou então o primeiro passo rumo a uma espécie de idolatria. O engenheiro-executivo falava o tempo todo que não teríamos que pagar um tostão pela obra".

Sentaram-se nos degraus de terra batida da entrada da cabana e beberam mais chá. Shankaran Karanth conseguiu finalmente que os leprosos cavassem um poço e cultivassem sua própria comida nas terras à sua volta. Casou-se com uma mulher que seus pais tinham escolhido, mas com a condição de que ela não fizesse objeções à sua vida. Ao longo dos anos os leprosos passaram a vê-lo como um milagre e a chamá-lo de Baba, isto é, o Pai.

Mais tarde, refletindo sobre sua visita, Agastya teve inveja de Baba Ramanna, sobretudo por ele ter conseguido, quando ainda era meramente Shankaran Karanth, saber como tornar-se senhor de seu futuro. Karanth perguntou de repente: "Quer conhecer meu pai?", e pareceu quase aliviado quando Agastya hesitou e disse "Não". Como não era surpresa, porém, ele aceitou um convite para jantar.

Um polegar pela metade, cotocos no lugar de alguns dedos, pés com apenas três dedos, alguns rostos levemente deformados – jantar com os leprosos; relutou em admitir para si mesmo que achava a novidade da experiência ligeiramente erótica, como uma pontada no fundo de sua barriga. O motorista não ia comer. "Ele tem algumas ideias antiquadas a respeito dos leprosos", sorriu Karanth. A comida não era nada celestial – arroz, espinafre, coalhada –, mas Agastya decidiu que Vasant deveria virar leproso a fim de passar um tempo no Lar para aprender a cozinhar. "Você não acreditaria", disse Karanth, quando os dois estavam sentados no chão do Salão de Refeições com os outros residentes do Lar, "que estas pessoas em outros tempos foram como os mendigos que a gente vê por toda a Índia". Na estação de Howrah, por exemplo, onde a cor e a textura dos corpos eram como as de seus trapos, cinzentos e em decomposição, onde eles sobreviviam tentando converter a indiferença dos milhões de transeuntes em aversão ou repugnância, com suas visões do universo deprimentemente simples, nada mais que um milhão de pés caminhantes; a metamorfose era milagrosa, pensou Agastya enquanto observava a mão de três dedos e meio que lhe servia um pouco mais de coalhada.

Gerações de leprosos; alguns permaneciam para ajudar os novos residentes do Lar, outros partiam em busca de uma vida melhor.

"Venha nos visitar outras vezes", disse Karanth, caminhando ao lado de Agastya até o jipe.

"Sim, vou tentar", disse com sinceridade uma vez na vida, "mas devo passar os próximos dois meses em Jompanna".

"Não devia ter comido, senhor", disse o motorista, preocupado, quando se puseram em movimento escuridão adentro, "eles são leprosos".

"Tem razão", disse Agastya, "estou sentindo meus dedos formigarem. Veja", e ergueu a mão contra a meia-luz vinda do painel.

Criminosamente frívola, foi como Neera mais tarde rotulou sua atitude em relação à ideia que o motorista fazia da lepra. Mas na ocasião, quando se encontraram em Calcutá alguns meses depois, ela condenou também muitas outras coisas da mente dele. Era um inverno moderado, e ele estava na cama contemplando pelo espelho o corpo dela, volumoso mas confortável. Ele a irritou terrivelmente quando confessou que invejava Baba Ramanna e os naxalitas de Jompanna, não pela nobreza de propósitos, mas pela firmeza em saber o que fazer consigo mesmos. Neera se virou para ele, de blusa étnica na mão, e tentou explicar a seu modo marxista estridente que os tribais e os leprosos eram o que eram por causa da "exploração da classe" à qual ela e ele pertenciam – "vínculo de classe" etc. Ele riu, enfurecendo-a mais ainda, e disse: "Não me importa um peido – bom, talvez um peido, nada mais. Não penso que Baba Ramanna e aqueles naxalitas, os melhores, em todo caso, estejam fazendo tudo aquilo por um sentimento de culpa. Estão fazendo porque querem fazer. A cada um a sua parte, veja, Neera. Você não pode ajudar de verdade outras pessoas se não estiver se sentindo bem. Como por exemplo o filho de Baba Ramanna, Karanth, não acho que ele esteja se sentindo assim tão esplêndido. Ele encontra a esposa e o filho uma vez a cada seis meses, e um dia desejou ser neurocirurgião, mas ele também ama o Lar, de modo que está um pouco confuso, entende?, e ávido por conversar com qualquer estranho que pareça ser um bom ouvinte. E quanto ao motorista daquele jipe circense, não dá para se importar com a opinião dos outros nem pensar em ensinar alguma coisa quando você se sente fodido e confuso como eu sempre me sinto, porque sua mente se revira em torno de você mesmo, e a única saída é soltar alguma piada secreta e sentir sua barriga sacudir em silêncio".

"O senhor não entende, senhor", gritou o motorista por cima do barulho do jipe. "A lepra não é brincadeira." De repente, sobre os vultos negros das árvores à sua esquerda, Agastya viu uma enorme bola dourada no céu, como algo acima de um parque de diversões, algum anúncio divertido. Por um momento achou que tivessem coberto em quinze minutos o trajeto que levava uma hora, e que a bola fosse alguma excentricidade da Usina Termoelétrica de Madna. Era quase apocalíptica a beleza daquela lua. Um imenso globo de âmbar que ele contemplou ao longo de todo o caminho até Madna. Um fiapo preto de nuvem cruzando sua face, dando-lhe um ar de Saturno – nosso Shani particular, seu e meu, Shankar havia dito. Árvores distantes recortadas em silhueta contra seu leve brilho alaranjado, como diante do fogo, nuvens de algodão tentando tocar suas bordas, vermelhas e luminosas. Podia ser, ele pensou, um planeta em chamas.

18

"E então", perguntou Bajaj, "como estava o Baba Ramanna? Ele mudou de ideia quanto ao empréstimo?" Ele e Agastya estavam em seu gabinete, rodeados pelos matizes complementares de marrom.

"Não, senhor", respondeu Agastya.

"Ele está zangado", disse Bajaj, rindo. "Argumenta que o governo quer fazer um empréstimo só porque ele agora é uma celebridade. Mas, *bhai*, só podemos conceder empréstimos a pessoas que sabemos que farão bom uso deles."

"Sim, senhor."

"E então? De partida para Jompanna?" Bajaj recostou-se na cadeira e sorriu com tristeza. "Vamos nos encontrar com frequência e, de todo modo, todo mês tem uma Reunião de Balanço dos Funcionários do Desenvolvimento Territorial. Mas sua nomeação parece ter incomodado algumas pessoas em Jompanna. O *sabhapati*, que você disse que conheceu um dia, veio aqui e tentou me convencer a cancelar sua nomeação para o posto." Agastya mostrou-se surpreso. "Depois outros políticos fizeram o mesmo, mas eu dispensei todos dizendo: Vejam, são só dois meses, e o sr. Sen é um funcionário do IAS, não vai sujar o nome do IAS." Espere para ver, disse Agastya em silêncio.

Bajaj coçou devagar uma axila. "Metade da população da área de Jompanna é tribal, tente ajudar o melhor que puder. O principal temor dos políticos de lá é que você faça isso." O sol da tarde entrando pela janela atrás da cabeça de Bajaj o deixava iluminado. Suas orelhas resplandeciam, vermelhas, e Agastya podia ver o brilho dourado da penugem em suas bordas. "Não há nenhuma guerra de castas ou algo parecido naquela área", Bajaj falou como se Agastya o estivesse acompanhando, "é mais simples, é só uma questão econômica e política. Os nativos de lá têm sido ignorados por décadas, principalmente porque a maioria deles permaneceu naquelas florestas inacessíveis, lá no alto das montanhas. O dinheiro introduzido em Jompanna era direcionado pelos políticos para beneficiar a população não tribal das planícies, sabe como é, escolas básicas, postos de saúde, estradas, poços, empréstimos bancários – em troca os mesmos políticos eram reconduzidos ao poder no corpo político local, o Panchayat Regional. Teu *sabhapati*, por exemplo, foi presidente daquele Panchayat Regional por quase trinta anos". O telefone tocou. Bajaj discutiu por alguns minutos numa mistura da língua regional com o híndi. Em seguida retomou o discurso de estímulo. "*Hahn* Sen, o que eu estava dizendo mesmo? Ah, sim, o governo não pode ser responsabilizado pelo..." – suas mãos fizeram um movimento de gangorra no ar – "desenvolvimento irregular de Jompanna. Veja, até poucas décadas atrás as populações tribais eram praticamente invisíveis. Às vezes sinto pena delas, nunca foram tocadas pelo modelo indiano dominante. O que os povos tribais da Índia têm a mostrar em relação a essas décadas desde 1947? Apenas algumas fotografias com Nehru". Bajaj encolheu os ombros em desânimo e Agastya se agitou na cadeira. "Os nativos só começaram a deixar as florestas depois que as florestas já estavam arruinadas demais para dar sustento. Claro que alguns críticos", Bajaj acenou com a cabeça para Agastya, que prontamente acenou de volta, "dizem que com suas políticas desde 1947 o que o governo fez foi arruinar as culturas tribais sem oferecer nenhuma compensação real. E isso porque, como sempre, os críticos não fazem ideia do que estão falando".

Um contínuo entrou com o chá das quatro horas. Agastya sussurrou audivelmente para ele que queria outra xícara. "Como BDO", disse Bajaj num tom de conversa mais normal, "viaje pela região tanto quanto possível, veja aldeias, conheça aldeões, isso vai lhe dar uma ideia muito melhor do trabalho. Claro que, mesmo hoje em dia, não existem muitas estradas boas floresta adentro". Por cima de sua xícara, Bajaj encarou Agastya com tristeza, talvez desapontado com ele por não lhe fazer perguntas perspicazes, mas talvez também porque aquela fosse sua expressão natural. "Você vai me perguntar por que as estradas boas, que resistem a todas as intempéries, são tão poucas. Também os críticos perguntarão, por ignorância. Qual é a população de uma pequena aldeia? Algumas não têm mais de cinquenta habitantes. Lembre-se de que poucas décadas atrás muitas dessas populações eram nômades, deslocavam-se na floresta, de uma parte para outra. Por isso as aldeias são espalhadas. Então o que eles esperam, que a gente construa uma estrada para beneficiar uns cinquenta nativos? Absurdo." Terminou sua xícara e inclinou-se para pousá-la na mesa. "Uma estrada, como qualquer outro projeto de desenvolvimento, tem que ser economicamente viável, não? Então o que dizemos aqui é que, se você agrupar essas aldeias, pedir que se mudem para um ou dois locais, nós ajudaremos a desenvolver a área, a construir suas casas. Aí os críticos começam a chiar: estão destruindo a cultura tribal! Deixem esses povos em paz! Mas me mostre um nativo que queira ser deixado em paz, que se oponha ao desenvolvimento tal como entendemos. Postos de saúde, escolas, estradas, acesso aos mercados, linhas de ônibus, empréstimos bancários, claro que os povos tribais querem tudo isso, mas para tanto eles precisam simplesmente viver juntos em grupos maiores. Somos um país pobre, não podemos ter uma estrada e um posto de saúde para cada cinquenta nativos."

Agastya terminou seu segundo chá e baixou os olhos para o tapete bege, retesando-se, preparando-se, por assim dizer, para saltar da cadeira, agradecer a Bajaj vigorosamente, dizer que não o decepcionaria, senhor, e sair da sala com uma elegância consistente, pleno de dignidade apesar do fardo do desenvolvimento de um microcosmo. Enquanto isso Bajaj continuava com o olhar de tristeza para ele, como se duvidasse seriamente de sua utilidade para o governo da Índia.

Quando Agastya ergueu os olhos, o primeiro movimento da retirada que planejara, Bajaj disse: "Chipanthi. Você precisa visitar Chipanthi. É uma aldeia tribal central num grupo de aldeias espalhadas por uma área vasta. E a escassez. Jompanna é uma região terrivelmente afetada pela estiagem. Desde o primeiro dia todo mundo vai se queixar a você da escassez de água potável".

Agastya já estava na porta quando Bajaj disse: "Ah, Sen, esqueci de dizer uma coisa interessante. Em alguma aldeia perto de Chipanthi parece que tinha uns rumores, dois anos atrás, sobre um sacrifício humano".

Arrumando as malas para Jompanna. Vasant apareceu para assistir e para falar mal de Digambar. Agastya se lembrou de seu primeiro dia, quando o trem atrasara quatro horas e ele se sentira como se vivesse a vida de outra pessoa. Depois, na primeira manhã, ele ficara fascinado pelo quadro de Tamse e se perguntara se aquelas paredes subiriam no seu conceito também. Agora dois meses em Jompanna, em seguida o fim do treinamento e uma folga em Calcutá antes de voltar para ser coletor-assistente em algum lugar, talvez Rameri, pois tinha ouvido que Menon estava prestes a ser transferido; deprimente, disse em silêncio, sorrindo para o seu gravador, sentir saudade deste quarto, não é mesmo? "Virei a Madna pelo menos uma vez por mês para reuniões etc. Tente manter este quarto desocupado para mim", disse a Vasant.

Devia ter dito a Sathe que ficaria com seu *Gita* por mais um tempo. Devia ter deixado com Bhatia uma carta para Mohan. Embora tivesse sentido cheiro de haxixe no mercado semanal de Jompanna, devia ter se abastecido de mais cânabis. Devia ter roubado alguma coisa do gabinete de Bajaj naquele dia.

O BDO que ele conhecera na varanda da Casa de Pouso de Jompanna e cujo nome ele não captara chegou por volta das seis da tarde.

"Você não me disse seu nome na última vez", disse Agastya com simpatia.

"Patel, senhor", disse ele, sorrindo. Patel, aparentemente, viera alertá-lo sobre seu cargo. "O *sabhapati* sempre quer usar o jipe oficial para suas viagens particulares, senhor. Mas o senhor é IAS, pode acabar com isso. E o superintendente do gabinete é um homem dos mais perigosos, senhor." Agastya pensou num homem de olhos claros com um coldre pendurado no ombro.

Foi à casa de Srivastav naquela noite. Srivastav concluiu seu sermão com: "Você está começando a melhor parte do seu treinamento. Capriche". Na manhã seguinte, com mala, mochila e sacola de mão já no jipe, partiu para Jompanna. Os filhos de Vasant correram atrás do jipe até o portão da Casa de Pouso. Era sua terceira viagem pela estrada que percorrera antes com Kumar e depois com Avery e Sita, mas pela primeira vez estava sozinho. A passagem de nível, almoço em Tilan. O motorista dirigia devagar e com cuidado, e seu rosto de meia-idade era ligeiramente cínico. Olhe só, não é necessário urgência ao dirigir, nem em qualquer outro serviço público – era esse o seu tipo de rosto. Chegaram a Jompanna ao anoitecer, mas o lusco-fusco só diminuía parcialmente a feiura da Casa de Pouso. O zelador lhe deu o quarto que antes fora de Avery e Sita. Chá na varanda, com as lâmpadas acesas e as barracas de caldo de cana em frente. O motorista disse: "Vou agora, senhor; venho amanhã às dez?".

O motorista já estava no jipe quando Agastya disse: "Ah... Chandram". O motorista se virou. "Quando o sr. Patel era BDO o jipe devia ficar na casa dele à noite também."

"Sim, senhor", disse o motorista.

"Então por que você está levando o jipe agora? Ele não deveria ficar comigo na Casa de Pouso?"

A voz do motorista mudou levemente, adquirindo uma inflexão de falsa inocência. "O *sabhapati* o requisitou, senhor."

Agastya pensou um pouco. "Ok. Amanhã, dez horas." O jipe partiu. Ele entrou para arrumar o quarto. Então teve um *déjà-vu*, ao discutir com o zelador sobre a mobília em excesso. "Olhe, não preciso deste sofá nem destas duas poltronas nem daquela mesa de refeição."

"Mas não é uma mesa de refeição, senhor, é uma mesa para escrever."

"Leve embora, de todo modo. E lembre-se: água fervida. Deixe a água ferver por cinco minutos, isto é, conte cinco minutos depois que ela começar a ferver..."

Depois jantar na varanda, sons noturnos e música noturna que vinha das barracas em frente. O zelador o surpreendeu com um café excelente. Algumas luzes acesas mais adiante no hospital holandês, e ele se perguntou o que Avery e Sita estariam fazendo naquele momento, pensou nos dois meses ali em Jompanna e no trabalho sobre o qual nada sabia.

19

Nove e meia da manhã e o zelador, um homem espantosamente obstinado, disse: "O senhor devia almoçar agora. Assim, quando voltar do trabalho no fim da tarde, pode jantar. Duas refeições por dia, é isso o que todos os funcionários fazem, mantém a pessoa saudável".

"E se eu sentir fome durante a tarde?"

"Não deveria. Os funcionários não sentem. E, se por acaso sentir, coma bananas. São boas para a saúde e para o estômago. Seja como for, venha comer agora, já preparei o almoço."

O escritório do Panchayat Regional ficava a cinco minutos de carro, logo depois do hospital holandês. Enquanto o jipe contornava o hospital, ele admirava mais uma vez sua incongruência. Ali naquela areia vermelha, em que só brotavam árvores murchas, Casas de Pouso horríveis e barracas esquálidas vendendo chá e caldo de cana, estendiam-se acres de gramado verde e imponentes pedras cinza. Especulava sobre a motivação: o que teria levado os holandeses a construir um hospital de caridade num rincão obscuro da Índia, ou os alemães a financiar um curador indiano de leprosos? Mas se divertiu muito, algumas semanas depois, ao ficar sabendo que os missionários holandeses do hospital estavam convertendo tribais ao cristianismo. Porém, seu riso diante da notícia não era cínico, era levemente incrédulo, pois soava *absurdo* demais que, nestes tempos de aids e do átomo, alguns missionários estivessem convertendo os pagãos ao Caminho do Senhor antes de curá-los. Meu Deus, riu ele, quando esses cristãos vão se tornar adultos? E nem mesmo a lembrança difusa de sua mãe o constrangia. Dali em diante o hospital, por sua própria elegância e beleza, passou a lhe parecer um pouco ridículo. Milhões de rupias só para seduzir alguns nativos, para fazer o sinal da cruz diante de algum indivíduo doente, analfabeto e desconcertado chamado Anganagla ou algo parecido, e insistir que incluísse um David ou um John depois de seu nome. Talvez, pensava às vezes ao passar pelo hospital, tivessem um telefone vermelho, uma linha direta com o Vaticano, e precisassem mandar relatórios diários, "Sua Santidade" (mas como o chamariam de verdade? Quem sabe George Ringo I), "mais quatro pagãos capturados hoje. Dois casos malsucedidos eram muçulmanos. Ficaram muito, muito furiosos, arrancaram os remédios de nossas mãos e foram embora".

O escritório do Panchayat Regional também se erguia sobre a areia vermelha, era térreo e de um amarelo sujo, com grupos vadiando a esmo sob as árvores em frente. Os rostos lembravam os que vira todos os dias do lado de fora e nos corredores da Coletoria, as caras de passividade, e alguns com expressão vidrada de tanto esperar. Ele próprio tinha fumado de manhã, como de costume, depois de sua ginástica clandestina e antes do banho, e ao sair do jipe lamentou, também como de costume, não ter fumado um pouco mais.

Todo mundo olhou. Para aqueles que precisavam esperar do lado de fora do escritório da região de Jompanna, a chegada de um jipe podia ser uma experiência imensamente empolgante. Ele disse: "Ah, Chandram". O motorista se virou, o rosto mostrando que começara a desconfiar do tom de voz de Agastya, agudo e educado. "Me dê as chaves do jipe, por favor. Eu fico com elas." Ele ia amar a banalidade da disputa com o *sabhapati* em torno do jipe.

Uma nuvem de bajuladores dando-lhe as boas-vindas no corredor, direcionando-o para sua sala, murmurando seu nome e função. Um homem baixo e gordo à frente dos outros era o que mais murmurava. Sua sala ficava no fim do corredor, paredes cor-de-rosa, com retratos de Gandhi e Nehru acima das janelas. Desanimou ao ver umas vinte cadeiras, dispostas em três fileiras diante da sua mesa, pois isso indicava ser bem possível que vinte pessoas viessem vê-lo de uma só vez. Um frigobar entre as janelas; foi imediatamente abri-lo. Tinha guardanapos, uma caixa de giz, alguns mapas enrolados e três porta-canetas. Mas sua cadeira era extremamente confortável, uma daquelas de escritório que se reclinam em vários ângulos e giram em todas as direções. Ele estava girando em todas as direções quando a porta se abriu e entrou uma multidão (ou assim lhe pareceu; quando se sentaram, eram apenas sete). Eram um político e seis *goondas* asseclas.

O político era muito importante em Jompanna; pelo menos era o que dizia seu tom. Olhos carmesins e um bigode de 12 centímetros – Agastya não captou seu nome nem a razão de sua importância. "Vou falar em híndi, Sen *saab*", disse o político, "em consideração ao senhor. Se eu falar na nossa língua o senhor não vai entender". Risadas roucas dos *goondas*. "Vou sim", respondeu ele com vivacidade, "e o senhor deve me ensinar falando sempre comigo em sua língua". Risadas roucas de novo. Um a um, disse Agastya para si mesmo.

O político tinha vindo para dizer olá ao novo BDO *saab*, e para falar sobre si mesmo durante vinte minutos, também para explicar ao novo BDO *saab* a gravidade do problema da água potável na região, e finalmente para se queixar de que uma bomba, numa aldeia cujo nome era uma das milhares de coisas que tinham escapado a Agastya, não estava funcionando.

"Bomba?", perguntou Agastya cautelosamente. "O senhor quer dizer bomba d'água? Bomba de poço?"

O político pareceu perplexo: "Claro. Antes de o senhor chegar, eu tinha acabado de...", sua mão fez um gesto em direção à porta "encontrar o EO, que diz que a bomba foi consertada faz dois dias, mas os aldeões dizem que não foi".

No final do primeiro dia Agastya tinha aprendido que EO era um agente de desenvolvimento; no segundo dia, descobriu que havia pelo menos dez deles no departamento; mas o que cada um fazia permaneceu obscuro por semanas.

Fez soar a campainha. Por alguma razão, o contínuo apareceu sorrindo, o que deixou Agastya confuso. "Chame...", parou para pensar, talvez devesse chamar aquele gordo baixinho que mais murmurou no corredor, ele parecera muito mandão e impositivo, de todo modo não podia chamar nenhuma outra pessoa, mal se lembrava de alguma anatomia, mas com certeza aquele gordo baixinho tinha um nome e um cargo, "... chame aquele gordo baixinho que murmurava...", e fez um gesto débil em direção ao corredor. Para sua imensa surpresa, o contínuo assentiu com elegância e saiu. Talvez todo mundo chamasse o gordo baixinho exatamente assim, pensou Agastya por um segundo, esperançoso. E demorou quase uma semana para perceber a tática do contínuo. O preceito deste último era ver seu chefe o mais raramente possível, e pelo período mais breve. Todos os contínuos assentiam de forma elegante a tudo o que ele dizia e deixavam a sala imediatamente. Passou a admirá-los.

O contínuo voltou com o gordo baixinho, não porque tivesse decifrado as palavras de Agastya, mas porque o gordo baixinho era Malik, o superintendente do gabinete, e nessa condição provavelmente estava apto a entender as demandas de Agastya e por consequência a diminuir o trabalho do próprio contínuo. Malik viu o político, murmurou alguma coisa e saiu da sala. Agastya sorriu para os *goondas*. Malik voltou com outro homem, de pele escura e aspecto sujo, que travou uma conversa inflamada com o político por alguns minutos. Ambos encerraram a conversa com cara insatisfeita, em seguida abruptamente o político pediu a Agastya licença para sair. Do lado de fora os *goondas* soltaram risadinhas contidas.

Não tinha fim a fila de pessoas que vinham ver o novo BDO. Nos primeiros dias ele temia cada visitante; sentia um nítido mal-estar toda vez que a porta se abria. O segundo visitante em seu primeiro dia foi uma idosa de óculos, que murmurou alguma coisa, ficou sentada por alguns minutos, murmurou mais alguma coisa e saiu. Ele nunca soube a razão daquela visita. Talvez fosse alguma coisa importante para ela, talvez ela tivesse perguntado algo e esperado uma resposta positiva dele, interpretando seu silêncio como um não. Chamou o contínuo pela campainha e lhe perguntou, estupidamente, o que a velha queria. O contínuo disse, com toda a tranquilidade: "Ela? Ela não queria nada", e saiu. Depois disso Agastya pediu a Malik, o gordo baixinho, que se sentasse com ele. As coisas estavam desconcertando a ambos, mas de maneiras distintas. Malik lhe explicou cuidadosamente o propósito de cada visita. Um queria um empréstimo bancário, outro desejava ser transferido para outo lugar. Dois médicos de óculos informaram sobre uns postos móveis de vasectomia e salpingectomia instalados em algum lugar (lembrou que Bhatia os chamara de "postos de cortar pau e boceta"). Quatro políticos tinham vindo pedir a transferência de sete professores de duas escolas básicas para três outras escolas básicas. Um velho ex-soldado, azul de indignação, veio se queixar de algum grupo político de sua aldeia que estava planejando mudar o nome da aldeia, contra a vontade do ex-soldado e de outros aldeões que pensavam de modo parecido. Alguns visitantes tinham demandas e pedidos que nem mesmo Malik conseguia compreender. Esses ele direcionava com jeitinho a outras repartições – "Ah, para isso você precisa procurar o *tehsildar*". "Não, não podemos resolver isso, terá que vir para nós a partir do chefe da Divisão Florestal em Madna." E Agastya podia imaginar aquelas petições rejeitadas passando de um funcionário ignorante a outro igualmente imprestável, cada petição ficando cada vez mais amassada durante essa jornada tortuosa. E se lembrou também de seu primeiro dia na Coletoria, na sala de Srivastav, da desenvoltura com que ele parecia tranquilizar (e não apenas lidar com) aqueles que tinham ido vê-lo.

Malik tinha a fisionomia de um vilão inexpressivo, do tipo que no último rolo do filme não é assassinado, mas sim castigado e humilhado, e que vai para a prisão cumprir muitos anos de pena. Carne flácida e olhos mortos, nunca seria capaz de matar, pensou Agastya, mas provavelmente chantagearia – aprisionado entre o seu rosto e a minha incompetência, lamento pelo desenvolvimento de Jompanna.

Para os visitantes que podiam ser compreendidos, ele chamava do corredor os murmuradores correspondentes. Então eles conversavam e Agastya se recostava na cadeira (resistindo à tentação de girar em todas as direções), sem captar uma palavra, mas satisfeito consigo mesmo por ter organizado o que parecia ser um diálogo produtivo. Porém não durava muito esse contentamento, porque o rosto insatisfeito dos querelantes, e seus frequentes apelos a ele, tudo isso indicava com demasiada clareza que o diálogo não tinha sido útil. Em poucos dias ele perceberia que os murmuradores do corredor, quase todos eles seus subordinados, não gostavam do trabalho, mas bastaram-lhe poucas horas do primeiro dia para sentir que a maioria deles era naturalmente imprestável, e também para começar a fazer cara feia, tanto para peticionários obtusos como para servidores evasivos.

O desenvolvimento é um *leitmotiv* tão central na trajetória indiana quanto o caldeirão de culturas e as outras heranças de uma história longa e complexa, mas o desenvolvimento jamais seria chique ou glamoroso em Jompanna. Jompanna era o olvío indiano; para a maioria, a vida ali era morosa e opaca. Nenhum político de primeira página de jornal jamais fora até lá, e as visitas dos que porventura iam eram quinquenais, para fazer promessas e ganhar votos. E com certeza ninguém jamais vinha para *ficar* em Jompanna, exceto missionários caucasianos, com freiras malaialas em seu rastro. As marcas de desenvolvimento eram evidentes em outras regiões – na silhueta de uma usina termoelétrica, nas árvores abatidas margeando uma estrada, mas ali desenvolvimento parecia ser uma mera palavra num arquivo do governo. Para Agastya, muitos meses antes, Madna fora uma fatia do país desconhecida até então – mas Jompanna estava destinada a ser algo transcendental.

Pausa de uma hora para almoço, mas extensível a quatro horas. Agastya estava voraz; olhando pelas janelas, comeu lentamente seis bananas. Dali podia ver metade de uma árvore, a cabeça coberta de alguns desocupados, e mais adiante a areia vermelha batida, mais algumas árvores perto da estrada, um veículo ocasional, um jipe, uma bicicleta, um carro de boi (que demorava minutos para passar por suas duas janelas), um canto do hospital holandês, choças e a distância a floresta de 1 polegada de altura. Por dois meses ele viu aquelas coisas, imutáveis exceto quanto aos ângulos e intensidades de luz, e elas pouco a pouco se tornaram para ele os contornos duradouros do subdesenvolvimento.

Durante o almoço do primeiro dia o motorista entrou sorrateiramente quando ele estava em sua quarta banana e pediu as chaves do jipe. "É preciso abastecer de diesel, senhor."

Agastya aplaudiu mentalmente o *sabhapati* pela esperteza

da tática. No entanto, perguntou: "Por quê?", e começou sua quinta banana.

"Mas, senhor..."

"Eu não vou a lugar nenhum agora, vou? Mais tarde a gente abastece." Quando Malik voltou do almoço (com o rosto suavizado pela saciedade estomacal), Agastya lhe perguntou: "Quais são as regras para o uso do jipe oficial por um *sabhapati*?".

Malik sorriu como um rato gordo num desenho animado. Em seguida explicou, como de costume sem olhar Agastya no rosto. Um *sabhapati* podia usar o jipe oficial para um propósito oficial qualquer, como visitar o local de algum programa de desenvolvimento ou para comparecer a uma reunião oficial (e não a uma reunião política) – esse tipo de coisa.

Petições, requerimentos, pedidos – ele não os recebia só em mãos, mas também pelo correio. A correspondência diária era uma pasta grande e gorda, com folhas e folhas de coisas incompreensíveis. Lia as que estavam em inglês e assinava as outras sem ver, raciocinando (de modo muito astuto, para um funcionário tão precário) que, se alguma delas fosse importante, ele de todo jeito não chegaria a saber. Não que as cartas em inglês fizessem mais sentido. Um calhamaço, por exemplo, uma espécie de novela bilíngue, da filial do Banco da Índia em Tilan, começava assim: "Estamos devolvendo suas propostas de empréstimo depois de tê-las reprovado pelas seguintes razões...", seguido de páginas e páginas de documentos carimbados, números e algo que ele só conseguia interpretar como confissões manuscritas de muitos atos medonhos. O que aquilo tudo queria dizer?, e às vezes ele se lamuriava (embora também se divertindo): Por que eu?

E as pastas. Montanhas de pastas sobre sua mesa rivalizavam com as de Srivastav, e agora ele entendia o prazer de jogá-las no chão. As suas também aterrissavam, a depender do peso, com baques surdos ou estalos estridentes; também jaziam no tapete manchado como cadáveres num campo de batalha, dando-lhe a ilusão de alguma vitória obscura.

As pastas eram de papel fino marrom ou papel grosso amarelo. Todas pareciam estar marcadas com URGENTE. Sua mente se apagava na primeira página de cada uma delas. Ele devia assinar em algum lugar, refletia, caso contrário a filha da puta não estaria à sua frente. Depois de uma busca ele encontrava o lugar para a assinatura, pouco acima do carimbo que dizia "Chefe do Desenvolvimento Distrital, Jompanna", com uma cruzinha ao lado do carimbo, como que dizendo: Aqui, idiota, assine aqui. Em cada pasta ele sentia que gastava tempo e esforço mais do que suficientes só nessa procura do lugar para apor suas iniciais (com algumas pastas essa procura virava uma intrincada caça ao tesouro – o carimbo e a cruzinha às vezes estavam enfiadas na terceira ou quarta dobra daquelas enormes folhas que se abriam como mapas). Ele se converteria em um caco, estava convencido, se além disso tivesse que fazer esforço para entender o que estava assinando. Assim, concluía suas pastas e as jogava no chão, e entre uma e outra dava um giro completo em sua cadeira, mas isso não incomodava Malik. Claro que às vezes ficava se perguntando sobre o conteúdo das pastas, mas entregava apenas uma ou duas ao superintendente do gabinete (no segundo dia passou a chamá-lo de SG em vez de Malik, fazia com que este se sentisse mais eficiente), dizendo: "Aqui, me explique".

Malik se inclinava para a frente em sua cadeira, com sua carne exalando um aroma de rapé, suor, *paan*, óleo capilar e talco barato, e dizia "Sim, senhor" (em tom tranquilizador), "é o Bônus Adiantado para os Agentes de Desenvolvimento, Setor Pecuário" e "Esta é a resposta do DO do DDO da campanha da *kharif*[112] do ano passado". Uma pasta, sobre algum aspecto ilegível da área da saúde, continha folhetos em inglês do ministro da Saúde. Agastya abriu um ao acaso e leu "... coloque o tapete de borracha cuidadosamente embaixo das nádegas...". Endireitou o corpo na cadeira. Pornografia, aquilo era pornografia, era o ministro da Saúde mandando pornografia para 5 mil BDOs país afora. Voltou à capa do folheto: *Instruções para Parteiras Rurais*. Oh, que decepção, mas mesmo assim ele leu o folheto inteiro (perguntando-se vagamente por que estaria escrito em inglês).

112 Uma das grandes estações agrícolas indianas, aproximadamente entre junho e outubro. [N. A.]

Enquanto, inteligentemente, ele fazia que sim com a cabeça diante de um visitante ou jogava pastas incompreendidas no chão, subordinados muitas vezes entravam de forma abrupta na sala e lhe apresentavam com gestos resolutos um papel ou outra pasta. Com dedos indicadores retesados, batiam repetidas vezes na cruz de assine-aqui-seu-idiota. Ele pausava a caneta no ar e perguntava com afetação: "Isto tem a ver com...". Eles resmungavam uma resposta, ele assentia, satisfeito, e assinava (e na sua cabeça os via dobrar-se de riso do lado de fora). Nos primeiros dias, pensava, eles podiam conseguir sua rubrica em simplesmente *qualquer coisa* – "Certifico que meu nariz começou a ficar parecido com um vibrador", ele teria assinado fácil, e com um floreio.

Com o tempo, é evidente, aprendeu a detectar o padrão, o modo como uma coisa incompreensível na correspondência se tornava, em algumas semanas (tudo se movia ainda mais devagar em Jompanna do que em Madna), uma coisa incompreensível numa pasta – a passagem de uma petição, ou de um pedido de retificação, de uma mesa para outra, acumulando ao seu redor, como a fruta que cresce em torno do caroço, comentários e contracomentários, e comentários irrelevantes, até que a coisa ficasse gorda o bastante para virar comida de ratos nos armários da repartição.

A repartição fechava às seis, alguns escapavam sorrateiramente às quatro. Às sete, no primeiro dia, ele estava na varanda da Casa de Pouso, com um esgotamento prazeroso, e pensando vagamente em como conseguir uma bebida. O jipe estava estacionado sob uma árvore. As barracas tocavam uma canção híndi familiar:

Você não me decepciona, Vida,
Você me atordoa

Um megassucesso recente que ele escutara em inúmeros lugares.

Desistiu de tentar compreender e apreciar o trabalho no quarto dia, na Reunião Geral do Corpo de Servidores do Panchayat Regional. Quatro horas. Mas não dava para escrever cartas ou gastar o tempo mexendo a bunda sobre a madeira do assento e lançando clandestinamente seu suor contra seus vizinhos. Tinha que se concentrar e responder a perguntas sobre a transferência de professores da escola básica, sobre a escassez de água potável. O *sabhapati*, que perdera a batalha em torno do jipe, era particularmente loquaz e incansável. Não que Agastya se atrapalhasse muito nas respostas (na verdade, instruído por Malik, ele reagia à maioria dos tópicos com uma competente vagueza burocrática – "Sim, vou dar uma olhada nisso", "É uma questão importante, SG, tome nota").

Mas viera a Jompanna com uma vaga esperança de que, de alguma forma, de algum modo obscuro, as coisas seriam melhores. Ele se assentaria no emprego, todo mundo dissera que este seria desafiador, envolvente, e talvez sua inquietação se dissolvesse em ação. Mas na reunião ele sentiu, ao se esquivar das perguntas e incentivar a dispersão dos debates, rodeado por políticos ruidosos e agentes de desenvolvimento e escriturários folgados, que *iria*, com o tempo, assentar-se no emprego, mas que isso não o absorveria, que sua inquietação não diminuiria, mas ficaria só um pouco paralisada para abrir espaço para as trivialidades de sua nova vida, o problema do empréstimo bancário de alguém ou a organização de algum Posto de Assistência Social Familiar. Então ele trazia apenas metade da sua mente para o trabalho, enquanto a outra o atormentava como uma leve dor de cabeça. Adquiriu alguns hábitos de funcionário distrital, como comer duas refeições colossais por dia, levar algumas pastas de trabalho para seu quarto na Casa de Pouso à noite, onde tentava compreendê-las ao som da música que entrava junto com os mosquitos pelas janelas abertas. Às vezes sentia, por razões desconhecidas, que uma jornada de queda começara para ele, mas de que altura e para que abismo ele não sabia, nem se importava com isso.

20

Algum momento em sua terceira semana em Jompanna. Uma mulher tribal, de uns 35 anos, à sua frente em sua sala, e ele mal ouvindo o que ela dizia, mas se deleitando com uma rara ereção incontrolável. A mulher era forte, com antebraços de veias salientes e rosto vincado e trágico, nariz aquilino, olhos escurecidos por uma vida desprezível, chegava a exalar o cheiro dos anos de miséria, uma bunda firme, ele pensou, rindo em silêncio, do tamanho da porra da lua. Ela teve que se repetir muitas vezes até que ele a entendesse.

Vinha de Chipanthi, segundo disse. Os homens tinham lhe dito para não ir até ali, que não adiantaria nada, mas ela ouvira dizer que chegara um novo diretor, quem sabe ele pudesse ajudar. Havia apenas um poço em sua área, e ele tinha secado, precisava ser limpo, eles haviam se queixado ao diretor anterior, mas nada fora feito. Sem tirar os olhos dela, Agastya telefonou para o engenheiro-adjunto, que era novo, animado e invejava o IAS. O engenheiro-adjunto protestou debilmente que Chipanthi era o coração da área dos naxalitas e por isso muito perigosa, ao que Agastya retrucou (surpreso com a esperteza de sua própria resposta) que mesmo os naxalitas precisavam de água. Em seguida disse à mulher que iria pessoalmente a Chipanthi dar uma olhada, em breve, em poucos dias. Sorriu de maneira tranquilizadora para ela. O rosto da mulher se suavizou um pouco, e ele quase gozou.

Ele e o engenheiro-adjunto foram de fato até a aldeia, algumas manhãs depois, em dois jipes. ("Não precisa usar seu jipe,

Chaudhri *saab*; para que gastar combustível do governo?" Mas o engenheiro-adjunto resmungou alguma coisa ininteligível sobre ter que ir a outro lugar depois de Chipanthi. O caso era mais simples, Agastya sabia: era, em oficialês, uma "questão de prestígio". A pessoa mais importante num jipe era definida pelo lugar em que se sentava, na janela do banco da frente, talvez por ser o mais confortável. Se Chaudhri e ele viajassem juntos, Chaudhri teria que conceder esse assento para ele. Agastya se maravilhava com essas mesquinharias.)

Assim, ele viajou floresta adentro num comboio de dois carros. Duas horas até Chipanthi, por quilômetros de floresta devastada. Chipanthi ficava no sopé de morros baixos antes cobertos de madeira de lei. Agora as árvores traziam menos chuva, os nativos tinham arruinado a floresta assim como um mundo em transformação os tinha arruinado. Em gerações anteriores eles haviam sido reis capazes de fundar municípios, agora estavam emasculados, contando com o recurso da generosidade governamental.

Os poucos quilômetros finais da estrada para Chipanthi não eram pavimentados, e o último trecho parecia ser mera areia vermelha batida e esburacada. Mas a floresta permanecia devastada, com tocos de árvores, clareiras de queimadas, uma grossa areia vermelha. Ao redor deles os morros, baixos e feios, com seu verde também rasgado por cicatrizes. Chipanthi apareceu por fim, algumas cabanas de barro sobre a terra queimada. Os jipes pararam. Ele desceu, sentindo-se enrijecido. O silêncio era assustador. Até mesmo a floresta parecia adormecida. Uma clareira irregular de areia vermelha, arbustos, mais adiante as árvores raquíticas, e no entanto Bajaj dissera que ele precisava visitar Chipanthi.

Não viram vivalma ao redor das cabanas. Nada de crianças nuas, ruidosas e curiosas, garotas-propaganda da desnutrição. Apenas um silêncio de meio-dia, um sol morno de final de novembro e o estalar de gravetos sob seus pés.

"Onde é o poço?", perguntou Agastya.

"Depois das cabanas", disse alguém da turma de Chaudhri. Então apareceu um jovem à porta da primeira cabana, magro e taciturno.

"Qual é a população de Chipanthi?", perguntou Agastya. Ninguém parecia saber. Mais alguns rostos, escuros e de algum modo estranhos. Ele viu a mulher que fora ao seu gabinete. Ela parecia diferente, mais confiante.

"Por aqui", disse ela.

Agastya ficou aliviado ao ver mais pessoas em volta do poço, que se viraram quando eles se aproximaram. Mas alguma coisa estava estranha, e ele se deu conta num instante de que era a mudez da aldeia; parecia não haver nem risos nem conversas. A aldeia na verdade tinha crianças, mas estavam todas ocupadas. Mulheres estavam amarrando-as em cordas e baixando-as poço adentro. Depois de um tempo as cordas içavam baldes. Ele chegou mais perto. Os baldes vinham cheios de uma lama rala. Os únicos sons eram o tinido ecoante dos baldes contra as paredes do poço, e os choramingos cansados de algumas crianças ao lado. Agastya olhou para elas. Cotovelos e joelhos ralados nas paredes do poço, uma criança tinha na testa uma ferida em forma de flor. A mulher que fora ao seu gabinete estava olhando para ele numa espécie de triunfo. Ele espiou dentro do poço. Não conseguia ver água nenhuma, mas as crianças eram espectros borrados uns 15 metros abaixo, raspando o fundo do poço em busca de água, como pecadores cumprindo algum castigo mítico.

Chaudhri espiou dentro do poço. Um após o outro, todos espiavam e voltavam com expressões apropriadas de horror. O número de pessoas ao redor deles tinha crescido. Agastya avistou um homem magro de meia-idade vestido de *khadi*, que não condizia com aqueles rudes corpos seminus.

"Situação muito triste", disse Chaudhri, olhando para o seu relógio.

"Sim, o que vamos fazer?", perguntou Agastya. A mulher que fora ao seu gabinete e o homem de *khadi* se afastaram para um lado, percebendo que começava uma deliberação. O homem de *khadi* não se encaixava mesmo, era destoante, pensou Agastya de novo, com aquela barba e aquele nariz grande, parecia mais um professor universitário de alguma disciplina que lhe daria um alcance imenso para falar merda – sociologia, literatura comparada, alguma coisa assim.

“Vamos mandar um caminhão-pipa imediatamente”, disse Chaudhri.

“Imediatamente quer dizer quando?”, perguntou Agastya. Chaudhri o encarou, um pouco espantado pelo tom da voz. O homem de *khadi* afastou com um gesto alguns dos outros nativos que estavam começando a parecer interessados. Agastya gostou daquilo. Quase automaticamente eles quatro começaram a caminhar em direção ao jipe, com a gangue de Chaudhri seguindo atrás.

“Ahn... alguns dias, acho. Um caminhão-pipa está enguiçado, no conserto em Tilan, outro está com vazamento no tanque, quando chegar aqui não vai mais ter água nele. E o terceiro está em Chhopa.” Agastya o fitou com repugnância. “Chhopa é a aldeia do *sabhapati*, não é? Deve ser mais molhada que...”, ia dizer “que a boceta do *sabhapati*”, mas se conteve a tempo. “Não, vamos fazer do meu modo.” Deu um sorriso malicioso para Chaudhri. “Foi bom você ter vindo com seu jipe. Volte nele, leve todo mundo com você. Vai chegar em Jompanna por volta das duas e meia, calculo. Providencie um caminhão-pipa, e faça sua...”, fez uma pausa, perguntando-se como era o nome daquilo, “... turma que limpa poços vir até aqui. Vou ficar à espera deles, meio que para garantir que você...”, fez outra pausa e decidiu ser temerariamente franco, “... faça alguma coisa quanto a este problema quando chegar à sua sala”.

Chaudhri demorou para entender; quando caiu a ficha, deu uma risada aguda, irritando bastante Agastya. Ao encontrar-se de novo com Bajaj, impressionado, Agastya explicou: “Achei que era o único jeito de fazer eles trabalharem, senhor. Se eu tivesse voltado a Jompanna naquela tarde, teria sido desviado dessa questão pela rotina habitual do gabinete, e aqueles engenheiros juniores teriam aparecido, um após o outro, para explicar qual era o problema com os caminhões-pipa, e por que o poço não poderia ser desentupido em menos de um mês ou algo assim, com suas desculpas habituais – o senhor sabe como é, a preguiça deles disfarçada com termos técnicos – e eu teria concordado, porque, sentado na repartição regional em Jompanna, Chipanthi e seus problemas teriam parecido distantes, e tudo teria sido postergado”.

Chaudhri e seu *entourage* de subordinados não estavam habituados a um comportamento inexplicável, mas Agastya permaneceu firme e impassível, ao mesmo tempo se perguntando se deveria lhes fornecer a outra razão, a de que desejava fugir do gabinete pelo menos por algumas horas para um novo mundo onde pudesse avistar algumas mulheres sexy. O jipe partiu, sacolejando sem elegância sobre a areia vermelha, apinhado de homens carrancudos e aturdidos. Ele e os nativos ficaram observando sua trajetória floresta adentro. Sentia-se heroico e tolo.

Olhou em volta. Os nativos o encaravam com rostos inexpressivos. Um agradável sol vespertino e uma brisa leve. O sentimento familiar de irrealidade se impunha ali, num trecho aberto numa floresta devastada, em meio a cabanas de barro e nativos estranhos, com crianças se esfolando num poço – que diabo ele estava fazendo ali? Contemplou os rostos. Uma mulher de repente começou a rir disfarçadamente, escondendo o rosto atrás do ombro de outra pessoa. Um rapaz sorriu, hesitante. O homem de *khadi* perguntou: "Gostaria de tomar um pouco de chá?". Falava num híndi desajeitado.

"Quem é você?", perguntou Agastya, pois metade dele ainda estava se sentindo valente.

"Meu nome é Prakash Rao", disse o homem.

Começaram a caminhar de volta para o poço. Alguns dos nativos seguiram na frente, com uma graça bestial que o fez se lembrar de um guia, um fatigado inspetor da Receita e John Avery. Perto do poço trouxeram um *charpai* para Rao e Agastya. "Na melhor das hipóteses o caminhão-pipa só vai chegar por volta do anoitecer, não é?", perguntou Rao.

Agastya se sentou no *charpai*, Rao continuou em pé. A presença deles distraiu alguns dos nativos que estavam em volta do poço. Algumas crianças esqueceram seus ferimentos e, com muco de choro escorrendo do nariz, passaram a encará-los. O chá com certeza será feito com a água desse poço, pensou Agastya, e se sentiu tão envergonhado de si mesmo que deu um sorriso amargo. Mas Rao o estava encarando, então ele disse simplesmente: "Sim, ahn, sim". Agora estava se sentindo bem feliz por ter escapado do gabinete de uma maneira tão bizarramente saborosa, e pela ideia de passar uma tarde observando corpos femininos retesados no esforço de tirar água de um poço de lama. Tentou fazer uma cara menos lasciva.

Rao estava de novo dizendo alguma coisa. "Quando Para voltou do seu gabinete naquele dia, dizendo que o senhor tinha prometido vir, nós ficamos bastante céticos." De perto, Rao parecia mais velho, parecia ter uns 50 anos. Era obviamente um forasteiro, mas, a exemplo de sua atitude em relação a Avery na festa do coletor, Agastya estava determinado a não descobrir o que ele estava fazendo em Chipanthi. Rao não podia ser um naxalita, pensou, ou será que sim? A ideia que fazia dos naxalitas, assim como de muitas outras coisas, era muito vaga. Para veio em direção a eles com o chá. Seu fino sári delineava suas coxas grossas e rijas. Quando ela se curvou para depositar o chá à sua frente, ele viu as veias azuis sob a pele na parte interna do seu braço.

De repente um arquejo de susto de uma mulher junto ao poço. O nó da corda em torno de uma criança se desatara de forma abrupta, mas a criança continuava pendurada na corda. Todos se aglomeraram em torno da mulher enquanto ela começava a puxar lentamente a corda. Outros gritavam palavras de encorajamento para dentro do poço, que as ecoava com estrondo. O menino raspava a parede do poço com os pés, buscando um ponto de apoio, como uma monstruosa aranha mutilada. Depois de séculos seu rosto aterrorizado emergiu da escuridão, mais pálido que o sol. Mãos o ajudaram a sair. Ele se sentou na terra úmida e começou a chorar. As mulheres tentavam confortá-lo.

Agastya teve vontade de protestar contra aquilo, pessoas que levavam vidas assim. Por um horrível segundo pensou que estavam montando uma cena, tentando fazer com que se sentisse, mais uma vez, absurdo e culpado. Aquelas pessoas o irritavam quase a ponto de enfurecê-lo; e mais tarde nada seria capaz de convencê-lo – nenhum dos argumentos dos outros naxalitas, nem a reflexão mais sóbria de Rao – de que os nativos eram obrigados a viver daquela maneira, arriscando a vida de suas crianças a troco de baldes com metade de lama.

Após o chá Rao sugeriu uma caminhada. Depois das cabanas de barro, subiram uma ladeira suave. "Este lugar é quase tão limpo quanto o Lar de Baba Ramanna", disse Agastya. "Ah, eu nunca estive lá, mas já ouvi falar, é claro. Sim, a maioria dos nativos tem hábitos muito asseados. Essa é uma coisa que eles não precisam aprender." Caminharam devagar pelas trilhas na floresta – árvores de um marrom-acinzentado e folhas secas caídas.

Rao era um naxalita, no fim das contas. "Sou de Telengana", disse ele. Em seguida, com um olhar de esguelha para Agastya: "O que sabe sobre a Agitação de Telengana, sr. Sen?".

"Na verdade, nada." Tanto quanto eu sei sobre o sexo nas paredes de um templo hindu, ou sobre o significado da queda de uma pérola de um aro de nariz, ou seja, nada, pensou. "Só sei que foi contra a exploração rural, exatamente como o movimento Naxal original em Bengala. É mais ou menos isso, não sei nada dos detalhes, e por favor me chame de Agastya." Ou Inglês, pensou, ou Ogu, ou August. Seus nomes pareciam codinomes para suas diferentes vidas.

"Exploração rural", Rao sorriu com tristeza. Ele, assim como os nativos, irritava um pouco Agastya. "É uma expressão que agora não faz sentido, que na verdade esconde os horrores", disse Rao, apontando com um gesto dramático para algumas mulheres tribais que vinham na direção deles. "São lindas, não são, sr. Sen?" Eram mesmo. As mulheres se aproximaram deles, sorriram para Rao, conversaram com ele em dialeto e seguiram em frente. "Uns dez anos atrás, não mais que isso, nas áreas mais remotas dessas florestas, principalmente para os lados de..." – pareceu apontar para a copa de uma árvore – "... Pirtana, essas mulheres não cobriam a metade superior do corpo. Era seu costume". Olhou para Agastya como se esperasse ver uma ereção em sua testa.

"Sim, e várias pessoas devem ter..." – quis dizer "trepado com elas", mas se conteve – "... tirado proveito da inocência delas, vários pequenos funcionários distritais, agentes do Serviço Florestal e fiscais da Receita, chefes de polícia".

"Não só pequenos funcionários, mas autoridades respeitáveis também." Atravessaram outra clareira árida: pedras, moitas e areia vermelha. No meio de um arbusto havia uma pele de cobra. Agastya a apanhou. Cinza e branca, frágil, a pele causava em sua carne repulsa. "Em Pirtana o novo conservador-assistente de florestas também. Um homem chamado Gandhi, até ele abusou da honra da mulher tribal que cozinhava para ele. Os homens da aldeia ficaram muito enfurecidos. Eles visitaram Gandhi há três noites e surpreenderam os dois. Em vingança, e como punição, deceparam os braços dele."

Uma brisa leve, sussurros de folhas e poeira da floresta, o ligeiro desconforto de umidade nas axilas, algo crepitando em sua mão, e um fluido morno parecendo transbordar da base de sua espinha. Mohan.

"... Vai totalmente contra tudo o que a gente vem dizendo para eles, mas", Rao encolheu os ombros, "foi impossível impedir".

21

Pôr do sol. A floresta tinha esfriado. Um nítido e claro céu noturno, lentamente começando a ficar cheio de estrelas. Eles ainda esperavam pela água.

Outros amigos de Rao, três deles, tinham vindo das aldeias nos morros. Tinham ouvido falar, segundo disseram num híndi com forte sotaque, de um funcionário do IAS que viera a Chipanthi porque estava muito interessado nos nativos. Todos eles tinham a mesma aparência: magros, escuros, de barba, todos em *khadis* imaculados. Agastya perguntou-lhes sobre Mohan, mas nenhum deles sabia detalhes da história.

O choque inicial já tinha passado fazia tempo, bem como a descrença que se seguira. Tudo o que restava era uma sensação remota e um leve horror àqueles homens de uma ira incompreensível. Ele não lhes dissera que Mohan era seu amigo. De certa forma não tinha como dizer. Em todo caso, Rao e seus amigos não queriam ouvir, só queriam falar, explicar, justificar, esclarecer suas mentes. Para eles Mohan não merecia mais que um comentário de duas frases. Citações de Mao saíam da boca deles acompanhadas de análises inflamadas dos dilemas tribais. Aqueles nativos precisavam de ajuda para pensar, diziam, porque se sentiam à deriva no novo mundo. “Veja como labutam para conseguir água. Você viu como eles são simples.”

Estavam na sexta rodada de chá na cabana de Rao. Uma lâmpada de querosene, uma cama no canto, roupas penduradas em pregos na parede. Para servia-lhes o chá. Sua desenvoltura, sua familiaridade com a cabana sugeriam a Agastya que ela dormia ali. De repente ele estava rindo alto, perguntando-se por que aqueles guardiões da honra não cortavam os braços de Rao também. A presença dela o irritava, e ele disse a Rao e seus amigos: "Não fiquem repetindo que eles são simples, a atitude de vocês é condescendente. Eles não são meramente simples, são também extremamente violentos, coisa que vocês parecem ter incentivado. Não digam que são simples, diga que são diferentes, isso é tudo". Para não compreendia híndi, mas o tom dele a espantou. "Se Gandhi seduziu uma mulher tribal, com certeza também é verdade que ela gostou da sedução." Parou, com uma espécie de atordoamento.

Não, disseram eles agitados, o sexo fazia parte da exploração mais ampla, portanto não podia ficar sem punição. Agastya ficou assistindo ao jorro verbal deles, os lábios púrpura e dentes brancos, as fisionomias tomadas pelo jogo da violência e pela paixão de fanáticos, as peles em *chiaroscuro* à luz da lamparina, o cheiro penetrante de querosene no ar, e no entorno as trevas de barro. Ainda mais monstruoso era o fato de ter sido Mohan a sofrer daquela maneira por sua lascívia, ele nunca precisara de tormento físico algum para acalmar a mente. Naquele movimento ondulatório de um local condenado a outro, as únicas distrações pareciam ser aquelas partículas de insanidade.

Mais tarde ele fumou tabaco à maneira tribal. Uma folha de tabaco seca e enrolada com capricho, que bateu nele quase como maconha, seu analgésico habitual. Depois disso até Mohan pareceu se dissolver e ele passou a ouvir apenas de modo intermitente Rao e seus amigos explicarem incoerentemente os tipos de exploração, os empresários florestais que não pagavam ao nativo o suficiente pelas sementes oleaginosas e pelas folhas de tabaco colhidas para eles, os contrabandistas de madeira que arruinavam as florestas muito mais do que os nativos, mas jogavam a culpa nestes subornando os agentes da Polícia Florestal. "Os nativos estão aprisionados numa armadilha, e o desenvolvimento do governo não pode oferecer salvação porque, acomodados naquelas grandes cidades, vocês não têm ideia de como eles vivem."

"Não posso acreditar que eles sejam *obrigados* a viver assim." Era mais fácil falar do que escutá-los, e ele não gostava do jeito como Para estava sentada um pouco atrás de Rao, com o rosto relaxado e distante, mas os olhos piscando o tempo todo, tentando acompanhar a conversa pelo tom das vozes, e teve vontade de fazer um protesto simbólico contra a convicção dela de que o que homens como aqueles diziam era sempre digno de ser ouvido, contra um mundo em que a ação era regida pela crença. "Para começar, eles podem sair de Chipanthi e ir para um lugar onde a água seja obtida mais facilmente. Existem muitos lugares assim na floresta. Claro que não é fácil, mas nada que é importante é fácil, exceto talvez decepar os braços de alguém. Eles foram nômades no passado, e Chipanthi não é um lugar digno de apego. Se vocês estão ensinando eles a desconfiar do mundo que fica fora desta floresta, por que não ensinam também a ser autossuficientes? Eles temem a exploração, e são todos analfabetos, mas podem caminhar quilômetros para tomar um ônibus e assistir a um filme na sala de vídeo de Jompanna. Sim, sim, eu sei, a autossuficiência não é fácil, pensar também não, mas ambos valem mais que o ódio." O tabaco o liberava, e ele enfrentava a incoerência deles com a sua.

Agastya era um visitante de honra, ainda que inesperado, por isso mais tarde, em torno de uma grande fogueira perto do jipe, os nativos dançaram para ele. Os homens bebiam uma espécie de *tari*[113]. "Eles costumavam beber o dia todo", sussurrou Rao com um bafo quente em seu ouvido, "antes da nossa chegada. Seus filhos começavam a beber aos 6 meses. Eles não *sabiam*". Agastya também bebeu, era uma coisa extremamente potente, e em pouco tempo estava incontrolavelmente alto. As mulheres dançavam de braços dados em fila, num lento arrasta-pé ao som arrítmico de um único tambor, um passo para a frente, dois passos para trás, sempre um para a frente, dois para trás.

Enquanto as contemplava, um resplendor cor de laranja sobre a pele negra, sorrisos tímidos uma para a outra, rostos voltados para os pés, ele temeu pela inocência delas, pois era perigosa, uma tentação para os corruptores.

As luzes de dois caminhões-pipa foram vistas ao longe. A dança foi interrompida com gritos embriagados de alegria.

113 Bebida inebriante feita da folha de tamareira. [N. A.]

22

"Ele ficou muito solitário, acho, e sempre foi uma pessoa muito física, carnal, e Rohini não tinha ido para Pirtana, lembre-se disso", disse Bhatia, inclinando-se para alcançar o cinzeiro. "Eu me encontrei com ele duas ou três vezes quando veio a Madna para um ou outro compromisso de trabalho. Ele dizia que Pirtana era muito tediosa e começava a rir."

Uma noite, no Alojamento Temporário de Madna. Agastya viajara o dia todo de Jompanna até ali, para a Reunião do Desenvolvimento de Bajaj que ocorreria no dia seguinte. Vasant ficou feliz ao vê-lo, era o que parecia, tinha sorrido e informado que seu velho quarto na Casa de Pouso estava ocupado. Ele passaria a noite no quarto em cujas cortinas aviõezinhos vermelhos voavam sobre um fundo verde. Telefonara a Bhatia logo que chegou, e ele viera, mais uma vez, com uma meia garrafa. Quinze dias antes, na manhã seguinte à sua visita a Chipanthi, ele tentara contatar Bhatia por telefone, de Jompanna, mas sem sucesso. Mais tarde, quando conseguiu, Bhatia não estava no gabinete.

"Os guardas-florestais em Pirtana deviam saber da conduta de Mohan, eles próprios fazem o mesmo o tempo todo, mas não acredito que aqui em Madna alguém soubesse. Agora, claro que ninguém fala de outra coisa." Bhatia acendeu outro cigarro. Estava fumando mais desde que Agastya o vira da última vez.

Falar sobre Mohan era quase um dever (se Agastya não tivesse telefonado, Bhatia teria dito depois: "Que amigão você, hein? Vem para Madna e não aparece nem telefona, nem mesmo para perguntar sobre Mohan"). Além disso, quinze dias tinham se passado, e ele se horrorizava ao constatar que com o tempo até mesmo a notícia mais horripilante que não nos diz respeito diretamente pode se tornar um pouco gasta. Mas logo que Bhatia começou a falar uma curiosidade macabra retornou, fazendo com que ele se sentisse culpado. Bhatia parecia inflamado e importante, como se fornecesse o relato em primeira mão de uma catástrofe que era próxima a eles. "Gopalan e eu fomos a Pirtana assim que ouvimos as notícias, em algum momento no meio da noite." Uma tragédia nunca é uma tragédia por muito tempo, pensou Agastya, até acontecer com a gente, e, quando é com um amigo, ela é, de uma maneira obscena, quase estimulante.

"Pirtana tem um Posto de Saúde Básica pequeno e bem nojento. Mohan estava em choque. O médico, que parecia ok, não nos deixou ver Mohan. O *chowkidar*[114] estava lá no posto, foi ele que chamou a polícia. Foi ele que contou a história para a gente. Nem Gopalan nem eu acreditamos nele quando disse que Mohan vinha fodendo a cozinheira às escondidas."

Talvez fosse a bebida, ou o uso da palavra "fodendo" por Bhatia, ou alguma reação grotesca ao horror infame da história, ou um alívio secreto por ter sido afinal de contas outra pessoa a sofrer castigo por seus pecados, mas o fato é que de repente ambos começaram a rir. Estavam profundamente chocados consigo mesmos, e isso de algum modo os fez rir mais ainda, numa espécie de pânico. Agastya acendeu a horrível lâmpada da mesa de cabeceira e apagou as lâmpadas fluorescentes. "É melhor rir à meia-luz." Bhatia deu um gole em seu drinque e o riso se converteu em engasgo.

"Tive que mandar o telegrama do gabinete para Alwar. O que eu podia dizer? Em todo caso, mandei: 'Mohan seriamente ferido em acidente. Venha logo'. Então tentamos impedir que a história se espalhasse, mas não deu certo. Esse *Dainik* é mesmo um jornal asqueroso. Um guarda-florestal em Pirtana disse também que um jornalista costumava visitar Mohan com muita frequência na Casa de Pouso Florestal. Ele acredita que o jornalista

114 Guarda, vigia. [N. A.]

pode ter chantageado Mohan, mas eu acho que isso é tudo besteira. O médico disse que Mohan não devia ser transferido, mas Rohini e um irmão mais velho vieram buscar. Voaram para Delhi e de lá provavelmente foram de carro para Alwar. Não tive mais notícia dele desde então."

Agastya estava um pouco menos bêbado que Bhatia; Bhatia tinha uma história a contar, e como narrador parecia apropriado que ele bebesse um pouco mais que seu ouvinte, que fizesse uma pausa sempre que julgasse conveniente, suspirasse com frequência e contemplasse pensativamente objetos inanimados. "Não gostei nem um pouco de encontrar Rohini. Nós três tínhamos nos tornado bons amigos quando moramos juntos. Você viu: eu jantava bastante com eles. Ela parecia tão apavorada quando fui até a estação. Eu me sentia culpado por ter chamado ela de caipira sexy e outras babaquices do tipo. Me sentia culpado por quase tudo, como se o que aconteceu com Mohan tivesse sido culpa minha, eu estava no mesmo distrito quando aconteceu, portanto era culpa minha, era assim que eu me sentia. É repugnante esse sentimento de culpa irracional. Ela estava visivelmente grávida, e sexy de um jeito terno ligado à gravidez, e eu me sentia culpado por isso também, sabe como é que a gente fica com tesão na mais estranha das circunstâncias? E Rohini não parava de perguntar: Mandy Bhaiya, que acidente foi esse, como ele está, está tudo bem com ele, não está? E por um momento eu quis dizer alguma coisa do tipo 'Ah, aquele telegrama foi uma brincadeira de primeiro de abril'." Bhatia se ergueu tropegamente e disse com uma voz mais vívida, menos sombria: "Estou muito bêbado, e você?".

Agastya vasculhou suas fitas cassete à procura de música que agradasse a Bhatia. Não encontrou nada. Furtivamente, sem muita certeza de que Bhatia não fosse notar, pôs para tocar, em volume baixo, as canções de Nazrul Islam. "Não toque essas canções bengalis doentias, por favor", disse Bhatia na hora. "Não, deixa rolar", argumentou Agastya, "queremos um fundo sonoro que destoe dessa história deprimente".

"Gopalan, aquele filho da mãe, não teve coragem de contar a verdade. *Você* conta para eles, ele me disse, e depois: É *melhor* você contar. Então, pouco antes de partirmos para Pirtana, contei ao irmão mais velho. Ele era meio esquisito. Dava a impressão de estar preocupado o tempo todo, como se tivesse esquecido de fechar o gás na cozinha, ou deixado as torneiras abertas. Eu disse que os nativos tribais tinham uma forte suspeita de que Mohan vinha transando com uma das mulheres deles. Fui com eles ver Mohan. Ele estava com a aparência pálida de um morto. Não abriu a boca. Olhou para nós e virou o rosto, depois olhou de novo e virou mais uma vez o rosto. Foi um momento realmente horrível. Ele parecia tão arrasado que Rohini, meio por instinto, enfiou a mão sob o lençol à procura da mão dele. Então ela desabou, e ele contraiu todo o rosto."

"Mohan *estava mesmo* fodendo às escondidas aquela mulher tribal, não é?", perguntou Agastya. Dessa vez não soou engraçado, mas terrivelmente irreal; talvez porque Mohan tivesse sido um amigo, e atos inesperados dos amigos são duplamente chocantes, fazendo a gente sentir que não sabia de nada — ele se lembrou da fúria de Dhrubo na estrada do aeroporto de Delhi, ao som de Scott Joplin misturado com o zumbido dos carros que passavam, ao ouvir os planos malucos de Agastya, e se perguntou se aquela fúria não se devia em parte ao fato de ele não se encaixar na ideia que Dhrubo fazia dele, um funcionário do IAS que parecia saído de um pornô bizarro, que ia se foder bonito numa cidadezinha, mas com certeza não faria nada quanto a isso, a não ser escrever cartas tão virulentas quanto divertidas.

"É, devia estar. O *chowkidar* disse que a mulher era uma espécie de puta, tão solta como um dente que está para cair, e suponho que Mohan sentisse falta de Rohini ou algo do tipo."

"Não seja bobo, Mandy, você e eu também nos sentimos solitários e com tesão, aqui em Madna. Mas você não ia foder sua cozinheira, nem que ela fosse parecida com Khajuraho e se sentasse ao lado do seu prato durante o almoço e raspasse a boceta na sua frente."

"Oh, bom, não sei, suponho que não conhecíamos Mohan tão bem assim. Aqueles quatro nativos tribais e aquela mulher estão foragidos, em algum lugar da floresta em torno de Pirtana. Uma vez na vida nos alegra que a floresta tenha ficado rala por causa dos madeireiros e dos nativos. A polícia vai pegar o grupo, acho. Vão também varrer os naxalitas da área. A verdade é que isso nunca teria acontecido se aqueles naxalitas não tivessem ficado com os nativos durante meses, um bando de filhos da puta tentando ensinar outro bando de filhos da puta a pensar."

Esvaziaram a meia garrafa, estavam nos últimos drinques. Agastya virou a fita cassete para o lado B. "O *Dainik* e esta cidade não tinham tanta diversão desde a história de Srivastav com aquela dona BDO. E Sathe está enlouquecido. De repente ele disse: 'Eu podia fazer um cartum e tanto do Mohan'."

"Por que não fazemos de novo como aquele dia? Vamos ao Dakshin, compramos outra meia garrafa e depois filamos um jantar do Sathe?"

Dezembro, e no entanto as vielas continuavam quentes. As cabras ainda estavam lá, estátuas de sentinela diante de uma porta azul. Bhatia perguntou: "Alguma notícia de quando você vai tomar posse como coletor-assistente?".

"Não, ainda não." O Dakshin estava igual, reluzente e barulhento. Numa mesa, o homem com vitiligo ainda devorava *idlis* pescados num mar de *sambar*. Bhatia, com uma meia garrafa debaixo do braço, discutiu de novo com o *rickshaw-wala* diante do hotel de Sathe. "Pela primeira vez agora eu sinto que preciso de alguma estabilidade" – Agastya se lembrou de repente daquela frase de seu passado. Ele a lera, ou ouvira, em algum lugar, em Delhi talvez. Mas não conseguiu se lembrar.

Sathe não estava em casa. Passaram por algumas portas no hotel, encontraram o irmão de Sathe, comeram um bocado, e aceitaram de bom grado a sugestão do irmão de que a refeição ficasse por conta da casa.

A reunião tomou todo o dia seguinte. Bajaj gritava quase tanto quanto Srivastav. Ao anoitecer Agastya foi à casa de Srivastav. Srivastav disse: "Bajaj diz que você tem feito um bom trabalho em Jompanna. Ótimo". A sra. Srivastav disse: "Veja lá como se comporta com as mulheres tribais". Então passaram a discutir o caso Mohan.

Sete da manhã do dia seguinte. Exercitado, banhado e chapado, Agastya estava prestes a partir para Jompanna quando, da Casa de Pouso, avistou uma figura gorda acenando com os braços e cambaleando em sua direção. "Ho, Sen *saab*", Shankar começou a gritar de uma distância de uns 40 metros, "Vasant me contou que você estava aqui, então achei que poderíamos nos encontrar pelo menos uma vez antes de você ir embora". Estava ofegante e condimentava a manhã com seu eflúvio singular de uísque e suor. "Passei a noite cantando de novo. Um canto suave, controlado." Inclinou-se para a frente e, balançando a cabeça, revirando os olhos e movendo as orelhas, bafejou melodiosamente no rosto de Agastya:

Me deixe ficar
Na sombra de suas pálpebras.

Então ele se aprumou. "*Thumri* incomparável, Sen *saab*. E eu não estava cantando como lamento, e sim como celebração. Mas", parou de sorrir e seu rosto se vincou com uma espécie de petulância, "não fiquei plenamente satisfeito com meu canto esta noite. Eu canto muito melhor quando estou triste. Para onde você vai?".

"De volta para Jompanna."

"Tem tempo para um chá comigo?"

"Oh, tenho sim."

"Ah, eu sabia que teria." Começaram a caminhar em direção à Casa de Pouso. "Quantas vezes eu disse, Sen *saab*, que nós somos parecidos? Somos homens sem ambição, e tudo o que queremos é ser deixados em paz para tentarmos ser felizes. Pouca gente compreende essa simplicidade. Qualquer outra pessoa teria dito: 'Não, não tenho tempo para uma xícara de chá, já estou atrasado, tenho tanto trabalho me esperando em Jompanna'. Trabalho? Esse tipo de trabalho trivial nunca termina. Mas você está diferente, Sen *saab*, mais silencioso, por algum motivo."

"Acho que estou me tornando adulto." Diante disso Shankar relinchou tanto que acabou soltando um peido ruidoso. Vasant apareceu, ainda com a aparência de um lunático de barba por fazer. Sentaram-se na varanda, de onde, em tantas manhãs, ele ficara observando os trens passarem em velocidade. "Fui transferido, Sen *saab*, para Koltanga. Parto hoje à tarde."

Oh, bem, pensou Agastya, apenas mais um humano em mais uma viagem. "Você teve que pagar para o seu ministro?"

"Não, não, quantas vezes eu disse para acreditar em Jagadamba? Por que você não me ouve?" Atrás da cabeça de Shankar o Ernakulam Express reluzia a caminho de Calcutá.

"Eu acredito, isto é, acreditei uma vez, em Delhi. Rezei para ela, Jagadamba, como Durga, quero dizer. Quase rezei." Interrompeu-se, constrangido. Nunca tinha contado aquilo a outra pessoa.

Vasant trouxe chá. "O senhor vai voltar de Jompanna em algumas semanas, não vai? Na próxima vez eu vou reservar seu quarto para o senhor." Shankar bebeu no pires e cantou:

Me deixe ficar
Na sombra de suas pálpebras.

Estava com uma disposição irrefreável, e pleno de sua própria alegria.

23

O restante dos meses em Jompanna se passou na mesma rotina, gabinete e Casa de Pouso, duas refeições vegetarianas por dia, exercício nos 90 centímetros de esteira de juta entre a cama e a mesa, à noite pastas de trabalho em seu quarto ao som da música das barracas. As barracas tinham parado de vender caldo de cana. Agora vendiam suco de cenoura com laranja, de maçã com uva. Contrariando as advertências, Malik não se mostrou perigoso, mas apenas preguiçoso, excepcionalmente preguiçoso, até mesmo para os padrões do serviço público. Depois de Chipanthi, Agastya passou a fazer mais viagens, para se afastar de sua mesa de trabalho e desfrutar a tranquilidade das longas jornadas de jipe. Visitou escolas elementares e postos básicos de saúde, viu sua primeira parteira, organizou três centros de esterilização, onde viu mulheres e homens sendo pagos para se tornar inférteis, e onde ele ficou se perguntando como seria, para um heterossexual, ser médico num Posto de Saúde Básica vendo cem diferentes genitálias masculinas por dia. O *sabhapati*, mesmo a contragosto, ficou impressionado com ele. O departamento também o julgava extremamente eficiente, e seu pessoal comentava: "IAS, afinal de contas". Ele trabalhava com um empenho razoável, não havia muito mais o que fazer ali; mas em suas paradas noturnas ficava horas a fio a contemplar diferentes tetos nas diferentes Casas de Pouso de Jompanna.

Srivastav lhe telefonou em sua última semana. "O coletor ao telefone, senhor", bafejou Malik com um jeito nervoso. "*Hahn* Sen", Srivastav conseguia fazer sua voz soar como uma carranca, "você volta para cá na sexta-feira, não é? Venha um dia antes, para comparecer à despedida de Joshi como RDC. Ele vai se aposentar... não, no final do mês. E a sua nomeação saiu, Sen, você vai ser coletor-assistente em Koltanga".

Desligou o telefone e olhou pela janela por cima de dois requerentes sentados. Um sol de fim de tarde sobre a cabeça dos desocupados, a areia vermelha e as árvores na margem da estrada, a luz tênue suavizando o quadro do subdesenvolvimento.

Então disse adeus a Jompanna. O Departamento Regional organizou uma festa de despedida. *Pakoras* apimentadas, *burfi*, *gulabjamuns*[115] em forma de testículos, além de chá. Ele, o *sabhapati* e dois outros políticos discursaram. Em todos os discursos ele emergia como um Albert Schweitzer indiano. Um presente de despedida extremamente feio, um relógio de bronze, Krishna e Arjuna numa biga, e o mostrador do relógio no lugar dos torsos e das pernas, e pilhas elétricas finas onde deveriam estar os pés. Agastya tentou se mostrar grato. Arrumou as malas lentamente, como de costume. Todo mundo veio à Casa de Pouso para vê-lo partir, acenando suas despedidas.

Chegou a Madna tarde da noite, mas Vasant lhe reservara seu velho quarto. A mobília extra estava de volta. "Vou ficar aqui só por dois ou três dias, mas seria muito bacana se você retirasse essa tralha toda de novo." Vasant disse ok, e chamou alguns sujeitos para ajudar. A rã apareceu embaixo do sofá quando o retiraram, espantando todo mundo, menos Agastya. Foi à casa de Srivastav para dizer olá e comer. Srivastav lhe contou que a despedida de Joshi estava marcada para as 5h30 da tarde seguinte, e que seria seguida de jantar, e ele por sua vez disse que queria ir a Calcutá por alguns dias antes de assumir o posto em Koltanga.

Voltou da casa de Srivastav depois das dez. Srivastav dormia cedo, pois acordava cedo para jogar badminton no clube. Passou pelo Instituto de Treinamento Industrial e pelo Madna Club pensando em Koltanga. Levou uma cadeira para a varanda e apagou a luz fluorescente. O quarto de Shankar estava em silêncio, trancado. Agastya não queria estar sozinho justo naquele

115 *Burfi* e *gulabjamuns* são tipos de doces. [N. A.]

momento. Andou até o Alojamento Temporário, mas a sala onde ficava o telefone estava trancada. Caminhou até o Madna International Hotel, atravessando a ponte sob a qual os mendigos estavam se instalando para passar a noite, passou pelos escritórios às escuras. Mas Sathe tinha ido para Hyderabad. Do hotel ele telefonou para a Colônia Florestal. Um *chowkidar* atendeu depois de vários toques. Bhatia estava em Mariagarh. Ele tomou um drinque com o irmão de Sathe e caminhou de volta, passando pelo Alojamento Temporário rumo aos trilhos da ferrovia.

Dessa vez não rumo aos trilhos que se estendiam até o horizonte, mas aos que faziam uma curva em direção à usina termoelétrica. O chão de madeira e pedras sob a sola de borracha, a buzina de um caminhão rasgando a escuridão em algum lugar, as risadas distantes na banca de um *paanwala*. Precisava beber. Não podia ir para Koltanga e começar tudo de novo, reorganizar a mobília de uma casa, comparecer a uma Reunião da Integração, sem pensar.

Uma longa caminhada, não sabia quão longa. O tempo nunca importava em suas caminhadas noturnas. A lua estava quase cheia, e em sua luz azulada tudo – as casas e barracos, as árvores e arbustos – parecia preto, sem forma ou contorno, manchas pretas e gordas, fundidas a suas sombras. Também ele, refletiu, devia parecer uma mancha a alguém que o observasse à distância, uma bolha movente com destino desconhecido.

Campo aberto, quilômetros de áreas recém-plantadas. E a termoelétrica contra o céu, bloqueando a visão do rio. Pontos de luz conectados por aço, como a maquete de uma constelação num planetário. Ficou parado ali um bom tempo, sentindo a brisa fria da noite na pele, pensando: Eu devia ter seguido os outros trilhos. Então fez meia-volta e retornou.

Eram quase duas horas quando chegou a seu quarto. Acendeu ambas as luzes fluorescentes e também a luminária sobre a mesa, e pôs Ella Fitzgerald no gravador. Sentou-se no banquinho diante do espelho da penteadeira para tirar os sapatos. A rã se encolheu na sombra da penteadeira, preto-esverdeada e em repouso. Ele esticou o braço para tocá-la. Por um segundo sentiu com a ponta dos dedos uma pele fria e viscosa, antes de a rã saltar por cima de seu ombro e se esconder atrás da mala.

Ele teria que desfazer a mala, apenas umas poucas coisas por aqueles dois ou três dias. "*I love Paris every moment*", cantava Ella. Desligou o gravador. Depois desfazer melhor a mala, em Calcutá. Mas só quinze dias lá, antes de enfiar de novo as coisas nas malas e na bagagem de mão. E por fim Koltanga, por pelo menos dois anos. Apagou as luzes fluorescentes, mas deixou a luminária acesa e deitou vestido de calça jeans para ficar olhando o teto.

24

Acordou cedo, às seis da manhã, sentindo-se péssimo. Não era dia ainda do lado de fora das janelas, a luz da luminária era um ponto quente amarelo sobre a mesa. Ele não conseguia se mexer. Havia uma mancha marrom no travesseiro a 1 polegada do seu olho. Ficou observando-a até que ouviu o matraquear da maçaneta da porta. Vasant com o chá. "Não, nada de segunda xícara hoje." Terminou sua xícara às pressas, de pé. Estava quente, por isso ele sorveu metade do chá direto do pires. Vasant ficou à toa na varanda, contemplando o mundo com indolência. "Não estou me sentindo muito bem hoje. Não traga meu café da manhã até eu pedir." Vasant olhou para ele com ceticismo. Ele esperou na porta até Vasant ir embora com a xícara. Então foi até o banheiro e saiu pela porta externa, virou a esquina, passou deslizando pelas janelas e foi até a porta da frente do quarto. Ninguém por perto. Trancou a porta por fora e voltou ao quarto pelo banheiro. Fechou e travou as janelas opacas. Agora só a luz tênue da entrada de ar, e a luminária que parecia ainda mais fulgurante. Deitou-se de novo.

Uma sensação de noite avançada, à sua volta uma escuridão melancólica e reconfortante. Mas era impossível até mesmo um repouso físico completo. Teria que se levantar, mais cedo ou mais tarde, para fazer uma ou outra coisa. Juntou a palma das mãos e as contemplou, com suas linhas e saliências, seus dedos finos e compridos. Desejou acreditar em quiromancia, acreditar em alguma coisa que transcendesse a si próprio. Retesou e relaxou os dedos várias vezes. Através deles podia vislumbrar, obscuramente, fragmentos de dois crepúsculos, e barqueiros com chapéus cônicos japoneses.

Tinha conhecido tanta gente em Madna, mas não Tamse. No fundo, porém, não desejara de fato conhecê-lo, assim como não desejara encontrar Baba Ramanna, pois eles podiam se revelar decepcionantes. Gostara daquele Tamse de 1962, mas como tinha se tornado ridículo o Tamse posterior, o artista oficial, que criava estátuas e Casas de Pouso para gente cuja concepção de arte podia ser encontrada no esgoto. Tamse teve que aprender, pensou, que ser solitário não era suficiente.

Sons do início da manhã; mas ele se sentia seguro por trás da porta trancada. Campainhas de bicicletas, o tagarelar dos filhos de Vasant, depois conversas na varanda, alarmando-o pela proximidade. O quarto onde Shankar estivera foi destrancado ruidosamente, alguém estava se mudando para ele. Esperou, tenso, por novos sons. Através da parede ouviu risadas, vozes, o baque surdo de malas, o arrastar de cadeiras. Alguém pediu chá a Vasant. Em seguida o trovejar de água caindo num balde vazio.

Uma lagartixa caiu no tapete com um chape brusco e deslizou apressada em direção ao cesto de lixo. Menon também estaria em Koltanga, em seu novo cargo de chefe do Desenvolvimento Distrital, fazendo-o lembrar o tempo todo o que ele deveria ser. Sentia uma febre leve e inócua, contra a qual ele sabia que Multani nada podia fazer. Cobriu a cabeça com o lençol e ficou respirando suas próprias emanações. Isso lhe pareceu doentio, mas agradável, e ele sorriu. Se fosse à clínica de Multani, encontraria outro vendedor, cujo rosto cansado o faria sentir-se culpado de novo. Estava farto de coisas que mostravam como era ridícula sua inquietação: os cartuns de Sathe, a dedicação de Shankaran Karanth, o fanatismo de um naxalita.

A voz de Digambar do lado de fora, perguntando a Vasant onde ele estava. Ficou tenso de novo. Vasant murmurou alguma coisa. Os sons deles se sentando nos degraus da varanda para fumar *bidis* de Digambar. A coberta fazia coçar seu nariz e sua barba. Enrodilhou-se virado para sua esquerda. Ao lado do travesseiro estava o lenço que um *naib tehsildar* comprara para ele no verão anterior, para protegê-lo do sol. Agora estava engomado com sêmen ressecado. Amarrotou o tecido na mão fechada e riu abafado no travesseiro.

Os exaustores brilharam à medida que o sol se erguia. Deveria levantar-se e fazer sua ginástica, talvez devagar, para gastar mais tempo. Sons na varanda quando Digambar se foi. O dia todo seria um vácuo, exceto pela festa para Joshi à noite, quando ele encontraria Ahmed e Agarwal, e o inspetor distrital de registros territoriais, e talvez todos eles fizessem perguntas sobre seus vários codinomes. Meio rindo, tentou se masturbar, mas não conseguia se concentrar em Neera.

Levantou e colocou o gravador junto ao travesseiro, em cima do lenço. Tirou a fita de Ella Fitzgerald, mas não sabia o que pôr para tocar. A distinção infinita de Tagore era irremediavelmente inadequada a seu estado de espírito, Vivaldi era remoto demais. Shankar tinha seus *thumris* e *ghazals*, que traziam como consolo a evocação de aros de nariz exóticos e longos cílios, e Dhrubo também tinha seu ragtime e seu jazz sofisticado, mas seu próprio gosto pessoal não tinha uma unidade e coerência – apenas um triste hibridismo vira-lata. Ligou o rádio e tentou achar música de filmes híndis. Mas não conseguiu – sintonizava cedo demais ou tarde demais as estações.

Levantou-se de novo e enrolou um baseado. Guardava sua maconha atrás dos livros. Ficar chapado significava que não ia se exercitar, pelo menos não por algumas horas. O *Gita* lhe trouxe à lembrança o piadista de Madna. "Se não combateres tua batalha da vida por teres, em teu egoísmo, medo da batalha, tua resolução é vã: a natureza te impelirá. Porque estás sujeito ao Karma, às forças de tua própria vida passada." De repente Sathe lhe pareceu repulsivo por ter achado aquilo tão cômico quanto o decepamento dos braços de um amigo.

Escapuliu pela porta do banheiro depois do chá, contornou sorrateiramente o quarto pelo lado de fora, destrancou a porta da frente e foi pedir seu café da manhã a Vasant. Este estava sentado ao sol, tirando com os dedos a terra das solas dos pés. "Achei que você não fosse tomar café da manhã, cozinhamos o tomate para nós", disse Vasant, erguendo os olhos para ele, protegendo-os do sol com a mão aberta.

"Então me dê batata e ovo e leite."

Sentia-se estranho olhando em volta a partir do Alojamento Temporário. A esposa de Vasant, os cães vadios, o mundo que havia girado de modo tão prosaico enquanto ele vivia sua vida secreta.

Sorvia seu leite condensado pelo buraco na lata quando Sathe lhe perguntou, da porta, o que estava fazendo, e se estava treinando para o sexo. “Ah, olá”, disse Agastya, “você chegou de mansinho, não ouvi. Tome um gole”.

“Você não me ouviu porque estava ocupado chupando esse buraco, e porque o Maruti é um carro silencioso do século XXI. E não, obrigado por me oferecer essa lata com tanta generosidade. Por que o quarto está tão escuro, a luz do sol te apavora?”

“Sente-se em algum lugar”, disse Agastya. Sentia-se estranho ao ver outra pessoa no quarto e falava com uma espécie de nervosismo. “O leite condensado é meu velho amigo. Eu o sugo na lata três vezes por dia, depois de cada refeição, em gratidão pela sua existência. O cozinheiro daqui tem o que em jargão oficial é chamado de ordem expressa para tirar a lata da geladeira e trazê-la para mim junto com cada bandeja. Quer um chá?”

“Por que o leite é meio marrom?”, perguntou Sathe, examinando a bandeja do café da manhã de Agastya com atenção dispersa.

“O cozinheiro provavelmente usou sua própria bosta em lugar de açúcar. Ou então é a sujeira da bandeja. Sabe, ele não tem mãos firmes como uma rocha, seu aperto está longe de ser forte como o de uma tenaz de aço. A bandeja dança nas mãos dele como um efeito Uri Geller ou algo do tipo, e derrama o leite. Então ele entorna o leite de volta para dentro do copo. Fui à sua procura na noite passada, seu irmão disse que você tinha ido a Hyderabad.”

“É, ele me contou. Voltei esta manhã.” E estava partindo na mesma noite, para Bombaim e Poona, para um debate sobre seus cartuns. “Mas pensei que seria legal passarmos o dia em Gorapak para relaxar tomando uma cerveja. Bathia está em Mariagarth, aquele trabalhador demente. Telefonei para a Coletoria e Chidambaram disse que você tinha voltado de Jompanna. Agora não me diga que não pode vir comigo.”

“Claro que posso, mas não se você estiver com essa camisa.” A camisa de Sathe era de fato questionável, florzinhas verdes e amarelas sobre um fundo branco, como uma cortina de chuveiro. Sathe riu. "É uma graciosa camisa de piquenique. Além do mais, isto aqui é Madna, August, ninguém vai reparar."

Por um segundo alguma coisa tremeluziu na mente de Agastya, uma lembrança, de uma vez em que ele discutira, ou quisera discutir, com alguém sobre os padrões de gosto em Madna. Então disse: "Espere um pouco, só vou tirar o sebo do pinto". Fechou a porta do banheiro ouvindo a risada de Sathe.

Quando ele saiu do banheiro, Sathe estava de pé ao lado de seus livros, rindo, erguendo seu saco de polietileno que guardava a maconha. "Temos que levar isto conosco. Vai incrementar a cerveja."

"*Et tu*, Govind."

"Ora, é uma grande tradição indiana. É uma das razões pelas quais gosto de Madna: é mais fácil obter maconha aqui do que cólera." Riu de novo. "Você não tem nada de burocrata, como aliás sua aparência já denuncia. Suponho que Bhatia também fume."

"Metade da faculdade fumava. Estava bem na moda. E os pulmões de Bhatia provavelmente ficaram cinza-esverdeados. Tenho certeza de que, se picássemos seus vasos sanguíneos e fumássemos, ficaríamos chapados. Preciso te devolver o *Gita*."

"Fique com ele, por favor. Tenho várias outras traduções que posso saquear. E esses tomos em bengali, o que são?" Tocou com os dedos *Pather Panchali* e *Gora*.

"Ah, são muito remotos, por assim dizer: um tem a ver com ser um revolucionário, e o outro com ser pobre, em Bengala. Mas ambos são grandes romances."

"Claro, afinal são bengalis, né?", riu Sathe. "Mas você me surpreende, não sabia que sabia ler em bengali. Coisa de seu pai, suponho. Ele não queria que você acabasse sabendo apenas o inglês dos goenses de Bombaim." Observou a mudança na expressão de Agastya. "Para alguém que leva uma vida tão dissoluta você está razoavelmente em boa forma."

"Fui maratonista em meus tempos de faculdade", riu Agastya enquanto calçava os sapatos. "Mesmo aqui eu me exercito com bastante regularidade. Dá a impressão", fez um gesto em direção às paredes, "de conferir alguma forma ao dia".

"Um dia, quando criar juízo, você para." Sathe riu e se sentou na cama, ao lado do gravador. "Você vai perceber a inutilidade absoluta de qualquer esforço físico excessivo. Eu sei por que você faz isso: é para se sentir sexy", suas pernas se ergueram do chão em seu movimento de gangorra ao dar risada, "mas a sensualidade está na mente, acredite em mim. E como um bom indiano você devia levar uma vida de contemplação, ou será que o *Kamasutra* recomenda flexões?"

No carro, Agastya se lembrou: "Ah, tem uma espécie de festa para Joshi esta noite. Eu tinha que comparecer". Sorriu para Sathe. "Isso é um *déjà-vu*, você se lembra do primeiro almoço na sua casa? Espere um segundo enquanto eu me desculpo com eles." Do Alojamento Temporário ele telefonou a Chidambaram e lhe disse que estava doente. De volta ao carro contou a Sathe: "Se Srivastav vier investigar sobre minha saúde, encontrará a porta trancada e aquele cozinheiro vai dizer que o paciente saiu às onze da manhã num Maruti vermelho".

Partiu então para sua última jornada através da cidade e para fora dela, e a melhor de todas, num carro silencioso; com os vidros fechados, o calor e a poeira não o atingiam, e as bicicletas, os riquixás e os vendedores de sucos de frutas pareciam parte de um filme, distante e confortável. Sathe ia sentado bem à vontade, a pança escondendo o cinto, lábios grossos comprimidos num assobio sem som. Os meninos cagões ficaram empolgados com o Maruti como se fosse um brinquedo novo – era vermelho, e não muito mais alto que eles, uma pancadinha já seria capaz de amassá-lo. "Você pode pôr a cabeça para fora e olhar feio para eles?", perguntou Sathe.

Deixaram a cidade para trás e então Sathe relaxou ainda mais. "Na última vez que vi esses cagões", disse Agastya, "lembrei da frase de Gandhi sobre nossa falta de consciência sanitária. Soa tão simples: cave um pequeno buraco antes de cagar".

"Mas isso é justamente um esforço físico extra", disse Sathe, "sempre a lei do menor esforço".

Num campo, à distância, havia um lavrador atrás de dois bois, arando; não passavam de três pontinhos lentos numa paisagem marrom e verde. Agastya olhou para o homem e pensou: mundos demais, concêntricos, sendo ele próprio um centro inquieto. O distrito de Madna, e dentro dele Jompanna, Chipanthi, Gorapak, Mariagarh, nomes que pareciam mágicos, com um forte aroma idiossincrático, ainda recendendo aos nativos que no passado foram seus únicos habitantes. E o mundo megalopolitano de Delhi e Calcutá, a alternativa fascinante, por ser imprecisa. Para além disso tudo havia o interior, que inúmeros trens rasgavam todos os dias com seus pontinhos com nomes como Ratlam e Azamganj. E estendendo-se ao infinito havia o mundo da *Time-Life*, do qual tinha vindo John Avery, e para o qual tinha ido a Renu de Dhrubo, ambos para sentir-se deslocados. Movimento sem propósito, um fluxo e refluxo interminável, de um mundo a outro, viagens e travessias empreendidas por casulos não para descanso ou conforto, mas para coisas efêmeras. O fluxo do mar agora parecia ser o único padrão, dentro e fora da mente – refletido até mesmo nos encontros dele com a miríade de rostos, sobre alguns dos quais ele tentara impor uma ordem ao vê-los como imagens espelhadas, facetas de seu próprio eu, mas agora esse anseio de repouso mediante o domínio do caos revelava-se, ele mesmo, vão. Talvez ele precisasse mesmo banir primeiro todo anseio e aprender a aceitar o movimento das marés, talvez tudo estivesse mesmo turvado pelo desejo, como o fogo pela fumaça, como um espelho pela poeira, como um bebê ainda não nascido pelo corpo que o guarda.

O carro diminuiu a velocidade e buzinou timidamente para algumas pessoas acocoradas na estrada. Ele se virou para Sathe: "Acho que você não sabe. Fui transferido para um cargo em Koltanga. Onde a companhia de Shankar será compensada com vantagem pela presença de Menon".

Sathe, como era de esperar, riu. Era um homem sem compaixão. "Koltanga. A cidade tem um décimo do tamanho de Madna. Nenhuma indústria, nenhum hotel, só riquixás e um salão de vídeo. Acho que não cheguei a conhecer Menon, mas eu o vi, ele é rosado e estridente, não é?, e sempre faz você se sentir vagamente obsceno, não?" Sathe tocou uma melodia com a buzina. "E Shankar queria ser transferido para Koltanga. Deve ter pagado mais de 15 mil pela transferência." Ele sorriu, mas sem humor. "Shankar é um caso triste. Queria Koltanga porque sentia saudades de casa, de verdade, ao contrário de outros engenheiros que subornam todo mundo em volta para ser alocados a lugares onde podem ganhar mais dinheiro. Shankar pagou 10 mil ao ministro da Irrigação, e o ministro não fez nada. Shankar ficou sem ação, porque tem um histórico de tamanha incompetência e ineficiência que pode ser suspenso a qualquer momento. Se alguém se sente de fato tão fora do lugar em seu emprego, deveria se demitir. Todo mundo estava rindo de Shankar – imagine só, o ministro pega seus 10 mil e peida na sua cara. E ele é uma figura cômica, com toda aquela birita e música e astrologia. Aí então ele pagou um pouco mais e conseguiu a transferência. É uma história triste, ele devia ter se aferrado à música e mantido distância de todo o resto. Eu o escutei anos atrás, quando ele ainda estava cheio de frescor e esperança. Agora só canta em memória de seu velho eu, réquiens pelo que ele poderia ter sido."

Chegaram a Gorapak em menos de duas horas. Tiraram do carro a comida e a cerveja. Sathe disse: "Os filhos do meu irmão queriam vir junto. Tentei convencê-los das virtudes de assistir às aulas. Seria terrível se eles tivessem vindo. Estariam correndo de um lado para outro, gritando, e chorando se não jogássemos críquete com eles. O dia inteiro seria gasto na tentativa de sair do jogo perdendo uma bola após a outra".

Os meninos pobres do lugar seguiram-nos por entre as árvores e por cima dos excrementos até o portão do templo, puxando debilmente as roupas deles, cutucando a pele, pedindo esmolas. Eles praguejavam contra os meninos e sorriam, os meninos praguejavam e sorriam de volta. O portão estava obstruído por um mendigo deitado de costas, que ergueu distraidamente as mãos para exibi-las. "Acho que ele vai ficar magoado se não nos horrorizarmos diante de seus dedos putrescentes", disse Agastya. "Seu estado não parece muito avançado, por que ele não vai ao lar do Baba Ramanna?"

Parou por um momento e repetiu a pergunta ao leproso, que o encarou com um ligeiro rancor. Um nariz largo e achatado, olhinhos agitados. O leproso esfregou o antebraço num dos lados da barriga. "Provavelmente ele só fala seu obscuro dialeto tribal", disse Sathe enquanto entravam no templo, "e provavelmente não gosta de Baba Ramanna porque faz eles trabalharem e serem independentes. Cada um de nós tem seu modo particular de ver as coisas, né?"

O pátio estava completamente deserto. Nenhum cântico vinha do interior do templo. Lembranças de sua última visita, um segundo de desejo por Rohini, a lascívia de Kumar, ele próprio chapado com Mohan e Bhatia diante das encarnações de Vishnu. "Devíamos descer até o rio", disse Sathe, "tem um lugar bacana lá embaixo". O rio tinha minguado até seu volume de início de inverno; havia menos barcos na água, movendo-se timidamente entre as grandes ilhas de areia cinza.

Sathe desceu na dianteira a ladeira de pedras irregulares. Arbustos dos dois lados, algumas cabras ruminando placidamente, postadas em ângulos impossíveis, o estalido dos saltos de Sathe na pedra, murmúrios suaves das mulheres da aldeia na praia. Era possível ouvir Sathe ofegante. As mulheres os observaram passar pela areia até uma clareira, que evidentemente era onde os aldeões vinham defecando havia décadas. "O lugar que eu conheço fica mais adiante", disse Sathe, bufando e rindo. Mais cinco minutos pela areia nua e eles chegaram a uma pequena piscina natural à sombra.

"Que lugar ideal para os aldeões cagarem", disse Agastya. "Por que não fazem isso?"

Sathe riu. "Por causa de lendas obscuras, graças a Deus." Depositou sua cesta no chão e enxugou o suor do rosto e do pescoço, que estavam vermelhos por conta do esforço. "Para os aldeões este local é sagrado, portanto não pode ser maculado."

Desabou sobre uma pedra lisa. O lago tinha uns 10 metros de largura, e suas águas eram calmas e límpidas. A luz do sol era de um verde-pálido, filtrada por figueiras-de-bengala retorcidas e de tempos imemoriais. Blocos de rocha marrom espalhavam-se em volta da água como contas quebradas de um diadema gigante. "Estas são iguais às do templo", disse Agastya, "o mesmo tipo de pedra. Especialmente aquela cabana". A cabana de pedra ficava do outro lado do lago; suas paredes também eram talhadas de modo intrincado. "Deve ter sido uma espécie de refúgio para os reis, para o sexo ou algo assim." Olhou em volta. As árvores escondiam a praia e o rio, o lugar era limpo e silencioso, exceto pelo sussurro da folhagem e o crocitar de pássaros distantes, quase ameaçador. Era surpreendente, também, a voluptuosidade que existia nos lugares onde menos se esperaria.

"Olhando do templo, este lugar parece só mais uma área de cagar." Sathe havia se recuperado e agora estava desempacotando a cerveja. "Eu descobri mais de 25 anos atrás, com meu pai. O único lugar no distrito que eu imagino que não foi arruinado pelos anos." Enfiou duas garrafas dentro da água. "Esfria muito melhor que uma geladeira." Enquanto Sathe falava Agastya saltitava de uma pedra a outra. "Um velho *sadhu*, fabulosamente tedioso, vive naquela cabana. Espero que não esteja na área. Ele teria enormes desaprovações diante da nossa profanação múltipla. Cerveja, carne de vaca e maconha." Sathe interpelou Agastya: "Você come carne de vaca, não é?".

Ficou em silêncio por um momento, equilibrando-se na ponta dos pés sobre uma pedra. "Desde que as minhas tias não fiquem sabendo." Sentia-se maravilhosamente bem. "Minha tia mais velha, irmã mais velha do meu pai, diz que se você comer carne de vaca estará comendo a carne dos seus pais." Começou a saltitar de novo. Uma figura magra e barbada dançando sobre as pedras, sua voz chegava até Sathe aos fragmentos. "Meu pai come carne de vaca também. Ele é surpreendente", riu, "come sanduíches de carne em conserva, veste *dhotis* e lê os *Upanixades* em sânscrito. Irrita minhas tias o tempo todo. Cada vez que eu voltava de Darjeeling a Calcutá para os feriados da Puja, para me empanturrar de comida nas casas das minhas tias – meu pai estava em Delhi na época –, eu precisava jurar que não tinha comido carne de vaca. Eu costumava jurar e elas me davam presentes". Aos saltos, ele contornara metade do lago. "E na escola tive um colega de classe anglo-indiano chamado Peter Martin, e os pais dele também estavam morando em Darjeeling, que eles chamavam de Darge. Eram produtores de chá ou algo assim. Ele costumava conseguir comida em casa o tempo todo, um montão de carne de vaca. Quando estávamos na sexta série, eu com 11 anos e ele com uns 13, pois o malandro costumava repetir o ano" – Agastya começou a saltitar de volta – "ele me disse: 'Ei, Inglês, se você quer ser um anglo-indiano tem que comer carne de vaca, mas mesmo assim vai para o inferno'. O cretino achava que isso nos impediria de atacar sua comida."

O último pulo o trouxe à pedra onde Sathe estava sentado,

mastigando um sanduíche. “Por que não fumamos um pouco da sua erva primeiro?”, perguntou Sathe.

Agastya sentou no chão e se recostou na pedra. “Se ficasse aqui durante meses você poderia aprimorar sua visão ou algo assim, é o tipo de luz que serve para isso. Aqui é silencioso e verde, como se estivéssemos embaixo d’água.” Olhou para a cabana do outro lado do lago. “Se o *sadhu* estiver aqui, talvez a gente devesse chamá-lo. Tenho certeza de que ele adoraria fumar. A única pessoa que não devíamos encontrar talvez seja Dubey, o conservador-assistente daqui, provavelmente um brâmane ortodoxo de Mithila que ficaria horrorizado com esta profanação.”

“Bom, eu sou um brâmane também”, riu Sathe, “chitpavan[116] até a medula. Foi assim que fiquei conhecendo o *sadhu*. Uns cinco anos atrás eu vinha aqui sozinho. Um dia estava fumando um cigarro quando ele surgiu de algum lugar e me infernizou. De manto cor de açafrão e longos cabelos grisalhos, enorme e fortão, fiquei tentado até a perguntar onde ele levantava pesos. Eu disse que era inocente porque era ignorante, e que não poderia ter intenção de ser ímpio porque era um brâmane. Então mostrei a ele meu *janau*[117]”. Sua risada abalou de novo a quietude. “Eu encontrei o *sadhu* uma porção de vezes desde então. É um homem extremamente falante. Suponho que com os aldeões ele precise ser solene e silencioso. É uma espécie de guardião autonomeado deste lugar.” Sathe empurrou os sanduíches na direção de Agastya. “É uma grande lenda, toda ela relacionada com luxúria irresponsável e ilegitimidade. Um obscuro chefe tribal teve um filho bastardo. Ele repudiou tanto a mulher como o filho. Ela cometeu suicídio neste lago, e as águas ficaram vermelhas. Lindo, não? Mas que belo comportamento irresponsável, porque ela abandonou o filho numa destas pedras. Perguntei ao *sadhu* em *qual* destas pedras. Ele ficou um pouco irritado, com razão, acho, e disse que todos os blocos eram sagrados. De algum modo a criança sobreviveu neste oásis de 1.000 metros quadrados. É a melhor coisa dos

116 Comunidade brâmane hindu que habita Konkan, a região costeira do estado indiano de Maharashtra [N. T.]

117 Cordão sagrado, usado por brâmanes hindus. [N. A.]

mitos, permanecer vivo é uma questão simples. Eu queria perguntar ao *sadhu*: Onde a criança cagava? De modo igualmente maravilhoso, a criança não tinha visto nem o rio nem a areia. Era uma grande ideia, alguém simplesmente morando neste verde exuberante sem ter visto nem a sujeira nem a secura para poder comparar. Mas as águas continuaram vermelhas, e só voltaram ao normal quando o chefe tribal pediu perdão. Então houve uma seca tremenda, um bom toque de Terceiro Mundo, pensei, e não havia água em lugar nenhum, a não ser aqui. Todo mundo foi até o rei e disse: Socorro. Ele veio aqui e foi abalado por uma grande culpa. Abdicou do reinado em favor de seus filhos legítimos e veio aqui para ficar. Assim, pai e filho ficaram juntos, o pai se tornou santo e instruiu o filho sobre o mundo malvado, ou seja, ele mesmo. As águas ficaram cristalinas e milhares de peixes voltaram a este lago. Milhares", e Sathe apontou languidamente para a água. "Jogue um pedaço de pão e veja. Ninguém nunca pesca aqui, até os peixes são sagrados. E é verdade que o lago nunca seca, nem no auge do pior verão, graças a uma secreta fonte subterrânea, é óbvio, e ninguém bebe uma gota d'água deste lugar."

Agastya recolheu as garrafas que estavam na água. "Geladas e deliciosas", disse ele. Partiu migalhas de pão do seu sanduíche e jogou-as no lago. Súbitos espasmos na água, rompendo a placidez. Ele não conseguia enxergar o fundo, por causa da turbulência dos frenéticos peixes prateados. Então, de súbito, o velho silêncio, mas agora falso, como se fosse meramente um véu.

25

Arrotos de carne e cerveja. Agastya disse: "Acho que não vou para Koltanga. Vou para casa pensar. Preciso pensar".

No final da tarde, Sathe estava estirado, vendo o sol dourar as folhas de figueira-de-bengala acima deles. Depois de um tempo disse, com um sarcasmo sonolento: "É, você podia ficar em Calcutá e traduzir meus cartuns para os jornais bengalis".

Agastya o detestou por isso. Levantou-se e foi se sentar à beira da água. Contemplando o fundo do lago, disse: "Estou péssimo e confuso. Uma viagem após a outra, de trem e de jipe, só movimento. Reuniões de Integração, Reuniões da Receita, Reuniões do Desenvolvimento. No começo eu não entendia o emprego, então pensava: Quando entender, eu me assento. Mas quando entendi não adiantou, eu não parei de divagar, pensando caoticamente em alternativas, em imagens felizes do meu passado, zombando de tudo. Na maior parte do tempo me sentia culpado. Em Chipanthi pensei: Se a minha mente não fosse tão inquieta, se tivesse alguma coerência, eu estaria trabalhando, conseguindo água para uma aldeia, fazendo alguma coisa concreta. Até no lar de Baba Ramanna eu me senti culpado, imerso em mim mesmo, enquanto um médico tinha realizado um milagre".

O sol da tarde parecia bocejar sobre a água. Em sua superfície, naquela luz lavada, ele detectou um rosto. O som do movimento, e de repente Sathe tocou seu ombro e se sentou a seu lado. Depois de alguns momentos ele riu, abruptamente: "Aconteceu faz muitos anos. Meu pai não conseguia acreditar que eu queria ser cartunista. Isso não é jeito de viver. O seu também não é, eu disse. Ele tinha ganhado um monte de dinheiro para nós, mas precisara trabalhar duro para isso, de um modo que eu achava desumano. Dias, e às vezes noites, na floresta, subornando agentes florestais, pagando mal os nativos, vencendo outros como ele na disputa por um contrato de exploração de madeira. Ele tinha riqueza, mas zero dignidade, e era o que devia esperar de nós. Estava injuriado comigo, e posso entender por quê. Ninguém leva a sério um cartunista, o piadista de Madna. Deve ter pensado que eu estava rindo do modo como ele tinha vivido. Claro que eu não estava. Graças a ele, dinheiro nunca seria uma preocupação para mim. Eu era grato, claro que era grato. Mas, se escolhi outro caminho, isso não foi um *defeito moral*, foi simplesmente uma escolha diferente". Sathe fitou o perfil de Agastya. Em algum lugar um pássaro crocitou, lamentoso. Sathe se levantou e voltou com os sanduíches restantes.

Jogou devagar pedacinhos de pão no lago, e eles ficaram observando a água se agitar. "No primeiro dia, na sala de Kumar, você me perguntou o que eu estava fazendo em Madna. No lugar onde você cresceu é diferente, né?, todo mundo pronuncia 'epítome' corretamente e não usa 'de que' depois de 'entender', e se comporta como se essas coisas fossem importantes. Mas em Madna eu estou em casa, August, em Bombaim eu me sentia perdido. Meus melhores anos, meu passado, está tudo aqui, agridoce porque ficou para trás. Não importa o que você escolher fazer, vai lamentar ou sentir falta de tudo, ou de nada. Lembre-se", e Sathe riu baixinho, "você não é James Bond, você só vive uma vez".

Mais tarde foram saltitando (Sathe não conseguia parar de rir a cada pedra) até a cabana. Era absolutamente despojada, com chão limpo de terra batida e fendas na pedra para entrar ar.

"Tem certeza de que o *sadhu* fica mesmo aqui?"

"O que você esperava encontrar? Um vídeo?" Admiraram o sexo nas paredes. "Maravilha. Deve ter sido uma cena e tanto", disse Sathe, "uma dúzia de escultores cinzelando a pedra para que esses enormes peitos e coxas pudessem aparecer".

"John Avery me perguntou por que tem tanto sexo num templo hindu. Eu disse que não tem uma explicação satisfatória."

"John Avery – eu tinha esquecido o peregrino." Começaram a saltitar de volta. Sathe parou por um momento sobre uma rocha maior para perguntar: “Como foi Marihandi com ele e aquela esposa sexy? Senti uma vaga pena deles, ela era tão incompatível com a Coletoria e o clube. Ela é o teu tipo, não é? Tenho certeza de que ela também não passa óleo no cabelo. Deve ter ficado surpresa com a curiosidade de Avery”. Começaram a empacotar as garrafas e os guardanapos. “Para ela a melhor parte do país deve ser Bombaim – um apartamento na Warden Road, tardes na Jehangir Art Gallery. Não sei se ela pressentiu, quando veio para cá, que aqui não tinha nada a oferecer, nenhuma excentricidade que pudesse atrair o interesse de alguém – rituais tântricos ou coisas do tempo dos rajás, ou Gandhi, qualquer coisa do passado, nada. E Avery parecia bem desnorteado, né, certamente aquela não era sua expressão habitual. Sita não se importava, e, entre nós, os que são minimamente conscientes de nossa história são masoquistas em relação a ela – eu me pergunto se Avery percebia isso. “Puseram-se em marcha. “Mas como podemos recriminar Avery por não estar interessado no mundo de Sita ou no seu?”, riu Sathe. “Veja, August, ninguém, absolutamente ninguém, está nem sequer remotamente interessado na sua geração.”

Agastya deu uma olhada para trás. “Seria bacana vir aqui de novo.”

“Você provavelmente encontraria o *sadhu*, e ele contaria tudo sobre a origem do seu nome.”

Depois das árvores, havia um vento frio sobre a areia, e o rio parecia escuro e agonizante. No crepúsculo, as mulheres da aldeia ficaram observando-os passar, camisas folgadas e jeans apertados. Pararam uma dúzia de vezes nos degraus de pedra da ladeira. O rio era um espelho escuro, o céu estava cinza e taciturno. “Algumas cenas”, disse Sathe, arfando, “grudam na mente, não é mesmo?” – e acenou com o braço. “São belas, e às vezes a gente encontra cenas assim nos lugares mais inesperados. Ou a gente pensa que são significativas. Da ponte de Madna, ao longo dos anos, eu vi a usina termoelétrica se erguer para o céu. De algum modo aquilo parecia de uma importância tremenda.” O templo estava deserto. Uma única lâmpada sobre o portão. O leproso não estava mais ali. Perto do carro Sathe disse de repente: “Você soube do Mohan. Tive vontade de rir. Ele parecia tão sensato, como pode ter sido tão sentimental em relação ao desejo sexual? Aquela mulher não passava de uma vadia. E ele fez com que eu me sentisse estranho, pois se tinha acontecido com ele podia acontecer com qualquer um de nós".

Chegaram a Madna às oito. Agastya abriu sua porta e pisou numa carta. Era de Neera.

Querido Ogu,

Para o meu amigo mais íntimo, eu gostaria de dizer que perdi minha virgindade na semana passada. Gostou do meu anúncio formal? Ainda não contei a nenhuma outra pessoa, mas passei os últimos dias contendo a custo a vontade de divulgar a notícia. E, estranhamente, meu sentimento predominante é de grande alívio. Foi como me livrar de um fardo. (!) Ao contrário da sensação de perda que uma porção de garotas me disse ter sentido. Meus outros sentimentos são muito confusos, mas estou, sem dúvida, aliviada. Dei o mergulho, por assim dizer. E claro que não faz a menor diferença. Minha vida continua trivial como sempre. Eu gostaria que a coisa tivesse vindo junto com o amor, mas não se pode ter tudo. Você não o conhece, mas vai antipatizar muito com ele. É jornalista também (do *Telegraph*), usa óculos, tem barba, veste *kurta-pijama* e tem sonhos eróticos com Marx. Já estou vendo você rir de mim. Por favor, não ria. Já me sinto esquisita sem isso. Vou a Madras para assistir ao casamento de Manu. Mas volto para te ver em Cal.

Com muito amor, Neera

Oh, Neera, sua vadia querida, riu Agastya, andando de um lado para outro do quarto, carta na mão, aqui em termos de sexo tenho me masturbado e ejaculado em guardanapos, me despido na frente de médicos e espiado serviçais comprando afrodisíacos nos terminais de ônibus, e em Calcutá você se esfregando numa boca que fala da inevitabilidade histórica, e com óculos por cima.

O jantar de Vasant seria um desfecho repugnante para o dia. Então saiu para sua última caminhada pela cidade. Passou pela casa do juiz distrital, com uma luz fluorescente acesa na varanda. Amanhã e depois de amanhã seriam ocupados por despedidas, Bhatia, os Srivastav, Kumar, Bajaj. Shankar e agora Sathe já tinham saído das vidas dele. Marteladas lunáticas das oficinas aniquilavam os *pseudoghazals* que vinham das lojas de música. O mecânico de cócoras diante de uma massa escura. Seu braço, de martelo na mão, lampejava para cima e para baixo contra a luz da oficina, atrás de si. Parecia um assassinato brutal sobre um palco, muito mal encenado. Ele deixaria um emprego porque achava que precisava pensar – um ato louco, irracional aos olhos de todos, menos de si próprio, como correr por um campo às duas da madrugada, como fazer um talho no dedo indicador com uma faca, deliberadamente. Sob a luz de um poste atrás das bancas dos vendedores de sucos, viu o anúncio de um filme: *Kanchenjunga*. Em outros tempos ele havia sonhado com uma regressão, um mergulho na tepidez suave de um sol de outono. Mas agora esse refluxo se mostrava impossível. O único movimento parecia ser uma ondulação para a frente, acentuada como as costas de um camelo. O Dakshin estava iluminado e agitado de um jeito exagerado, como de costume. Ele comeu *idlis* num mar de *sambar*, ouviu as canções disco em híndi que saíam das caixas de som e torceu para não encontrar nenhum conhecido. Voltou para a Casa de Pouso às nove e meia. Olhou por uma janela para dentro do seu quarto, como um voyeur. Na luminosidade azul da luz fluorescente, viu uma cama desarrumada, um gravador sobre um lenço junto ao travesseiro, fitas cassete e uma carta aberta sobre a mesa, alguns livros nas prateleiras.

Em seu último dia em Madna ele escreveu a Dhrubo: "Você deve estar se acabando de estudar para o concurso do Serviço Civil. Enquanto isso, eu me tornei seu americano que tira um ano sabático depois da faculdade para descobrir a si mesmo". Suas tias ficaram indignadas; uma delas tentou relacionar o comportamento dele ao pecado original, o casamento de um hindu bengali e uma católica goense. A reação de Pultukaku foi previsivelmente não convencional. "Contanto que aquele idiota não se junte ao Tonic", disse ele ao pai de Agastya por telefone.

As últimas falsas promessas aos Srivastav, e a Kumar, de manter contato com eles quando estivesse em Koltanga, e por fim a última viagem de trem. Em frente a Agastya ia sentado um homem careca ávido por falar sobre seu estômago. Para evitá-lo, ele abriu seu Marco Aurélio. "Hoje me livrei de todas as minhas perplexidades; ou antes, tirei as perplexidades de dentro de mim – pois elas não estavam fora, mas dentro; baseavam-se no meu modo de ver o mundo." Ele sorriu para a página e pensou: Ele mentia, mas mentia tão bem, esse romano triste que também buscava a felicidade vivendo mais de uma vida, e que fracassou, mas com imensa graça. Ficou observando a paisagem do interior passar pela janela e depois olhou para a frente, pensando no encontro com seu pai.

Glossário

Almirah Armário, guarda-louça.

Arrey Uma exclamação, como "ei!", "ora!".

Ayah Empregada doméstica, que cuida especialmente de crianças.

Bhabi Cunhada mais velha.

Bhai "Irmão", sem denotar necessariamente uma relação de parentesco.

Bhajan Canção religiosa hindu.

Bidi Tabaco prensado e enrolado em folhas secas, e não em papel. É um cigarro artesanal muito comum na Índia.

Burfi Um doce.

Chapati Pão achatado (semelhante ao "pão sírio") feito de trigo.

Charpai Cama ou catre de cordas.

Chhang Bebida inebriante tibetana.

Chhee Exclamação, uma espécie de versão mais forte do "tsc, tsc".

Chowkidar Guarda, vigia.

Dal Lentilhas.

Dhaba Lanchonete de beira de estrada.

Dhoti Roupa tradicional masculina de peça única de algodão, que cobre desde a cintura até o tornozelo.

Dosa Prato tradicional do sul da Índia, feito com arroz frito e lentilhas.

Feni Bebida inebriante, comumente associada a Goa.

Ghazal Canção urdu.

Goonda Malandro, delinquente.

Gulabjamun Um doce.

Gur Melaço.

Hahn "Sim", mas usado mais como exclamação.

Halwa Um doce comum, geralmente feito de leite e farinha.

Harijan Filho de Deus, nome dado por Mahatma Gandhi aos intocáveis.

Hayn Exclamação, em geral em tom de interrogação.

Hazaar "Mil", mas geralmente usado no sentido de muito, uma porção, um monte.

Ice-pice Corruptela de "I Spy" (Eu espio).

Idli Prato tradicional sul-indiano, feito com arroz cozido no vapor.

Janau Cordão sagrado, usado por brâmanes hindus.

Kabab Prato tradicional de carne grelhada.

Karma Complexo conceito hindu de salvação mediante a ação correta e o dever.

Khadi Traje de tecido caseiro.

Kharif Uma das grandes estações agrícolas indianas, aproximadamente entre junho e outubro.

Kheer Um doce, geralmente feito de leite engrossado e adocicado.

Kurta Vestimenta tradicional indiana para a parte superior do corpo, uma espécie de camisa comprida e solta.

Kya yaar Exclamação que literalmente significa "que amigo!".

Lakh Cem mil.

Lungi Vestimenta tradicional indiana de peça única, enrolada na cintura.

Maya Conceito hindu complexo do mundo como ilusão quando comparado ao absoluto.

Mithai Um doce.

Naib tehsildar Funcionário subalterno do Departamento da Receita no distrito, subordinado ao *tehsildar*.

Nala Geralmente, escoadouro aberto; também pode ser qualquer duto de água.

Nimboo pani Suco de limão-cravo.

Paan Folha de bétel recheada com uma variedade de nozes, frutas secas etc.

Paanwala Vendedor de *paan*, cigarros etc.

Pakora Lanche frito tradicional indiano, feito de farinha de grão-de-bico.

Paratha *Chapati* frito.

Patil Funcionário subalterno da aldeia.

Pukka burra saheb Literalmente, "grande senhor absoluto". Uma expressão associada ao Raj britânico, ou domínio colonial do Império britânico na Índia, e usada para os ingleses e indianos anglicizados.

Rickshaw-wala Um condutor de riquixá.

Roshogolla Um doce tradicional bengali.

Saab Literalmente "senhor", também tem conotações do tempo do Raj britânico.

Sabhapati Presidente de um comitê de aldeia.

Sadhu Um homem santo.

Salwaar kameez Vestimenta feminina tradicional do norte da Índia.

Sambar Prato tradicional sul-indiano de lentilha condimentada com curry.

Samosa Lanche frito tradicional indiano, geralmente recheado com batatas.

Sati Costume hindu obsoleto segundo o qual a viúva se imolava na pira funerária do marido.

Shakti Literalmente "vigor", "poder"; também um complexo conceito hindu de força espiritual e metafísica inata em todos os indivíduos.

Shamiana Grande tenda para eventos ao ar livre.

Shikar Caçada, caçar.

Shivaling O falo de Shiva, objeto de adoração para os hindus e fonte de energia cósmica.

Sola topi Chapéu associado ao Raj britânico, uma vez que era usado com mais frequência pelos britânicos na Índia.

Taluka Unidade administrativa de um distrito.

Tari Bebida inebriante feita da folha de tamareira.

Tehsil O mesmo que *taluka*.

Tehsildar O funcionário da Receita encarregado de um *tehsil*.

Thumri Uma canção, parte do repertório da música clássica hindustâni.

Tonga Veículo puxado por cavalo.

Yaar Amigo.

Posfácio

AKHIL SHARMA

Os filhos da meia-noite, de Salman Rushdie, foi o primeiro romance indiano a ser amplamente considerado uma contribuição vital para a literatura de língua inglesa. Desde então, muitos escritores indianos tornaram-se figuras célebres não apenas na Inglaterra e nos Estados Unidos, mas no mundo inteiro: Arundhati Roy; Amitav Ghosh, com seus romances históricos; Vikram Seth, com *Um rapaz adequado*, maravilhosa comédia social de mais de mil páginas sobre o casamento arranjado. Esses autores, contudo, são apenas uma pequena amostra da excelente literatura de língua inglesa que se produz na Índia.

Para mim, escritor americano de origem indiana e ávido leitor da ficção indiana, uma das coisas mais notáveis sobre boa parte da ficção contemporânea do país é como ela se faz representativa – representativa do momento histórico, da situação social, da atmosfera cultural e, sobretudo, da própria Índia. E talvez fosse essa ideia – estranha, mas não incomum – de que todo romance indiano é, ou deve ser, O romance indiano que Upamanyu Chatterjee tinha em mente quando deu o subtítulo de "uma história indiana" a *Inglês, August*, seu extraordinário livro de estreia. *Uma* história e não *a* história, ainda que *Inglês, August* conte uma história que só poderia ser indiana. Fosse ou não essa a intenção de Chatterjee, não há dúvidas de que este livro se destaca de outra vertente da ficção indiana graças à virtude de ser tão atento à particularidade. *Inglês, August* é uma narrativa sobre um jovem numa pequena cidade indiana, que tem um emprego muito específico no serviço civil. É um livro sobre resolver burocracias (ou evitar resolver burocracias), ir a chás da tarde com a esposa do chefe e supervisionar os projetos de escavação de poços na aldeia, além de se masturbar ou ler Marco Aurélio. E se ao final de *Inglês, August* acontece de o livro de fato ter muito a dizer sobre a Índia, isso é quase uma feliz coincidência. Pois é a particularidade do livro que faz dele uma obra de arte e nos propicia tamanho prazer.

Inglês, August faz duas coisas centrais àquilo que os romances sempre fizeram. Ele nos traz notícias – notícias sobre como vivemos agora; sobre o modo como os outros vivem agora –, e isso gera uma profunda satisfação. Quase tão importante quanto isso, o livro nos oferece o prazer de ver o que Upamanyu Chatterjee é capaz de fazer com a linguagem. Chatterjee é um dos raros escritores que podem ser tanto engraçados quanto tristes, tanto líricos quanto diretos. Cito aqui algumas passagens:

Engraçado:

> Kumar permaneceu inflexível quanto a terminarem a bebida enquanto assistiam aos filmes [pornôs]. [Os dois homens viajando a trabalho] Instalaram-se na cama, com creme repelente na pele e incenso no ar. Kumar dava risadinhas provocadas pelo álcool e pela promessa de excitação. A primeira imagem do primeiro filme mostrava um negro norte-americano magro, de lábios pintados e biquíni branco, rodopiando. Cinco garotas brancas, enlouquecidas de lascívia, o incentivavam a fazer striptease. Todas elas lambiam os lábios e umas às outras até que o negro, com uma timidez horrenda, mostrou o pênis. Então as garotas lançaram-se ao trabalho. "Olha, olha", guinchou Kumar, tremendo de excitação como um adolescente, "preto felizardo desgraçado...". Enquanto olhava com cobiça ele se remexia na cama e murmurava de modo intermitente: "... esse tipo de coisa nunca acontece na Índia... as garotas indianas são inibidas demais... maldita vergonha...". [pp. 168-169]

Triste:

> [O protagonista, um oficial do governo, vai a um vilarejo distante para avaliar as queixas sobre um poço que ficou assoreado.]

> Agastya ficou aliviado ao ver mais pessoas em volta do poço, que se viraram quando eles se aproximaram. Mas alguma coisa estava estranha, e ele se deu conta num instante de que era a mudez da aldeia; parecia não haver nem risos nem conversas. A aldeia na verdade tinha crianças, mas estavam todas ocupadas. Mulheres estavam amarrando-as em cordas e baixando-as poço adentro. Depois de um tempo as cordas içavam baldes. Ele chegou mais perto. Os baldes vinham cheios de uma lama rala. Os únicos sons eram o tinido ecoante dos baldes contra as paredes do poço, e os choramingos cansados de algumas crianças ao lado. Agastya olhou para elas. Cotovelos e joelhos ralados nas paredes do poço, uma criança tinha na testa uma ferida em forma de flor. A mulher que fora ao seu gabinete estava olhando para ele numa espécie de triunfo. Ele espiou dentro do poço. Não conseguia ver água nenhuma, mas as crianças eram espectros borrados uns 15 metros abaixo, raspando o fundo do poço em busca de água, como pecadores cumprindo algum castigo mítico. [p. 299]
>
> Lírico:
>
> Então as chuvas chegaram a Madna. [...] De repente um rugido e um ribombar contínuo, como de uma guerra distante. [...] O mundo ficou monocromático [...]. Nuvem, prédio, árvore, estrada, tudo se dissipava num matiz borrado de ardósia. [p. 121]

Eu disse para um amigo, também admirador de *Inglês, August*, que o livro era, claro, um romance de formação. Meu amigo rebateu: de jeito nenhum, era um romance sobre um procrastinador. Ambas as descrições são verdadeiras.

Conhecemos o herói de Chatterjee, Agastya Sen, num carro, à noite. Ele está dirigindo por uma rua vazia de Nova Delhi com um amigo que se prepara para enrolar outro baseado. Muita coisa é sinalizada e estabelecida por essa breve cena. Um homem jovem dirigindo um carro na Índia indica uma riqueza considerável, ao passo que a maconha sugere ao mesmo tempo rebeldia e lassidão. Trata-se de filhos do privilégio, jovens sofisticados da cidade. Logo sabemos, no entanto, que Agastya deixará Delhi: ele foi aceito no Serviço Administrativo Indiano, ou IAS, na sigla em inglês, em relação ao qual nutre sentimentos muito dúbios, e agora terá de viver no interior.

Agastya encontra-se então na cidade de Madna, e o retrato que Chatterjee apresenta dela é um dos grandes feitos imaginativos da literatura indiana recente. É provável que os leitores americanos nunca tenham visto uma cidadezinha como essa. Pelos padrões americanos, dificilmente seria considerada pequena. A população poderia ser tranquilamente de muitas dezenas de milhares, ou até mais; o engarrafamento e a algazarra são mais parecidos com os de uma cidade americana. Não há como exagerar seu isolamento do resto do mundo e sua autocontenção claustrofóbica.

Os leitores deste livro ficarão íntimos de Madna. Há a poeira, é claro, que parece estar presente na maioria dos livros sobre a Índia, mas há também a estátua mal construída de Mahatma Gandhi, comum a muitas praças de cidades (não raro a estátua é esculpida de maneira tão compacta que Gandhi lembra um lutador bem musculoso, de óculos e cabeça raspada). O clube de campo esculhambado a que Chatterjee nos apresenta costuma ser o núcleo social da elite da cidade, um lugar em que todos parecem cientes das sutis diferenças de status. Há isso e há os personagens locais: o médico da cidade, o jornalista que publica fofoca, o chefe de polícia que ama pornografia. Agastya está mais perdido em Madna do que jamais poderia imaginar, e logo ele se vê dedicando boa parte de seu tempo a caçar plantas silvestres de maconha.

Agastya é um dos personagens mais engraçados da ficção indiana – e um dos mais tristes. Sua mãe morreu quando ele era criança, o que pode ter ajudado a torná-lo essa pessoa profundamente solitária. Parte do motivo de não suportar Madna é que seu isolamento ali torna impossível ignorar a solidão. Conversando com os colegas, Agastya chega a inventar uma mulher para si, e essa falsidade estúpida e possivelmente autodestrutiva não apenas é inútil como comovente. Pois a vida de Agastya está impregnada de pessoas desaparecidas: a mãe morta, mas também um pai ausente (que vive no estado de Bengala, onde por acaso é o governador; o pai se comunica com Agastya por cartas que são a um só tempo indiferentes e decepcionadas), uma possível namorada que partiu para fazer pós-graduação nos Estados Unidos e um santo hindu. Instável e agitado em Delhi, Agastya está quase paralisado pelo sofrimento em Madna, onde é repelido pelos colegas que o julgam grotesco, enquanto os amigos que lá encontra lhe parecem mais dignos de pena do que ele próprio. Por tudo isso, e graças a todas as suas piadas, a pergunta que Agastya luta para fazer a si mesmo é: *Por que sou tão infeliz?*

A maneira como a pergunta é posta e a forma como é resolvida conectam *Inglês, August* ao romance de formação ocidental (ele já foi descrito como *O apanhador no campo de centeio* da Índia), ao mesmo tempo que também o marca como especificamente indiano. O sentimento de inautenticidade que acomete Agastya parece muito ocidental (tanto que às vezes podemos até ficar tentados a descartá-lo como afetação citadina). Essa falta de autenticidade, aliás, é capturada pelo título um tanto intrigante do romance. *Agastya* é um nome antiquado — vem de um guru da mitologia hinduísta — e é por essa razão que seus amigos tomaram a liberdade de anglicizar seu nome para *August*, ou mesmo, indo além, simplesmente chamando-o de *Inglês*. Agastya, em suma, parece um nome não indiano para eles, e às vezes até para o próprio personagem. Mas claro que isso não faz dele um inglês, como bem sabe. Um indiano não autêntico, um ocidental não autêntico: em Madna, essa crise de identidade atinge seu ápice.

Para mim, a coisa mais curiosa e especificamente indiana é a solução da crise. A solução não é interromper o que Agastya vinha contemplando todo o tempo, tampouco é uma reconciliação. Mas também não é uma renúncia. Nem mesmo uma decisão propriamente dita. Em todo caso, Agastya não abdica de sua independência ou de sua sagacidade nativa. Mas há uma mudança, uma aceitação que o leitor não pode deixar de notar. Uma aceitação da necessidade pela qual Agastya é libertado.

Há um ditado indiano que diz que, se você quiser guardar um segredo, deve colocá-lo em um livro. É ainda mais formidável que, ao ser publicado pela primeira vez na Índia em 1988, *Inglês, August* tenha sido um grande best-seller.

É provável que a razão de tamanho sucesso popular de *Inglês, August* tenha a ver com o Serviço Administrativo Indiano. Na

Índia, pertencer ao IAS é como ser um artista de cinema. A cada ano cerca de 2 milhões de pessoas prestam uma prova para concorrer às oitenta vagas de nível básico. Uma das posições mais baixas do IAS é o coletor distrital. Agastya é assistente de coletor, apesar de presumir-se que, com o tempo, ele venha a se tornar coletor. Um distrito é o equivalente a um condado americano, e o coletor distrital comanda ou tem grande influência sobre as funções judiciais, policiais e administrativas do distrito. O IAS é considerado, em geral, uma instituição honesta, apesar de existir uma piada que diz que, se você se tornar um funcionário do IAS, poderá ganhar tanto dinheiro com corrupção que sua família terá comida suficiente por sete gerações.

Quando li *Inglês, August* pela primeira vez, eu morava em uma pequena cidade na Índia e trabalhava com diferentes funcionários do IAS. O livro era tão certeiro que não me surpreendia em nada que muitos deles reclamassem da obra. Eu o reli muitas vezes e me senti confortado com as observações de Chatterjee sobre o mundo em que eu vivia, tanto com o som das lagartixas que desgrudavam do teto e caíam no chão, como com as querelas entre adultos sobre quem iria se sentar no banco do passageiro da frente.

Chatterjee publicou mais três romances depois de *Inglês, August* (*The Last Burden*, publicado em 1993, *The Mammaries of the Welfare State*, em 2000, e *Weight Loss* em 2006), sempre seguindo com sua carreira no serviço público. Um personagem em *Inglês, August* fala sobre como cada idioma tem um "aroma regional" e que é difícil traduzir esse sabor tão específico. Isso, claro, também é verdade para o trabalho de nossos melhores escritores. Upamanyu Chatterjee tem seu próprio "aroma" e não se compara ao de mais ninguém.

TRADUÇÃO: Julia Bussius

UPAMANYU CHATTERJEE nasceu em 1959, na cidade indiana de Patna. Entrou para o Serviço Administrativo Indiano em 1983, do qual se aposentou. Fez parte do Ministério de Desenvolvimento de Recursos Humanos na Índia. Em 2008, foi premiado com a Ordre des Arts et des Lettres por sua contribuição para a literatura. *Inglês, August* ganhou versão cinematográfica em 1994, dirigida por Dev Benegal.

AKHIL SHARMA nasceu em Nova Delhi, Índia, em 1971, e cresceu em Edison, Nova Jersey. Seus contos foram publicados nas antologias *The Best American Short Stories* e *The O. Henry Award Winners*, em *The Atlantic Monthly* e *The New Yorker*. Seu romance *An Obedient Father* venceu o Pen Hemingway Prize de 2001.

PREPARAÇÃO Cristina Yamazaki
REVISÃO Ricardo Jensen de Oliveira, Huendel Viana e Tamara Sender
CAPA Mateus Valadares
PROJETO GRÁFICO DE MIOLO Bloco Gráfico

EDITORIAL
Fabiano Curi (diretor editorial)
Graziella Beting (editora-chefe)
Livia Deorsola (editora)
Laura Lotufo (editora de arte)
Kaio Cassio (editor-assistente)
Karina Macedo (contratos e direitos autorais)
Lilia Góes (produtora gráfica)

COMUNICAÇÃO E IMPRENSA Clara Dias
COMERCIAL Fábio Igaki
ADMINISTRATIVO Lilian Périgo
EXPEDIÇÃO Nelson Figueiredo
ATENDIMENTO AO CLIENTE Meire David
DIVULGAÇÃO Rosália Meirelles

CAR
AMB
AIA

EDITORA CARAMBAIA
Av. São Luís, 86, cj. 182
01046-000 São Paulo SP
contato@carambaia.com.br
www.carambaia.com.br

Originalmente publicado em Londes pela Faber & Faber, ISBN: 0-571-15319-4

Originalmente publicado em inglês pela New York Review Books

Título original *English, August: An Indian Story* [Noida (Índia)/Londres, 1988]

CIP-BRASIL. CATALOGAÇÃO NA PUBLICAÇÃO
SINDICATO NACIONAL DOS EDITORES DE LIVROS, RJ

C437i
Chatterjee, Upamanyu, 1959-
Inglês, August: Uma história indiana / Upamanyu Chatterjee ;
tradução José Geraldo Couto ; posfácio Akhil Sharma.
1. ed. – São Paulo: Carambaia, 2022.
352 p.; 23 cm

Tradução de: *English, August: An Indian Story*
ISBN 978-65-86398-86-1

1. Romance indiano. I. Couto, José Geraldo.
II. Sharma, Akhil. III. Título.

22-77702 CDD: 828.99353 CDU: 82-31(540)
Meri Gleice Rodrigues de Souza – Bibliotecária CRB-7/6439

ilimitada

FONTE
Antwerp

PAPEL
Ivory Slim 75 g/m²

IMPRESSÃO
Geográfica